Anna Helford

Season Sisters

Frühlingsgeheimnisse

Anna Helford

# SEASON SISTERS

## FRÜHLINGSGEHEIMNISSE

Roman

dtv

MIX
Papier aus verantwortungsvollen Quellen
FSC® C019821
FSC
www.fsc.org

Originalausgabe 2024

Umschlaggestaltung: wildesblut –
Atelier für Gestaltung Stephanie Weischer
Umschlagmotive: Magite Historic/Alamy Stock Foto;
shutterstock.com/Yumeee
Satz: Fotosatz Amann, Memmingen
Gesetzt aus der Aldus LT Std
Druck und Bindung: Druckerei C.H.Beck, Nördlingen
Printed in Germany · ISBN 978-3-423-22045-3

*Für Ulrike*

# PROLOG

*Nordwales, Oktober 1876*

Hugh Harper gab seinem Pferd die Sporen. Es dämmerte bereits, und über dem Meer zogen sich dunkle Wolken zusammen. Bald würde er Daffodil Castle erreicht haben, wo er seine Herrin in Empfang nehmen wollte. Er hatte nur wenige Tage Zeit gehabt, um Personal einzustellen und seine Spuren der Misswirtschaft zu verwischen.

Vor ihm breitete sich die felsige Küstenlandschaft aus. Die grünen Wiesen reichten bis zu den großen Gesteinsbrocken, an denen die Hänge steil ins Meer hinein abfielen. In den letzten Tagen hatte er sich immer wieder gefragt, wieso Lady Charlotte ausgerechnet nach Nordwales zurückkehren wollte, anstatt in dem großen Stadthaus der Familie in London zu residieren, wo sie mit den Gespenstern ihrer Vergangenheit nicht so allein wäre wie hier draußen, am Ende der Welt. Hier hatte sie keinerlei Verbindungen, keine Freunde, und auch Verwandte schien es nicht zu geben. Als sie Wales verlassen hatte, war die Lady ein kleines Kind gewesen.

Die Ankunft von Lady Charlotte bedeutete auch für ihn eine große Umstellung, war er doch die letzten zwanzig Jahre einer ruhigen, behaglichen Tätigkeit nachgegangen und hatte sich im Schloss bewegen können, als wäre es sein eigenes. Daffodil Castle hatte all die Jahre offiziell leer gestanden. Er hatte darauf geachtet, dass die Gärten gepflegt und die Kamine geheizt wurden, um den Verfall des Gebäudes zu verhindern.

Ansonsten war es seine Aufgabe als Verwalter gewesen, die ausstehenden Pachten der Bauern und Dorfbewohner einzutreiben und die Wildbestände im Wald und auf den Wiesen des Anwesens zu kontrollieren. Von all diesen Tätigkeiten hatte er eigentlich nur das Eintreiben der Pacht ernst genommen. Dass von den Geldern ein gewisser Anteil unrechtmäßig in Hughs eigene Schatulle geflossen war, würde jetzt, da der Earl tot war, wohl nie mehr entdeckt werden. Hugh musste nur noch dafür sorgen, dass das Gebäude nicht ganz so heruntergekommen wirkte, wie es tatsächlich war.

Er ließ seinen Blick unruhig über die kahle walisische Landschaft streifen. Der Himmel war dunkel geworden. Der Wind hatte schon aufgefrischt. Die See war aufgewühlt, die Wellen schlugen krachend gegen die Felsen. Sosehr es ihm auch in die Karten spielte, dass der Earl keine Fragen mehr stellen konnte und seine Nachfolgerin nur eine Frau war, so knifflig war die neue Situation. Dass Lady Charlotte nach all dem, was in Assam geschehen war, nach England und insbesondere nach Nefyn zurückkehren könnte, hatte wohl niemand ahnen können. Sie hatte Schreckliches durchgemacht, und er fragte sich, wie er mit ihr umgehen sollte. Vor allem musste er eine Lösung finden, um weiterhin das Leben an der Seite seiner Geliebten Geraldine führen zu können. Er hatte alles arrangiert, nun kam es darauf an, wie erfahren seine neue Herrin war. Würde sie den Betrug bemerken?

Hugh trieb sein Pferd weiter an. Sie flogen geradezu zwischen den Felsen hindurch. Dunkle Wolken breiteten sich immer weiter über dem Meer aus, der Wind wurde stärker, ein Unwetter braute sich zusammen. Ob Lady Charlotte wirklich noch heute eintreffen würde, wie es angekündigt war?

In aller Eile hatte er sich um Personal kümmern müssen, und er hatte eine Haushälterin, einen Butler und ein paar

Haus-, Stuben- und Küchenmädchen gefunden. Alles Weitere würde die Lady vermutlich selbst erledigen wollen. Es waren kaum fünf Tage Zeit geblieben, die Dienstboten zusammenzustellen und das Haus herzurichten.

Sein Blick wanderte von den Wolken am Horizont hinunter auf die unbefestigte Straße, die zwischen Wiesen und Meer verlief. Erschrocken starrte er auf ein seltsames Hindernis, das in der Ferne auf dem Weg auftauchte. Er kniff die Augen zusammen, während er darauf zuhielt. Ein Rad ragte aus dem Haufen auf, Holzstreben stachen in den dunklen Himmel.

Ein Unfall! Eine Kutsche schien verunglückt zu sein. Jetzt erkannte er eine Gestalt, die neben dem Berg aus Rädern und Holz stand. Ein Stück weiter sah er einen Mann, der zwei Pferde führte.

Hugh bremste seinen Wallach und ritt langsam auf die Stelle zu. Sein Herzschlag beschleunigte sich, als er die elegant gekleidete fremde Frau sah, die hilflos über ein Bündel gebeugt dastand. Er brachte sein Pferd zum Stehen und sprang aus dem Sattel. In diesem Moment ritt der fremde Mann auf einem der Pferde davon, das andere führte er am Zügel mit sich. Ob er wohl Hilfe holte? Hugh wandte sich an die junge Dame.

»Eure Ladyschaft? Lady Charlotte?«, fragte er, obwohl er sicher war, die Antwort zu kennen. Hierher, ans Ende der Welt, kam niemand ohne Grund.

Die elegant gekleidete Frau sah auf, und er stellte erstaunt fest, wie schön sie war. Die zweite Beobachtung, die er in diesem Moment machte, war die Verzweiflung, die in ihrem tränennassen Gesicht stand.

Sie schluchzte und deutete auf eine Gestalt, die inmitten der Trümmer der Kutsche lag. »Sie ist tot.«

Hughs Herzschlag beschleunigte sich unwillkürlich. Er trat

neben sie und sah auf die Frau zu Füßen seiner Herrin hinunter. Die Krankenschwesternhaube über dem blassen, unscheinbaren Gesicht war verrutscht. Der zarte Körper jedoch wirkte unversehrt. Kein Blutstropfen war zu sehen, kein Glied schien verrenkt. Aber die Augen waren aufgerissen und so starr, dass Hugh nicht nach dem Puls zu tasten brauchte, um zu wissen, dass die Frau nicht mehr lebte. Ihr Gesicht war leichenblass. Er nahm den Hut ab und neigte respektvoll den Kopf. Dann fragte er: »Wer ist sie?«

Lady Charlotte sah ihn einen Augenblick lang verwirrt an. Dann sagte sie mit tränenerstickter Stimme: »Schwester Marcy. Die Tote hier ist meine gute Freundin, Daphne Marcy.«

# ERSTES KAPITEL

*London, April, Gegenwart*

Mrs Fowler war runzlig, roch nach alter Frau, und die Bundfaltenhose und die altmodische Seidenbluse, in der sie steckte, erinnerten Spring an Jessica Fletcher aus der Fernsehserie *Mord ist ihr Hobby*, die ihre Mutter früher stundenlang, mit einem Joint in der Hand, in sich aufgesogen hatte. Aus der Wohnung hinter Mrs Fowler quollen abgestandene Luft und Finsternis.

»Was ist das denn für ein lächerlicher Name? Spring Season?« Die alte Frau ließ ihren Blick über Springs schwarze Klamotten, die dunkel lackierten Fingernägel, die Doc Martens und den kahl rasierten Kopf wandern.

Spring zuckte mit den Schultern und machte eine Kaugummiblase, die sie demonstrativ zerplatzen ließ. »Hören Sie, ich habe ebenso wenig Bock auf diese Nummer wie Sie. Es nervt, dass ich einhundertvierzig Sozialstunden aufgebrummt bekommen habe.« Spring ließ den schwarzen, zerschlissenen Rucksack von der Schulter gleiten, den sie irgendwann mal in einem verlassenen U-Bahn-Schacht gefunden hatte, und zog eine Mappe daraus hervor. »Sie können auch einfach hier unterschreiben, dass ich heute drei Stunden bei Ihnen war. Ich soll fünfmal in der Woche kommen, um zu helfen. Sie können hier alles abzeichnen, dann komme ich erst wieder, wenn ich die neue Liste habe.« Spring hielt der alten Frau das Dokument unter die Nase.

Einen Moment starrte Mrs Fowler auf das Blatt, dann schob sie mit ihrer gichtigen, von Altersflecken übersäten und faltigen Hand Springs Arm weg und schüttelte den Kopf. »So einfach mache ich es dir nicht. Komm rein und zieh die Schuhe aus, ich will nicht den Dreck von Londons Straßen hier drin haben.«

Spring unterdrückte ein Seufzen. Sie hatte tatsächlich kurz gehofft, so leicht davonzukommen. Sie atmete noch einmal die einigermaßen frische Luft des Treppenhauses ein, bevor sie in die Höhle der Alten trat. Die Glasscheibe in der Tür schepperte, als Spring sie hinter sich zuzog, was ihr gleich einen bösen Blick von Mrs Fowler einbrachte. Sie bückte sich, um die Doc Martens aufzuschnüren, und stellte sie neben die ausgetretenen Gesundheitsschuhe der Frau, der sie fortan im Haushalt helfen musste.

Tageslicht sickerte plötzlich in den dunklen Korridor. Als Spring sich wieder aufrichtete, sah sie, dass die alte Frau vor ihnen eine Tür geöffnet hatte, die in einen hellen Raum führte. Jetzt konnte Spring die dicke alte Seidentapete im Flur erkennen, die sicher schon seit Jahrzehnten hier hing. Die Farbe der bunten Blumen, die darauf gedruckt waren, war verblasst. Helle Quadrate zeugten davon, dass hier einmal Bilder gehangen hatten. Rechts und links führten jeweils drei Türen ab, die alle geschlossen waren. Spring warf einen flüchtigen Blick auf die wenigen Fotografien, die neben den kahlen Stellen hingen. Darauf waren aber nur Landschaften oder Pferde zu sehen. Eins zeigte ein großes Herrenhaus, das Spring vage bekannt vorkam, und kurz blitzte die Erinnerung an ein Schloss ihrer Kindheit auf, die sie aber schnell von sich schob. Diese alten Kästen sahen sowieso alle gleich aus, es war vermutlich nur eine zufällige Ähnlichkeit zwischen den Anwesen. Spring folgte Mrs Fowler in das Zimmer am Ende des Flurs.

»Schließ die Tür, ich habe nicht genug Geld, um Heizkosten zu verplempern«, erklärte die alte Frau herrisch. In einem Erker des großen Raums stand ein Tisch mit vier Stühlen, auf dem sich Zeitschriften stapelten. Eine altmodische offene Küche befand sich links der Tür. Rechts von Spring standen ein geblümtes Sofa, ein quietschgelber Sessel, ein Couchtisch, ein Sideboard mit einem kleinen Röhrenfernseher und drei Vitrinen mit altem Porzellan. Spring musste zugeben, dass alles geordnet und sauber wirkte, wenn auch ein bisschen aus der Zeit gefallen. Der Läufer, der auf dem Parkettboden lag, war so zerschlissen, dass das Muster an einigen Stellen nicht mehr zu erkennen war. Auch hier gab es diese hellen Stellen an den Wänden.

»Also?«, wandte Spring sich an Mrs Fowler, die an die braune Küchenzeile getreten war und dort mit dem Wasserkocher hantierte. »Was wollen Sie? Soll ich was einkaufen gehen? Saubermachen scheint ja nicht unbedingt nötig zu sein.« Demonstrativ strich Spring über die Kante eines Setzkastens, der neben der Tür hing und in dem sich geschmacklose Miniaturfiguren angesammelt hatten. Kein Körnchen Staub blieb an ihrer Haut hängen. Sie versuchte es noch einmal: »Oder soll ich lieber wieder gehen?«

»Komm her.« Mrs Fowler winkte sie zu sich, ohne auf ihre Frage einzugehen. »Nimm mal zwei Tassen aus dem Schrank hier und trag sie rüber zum Tisch. Ich mache uns Tee.« Sie füllte den Wasserkocher, den sie auf eine der offenen Gasflammen des Herds stellte. Einen solchen Ofen hatte Spring lange nicht mehr gesehen. Sofort erinnerte sie sich an die große Küche auf der Farm, wie die vier Schwestern um den Tisch gesessen hatten und dieses Tuckern des Gases erklang, während man ein Streichholz oder Feuerzeug daran hielt. Schnell verdrängte sie den Gedanken. Das alles lag lang zurück, und sie hatte damit abgeschlossen. Spring beobachtete, wie Mrs Fowler die Flamme in Gang setzte und dann den Kessel daraufstellte, zu einer der Vitrinen im Wohnzimmer schlurfte und eine Porzellankanne mit roten und goldenen Rosen darauf hervorholte. Spring riss sich von dem Anblick der alten Frau los und kam ihrem Auftrag nach, zwei Tassen aus dem Schrank zu nehmen und zu dem Tisch im Erker zu tragen. Sie räumte die Zeitschriften zusammen, um Platz zu schaffen.

»Hier«, Mrs Fowler hatte eine Packung Shortbread aus einem der anderen Schränke geholt, »bring das auch rüber.«

Fünf Minuten später saßen sie am Tisch, und Mrs Fowler schenkte ihnen Tee durch ein Metallsieb ein, das sie über die Tassen hielt. Trotz der gichtigen Hände wirkten ihre Bewegungen elegant und geschmeidig. Spring hielt es nicht für notwendig, der Alten mitzuteilen, dass sie Tee hasste und nur Kaffee und Limonade trank. Diese Episode würde hoffentlich einmalig bleiben, warum also lange Diskussionen führen. Wenn sie Glück hatte, würde sie die betagte Dame dazu bringen, ihr das Dokument zu unterschreiben, ohne weiter auf Springs Besuchen zu bestehen.

»Du hast meine Zeitschriften durcheinandergebracht.« Mrs Fowler sah Spring tadelnd an. »Das darfst du nie wieder tun. Ich habe eine ganz spezielle Ablage. Jetzt muss ich nachher alles wieder danach durchsehen, was ich schon gelesen habe.«

»Sorry«, Spring verdrehte die Augen, »ich wusste nicht, dass das so wichtig ist.«

»Sicher ist es das«, erwiderte Mrs Fowler. »Das ist meine einzige Möglichkeit, heute noch am Leben der Gesellschaft teilzunehmen, der ich früher angehörte.«

»Klar.« Spring musste ein Lachen unterdrücken. Im nächsten Moment wurde ihr jedoch ganz anders. Was war der eigentliche Grund, warum sie die Sozialstunden bei dieser alten Lady ableisten sollte? Ihre Wohnung war ordentlich, also ging es womöglich gar nicht um eine körperliche Gebrechlichkeit, sondern um eine geistige Schwäche? Demenz vielleicht? Na prima, das hatte ihr gerade noch gefehlt. Vermutlich sah die Dame rosafarbene Elefanten.

»Sie wollen sagen, dass Sie früher mal eine berühmte Schauspielerin waren?«, fragte Spring vorsichtig nach. Sie wollte die Frau nicht aufregen, bei Verrückten wusste man ja nie.

»Sei nicht albern!« Mrs Fowler machte eine Handbewegung, als wollte sie eine lästige Fliege verscheuchen.

»Eine Sängerin?«, versuchte Spring es erneut. Was wollte die Alte von ihr hören?

Mrs Fowler schüttelte ungeduldig den Kopf. »Mein Vater saß im Oberhaus. Ich war immer ein Mitglied der Gesellschaft, bis mein Mann starb …«

»Klar«, wiederholte Spring und verdrehte wieder die Augen. Eine alte Lady, die sich einbildete, einst zum Hofstaat von Queen Elizabeth gehört zu haben. Sie nahm ihren Kaugummi aus dem Mund und legte ihn auf den Rand ihrer Untertasse.

»Was soll das denn?« Mrs Fowler sah angewidert auf den weißen Gummiklumpen. »Das ist ja ekelerregend. Schmeiß das Ding gefälligst in den Mülleimer dahinten.« Sie deutete in Richtung der Küchenzeile.

»Den will ich gleich weiterkauen«, erklärte Spring entrüstet, stand aber auf, als sie Mrs Fowlers schneidenden Blick auf sich spürte. Als sie zum Tisch zurückkehrte, hatte die alte Dame Milch in beide Tassen gegeben. Das wurde wirklich immer schlimmer, jetzt sollte Spring auch noch Tee mit Milch trinken. Spießiger ging es wirklich nicht.

»Kannst du dir keinen neuen Kaugummi leisten?«, fragte Mrs Fowler mit gehobenen Augenbrauen.

»Dann säße ich nicht hier, oder?« Spring funkelte sie an. »Was mich zum Thema zurückbringt. Was wollen Sie von mir? Sollen wir uns das wirklich fünfmal die Woche antun, dass ich hierherkomme? Ihre Wohnung sieht eigentlich ganz okay aus. Oder soll ich was einkaufen gehen?« Wenn Spring die Sache mit einem Einkauf hin und wieder erledigen könnte, wäre sie zufrieden. Nur nicht jeden Tag stundenlang hier rumhängen!

»Vielleicht«, entgegnete Mrs Fowler und nippte an ihrem Tee. »Ich will dich erst mal kennenlernen. Wer bist du? Wieso bist du verurteilt worden?«

»Ich bin Spring Season, und verurteilt wurde ich wegen Drogengebrauch.« Spring sah die Alte herausfordernd an. »Und wegen Drogenhandel und Diebstahl.«

»Wie bist du dazu gekommen?« Mrs Fowler hielt Springs Blick stand.

Spring stutzte. »Wie schon? Was ist das denn für eine Frage?«

Mrs Fowler schwieg. Spring trank einen Schluck Tee und verzog das Gesicht. Das Gebräu war heiß und schmeckte genauso, wie sie es in Erinnerung hatte: nach Wasser und Heu. Sie stellte die Tasse wieder ab. Mrs Fowler schwieg noch immer.

Spring seufzte. »Ich hab in einem Starbucks in Isleworth gejobbt. Abends trafen sich vor dem Laden immer ein paar Jugendliche. Coole Typen. Ich fing an, mit ihnen abzuhängen, und hab manchmal auch was genommen. Da führte eins zum anderen.«

»Und irgendwann wurdest du erwischt.« Auch Mrs Fowler trank einen Schluck Tee.

»Das war Pech.« Spring dachte an die Polizisten, die sich unter sie und ihre Freunde gemischt hatten. Niemand hatte etwas geahnt, sie hatten geglaubt, dass die beiden genauso drauf waren wie alle anderen. Und dann hatten sie alle in eine Falle gelockt. Für Phoebe und Creepie sah es gar nicht gut aus, sie waren auf Bewährung, und dieses Mal konnte es passieren, dass sie eingebuchtet wurden. Die anderen waren mit leichten Strafen und Sozialstunden davongekommen.

»Was ist mit deinen Eltern?«

Spring hielt einen kurzen Moment inne. Dann zuckte sie mit den Schultern. »Was soll mit denen sein?«

»Haben die nichts mitbekommen?«

»Von den Drogen?« Spring musste lachen. »Erstens leben die nicht hier in London, und zweitens – damit die was mitbekommen, müssten sie selbst erst mal runterkommen von ihren Trips.«

Mrs Fowler nickte stumm. Sie schenkte sich Tee nach. Eine ganze Weile sagte keine von ihnen etwas. Spring sah aus einem der Erkerfenster auf die Straße hinunter. Hier in Holborn lebten ganz andere Menschen als in Isleworth. Die Wohnung schien gar nicht mal klein zu sein. Spring fragte sich, was die wohl einbringen würde, wenn die alte Lady sie verkaufen würde.

»Haben Sie keine Angst, dass ich Sie ausrauben könnte?«, fragte sie, nachdem sie zwei Schlucke Tee hinuntergewürgt hatte.

Die alte Lady schüttelte den Kopf und rückte einen einzelnen Porzellanhasen zurecht, der vom Osterfest letzte Woche übrig geblieben zu sein schien. »Das wäre ziemlich dumm von dir. Du hast eine Bewährungsstrafe. Wenn du etwas stehlen würdest, kämst du ins Gefängnis. Und ich könnte deinen Namen angeben, du bist bei der Polizei bekannt.«

Spring nahm sich einen Keks und knabberte nachdenklich daran herum. Die Alte hatte natürlich recht. Ihr waren die Hände gebunden, sie durfte sich nichts erlauben, sonst wäre es vorbei mit der Freiheit.

»Was hast du mit deinem Leben vor?« Mrs Fowler stand auf und trug die Teekanne und ihre leere Tasse zur Spüle.

»Keine Ahnung«, erwiderte Spring, steckte den Keks in den Mund und fuhr mit vollem Mund fort: »Es kommt mir vor, als wären Sie von der Polizei. Sie fragen mir ja Löcher in den Bauch.«

Mrs Fowler warf ihr einen tadelnden Blick zu. Dann sagte sie: »Ich mache nur Konversation. – Das bedeutet, du hast keine Pläne für deine Zukunft?«

»Sehe ich aus wie ein Spießer?« Spring brachte ihre halb volle Teetasse ebenfalls zur Küchenzeile. Sie kannte keinen einzigen Menschen, der Pläne machte, außer vielleicht ihre Schwestern Summer und Winter, aber die waren immer schon schräg gewesen und vollkommen anders als Spring und der Rest der Familie. Die beiden waren tatsächlich Spießer.

»Du siehst jedenfalls nicht wie eine aus, die ihr restliches Leben mit Sozialstunden verbringen will.« Die alte Frau schlurfte zurück zum Tisch. »Und wo wohnst du? Ich will mir die Behausung lieber nicht vorstellen, in der du untergekommen bist.«

Spring dachte an das schmuddelige Zimmer, das sie in einer WG gefunden hatte und kaum bezahlen konnte. »Ist auch besser so.«

Mrs Fowler breitete die Arme aus. »Dabei bist du noch so jung. Wie alt bist du eigentlich?«

»Vierundzwanzig«, brummte Spring, die keine besonders große Lust hatte, mit der Alten über ihr Leben zu reden.

»Gut, komm mit.« Mrs Fowler schlurfte vor Spring her

aus dem Zimmer. In dem dunklen Flur öffnete sie eine der Türen.

Spring trat hinter ihr in ein großes, kaltes Schlafzimmer. Beheizt wurde offenbar wirklich nur der Wohnraum. Sie strich sich fröstelnd über die Arme. Es war Anfang April, aber bestimmt nicht wärmer als acht Grad. Die Temperatur hier drinnen schien kaum höher zu liegen. Sie sah sich um. In der Mitte des Raumes baumelte eine Lampe von der Decke. Direkt darunter befand sich das Fußende eines großen Bettes. Neben dem Fenster stand ein altmodischer Schminktisch mit dreiteiligem Spiegel, davor ein bequemer Stuhl statt des üblichen Schminkhockers. Ein massiver Eichenholzschrank und eine Kommode komplettierten die Einrichtung. Es roch nach einem schweren Alte-Frauen-Parfüm, nach Flieder und Veilchen.

Mrs Fowler deutete auf einen Wäschekorb in der Ecke. »Das ist die erste Aufgabe für dich. Das muss alles gewaschen, getrocknet und gebügelt werden.«

Na wunderbar! Alte Frauenwäsche machen, das war genau das, was Spring gefehlt hatte! Sie unterdrückte einen genervten Seufzer. »Okay, wo ist die Waschmaschine?«

»In der Waschküche im Keller.« Mrs Fowler schlich mit tapsigen Schritten aus dem Zimmer. In der Tür drehte sie sich um. »Aber die ist defekt. Du musst also in den Waschsalon gehen.«

»Echt jetzt?« Spring wollte sich gerade nach dem Korb bücken, als sie noch einmal innehielt und ihren Seufzer nun laut ausstieß. Sie war es gewohnt, ihre Wäsche im Waschsalon zu waschen, denn natürlich konnte sie sich keine Maschine leisten. Sie wusch daher nicht sonderlich oft ihre Wäsche, nur wenn es gar nicht mehr anders ging. Und jetzt sollte sie das für die Alte tun? Die Bude hier war nicht so wie das Loch, das sie in Isleworth bewohnte. Das hier war ein Haus, in dem Menschen lebten, die eigene Waschmaschinen besaßen. Und sie auch reparieren lassen konnten. »Vielleicht sollten Sie mal jemanden kommen lassen, der sich das Ding ansieht.«

»Glaub mir, du Schlauberger«, Mrs Fowler sah sie mit gehobenen Augenbrauen an, »auf die Idee bin ich auch schon gekommen. Aber die Maschine ist fünfunddreißig Jahre alt, und der Herr vom Service meinte, es gibt keine Ersatzteile mehr. Ich brauche eine neue.«

»Und?« Spring stemmte eine Hand in die Hüfte. »Sagen Sie mir nicht, dass Sie sich die nicht leisten können. Bei der Bude hier ...«

»Es ist nicht alles so einfach, wie es auf den ersten Blick erscheint«, antwortete die alte Frau und wandte sich ab.

Spring atmete tief durch. Na schön, auf diese Weise war sie wenigstens eine Weile beschäftigt. Sie griff nach dem Wäschekorb und rümpfte die Nase, als ein Schwall des aufdringlichen Parfüms daraus aufstieg.

»Der nächste Waschsalon ist an der Ecke.« Mrs Fowler machte eine unbestimmte Handbewegung. Dann reichte sie Spring eine Geldbörse. »Hier sind Münzen und ein bisschen Geld zum Einkaufen. Das ist die Liste.« Sie reichte ihr ein dicht beschriebenes Blatt Papier.

Was hatte die Alte denn vor? Wollte sie eine Party geben?

Spring nahm das Geld und den Zettel. Sie warf einen Blick darauf und stellte fest, dass es gar nicht viele Dinge waren, die auf der Liste standen, dafür aber zu jedem Artikel genaue Anweisungen – in welchem Laden er für wie viel im Angebot war. »Ist das Ihr Ernst? Ich soll in vier verschiedene Läden gehen, um diese paar Sachen einzukaufen?«

Ohne auf ihren Einwand einzugehen, schlurfte die alte Frau durch den Flur, öffnete eine der Kommodenschubladen und holte ein Einkaufsnetz hervor. »Du steckst die Wäsche in die

Maschine, das dauert zwei Stunden. In der Zeit kaufst du ein und bringst mir die Einkäufe. Dann bereiten wir zusammen das Mittagessen vor, ehe du die Wäsche in den Trockner steckst.«

Spring ließ die Schultern hängen. So viel zu ihrem Plan, sich, während die Wäsche gewaschen wurde, ein paar faule Stunden zu machen. Die Alte war eine Sklaventreiberin.

Während sie die Wäsche die Treppen hinunterschleppte, fragte Spring sich, ob Mrs Fowler sich tatsächlich keine neue Maschine leisten konnte oder ob es eine Ausrede war, um arme Geschöpfe wie sie zur Arbeit zu treiben. Die Wohnung war auffallend sauber für eine so alte Frau. Spring konnte sich nicht vorstellen, dass sie den ganzen Tag den Staubwedel schwang. Allerdings waren die Teppiche zerschlissen und die Möbel alt. Und auch wenn die Bude groß war und in einer teuren Wohngegend lag, schien Mrs Fowler nicht gerade im Geld zu schwimmen, was die Rennerei nach den besten Sonderangeboten bewies.

Spring wich einer Frau mit einem Zwillingsbuggy aus, die ihr einen vorwurfsvollen Blick zuwarf. Anscheinend war es vollkommen okay, mit einem ausladenden Kinderwagen den Bürgersteig zu blockieren, nicht aber mit dem großen Weidenkorb voller Schmutzwäsche einer alten Frau. Springs Gedanken kehrten wieder zu Mrs Fowler zurück. Oder war sie einfach nur geizig? Von nichts kommt nichts, so hieß es doch, oder? Wie auch immer, Spring musste die Sache hinter sich bringen. Einhundertvierzig Stunden waren auszuhalten. Irgendwie.

Sie hatte den Waschsalon erreicht und war froh, dass außer einem jungen Pärchen und zwei älteren Männern nicht viel mehr Leute da waren. Sie steuerte auf eine der großen Maschinen zu, hielt den Atem an, um dem aufdringlichen Flieder-und-Veilchen-Parfüm nicht ausgesetzt zu sein, stopfte die Wäsche hinein und zog am Automaten Waschpulver und Weichspüler. Als die Trommel sich endlich drehte, atmete sie erleichtert auf. Einen Moment lang überlegte sie, statt die aufgetragenen Einkäufe zu erledigen, ein ruhiges Eckchen zu suchen, um ein Schläfchen zu halten. Aber Mrs Fowler war zuzutrauen, dass sie sofort beim Amt anrief, und dann würde die Drachenlady, wie Spring und ihre Freunde Mrs Pengally nannten, aufkreuzen und ihr eine neue Vorladung bringen. Nein, es wäre wohl am besten, die hundertvierzig Stunden durchzuziehen, danach konnte sie wieder ihr eigenes Ding machen.

Wobei Spring zugeben musste, dass sie eigentlich kein Ding hatte. Aber irgendwas würde sich schon finden. Sie musste Geld verdienen, aber sie sollte sich nicht mehr auf krumme Geschäfte einlassen. Den Job im Starbucks hatte sie verloren, als aufgefallen war, dass sie sich aus der Kasse bedient hatte.

Sie verließ den Waschsalon und sah auf den Einkaufszettel. Eine Gruppe junger Menschen in teuren Anzügen und Businesskostümen kam gerade an ihr vorbei. Sie warfen Spring irritierte Blicke zu. Sie konnte förmlich ihre Gedanken hören: Was hat die denn hier zu suchen? So eine gehört nicht nach Holborn.

Spring streckte trotzig das Kinn vor und machte sich auf den Weg. Sie musste zum Tesco Express und zu Marks & Spencer. Beides schien hier in der Nähe zu sein. Da sie kein Guthaben mehr auf ihrem Handy hatte, musste sie es ohne die Hilfe der Online-Karte schaffen. Mrs Fowler hatte ja immer penibel die Straßen vermerkt, in denen sich die Geschäfte befanden, und ein wenig kannte Spring sich aus, weil sie letztes Jahr mit Phoebe zusammen hier herumgezogen war, auf der

Suche nach unvorsichtigen Opfern, denen sie die Geldbörsen aus den Manteltaschen ziehen konnten. Spring war nie sonderlich gut darin gewesen und spätestens nach ihrer Verurteilung hatte sie sich geschworen, nicht wieder zu stehlen.

Während sie auf den kleinen Tesco zusteuerte, dachte sie wieder über die Frage der alten Frau nach, was sie denn mit ihrem Leben anfangen wolle. Sie hatte keine Antwort darauf. In den letzten Jahren hatte sich alles wie von selbst entwickelt, leider in keine allzu gute Richtung, wie sie zugeben musste. Vor allem musste sie aufhören mit den Tabletten und dem Gras. Auch wenn ihr das jedes Mal ein paar entspannte Stunden bescherte, war es teuer und brachte außer dieser Entspannung nichts. Im Moment erhielt sie gut dreihundert Pfund pro Woche an Sozialleistungen. Davon ging schon mehr als die Hälfte für die Miete drauf.

Ganz klar, sie sollte sich wieder einen Job suchen, vielleicht in einer besseren Gegend, zum Beispiel hier in Holborn, wo die Menschen Geld hatten, um ein anständiges Trinkgeld zu geben und nicht nur Pennys, wenn überhaupt. Es war beschissen, von der staatlichen Hilfe zu leben.

Sie betrat den Laden, und warme Luft wehte ihr entgegen. Mrs Fowler hatte ganz genau aufgeschrieben, was die Eier kosten durften, das Gemüse, die Margarine und der Tee. An der Kasse suchte Spring gerade alles auf den Penny genau zusammen, als ihr Blick auf einen Zettel fiel, der an der Wand hing: »Aushilfen gesucht«. Vielleicht war das ja die Chance, auf die sie gewartet hatte. Sie hatte zwar keine Erfahrung als Kassiererin, aber im Café hatte sie schließlich auch abgerechnet. Sie nahm sich vor, nach dem Aushilfsjob zu fragen.

Wenig später hatte sie Marks & Spencer erreicht, wo Spring eine bestimmte Kekssorte aus dem Angebot kaufen sollte, und anschließend führte sie ihr Weg in den Schreibwarenladen und zur Post. Sie sah auf die Uhr. Über eine Stunde war sie nun schon unterwegs. In der kleinen Lederbörse waren noch genau drei Pfund übrig geblieben, von denen Spring wohl später den Trockner zu bezahlen hatte. Die alte Dame hatte genau gewusst, wie viel Geld Spring für die Einkäufe benötigte. Für kleine persönliche Extras war kein Spielraum.

Als sie wenig später wieder bei Mrs Fowler vor der Tür stand, bedachte diese sie mit einem prüfenden Blick. »Das hat ganz schön lange gedauert, ich hab schon mal angefangen, die Kartoffeln zu schälen.«

Spring sah sie entrüstet an. »Ich kenne mich hier nicht besonders gut aus und musste quer durch das Viertel rennen, um Ihre Angebote zu finden. Haben Sie mal darüber nachgedacht, in einen anderen Stadtteil zu ziehen? Hier sind nur teure Läden, keine Supermärkte, dafür aber edle Boutiquen. Wenn Sie schon auf Sonderangebote stehen, sollten Sie vielleicht in einen der Vororte umsiedeln.«

Die alte Frau musterte sie einen Moment lang, dann sagte sie: »Ja, das sollte ich tun.« Schließlich wandte sie sich ab und ging in die Küche.

Spring schälte sich aus ihrer zerschlissenen Jacke, warf sie nachlässig über einen der Garderobenhaken im Flur und zog die verschrammten Doc Martens aus. Dann folgte sie der alten Frau in den Wohnraum.

Mrs Fowler stand an der Küchenzeile und war mit den Kartoffeln beschäftigt. Sie machte eine Kopfbewegung in Richtung Küchentisch. »Du kannst die Bohnen putzen, die du mitgebracht hast. Es gibt Gemüsesuppe zum Lunch.«

Spring machte sich an die Arbeit, wobei die alte Frau ihr jeden Schritt genauestens vorgab. Als die Suppe schließlich auf dem Gasherd vor sich hin köchelte, musste Spring zum Waschsalon gehen, um die Wäsche in den Trockner zu werfen.

Nach dem Mittagessen und nachdem sie die trockene Kleidung geholt hatte, musste sie sich von Mrs Fowler eine lange Anleitung zum richtigen Bügeln und Falten anhören. Als die Schlüpfer, Röcke, Baumwollblusen und Hemdchen endlich ordentlich im Schrank lagen, dämmerte es bereits. Aus den geschätzten drei Stunden waren sieben geworden. Sie waren wie im Flug vergangen.

»Morgen früh, neun Uhr«, waren die Abschiedsworte der alten Frau, bevor sie die Tür schloss und Spring müde nach Hause ging. Erst auf dem Heimweg fiel ihr ein, dass Mrs Fowler für die heutigen Stunden noch nicht unterschrieben hatte.

In den nächsten Tagen schlich sich eine gewisse Routine ein. Morgens um neun erwartete Mrs Fowler sie, und falls Spring zu spät dran war, was auch dem morgendlichen Berufsverkehr geschuldet sein konnte, erhielt sie von der alten Dame eine Rüge. Sie musste die Zeit nacharbeiten, und die Verfehlung wurde in einem Notizbuch festgehalten, von dem Spring befürchtete, dass es ihrer Betreuerin Mrs Pengally vorgelegt werden würde.

Allmählich begann Spring zu ahnen, warum Mrs Fowlers Wohnung so sauber war. Sie schien nicht die erste Sozialstundenabsolventin zu sein, die von Mrs Fowler wie ein Hausmädchen behandelt wurde. Allerdings musste Spring zugeben, dass es ihr allmählich immer mehr Spaß machte, für die alte Lady zu arbeiten. Mittags bekam sie stets ein einfaches, aber gesundes Essen vorgesetzt, wie sie es in ihrem Leben bislang nicht gekannt hatte. Auf der Farm hatten sie immer zwischendurch gegessen, wenn gerade Zeit war. Ihre Eltern waren meist mit sich selbst oder ihren vielen Freunden beschäftigt gewesen, sodass Spring und ihre drei Schwestern sich in der Regel ein Sandwich schmierten oder eine Dosensuppe aufwärmten.

Die Suppen und Eintöpfe, die die alte Dame jeden Mittag frisch zubereitete, waren ungewohnt, aber mit jedem Tag freute sich Spring mehr darauf. Mrs Fowler brachte ihr bei, wie die Böden zu wischen, die Fenster zu polieren, das Badezimmer zu putzen und auch das Essen zu kochen war. Die Einkaufslisten blieben kompliziert und verlangten weite Wege von Spring. Und das Geld war immer genau abgezählt.

Während sie Gemüse putzten, Kartoffeln schälten oder Vitrinen auswuschen, unterhielten sie sich meist über belanglose Dinge. Spring hatte den Eindruck, dass Mrs Fowler das Gespräch absichtlich immer wieder in eine bestimmte Richtung lenkte.

»Was wirst du tun, wenn du deine Stunden bei mir abgeleistet hast?«, fragte sie beispielsweise, während sie gerade die Porzellantassen aus der Vitrine in warmem Wasser abspülten.

Spring zuckte mit den Schultern. »Ich habe eine Anzeige beim Tesco Express gesehen. Die suchen Aushilfen.« Noch hatte sie sich dort nicht vorgestellt, aber sie hatte den Eindruck, dass der Laden, der vierundzwanzig Stunden täglich geöffnet hatte, ständig neue Angestellte suchte.

»Das ist also dein Plan? Zu jobben?« Mrs Fowler polierte eine der zarten Untertassen mit dem Geschirrtuch.

»Irgendwas muss ich ja tun«, erklärte Spring, »und sonst habe ich keine Idee, was zu mir passen würde.«

»Ach, Kind«, seufzte die alte Frau, »du bist noch so jung. Du musst dir etwas suchen, für das du leben kannst. Eine Stelle an der Kasse bei Tesco sollte das nicht sein.«

Spring tauchte eine der staubigen Tassen ins Spülwasser und überlegte, was sie gern tun würde, wenn sie alle Möglichkeiten hätte. Aber ihr fiel nichts ein. Sie hatte noch nie in ihrem Leben Zeit gehabt, darüber nachzudenken, sie war immer damit beschäftigt gewesen, zu überleben. Als Kind und jetzt als junge Erwachsene, immer hatte sie auf sich aufpassen, für sich selbst kämpfen müssen.

Ein anderes Mal, als sie gerade ihren Eintopf zum Mittagessen aßen, fragte Mrs Fowler: »Möchtest du einmal eine Familie gründen? Kinder bekommen?«

»Nein«, sagte Spring so entschieden, dass die alte Frau erstaunt von ihrem Gemüse aufsah.

»Da scheinst du dir ja sehr sicher zu sein.« Sie betrachtete sie prüfend.

»Ja«, antwortete Spring knapp. Es war für sie nie infrage gekommen, Kinder zu haben, sie wusste, wie so etwas ausgehen konnte, wenn man nicht dafür geboren war, Mutter zu sein.

»Warum nicht?«, bohrte die Alte nach, und Spring wäre am liebsten vom Tisch aufgestanden und hätte auf den Rest ihres Essens verzichtet.

»Ich wäre keine besonders gute Mutter«, erklärte sie knapp und hoffte, dass Mrs Fowler sich damit zufriedengab. Um das Thema zu wechseln, sagte sie: »Hat Ihnen Mrs Pengally gesagt, dass Sie mich nach meiner Zukunft fragen sollen? Sie sind ja ganz versessen darauf, zu erfahren, was ich so plane.«

Mrs Fowler lächelte. »Mir braucht niemand etwas aufzutragen. Ich habe meinen Verstand noch ganz gut beisammen, und ich weiß, dass es den jungen Menschen, die auf die schiefe Bahn geraten sind, meist nur an guten Plänen fehlt. An realistischen Zielen und Träumen, die ihnen einen Sinn geben. Probiere es aus, nimm dir etwas vor. Etwas, das mehr ist als ein Aushilfsjob. Es muss etwas sein, für das du brennst, wofür du leben kannst, verstehst du?«

Einen Moment lang dachte Spring über die Antwort nach. Natürlich hatte Mrs Fowler recht, Spring hatte keine Träume, sie machte einen großen Bogen darum, weil zu Hause viel zu viel geträumt worden war. Und all das wollte Spring nicht. Sie wusste sehr genau, was sie nicht wollte. Was sie jedoch wollte, das wusste sie nicht.

Die alte Frau sah sie immer noch prüfend an. Daher entschloss sie sich zu einer Gegenfrage: »Was war es bei Ihnen? Wofür haben Sie gelebt?«

Einen Moment lang wirkte Mrs Fowler überrascht. Dann trat ein wehmütiger Ausdruck auf ihr Gesicht. »Für meine Familie und das Haus. Für meine Heimat, würde ich sagen.«

»Ihre Familie? Dann haben Sie also Kinder?« Bislang hatte Mrs Fowler keine Besucher gehabt, deshalb war Spring davon ausgegangen, dass die alte Frau allein war und keine Angehörigen mehr hatte.

»Oh ja.« Mrs Fowlers Löffel schwebte über ihrem Eintopf. »Ich habe einen Sohn und zwei Enkelkinder.«

»Tatsächlich?« Unwillkürlich sah Spring sich um. Es gab hier keine Bilder von ihnen, keine Erinnerungen. Nicht einmal ein Hochzeitsfoto von Mrs Fowler und ihrem Ehemann. Nur die wenigen Schwarzweißfotografien im Flur, die jedoch hauptsächlich Landschaften und Häuser zeigten.

»Es entgeht dir viel, wenn du keine Kinder bekommen willst«, lenkte die alte Dame das Gespräch geschickt wieder von sich weg. Gleichzeitig legte sich ein Schatten auf ihr Gesicht, und Spring fragte sich einen Moment lang, ob sie diese Worte sarkastisch gemeint hatte.

Sie beschloss, nicht weiter nachzufragen, aber sie behielt das Thema im Kopf.

Eines Tages erklärte Mrs Fowler Spring beim Nachmittagstee, dass sie sie fortan nicht mehr Mrs Fowler, sondern Sophia nennen solle, schließlich seien sie inzwischen gut miteinander bekannt. Da war sich Spring nicht so sicher, denn sie beide wussten kaum etwas voneinander. Nicht nur Spring achtete darauf, nichts von ihrer Vergangenheit preiszugeben, auch Sophia schien vieles vor ihr zu verbergen. Sobald die Sprache auf die Vergangenheit kam, wurde Sophia verschlossen. Aber insgeheim freute Spring sich darüber, die alte Dame nun mit ihrem Vornamen anzusprechen.

Manchmal erwischte sie sich dabei, sich zu wünschen, Sophia wäre ihre Großmutter. Wenn die beiden zusammen einkaufen gingen, weil Sophia sich nicht entscheiden konnte, was sie zum Mittagessen kochen sollten, wurden sie meist tatsächlich für Enkelin und Großmutter gehalten, und beide schmunzelten hinterher darüber. Nie korrigierten sie die Annahme, und Spring hatte den Verdacht, dass das auch Sophia ganz gut gefiel.

Längst achtete Spring nicht mehr auf die genaue Stundenzahl. Zu Sophia zu gehen, war inzwischen für sie fast wie nach Hause kommen geworden. Sie freute sich abends, wenn sie in ihrem winzigen Zimmer lag und die laute, wummernde Musik ihrer Mitbewohner sie vom Schlafen abhielt, auf den nächsten Tag. Die Mahlzeiten bei Sophia schonten ihr eigenes Portemonnaie, aber noch mehr als dieses regelmäßige und nahrhafte Essen war es die alte Dame selbst, die sie schätzte.

Spring störte es nicht mehr, wenn sie von Sophia getadelt wurde, weil sie die Wäsche nicht ordentlich genug gefaltet oder die Tassen schlampig abgetrocknet hatte. Sie lernte aus ihren Fehlern und verstand, dass sie an dieser Kritik wachsen konnte. Ja, sie war beinahe versessen darauf, an gewisse Regeln gebunden zu werden.

»Wie sind Sie dazu gekommen, Leute wie mich zu … zu beschäftigen?«, fragte Spring Sophia, als sie eines Tages nebeneinander im kalten Schlafzimmer am Bügelbrett standen. Spring musste mit dem schweren alten Bügeleisen die Blusen,

Hosen und Hemdchen plätten, während Sophie das Falten und Wegräumen der Kleidung übernahm.

»Ach, das ist schon viele Jahre her.« Sophia griff nach der Bluse, die Spring ihr hinhielt. »Damals kam ich nur sehr schwer mit meiner Situation zurecht.«

Spring griff nach einer der Altfrauenhosen. Der graue Baumwollstoff warf am Bund Falten, und diese Stücke ließen sich besonders schwer bügeln. »Erzählen Sie mir mehr davon, Sie wissen bereits so viel von mir, aber ich weiß gar nichts von Ihnen.«

»Mein Leben ist nicht besonders interessant.« Sophia machte eine wegwerfende Handbewegung. »Ich rede nicht gern darüber.«

»Hey, das ist unfair«, beschwerte sich Spring, während sie nach dem Bügeleisen griff und begann, die Hose zu bügeln. Inzwischen hatte sie sich sogar an das aufdringliche Flieder- und Veilchenparfüm gewöhnt. »Sie haben mich auch gelöchert, obwohl ich nicht gern darüber spreche.«

»Das ist doch was ganz anderes.« Sophia schloss vehement den Kleiderschrank und drehte sich zu ihr um. »Es geht schließlich um deine Zukunft. Meine Zukunft ist eher begrenzt.«

»Dafür haben Sie eine Vergangenheit.«

»Aber von deinem Leben, bevor du hierher nach London gekommen bist, hast du mir doch auch nichts erzählt«, sagte Sophia und wandte sich wieder dem Kleiderschrank zu. »Und deine Vergangenheit ist vermutlich weitaus aufregender, als es meine war.«

»Ich weiß nicht.« Spring hielt inne und stellte das Bügeleisen für einen Moment in die Halterung. »Sie haben mal erwähnt, dass Sie Kinder haben, aber warum sehe ich hier keine Fotos? Wo ist Ihr Hochzeitsbild? Andere Erinnerungen? Und Besuch habe ich hier auch noch nie gesehen.«

Dass sie mit diesen Fragen zu weit gegangen war, erkannte Spring erst, als es zu spät war. Tränen schimmerten in den Augen der alten Frau.

»Oh!« Spring trat hilflos einen Schritt auf Sophia zu. »Ich dachte nicht … Sorry, Sophia. Ich wusste nicht, dass das Wunden aufreißt.«

»Komm mit.«

Spring zog den Stecker des Bügeleisens und folgte Sophia in den Flur. Dass sie die alte Dame zum Weinen gebracht hatte, tat ihr leid, sie wollte nicht auch noch dafür verantwortlich sein, dass ihre Wohnung abbrannte.

In dem großen Wohnraum trat Sophia an eine der Vitrinen, öffnete die Schublade unter dem Glaskasten und holte ein altes Fotoalbum hervor.

»Das sind die Bilder, die du vermutlich vermisst hast.« Sie reichte Spring das Album, wandte sich aber selbst ab und ging zur Küchenzeile. »Schau dir die Bilder an. Ich kann es nicht.«

Unsicher sah Spring zwischen dem Fotoalbum und der alten Frau hin und her. Sie hatte plötzlich ein schlechtes Gewissen und fühlte sich mies. Hatte sie sie zu sehr bedrängt? Nein, es war nur eine einzige Frage gewesen, die Sophia so getroffen hatte. Die Frage nach ihren Kindern und dem Ehemann.

»Na mach schon«, befahl Sophia. »Du hast gefragt, und ich will es dir nicht verschweigen. Aber es hat einen Grund, warum ich alles weggeschlossen habe und hier nichts mehr an meine Vergangenheit erinnert.«

Spring überlegte, ob Sophias Leben so schlimm gewesen war, dass sie nicht daran erinnert werden wollte.

»Nein«, sagte Sophia und beantwortete damit Springs stumme Frage. »Ich kann es nicht ertragen, zu sehen, was ich einst hatte und was ich verloren habe.«

»Dann will ich es auch nicht sehen.« Spring legte das Album in die Schublade zurück und schloss sie. »Wenn es Sie so belastet, möchte ich es nicht wissen.«

Sie erhob sich und marschierte zurück ins Schlafzimmer. Gerade hatte sie das Bügeleisen wieder angesteckt, als sie Sophias Trippelschritte hinter sich hörte.

»Du kannst es dir ruhig anschauen«, sagte Sophia, während sie neben das Bügelbrett trat und die Hose prüfte, die Spring gerade bügelte.

»Nur wenn wir es zusammen anschauen«, sagte Spring und sah Sophia forschend an. Sie griff wieder nach dem Bügeleisen, das noch nicht warm genug war, und fuhr über den Stoff der Hose.

Eine Weile spürte Spring Sophias Blick auf ihren Händen, sie verfolgte die gleichmäßigen Bewegungen.

»Also schön, du hast gefragt, wie ich dazu gekommen bin, junge Menschen, die Sozialstunden ableisten müssen, bei mir im Haushalt aufzunehmen. Ich frage es mich selbst manchmal. Mein Vater saß im Oberhaus, wir gehörten der Gesellschaft an.« Sophia hob ihre knochige Hand, um einen Einwand von Spring abzuwehren. »Ich weiß, du verachtest die Gesellschaft, stimmt's?«

»Nein«, sagte Spring wahrheitsgemäß. »Ich habe, ehrlich gesagt, noch nie länger darüber nachgedacht.«

Sophia zuckte mit den Schultern. »Nachdem ich in jungen Jahren sehr unter einer großen, aber unglücklichen Liebe gelitten habe, habe ich einen einflussreichen Mann geheiratet. Auch er kam aus einer angesehenen Familie, die jedoch keinen Titel mehr hatte und gesellschaftlich etwas unter meiner Familie stand. Aber wir waren sehr glücklich miteinander. Dann ist er gestorben, und ich … ich bin in eine schlechte Position geraten.« Sophia machte eine kurze Pause und sprach dann so heftig weiter, dass Spring den Eindruck hatte, sie wollte sich selbst von der Erinnerung ablenken. »Zufällig traf ich eines Tages hier in London eine Bekannte, die mir empfohlen hat, die Hilfe anzunehmen, die gestrauchelte Menschen ableisten müssen. Sie wollte mich beschämen, es sollte eine Beleidigung sein. Aber ich habe es dennoch getan. Auch wenn ich erst über meinen Schatten springen, mein Schamgefühl besiegen und akzeptieren musste, dass ich nicht mehr dieselbe Person war wie früher. Vielleicht war ich noch derselbe Mensch, die Person jedoch war nicht mehr da.«

»Hey, das ist nicht fair. Sie sprechen in Rätseln, ich komme gar nicht mehr mit.« Spring sah vom Bügelbrett auf. »Wer war diese Bekannte, die Sie erniedrigen wollte? Und warum soll das überhaupt eine Beleidigung sein, wenn Sie umsonst eine Arbeitskraft bekommen?«

»Genau aus diesem Grund.« Sophia deutete auf das Bügeleisen. Es war eine eindeutige Aufforderung an Spring, weiterzumachen. Als das Eisen wieder über die Bundfaltenhose strich, fuhr die alte Frau zögerlich fort. »Früher hatte ich Hausangestellte. Eine Haushälterin, eine Köchin, einen Butler und mehrere Stuben-, Haus- und Küchenmädchen. Aber dann …«

»Was dann?« Spring reichte Sophia die Hose und sah sie fragend an. Sie war sich nicht sicher, ob sie ihr glauben konnte. Ihr erster gemeinsamer Tag kam ihr in den Sinn und die Bemerkung der alten Frau, dass sie einst dem Kreis der Reichen und Schönen aus den Klatschmagazinen angehört habe. Damals stand für Spring fest, dass das nicht stimmen konnte, dass Sophia verwirrt sein musste. Inzwischen kannte sie sie jedoch ein wenig besser, und eins war deutlich geworden: Verwirrt war die alte Dame auf keinen Fall. Spring hatte bislang zwar so gut wie keinen Kontakt zu älteren Menschen gehabt, aber sie hatte dennoch erkannt, dass Sophia Fowler nicht so war wie andere alte Leute.

»Ich bin schon mit Personal aufgewachsen«, sagte Sophia und strich nachdenklich über die warme Hose, die über ihrem Arm hing. »In einem großen Anwesen. Das, was wir hier tun, habe ich erst mit Mitte fünfzig erlernen müssen. Zuvor hatte ich immer Angestellte, die für mich gebügelt, gewaschen, gekocht und geputzt haben.«

»Wirklich?« Spring griff nach einer Baumwollbluse. »Ich dachte, das gibt es heute gar nicht mehr, Hausmädchen und so einen Kram. Das ist doch alles mit den Weltkriegen untergegangen.«

»Du würdest dich wundern, wie viele Haushalte noch einen Butler und weiteres Personal beschäftigen, und weitaus mehr, die zwar keinen Butler, dafür aber andere Angestellte haben.« Sophia stieß ein bitteres Lachen aus. »Meine Familie hat selbst noch eine Menge Personal.«

»So?« Spring zog die Augenbrauen zusammen und drehte sich zu der alten Frau um. »Und warum haben Sie das nicht? Haben Sie Ihr Geld verspielt? Sind Sie betrogen worden? Oder waren Sie in einen Skandal verwickelt?«

»So ähnlich war es wohl«, seufzte Sophia, und Spring sah sie überrascht an. Sie hatte eigentlich nur gescherzt. Doch Sophia hob beschwichtigend die Hand. »Es ging alles mit rechten Dingen zu. Ich wurde verstoßen. Von meinem Sohn aus dem Haus geworfen.«

Spring stieß einen überraschten Laut aus. Einen Moment lang war sie sprachlos. Das konnte unmöglich wahr sein. Welches Kind verstieß bitte schön seine Mutter? Und wenn die Mutter so reich gewesen war, dass sie angeblich einen Haushalt mit mehreren Angestellten unterhalten hatte, wie konnte sie dann durch den Rauswurf ihres Sohnes so weit abrutschen, dass sie von Sozialstundenableistenden unterstützt werden und Sonderangeboten hinterherjagen musste?

»Mach weiter, es ist eiskalt hier und wir müssen gleich mit dem Mittagessen anfangen.« Sophia hängte die Hose in den Schrank und wandte sich zur Tür.

»Nein, ich mache nicht einfach weiter, als hätten Sie nichts gesagt!« Spring stemmte eine Hand in die Hüfte und sah Sophia auffordernd an. »Ich muss herausfinden, ob Sie fantasieren oder die Wahrheit sagen. In meinen Augen stimmt das alles nicht, und das bringt mich in eine ziemlich unangenehme Situation. Denn das müsste ich wohl beim Amt melden.«

»Gar nichts musst du melden«, unterbrach Sophia sie. »Ich erzähle keinen Unsinn. Ich stamme wirklich aus einer sehr alten Familie. Als mein Mann starb und mein Sohn das Schloss und das gesamte Vermögen geerbt hat, hat er mich in diese Wohnung hier abgeschoben. Ich erhalte ein monatliches Taschengeld, das aber nie angehoben wurde. Und weil die Preise inzwischen gestiegen sind, müssen wir den Sonderangeboten hinterherrennen.«

»Taschengeld?« Spring sah sie zweifelnd an. Sie strich sich fröstelnd über die Arme. Hier war es wirklich frisch, wenn man sich nicht bewegte. Obwohl es bald Ende April war, waren die Tage noch immer kühl. »Ist es nicht eigentlich andersherum? Bekommt der Sohn nicht von seiner Mutter Taschengeld? Haben Sie denn nie gearbeitet? Haben Sie kein eigenes Geld?«

»Zum Arbeiten hatte ich damals keine Zeit.« Sophia stieß wieder ein leises, beinahe sarkastisches Lachen aus, dann fuhr sie fort: »Ich hatte Verpflichtungen. Zu unserem Anwesen gehörten zwei Dörfer, denen die Familie vorstand. Auch wenn sich die Verhältnisse nach dem Ersten Weltkrieg änderten, ist unsere Familie bis heute diejenige, die zu Gartenfesten einlädt, Wohltätigkeitsorganisationen leitet, die sich bei sozialen Projekten engagiert und stets mit Rat und Tat zur Seite steht, wenn es irgendwelche Probleme gibt. Hinzu kommt die Führung des Hauses, die ebenfalls eine Menge Zeit beansprucht. Und das ist nur die Arbeit auf dem Land. Dann waren da noch die Wochen, die man in London verbringen musste, um Kontakte zu pflegen, Geschäfte zu machen und vieles mehr. Heute ändert sich diesbezüglich gerade einiges, und ich bezweifle stark, dass meine Schwiegertochter noch immer die traditionellen Gartenfeste für die Dorfbewohner in unserem Garten ausrichtet. Die jungen Leute haben meist andere Jobs, machen Karriere, selbst die Ladys sind nicht mehr die Stütze der Dorfgemeinschaft, wie wir es früher waren. Mein Sohn hat sich ein Finanzimperium aufgebaut. Aber als ich meinen Mann geheiratet habe, war das alles noch anders.«

»Wann haben Sie geheiratet?«, fragte Spring.

»Das war 1965.« In Sophias Augen trat ein verträumter Ausdruck.

»Und wie kam es dazu, dass Ihr Sohn Sie aus dem Haus geworfen hat und dass Sie hier unter so bescheidenen Bedingungen leben müssen?« Spring war fast gewillt, die Geschichte, die ein bisschen was von einem Märchen hatte, zu glauben. Dazu passten auf jeden Fall das exklusive Wohnviertel und das teure Haus. Die Wohnung an sich war mit Sicherheit eine Stange Geld wert. Die Möbel, Teppiche und das andere Inventar hingegen waren abgenutzt, aber bei ihrer Anschaffung sicher nicht billig gewesen.

»Ach, das ist eine komplizierte Geschichte, und so ganz genau kann ich dir das gar nicht erklären.« Sophia machte eine wegwerfende Handbewegung. »Mein Mann ist leider sehr früh gestorben, und mein Sohn hat alles geerbt. Wenn ich ›alles‹ sage, dann meine ich das auch so. Ich habe nichts erhalten, keine Absicherung. Das ist schon immer so gewesen, seit Generationen steht in den Testamenten der Hausherren, dass das Haus und der sonstige Familienbesitz ausschließlich an einen männlichen Erben gehen darf … Es wurde im achtzehnten Jahrhundert festgelegt, kurz nachdem die Familie mangels eines männlichen Erben den Titel der Earls of Nefyn verloren hat. Es bedeutet aber auch, dass die Witwen vollständig auf die Gunst der Söhne angewiesen sind. Und als mein Sohn geheiratet hat, änderte sich alles. Daran hat seine Frau Monica, meine Schwiegertochter, keinen geringen Anteil.«

Spring stieß einen abfälligen Laut aus und verzog das Gesicht. »Dagegen kann man heute sicher etwas unternehmen.« Auch wenn sie wenig Ahnung von diesen Dingen hatte, kam ihr das alles merkwürdig vor. Sophia musste doch ein Anrecht auf angemessenen Unterhalt haben.

»Vermutlich, die Zeiten haben sich geändert. Aber dazu braucht man starke Nerven und Geld, um Anwälte zu bezahlen. Beides habe ich nicht. Und außerdem hängt so vieles mehr daran. In dieser Familie gibt es ungeheuerliche Geheimnisse, die noch heute Schaden anrichten können. Um meinen Sohn zu schützen, musste ich ihn für immer verlassen …«

»Was meinen Sie damit? Was für Geheimnisse?«

»Solche, die besser für immer im Dunkeln bleiben«, antwortete Sophia entschlossen. »Und jetzt lass uns über erfreulichere Dinge sprechen.«

Diese ewige Geheimniskrämerei! Sophia liebte es, Spring nie die ganze Geschichte zu erzählen und sich in mysteriösen Andeutungen zu ergehen.

Wie auch immer: Dass der alten Frau Unrecht getan worden war, stand außer Frage. Wenn Sophia wirklich die Wahrheit sagte, dann hatte ihr Sohn sie hierher abgeschoben, während er selbst mit seiner Frau im Luxus lebte. In dem Haus, über das einst Sophia geherrscht hatte. Vielleicht waren auch das die Gesetze der Reichen. Man konnte ganz oben sein, Angestellte haben und Geld, aber ebenso schnell konnte auch alles verloren sein. »Was ist mit Ihrer übrigen Familie?«

»Meine Enkelkinder, die Söhne von Thomas und Monica, habe ich nie gesehen. Und die wenigen Verwandten, die meinem Sohn und meiner Schwiegertochter nicht nahestehen, haben sich von Jahr zu Jahr seltener gemeldet, ebenso die alten Freunde, die nie wirklich Freunde waren. Es war ihnen unangenehm. Oder nein, es war *mir* unangenehm! Wie hätte ich sie denn hier empfangen können, ohne Hausangestellte? Mit jedem Jahr wurde die Wohnung schäbiger. Kunstgegenstände, die etwas wert waren, hat mein Sohn längst verkauft.« Sophia sah auf. Ihr Blick schweifte in die Ferne. »Ach, wie war diese Wohnung einst schön, als mein Mann und ich in unserer Jugend hier gewohnt haben, immer wenn wir in London waren.«

Spring stellte den leeren Wäschekorb in die Ecke zurück und klappte das Bügelbrett zusammen. Deshalb also die schweren Seidentapeten an den Wänden und die hellen Quadrate, wo einst prächtige Gemälde hingen. »Und die Frau, die Ihnen die Sozialstundenleistenden empfohlen hat, war das eine Ihrer hochnäsigen Bekannten?«

Sophia lachte. »Das hätte ich selbst sein können, sie ist das, was ich einmal war. Eine Lady, die Frau eines Mitglieds des Oberhauses. Wir haben früher zusammen diniert und uns auf Charity-Bällen getroffen. Als ich ihr zufällig auf der Straße begegnet bin, hat sie mich ausgefragt und einfach nicht in Ruhe gelassen. Sie wusste, wie unangenehm es mir war, kein Geld mehr zu haben und von der Güte meines Sohnes abhängig zu sein. Und dann hat sie mir diesen Vorschlag gemacht: Ich könne doch immer noch Gutes tun, indem ich gefallenen jungen Menschen helfe. Gleichzeitig würde ich wieder Angestellte haben. Und auch wenn es als Beleidigung gemeint war, hatte sie recht.«

»Dann bin ich ein gefallenes Mädchen?« Spring strich sich über die kurzen dunkelblonden Haare, die sie, seit sie bei Sophia arbeitete, nicht mehr schwarz färbte und rasierte.

»Für was hältst du dich denn selbst?«

Spring zuckte mit den Schultern. »Auf jeden Fall bin ich wohl eine, die erwischt wurde.«

»Das steht außer Frage.« Sophia schlurfte hinter ihr her aus dem kalten Schlafzimmer in den Flur. »Das alles ist lange her. Heute würde es einer Frau vermutlich nicht mehr passieren, dass sie vollkommen mittellos dasteht. Es gibt doch kaum eine Frau mehr, die nicht selbst einen Beruf erlernt hat und arbeiten gehen kann. Aber ich bin anders erzogen worden. Ich habe gelernt, einmal die Frau an der Seite eines Mannes zu sein. Einen großen Haushalt zu führen und Kinder zu bekommen. All das habe ich dann ja auch getan.«

»Seit wann leben Sie hier in London?«, fragte Spring und schloss die Tür zum Wohnraum hinter ihnen. Unwillkürlich wanderte ihr Blick zu der Vitrine, in der das Album lag.

»Seit 1995. Mein erster Enkel wurde im Jahr darauf geboren, ich habe nur durch Bekannte davon erfahren.« Sie ließ sich auf einen der Stühle am Fenster fallen. Die sonst so entschlossene und selbstsichere Frau wirkte plötzlich kraftlos und traurig.

»Schade«, sagte Spring leise und setzte sich neben Sophia. Sie griff nach ihrer Hand. Die Haut fühlte sich dünn an, die Knochen waren deutlich zu spüren. »Ich bin nur drei Jahre jünger als Ihr Enkel. Und ich habe mir ein Leben lang eine

Großmutter gewünscht. Ist das nicht wie verhext? Die einen dürfen oder wollen keinen Kontakt zu ihrer Granny haben, und zur selben Zeit gibt es da ein kleines Mädchen, das keine Oma hat und sich so sehr eine wünscht.«

# ZWEITES KAPITEL

*Ventnor, Isle of Wight, 1869*

Daphne fuhr mit der Mistgabel durch das Heu, um es zu wenden. Der süße Duft stieg ihr in die Nase, von weit entfernt hörte sie das leise Rauschen der ruhigen See. Unter dem alten Baumwollkleid lief ihr der Schweiß in Strömen den Rücken hinunter, die Halme stachen ihr in die nackten Füße.

Sie sah auf. Ein Viertel des Feldes hatte sie bereits geschafft, aber der Großteil lag noch vor ihr. Die Sonne stand inzwischen hoch am Himmel, und die Wasserflasche, die sie mitgebracht hatte, war fast leer. Landeinwärts ragte in der Ferne, über den Wipfeln der Platanen, das alte Farmgebäude ihrer Eltern auf und streckte die Schornsteine in den tiefblauen Himmel. Daphne wandte sich wieder ihrer Arbeit zu. Doch immer wieder wanderten ihre Gedanken zu der Ankündigung, die sie gestern in Ventnor gelesen hatte. Dieses Plakat ging ihr nicht mehr aus dem Kopf. Es hatte an der Kirchenpforte gehangen. Bereits beim Hineingehen hatte Daphne innegehalten und mühsam, weil sie nur sehr schlecht lesen konnte, den Text studiert:

**Das Royal National Hospital**
**sucht junge Frauen, die sich von einer Absolventin**
**der Londoner Nightingale School of Nursing**
**zur Krankenschwester ausbilden lassen wollen.**

Nach dem Gottesdienst hatte sie gewartet, bis ihre beiden Schwestern und die drei Brüder hinter den Eltern in den Mittelgang getreten waren. Als Letzte der Familie hatte sie sich eingereiht, um vor der Eingangstür noch einmal einen ungestörten Blick auf den Aushang zu werfen. Und plötzlich hatte sie sich nichts sehnlicher gewünscht, als diesem Ruf zu folgen. Nie zuvor hatte sie ernsthaft darüber nachgedacht, sich dem Dienst der Kranken zu widmen, obwohl sie gern Menschen pflegte.

Als ihre Großmutter vor drei Jahren gestürzt war und sich das Becken gebrochen hatte, war Daphne es gewesen, die sie monatelang gepflegt hatte, bis die alte Frau schließlich friedlich eingeschlafen war. Es hatte ihr nichts ausgemacht, nachts aufzustehen und ihre Großmutter zu wenden, ihr auf den Nachttopf zu helfen oder das Nachthemd zu wechseln. Sie hatte ihr morgens beim Waschen geholfen, ihr Milchsuppe und Porridge eingeflößt und sich Stunde um Stunde die Klagen der alten Frau angehört. All das hatte Daphne mit Liebe getan, es hatte sie erfüllt, und zum ersten Mal in ihrem damals fünfzehnjährigen Leben hatte sie den Eindruck gehabt, etwas Sinnvolles zu tun. Ihre Mutter und die Schwestern waren dankbar gewesen, dass Daphne in ihrer Aufgabe aufging, denn so mussten sie sich nicht um die Großmutter kümmern, die in ihren letzten Wochen recht unleidlich geworden war.

Als Daphne hinterher wieder zu ihrer Feldarbeit zurückgekehrt war, kam ihr das alles unbedeutend und unwichtig vor. Sie wollte auch weiterhin pflegen, helfen, Leiden lindern oder das Sterben erträglicher machen. Sie dachte oft an die Dankbarkeit in den Augen ihrer Großmutter, wenn Daphne sie gereinigt und frisch gemacht oder wenn sie ihr beim Essen geholfen hatte. Manchmal hatte Daphne sich gewünscht, anstatt auf dem Feld in einem Krankenhaus zu stehen und ihren Dienst dort zu verrichten. Aber sie hatte immer geglaubt, dass nur Ordensschwestern für diesen Weg vorgesehen waren. Doch nun hatte sich unverhofft eine Möglichkeit aufgetan, gleich vor ihrer Haustür sozusagen.

Daphne kannte die beiden neu gebauten Cottages, in denen sich jeweils zwölf Patientenzimmer befanden. Zwischen den zwei Häusern stand die ebenfalls frisch errichtete Kapelle St. Luke. Soweit sie wusste, waren weitere sechs Cottages mit jeweils zwölf Patientenzimmern geplant. Der ganze Komplex war etwa zwanzig Minuten Fußweg feldein von ihrer Farm entfernt.

Daphne wandte sich wieder dem Heu zu. Wenn sie nur wüsste, wie sie ihre Eltern davon überzeugen konnte, dass sie sich dort ausbilden ließ. Sie wollte so gern als Krankenschwester arbeiten. Die Tätigkeit hier auf der Farm, mit der sie aufgewachsen war, langweilte sie. Tagein, tagaus dieselben Handgriffe, und höchstens die Kühe sahen sie morgens dankbar an, wenn sie sie gemolken hatte. Aber wenn Daphne die Kühe nicht von der Milch befreite, tat es eben eine ihrer Schwestern. Das, was sie ihrer Großmutter jedoch an Hilfe hatte zukommen lassen, das war mehr gewesen. Das war sinnvoll und notwendig, und auch wenn es pathetisch klang, so hatte Daphne gespürt, dass sie durch diese Pflege die Welt ein kleines Stück besser gemacht hatte. Das wollte sie. Sie war eine gute Christin, aber statt Sonntag für Sonntag in der Kirche stumme Gebete zu sprechen, wollte sie lieber jeden Tag den Schwachen und Kranken helfen.

Allerdings war sie sich ziemlich sicher, dass ihre Eltern diesen Wunsch ihrer ältesten Tochter nicht verstanden. Und ihr Vater hatte bereits mit Jonathan Smith von der Hilltop Farm gesprochen, der seinen zweitältesten Sohn Albert verheiraten wollte. Beide Männer waren sich so gut wie einig, die Mitgift war quasi ausgehandelt. Zwei Kühe und drei Schafe würde Smith von Daphnes Vater erhalten. Nach Gefühlen wurde nicht gefragt, Mädchen mussten unter die Haube gebracht werden. Aber Daphne hatte ja noch zwei jüngere Schwestern, die sicherlich sofort gern ihre Rolle übernahmen. Nur, wie sollte sie ihre Eltern davon überzeugen, sie die Ausbildung zur Krankenschwester machen zu lassen?

Als die Sonne den Zenit erreicht hatte, war Daphne mit dem Wenden des Heus auf der Südwiese fertig. Sie strich sich den Schweiß aus der Stirn und ging zum Mittagessen zurück zum Hof.

Ihre Mutter hatte den Lunch dort unter den Platanen angerichtet, wie immer an warmen Tagen, von denen sie auf der Isle of Wight genug hatten. Auf einem langen Holztisch lagen fünf Laibe frisch gebackenes Brot, Käse, Butter, gekochte Eier und die geernteten Tomaten bereit. Mittags versammelten sich hier alle um den Tisch. Die Knechte und Mägde, die Eltern und die sechs Kinder, früher auch die Großeltern und Daphnes Großtante, die nie geheiratet und ihr Leben bis zu ihrem Tod auf dem Hof verbracht hatte. So war es immer gewesen, seit Daphne denken konnte, und auch schon in den Generationen, die vor Daphne auf der Farm gelebt und gearbeitet hatten. Zur Erntezeit saßen manchmal um die dreißig Menschen hier, zu anderen Zeiten meist um die fünfzehn bis zwanzig.

Wasserkrüge und Gläser standen auf dem Tisch. Daphne füllte ihr Glas und trank es gierig aus, was ihr einen vorwurfsvollen Blick ihrer Mutter einbrachte. Sie nahm sich vor, am Nachmittag zwei Wasserflaschen mit aufs Feld zu nehmen. Gesprochen wurde nie viel, meist waren alle zu müde, um sich zu unterhalten. Nur wenn die Arbeit des Nachmittags beredet werden musste, kam es zu Diskussionen. Auch heute waren alle schweigsam, während sie hungrig und müde vom Werk des Vormittags ihre Brote aßen.

Plötzlich wandte sich ihre Mutter an sie: »Daphne, du musst in Ventnor einige Besorgungen für mich machen. Ich wollte es eigentlich selbst erledigen, aber nun hat sich Tante Molly angemeldet, um über Janes Hochzeit zu sprechen. Eure Cousine heiratet schließlich in acht Wochen. Kaum sechzehn Jahre alt und schon vermählt.« Sie seufzte.

Daphne wusste, dass ihre Mutter sich schwer damit tat, ihre Mädchen aus dem Haus zu geben, aber auch ihr war natürlich klar, dass bald Schwiegertöchter einziehen und den Platz für sich und ihre Kinder beanspruchen würden. Bis dahin mussten die Töchter des Hauses gut untergebracht sein.

Daphne nickte und blickte auf ihren Teller, um ihre Aufregung zu verbergen. Sie konnte ihr Glück kaum fassen. Es kam nur äußerst selten vor, dass ihre Mutter eine von ihnen in den Ort schickte, und gerade jetzt, da Daphne unbedingt dorthin wollte, wurde sie ausgewählt, den Gang zu übernehmen.

Kaum hatte sie ihr Brot gegessen, entschuldigte sie sich und stand auf. Sie tauschte das zerschlissene, staubige Baumwollkleid gegen ihr neues Gewand, das ihre Mutter erst dieses Jahr aus einem blauen Leinenstoff genäht hatte, der eigentlich für neue Vorhänge in der Stube gedacht gewesen war. Für die Kirche war das Tuch nicht geeignet, aber für Erledigungen wie diese genau richtig.

Daphne schlüpfte in ihre Unterröcke, die sie auf dem Feld nicht trug, weil sie sie bei der Arbeit nur behinderten, die aber zu einer ordentlichen Ausstattung gehörten. Sie mochte die weit ausgestellten Röcke und bewunderte die Ladys, die zur Sommerfrische auf der Insel waren und Krinolinen unter ihren Gewändern trugen. Solch ein Volumen bekam Daphne mit ihren Unterröcken nicht hin. Sie betrachtete sich in dem winzigen angelaufenen Spiegel der engen Dachkammer, die sie mit ihren beiden jüngeren Schwestern bewohnte. Mit dem, was sie sehen konnte, war sie recht zufrieden. Die blauen Augen leuchteten ihr entgegen. Das von der Sonne ausgebleichte hellblonde Haar hatte sie zu einem strengen Knoten gesteckt, die ebenmäßige, aber leider stark gebräunte Haut war so sauber wie möglich gewaschen. Sie hatte auch darauf geachtet, den Nacken gründlich zu säubern, denn sie hasste es, wenn sie in der Kirche bei den Bauernmädchen in der Reihe vor sich die dunklen Ränder am Hals sah, die vom aufgewirbelten Staub der unbefestigten Straßen herrührten. Sie mochten vielleicht alle nicht reich sein, aber sie konnten sich wenigstens ordentlich waschen.

Daphne schrubbte emsig ihre Hände, besondere Sorgfalt verwendete sie auf die Fingernägel. Bestimmt wurde im Krankenhaus Wert auf Sauberkeit gelegt. Doch von der täglichen harten Arbeit auf dem Feld und im Stall waren ihre Hände kaum von den dunklen Schwielen und den schwarzen Rändern unter den Nägeln zu befreien. Irgendwann gab sie auf. Sauberer würde sie die Hände wohl nie bekommen.

Sie vergewisserte sich, dass die Tür zu der Schlafkammer geschlossen war, und holte dann ihre weißen Handschuhe aus der untersten Kommodenschublade hervor. Die waren nur für die Kirche oder besondere Einladungen vorgesehen, niemals würde ihre Mutter ihr erlauben, sie bei Besorgungen im Dorf zu tragen. Daphne stopfte sie tief in ihre Rocktaschen und hoffte, dass ihrer Mutter die leichten Ausbuchtungen im Stoff nicht auffallen würden. Dann stieg sie wieder die enge, steile Stiege hinunter, ging in die große, mit groben Steinen ausgelegte Küche und nahm den Korb von ihrer Mutter entgegen.

Darin lag eine Liste mit Besorgungen, die sie in Ventnor erledigen sollte.

Ihre Mutter sah sie kaum an, weil sie gerade den Teig für die Scones rührte, die sie für den Besuch ihrer Schwester backen wollte. Erleichtert huschte Daphne aus der Küchentür in den Hof, balancierte geschickt um die Kuhfladen und Pferdeäpfel herum und lief dann durch das Tor aufs Feld hinaus. So schnell sie konnte, eilte sie über die Wiesen und an den Äckern entlang. Sie wollte sich sputen, um noch im Krankenhaus vorzusprechen und Informationen einzuholen, wie sie sich um den Ausbildungsplatz bewerben konnte.

Als sie die Felder der elterlichen Farm hinter sich gelassen hatte, wurde der Weg leichter. Sie konnte nun auf der zerfurchten Straße gehen, die zwar nicht gerade komfortabel war, aber doch bequemer als die unebenen Äcker. Sie genoss den Wind, der an den Strähnen ihrer hellen Haare zerrte, die sich aus ihrer Frisur gelöst hatten. Auf der Isle of Wight hielt keine Frisur, weil der Seewind einem immer um die Ohren fegte. Es gab nur wenige Tage im Jahr, an denen kein Lüftchen wehte. Daphne hatte heute keinen Blick für die Schönheit der Insel, weil sie in Gedanken unaufhörlich damit beschäftigt war, sich die richtigen Worte zurechtzulegen, die sie hoffentlich ihrem großen Traum, als Krankenpflegerin zu arbeiten, näherbringen würden.

Der Weg führte über eine Hügelkuppe, und als sie den höchsten Punkt erreicht hatte, konnte sie Ventnor links neben sich am Hang liegen sehen. Ursprünglich hatte das Örtchen nur aus ein paar gepflegten Fischerhütten bestanden, vom Rest der Insel durch steile Felsen isoliert. Man war mit dem Boot besser nach Ventnor gekommen als über Land. Doch in den Dreißigerjahren hatte Sir James Clark das Fischerdorf entdeckt und bekannt gemacht. Vor drei Jahren war sogar die

Eisenbahn nach Ventnor gekommen, und inzwischen war es ein gefragtes Seebad geworden.

Während Daphne über den ausgetretenen Pfad ging, der auf den Klippen über dem Meer entlangführte, und auf das Städtchen zulief, betrachtete sie die Häuser, die sich am Hang erstreckten und die in den letzten Jahren wie Unkraut gewuchert waren, alle in ähnlicher Bauweise. Große rechteckige Klötze mit vorgebauten Veranden und Balkonen, die zum Meer ausgerichtet waren. Von den einfachen Fischerhütten waren längst keine mehr übrig. Jahr für Jahr wurden neue Hotels gebaut, Ventnor war der sonnenreichste Fleck der Insel, ja vielleicht ganz Englands. In den Gärten mancher Hotels wuchsen exotische Palmen, die Daphne und ihre Geschwister früher auf dem Weg zur Kirche immer bestaunt hatten. Am Fuß des Berges erstreckte sich die lange Esplanade, der breite Strand darunter war voller weiß leuchtender sogenannter *Bathing Machines*. Diese Badekarren mit ihren riesigen Rädern schützten die Gäste vor neugierigen Blicken und fuhren sie ins Wasser. Es hieß, dass bald ein neuer Pier gebaut werden sollte.

Daphne betrachtete die jämmerlichen Überreste der alten Piere, die 1863 errichtet worden waren und zum Krönungstag im Juni bereits erste Schiffe angelockt hatten. Es sollte ein geschützter Hafen entstehen, begrenzt durch den Ost- und Westpier. Daphne konnte sich noch gut an die Aufregung erinnern, die im ganzen Ort geherrscht hatte. Auch sie war mit ihrer Familie hergekommen und hatte auf die ersten Boote gewartet, die vom Festland hier eintreffen und Tagestouristen bringen würden. Die Freude über die Ausflugsschiffe, die von Portsmouth und Southampton kamen, währte jedoch nicht lange. Denn so lieblich das Klima Ventnors auch war, so rau konnten die Winde sein, die hier auf die Küste trafen. Und bereits im Oktober 1864 hatten mehrere heftige Stürme die über dreihundert Fuß langen Konstruktionen zerrissen wie Ästchen im Wind. Aber vor ein paar Wochen hatte Daphne nach der Kirche gehört, dass jemand die Überreste der Piers gekauft hatte und im nächsten Jahr einen neuen, stabileren Anlegesteg errichten wollte.

Inzwischen hatte sie die St. Boniface Downs erreicht, wo sich der Schuster und das Kurzwarengeschäft befanden, zwei Adressen, die auf ihrer Liste standen. Der Schweiß lief Daphne den Rücken hinunter, weil sie so gerannt war. Einen Augenblick lang blieb sie vor dem Laden des Schusters stehen, um wieder zu Atem zu kommen. Dann trat sie ein.

Ein Glöckchen bimmelte, und der Geruch von Schuhwichse, Leder und Rauch schlug ihr entgegen. Daphne holte die reparierten Stiefel ab und machte sich dann auf den Weg zu Mrs Ferguson, um Garn und Sticknadeln zu besorgen. Nachdem sie alle Aufträge erledigt hatte, lief sie die Straße entlang in Richtung St. Lawrence. Dort an der Küste, zwischen Ventnor und St. Lawrence, wurde gerade das neue Krankenhaus gebaut. Sie schlüpfte in ihre weißen Handschuhe, die den Dreck unter ihren Fingernägeln verbergen würden. Dann eilte sie weiter.

Je länger sie der Straße folgte, umso staubiger wurde es. Tiefe Furchen hatten sich in die Fahrbahn gegraben, sie stammten von den schweren Fuhrwerken, die Baumaterialien anlieferten. Daphne konnte laute Hammerschläge und Rufe hören, als sie sich der Baustelle näherte. Sie sah den Kirchturm der neu errichteten St.-Luke's-Chapel, rechts und links von den ersten beiden Cottages des Krankenhauses flankiert. Daphne blieb stehen. Sie hatte damit gerechnet, dass die Häuser bereits in Betrieb genommen waren, aber sie wirkten noch unfertig und chaotisch. Wo sollte sie vorsprechen? Plötzlich verließ sie der Mut. Es war eine dumme Idee gewesen, herzukommen. Sie sollte sich schnell auf den Heimweg machen, bevor ihre Mutter sie vermisste.

»Daphne Marcy?«, hörte sie in diesem Moment eine Stimme hinter sich und fuhr erschrocken herum.

Vor ihr stand der Pfarrer. Daphne biss sich verlegen auf die Unterlippe und sah zu Boden. Der Pfarrer würde ihrer Mutter bestimmt am nächsten Sonntag erzählen, dass er sie auf der Baustelle getroffen hatte, und dann würde Daphne in Erklärungsnot geraten. Ihr spontaner Entschluss, eine Ausbildung zur Krankenschwester zu machen, kam ihr immer dümmer vor.

»Wie schön, Sie zu sehen«, sagte der Pfarrer und schob seine dünne Goldrandbrille hoch. »Was führt Sie her?«

»Guten Tag, Herr Pfarrer.« Daphne deutete einen Knicks an. »Ich … ähm … ich …«

»Sie wollen sich doch nicht etwa nach der Schwesternausbildung erkundigen?« Ein strahlendes Lächeln legte sich auf das Gesicht des alten Mannes. »Denn an genau Sie habe ich gedacht, als ich Schwester Middleton versprochen habe, ihr bei der Suche nach geeigneten Kandidatinnen zu helfen. Sie haben doch Ihre Großmutter so vorbildlich gepflegt.«

Daphne atmete erleichtert auf. Was für ein Glück, dass der Pfarrer die Schwesternausbildung von sich aus angesprochen hatte, sie hätte sich das vermutlich nicht getraut. Schnell sagte sie, bevor der Mut sie wieder verließ: »Ja, das ist der Grund, warum ich heute hergekommen bin. Aber ich weiß nicht, an wen ich mich wenden soll.«

»Kommen Sie, Miss Marcy.« Der Pfarrer deutete auf das linke der beiden Häuser. »Ich bringe Sie zu Schwester Middleton. Die ersten Patienten reisen zwar erst nächsten Monat an, aber es ist ja noch so viel vorzubereiten.«

Daphne hätte beinahe laut aufgelacht, so aufgeregt war sie plötzlich. Niemals hätte sie gedacht, dass sie solch ein Glück haben würde.

Der Pfarrer führte sie über ein paar Holzbretter, die jemand über eine besonders matschige Stelle vor der Tür des Cottage gelegt hatte. Als sie die Eingangshalle betrat, nahm sie den Geruch von frischer Farbe, gesägtem Holz und Leim wahr. Arbeiter waren gerade damit beschäftigt, das Geländer einer Treppe zu streichen, die gleich neben der Eingangstür nach oben führte. Geradeaus standen zwei Türen offen, rechts und links führten Flure ins Gebäude hinein.

»Schwester Middleton?«, rief der Pfarrer laut über die monotonen Streichgeräusche der Maler hinweg. Irgendwo pfiff jemand ein fröhliches Lied.

»Hier im Büro«, hörte Daphne eine warme weibliche Stimme antworten.

Der Pfarrer machte eine Handbewegung, und sie folgte ihm in den linken Raum, der sich direkt gegenüber der Eingangstür befand.

»Ich bringe Ihnen eine junge Interessentin für Ihre Ausbildung«, sagte der Pfarrer, während er den Raum betrat. »Daphne Marcy. Sie hat ihre Großmutter aufopferungsvoll gepflegt und würde bestimmt eine wunderbare Krankenschwester abgeben.«

Daphne ging vorsichtig durch die Tür, neugierig, wer sie dort erwartete. Das Herz schlug ihr bis zum Hals. Jetzt konnte Daphne die Frau in dem Zimmer sehen. Sie trug ein langes braun-weiß gestreiftes Leinenkleid und eine weiße Haube, und an ihrem Gürtel hing ein großer Schlüssel, der sie als Oberhaupt der Einrichtung auswies. Das Gesicht unter der Haube hatte schon einige Falten, sodass Daphne das Alter der Frau ungefähr auf das ihrer Mutter schätzte.

»Miss Marcy?« Schwester Middleton deutete auf einen Stuhl, der aussah, als käme er gerade frisch vom Schreiner. Die dunkle Farbe auf dem Holz glänzte, die Ecken waren nicht abgestoßen, und die Stuhlbeine wiesen noch keine Schrammen auf. Schwester Middleton selbst saß an einem Tisch mit Papieren und einer Tasse Tee. Sie hielt noch die Feder in der Hand, ein begonnener Brief lag vor ihr.

»Sie haben also bereits Erfahrung in der Pflege?«, fragte die Schwester und steckte die Feder zurück in den Halter.

Daphne spürte, dass sie errötete. »Ich habe meine Großmutter bis zu ihrem Tod gepflegt.«

»Dann wissen Sie also, was auf Sie zukommt?« Schwester Middleton sah sie mit gesenktem Kopf an.

Daphne nickte.

»Denn die Krankenpflege erfordert nicht nur absolute nervliche Gesundheit von einer jungen Frau. Ich kann hier keine Damen gebrauchen, die in Ohnmacht fallen, sobald ein Patient blutigen Auswurf hat oder eine eitrige Wunde.« Schwester Middleton machte eine Pause und sah zwischen dem Pfarrer und Daphne hin und her. »Genauso wichtig ist eine gute körperliche Konstitution. Die Arbeit ist anstrengend, es muss schwer gehoben werden, Patienten müssen gestützt, aus dem Bett gehievt oder ins Bad begleitet werden. Viele von ihnen sind nicht in der Lage mitzuhelfen, das muss alles aus der Kraft der Pflegenden heraus geschehen.«

»Ich bin harte körperliche Arbeit gewöhnt, Ma'am«, warf Daphne ein.

»Gut, mein Kind, welche Arbeit tun Sie denn bislang?« Mrs Middleton griff nach einem frischen Bogen Papier.

»Farmarbeit.« Daphne strich über ihr Kleid. »Meine Familie besitzt einen Hof. Ich arbeite jeden Tag auf dem Feld, melke die Kühe, miste die Ställe aus, schere Schafe …«

Mrs Middleton hatte die Feder genommen, die jetzt übers Papier kratzte. »Und Ihre Eltern sind damit einverstanden, dass Sie in die Krankenpflege gehen und die Farm verlassen?«

»Nun«, sagte Daphne verlegen. Sie blickte hilfesuchend zum Pfarrer, der ihr aufmunternd zulächelte. »Ich habe, ehrlich gesagt, noch nicht mit ihnen darüber gesprochen. Als ich meine Großmutter gepflegt habe, waren alle froh, dass ich die Aufgabe übernommen habe, und sie kamen ohne meine Hilfe auf dem Feld und im Stall aus.«

»Sie werden die Erlaubnis Ihres Vaters brauchen oder die Ihres Ehemanns, falls Sie sich in nächster Zeit zu verheiraten gedenken«, erklärte Schwester Middleton und sah Daphne fragend an. »Allerdings muss ich dazusagen, dass wir Kandidatinnen bevorzugen, die nicht verheiratet sind. Denn wir erwarten absolute Hingabe an den Beruf, und ein zu Hause wartender Ehemann wird früher oder später zum Problem. So war es bislang immer, daher ziehen wir ledige Frauen verheirateten vor.«

Daphne dachte an Albert Smith, den ihr Vater für sie als Ehemann ausgesucht hatte. »Ich bin eine Jungfer und von Herzen bereit, mich dieser Aufgabe hinzugeben.«

»Sehr gut, Miss Marcy. Wann sind Sie geboren? Und nennen Sie mir bitte Ihre Anschrift.« Schwester Middleton tauchte die Feder in die dunkle Tinte.

Daphne nannte ihr die gewünschten Daten, obwohl es ihr alles andere als leichtfiel, die Adresse der Farm zu verraten. Zu groß war ihre Angst davor, dass Schwester Middleton womöglich noch heute auf dem Hof stehen und mit ihren Eltern sprechen könnte. Falls Daphne bis dahin noch nicht die Gelegenheit gehabt hätte, sie in ihre Pläne einzuweihen, würde ihre Mutter ihr vermutlich den Kopf abreißen.

»Welche Schulbildung haben Sie?« Mrs Middleton sah nicht einmal von ihrem Blatt auf.

Daphne presste kurz die Lippen zusammen. Das war ihr Manko. So wie alle Mädchen, die hier auf der Insel aufgewachsen waren und nicht das Glück gehabt hatten, einer der wenigen reichen Familien anzugehören, konnte sie kaum lesen und schreiben. Auch beim Rechnen reichten ihre Kenntnisse nicht weit. Sie atmete tief ein, dann erklärte sie: »Ich bin in die Sonntagsschule beim Herrn Pfarrer gegangen.« Daphne deutete mit dem Kopf auf den Mann, der sich neben sie gesetzt hatte.

»Daphne war eine sehr fleißige Schülerin. Sie ist gewissenhaft, zuverlässig und gründlich. Außerdem geht sie in der Nächstenliebe auf. Sie ist ganz bestimmt eine der besten Kandidatinnen, die Sie hier auf der Insel finden können«, ergänzte der Pfarrer.

»Da haben Sie einen wichtigen Fürsprecher.« Schwester Middleton lächelte. »Nun, sofern Ihre Eltern nichts einzuwenden haben, dürfen Sie sehr gern hier arbeiten. Sie wohnen im Haus, Logis und Kost sind frei. Während der dreijährigen Ausbildungszeit verdienen Sie fünf Pfund im Jahr, danach zehn. Von diesen fünf Pfund ziehe ich Ihnen in den ersten beiden Jahren jeweils zwei Pfund für Ihre Schwesternkleidung ab, die Sie, sollten Sie vor Ablauf der ersten zwei Jahre Ihren Dienst bei uns aufgeben, zurückgeben müssen. Andernfalls gehen die drei Hauben, zwei Gewänder und sieben Schürzen in Ihren Besitz über.«

Daphne nickte aufgeregt. Sie hatte noch nie in ihrem Leben einen einzigen Shilling besessen, und jetzt sollte sie sogar fünf Pfund im Jahr verdienen. Vielleicht war das ja der Anreiz, den sie für ihre Eltern brauchte. Sie konnte ihnen ihren gesamten Verdienst versprechen, was ihr Vater niemals ablehnen würde.

Statt für Daphne die Aussteuer zu bezahlen, würde er sogar Geld von ihr bekommen, und sie war aus dem Haus.

Schwester Middleton machte sich noch einige Notizen, dann stellte sie die Feder wieder zurück in den Halter. »Ich will ganz ehrlich sein: Wir brauchen im Moment jede Hand. Daher wäre es hervorragend, wenn Sie bereits in der nächsten Woche beginnen könnten. Kommen Sie am besten morgen mit Ihrem Vater vorbei, damit er mir sein Einverständnis gibt, und Sie können sofort Ihr Zimmer unterm Dach dieses Cottage beziehen.«

»Ich spreche gleich mit meinen Eltern«, murmelte Daphne und sah auf ihre verkrampften Finger in ihrem Schoß. Sie spürte ein Hochgefühl, weil es so einfach gewesen war, die Anstellung zu bekommen, gleichzeitig hatte sie aber auch mächtig Angst, dass ihr Vater es verbieten könnte. Sie stand auf und knickste. »Auf Wiedersehen, Schwester Middleton.«

»Schwester, ich muss noch einiges mit Ihnen besprechen. Ich begleite Miss Marcy nur zur Tür.« Der Pfarrer hatte sich ebenfalls erhoben und folgte Daphne in die Eingangshalle.

Nachdem sie über das Brett vor dem Eingang balanciert war, drehte Daphne sich noch einmal zu dem Pfarrer um. »Ich danke Ihnen sehr für die Unterstützung und die wohlwollenden Worte, die Sie der Schwester gegenüber für mich gefunden haben.«

Der alte Mann lächelte. »Es entspricht der Wahrheit. Ich hatte gehofft, dass die Ankündigung in der Kirche Ihre Neugierde weckt. Denn ich kann mir tatsächlich keine bessere Krankenschwester vorstellen als Sie. Aber verraten Sie mir, was Ihre Eltern wohl dazu sagen werden?«

»Das könnte in der Tat schwierig werden«, gestand Daphne. »Ich habe noch nicht mit ihnen gesprochen.«

»Dann sollten Sie das lieber nicht allein tun. Ich werde Sie unterstützen, wenn Sie einverstanden sind. Am besten komme ich heute Abend vor dem Dinner bei Ihnen vorbei. Wären Sie so freundlich, mich bei Ihren Eltern anzukündigen?«

»Sehr gerne.« Daphne strahlte den Pfarrer an. Das war genau die Hilfe, die sie brauchte.

Als sie über die Felder zur Farm lief, konnte sie ihr Glück kaum fassen. Noch heute Morgen war es ihr beinahe aussichtslos vorgekommen, und nun hatte sie eine Ausbildungsstelle und unverhofft einen Fürsprecher. Doch sie durfte sich nicht zu früh freuen, denn noch war es durchaus möglich, dass ihr Vater sein Einverständnis verweigerte. Und hoffentlich hatte ihre Mutter nicht bemerkt, dass sie deutlich länger fortgeblieben war, als es die Besorgungen erforderten. Wenn sie sie danach fragte, was sie aufgehalten hatte, würde Daphne die Wahrheit sagen müssen. Andernfalls würde sie sich von vorneherein die Chancen auf die Zustimmung ihres Vaters verbauen, denn ihre Eltern würden es niemals tolerieren, dass sie sie anlog.

Doch als sie die Farm erreichte, war ihre Mutter in eine intensive Unterhaltung mit ihrer Schwester, Daphnes Tante, vertieft. Daphne legte die Stiefel und die Einkäufe aus dem Kurzwarenladen auf die Bank im Flur, stellte den Korb zurück in die Kammer und lief dann nach oben, um sich umzuziehen. Wenig später stand sie im Hof und fegte das alte Kopfsteinpflaster, bevor sie gleich die Kühe von der Weide zum Melken holen würde. Erst als sie hörte, dass ihre Tante sich verabschiedete, wischte sie sich die Hände an der Schürze ab und lief ins Haus, um ihrer Mutter zu sagen, dass sie den Pfarrer im Dorf getroffen und er sich für einen kurzen Besuch vor dem Abendessen angekündigt habe.

»So?« Ihre Mutter zog die Augenbrauen zusammen und

strich über ihre Schürze. »Was will er denn bloß? Na schön, ich werde ein paar Käse-Scones bereitstellen, die mag er doch so gern.«

Bevor ihre Mutter weitere Fragen stellen konnte, eilte Daphne nach draußen.

Als sie später die Kühe von der Weide holte, zitterten ihre Finger. Immer wieder sah sie zum Haus hinüber und fragte sich, ob der Pfarrer wohl inzwischen eingetroffen war. Und während sie zusammen mit ihrer Schwester Rose im Stall die Kühe molk, hatte sie Angst, dass der Pfarrer gar nicht käme. Daphne wurde übel. Dann wäre alles umsonst gewesen! Sie hätte sich für kurze Zeit ihren Träumen hingegeben, die Farm zu verlassen und endlich einer sinnstiftenden Arbeit nachzugehen, doch diese Vorstellungen musste sie wohl hinter sich lassen.

Als sie kurz darauf, gewaschen und ohne Schürze, am großen Küchentisch saß, war vom Pfarrer nichts zu sehen. Entweder war er gar nicht gekommen oder schnell wieder fortgeschickt worden. Ihre Mutter und die jüngste Schwester stellten Schüsseln mit Kartoffeln, Rahm und Butter auf den Tisch. Neben den sechs Kindern der Familie Marcy und den Eltern aßen auch die Mägde und Knechte mit ihnen gemeinsam zu Abend. Insgesamt saßen über zwanzig Personen am Tisch. Daphne schenkte sich Wasser ein, und im nächsten Moment waren nur noch zufriedenes Schmatzen und das Klappern des Bestecks zu hören. Erst als alle Schüsseln geleert waren, kamen die Unterhaltungen wieder in Gang.

Normalerweise liebte Daphne diese Zeit des Tages, wenn die meiste Arbeit getan war und sie lauschen konnte, was sich so alles ereignet hatte. Doch jetzt war sie unendlich traurig und mutlos. Denn in diesem Moment, da sie der Tatsache ins Auge blickte, dass sie sich einer falschen Hoffnung hingegeben hatte, fiel ihr auf, dass sie keine Bäuerin werden wollte. Wenn sie in die Familie Smith einheiratete, vielleicht einen eigenen kleinen Hof mit Albert hätte, würde sich ihr Leben kaum von dem ihrer Mutter unterscheiden. Jeden Tag dieselben Verrichtungen, jeden Tag dieselben Menschen um sie herum. Wie viel aufregender wäre da die Arbeit in einem Krankenhaus! Wenn sie Menschen dabei helfen könnte, gesund zu werden, oder wenigstens, die Krankheit besser zu ertragen. Ja, sie wollte Gutes tun, etwas, das über das Wenden von Heu, das Kochen von Essen oder die Flickarbeiten einer Hausfrau hinausging.

Ihre Mutter war bereits aufgestanden und trug die leeren Schüsseln zum Spülstein hinüber. Rose war zur Hintertür hinausgeschlüpft, um Wasser vom Brunnen zu holen. Daphne musste auch aufstehen, um sich nützlich zu machen, aber plötzlich hatte sie keine Energie mehr dafür. Es kostete sie alle Kraft, sich zusammenzunehmen und nicht zu zeigen, wie unglücklich sie war.

»Daphne, ich muss dich sprechen, in der Stube«, sagte ihr Vater so unvermittelt, dass sie zusammenzuckte.

Daphne warf ihm einen forschenden Blick zu, aber sein zerfurchtes und von der Sonne gebräuntes Gesicht ließ keine Regung erkennen.

Sie nickte und ihr Herz schlug wild gegen ihre Rippen. Sie stand auf und folgte ihrem Vater aus dem Zimmer. Ihr war schwindelig. Was hatte das zu bedeuten? Dann war der Pfarrer also doch da gewesen?

In der guten Stube waren die Möbel mit Tüchern bedeckt, und trotz des warmen Sommers herrschte im Raum eine angenehme Kühle. Die große Standuhr in der Ecke, die Daphnes Mutter jeden Morgen persönlich aufzog, tickte laut. Es roch ein wenig muffig, aber auch nach Tee und Kuchen. Oder bildete Daphne sich das nur ein? Sie kannte die Stube nur im Zusammenhang mit Kuchen und Tee.

»Der Pfarrer war vorhin hier«, begann ihr Vater, ohne sich zu setzen oder seiner Tochter einen Platz anzubieten. »Er hat behauptet, dass du dich gern zur Krankenschwester ausbilden lassen möchtest.«

Daphnes Atem beschleunigte sich. Sie blickte zu Boden und nickte.

»Und du hast heute Nachmittag mit der zuständigen Schwester im neuen Cottage-Hospital gesprochen, die dir einen Ausbildungsplatz angeboten hat.« Er sah sie fragend an.

Wieder nickte Daphne, sie wagte es nicht, den Blick ihres Vaters zu erwidern. »Ich würde fünf Pfund im Jahr verdienen, abzüglich zwei für die Kleidung. Mit diesem Geld kann ich die Farm weiterhin unterstützen.«

»Darum geht es nicht.« Ihr Vater seufzte. »Ich habe einen guten Bräutigam für dich gefunden, du wärst bestens versorgt. Wenn du in einem Krankenhaus arbeiten willst, musst du auf einen Ehemann verzichten. Du wirst sehr wahrscheinlich nie eigene Kinder haben, dein Leben ist dann dem Dienst an den Kranken gewidmet.«

Daphne presste die Lippen aufeinander. Auch Schwester Middleton hatte ihr klar gesagt, dass sie auf eine eigene Familie verzichten müsse, wenn sie sich für ein Leben als Krankenschwester entschied.

»Deine Mutter und ich werden dir nicht im Weg stehen.« Ihr Vater räusperte sich. Noch immer stand er mitten im Raum. Inzwischen war es dämmrig geworden. »Wenn du dir ganz sicher bist, dass dieser Beruf das Richtige für dich ist, dann gehe ich mit dir zu der Schwester und versichere ihr, dass ich einverstanden bin. Rose kann Albert Smith heiraten, es wird ihm gleich sein, welche Marcy-Tochter er bekommt.

Aber du musst fest davon überzeugt sein, dass du diese Entbehrungen auf dich nehmen möchtest.«

»Das bin ich, Vater!« Endlich wagte Daphne es, ihrem Vater ins Gesicht zu sehen.

Er betrachtete sie einen Moment lang mit seinen müden Augen, ehe er erklärte: »Also gut. Dann soll es so sein. Wir werden morgen gemeinsam zu der Schwester gehen.«

# DRITTES KAPITEL

*London, Mai, Gegenwart*

Es war einer der ersten warmen Frühlingstage. Der Mai hatte gerade begonnen, und der Himmel über Londons stinkenden, vom Verkehr verstopften Straßen leuchtete hellblau. Einzelne Wölkchen hatten sich wie Wattebäusche darauf verteilt, Zugvögel flogen in großen Schwärmen über die Stadt, und Bäume und Blumen reckten ihre Blüten in die Sonne. Spring bekam von alldem nichts mit. Sie hielt den Blick gesenkt, während sie sich durch die morgendliche Menschenmenge schob. Noch zwei Stunden fehlten ihr, dann hatte sie die einhundertvierzig Sozialstunden abgeleistet. Sie würde den ganzen Tag bei Sophia bleiben, nicht bloß die geforderte restliche Zeit von hundertzwanzig Minuten.

In den letzten Wochen war sie immer den ganzen Tag geblieben statt der vorgeschriebenen drei Stunden, und sie hatte die Tage genossen. Wie schnell diese Zeit verflogen war! Spring zwängte sich an einer Gruppe von Geschäftsleuten vorbei, die mitten auf dem Gehweg standen und über irgendetwas diskutierten. Sie konnte sich noch ganz genau an den Tag erinnern, an dem sie Sophia kennengelernt hatte. Niemals hätte sie sich damals vorstellen können, dass es ihr einmal so schwerfallen würde, Abschied zu nehmen von der alten Frau, der abgenutzten Wohnung, dem schweren Parfüm und den strengen Regeln, die Sophia aufgestellt hatte. Pünktlichkeit, Ordnung, Genauigkeit! Sie hatte immer sofort bemerkt, wenn Spring nicht unter dem Teppich gesaugt hatte, wenn sie beim Wischen eine Ecke ausgelassen oder bei den Besorgungen getrödelt hatte. Aber all das hatte Spring gutgetan. Sie hatte Sophia in ihr Herz geschlossen, und die alte Frau war wie die Großmutter geworden, die Spring nie gehabt hatte.

Inzwischen hatte Spring das Haus erreicht, in dem Sophia wohnte. Als sie den Hausflur betrat und der inzwischen so vertraute Geruch sie überfiel, musste sie schlucken. Was war nur los mit ihr? Statt sich zu freuen, dass sie endlich wieder frei war, dass sie sich jetzt einen Job suchen konnte, für den sie auch bezahlt wurde, trauerte sie der Zeit mit der alten Frau hinterher. Sie seufzte und stieg die Treppen in die erste Etage hinauf.

Wie jeden Tag erwartete Sophia sie in der Tür. »Guten Morgen.«

»Morgen«, murmelte Spring und bückte sich, um die Doc Martens aufzuschnüren.

»Womit soll ich anfangen?«, fragte sie, als sie hinter Sophia in den Wohnraum getreten war.

Die alte Frau lächelte und deutete auf den Tisch im Erker. »Heute wird nicht gearbeitet. Wir feiern deinen letzten Tag.«

Tränen der Rührung stiegen in Spring auf, als sie den gedeckten Tisch sah. Die Zeitschriften waren weggeräumt, stattdessen standen zwei Teller und Tassen dort, der Kuchen, den Sophia gestern gebacken hatte, während Spring im Waschsalon und beim Einkaufen gewesen war, und ein kleines Paket.

Spring schluckte gegen die Wehmut an. »Ist das denn ein Grund zum Feiern?«

»Oh ja!« Sophia goss das dampfende Wasser in die Teekanne. Spring würde sich heute Nachmittag Teebeutel kaufen, denn in den letzten Wochen hatte sie sich an das Getränk gewöhnt. Es würde sie an Sophia erinnern.

»Wenn ich ehrlich bin«, erklärte Sophia, während sie die schwere Kanne zum Tisch trug, »ist es eher selten, dass eine der Sozialstundenabsolventinnen es bis zum letzten Tag durchhält.«

Spring sah Sophia überrascht an. Es hatte sich immer so angehört, als wären sämtliche Vorgängerinnen absolut zuverlässig gewesen.

»Ich habe dir das natürlich nicht gesagt, um dich nicht auf dumme Ideen zu bringen«, sagte Sophia, als könnte sie Springs Gedanken lesen, und zwinkerte ihr zu. Sie stellte die Kanne auf den Tisch und setzte sich neben Spring. »Ich habe ein kleines Geschenk für dich, es ist aber nichts Besonderes. Nur eine Erinnerung an mich und unsere gemeinsame Zeit.«

»Oh.« Gerührt betrachtete Spring das liebevoll eingewickelte Päckchen. »Das … Damit habe ich gar nicht gerechnet. Danke.«

»Mach es auf.« Sophia nahm den Deckel von der Kanne und rührte mit einem großen Löffel den Tee um.

Spring griff zögernd nach dem flachen Gegenstand, der in grünem Seidenpapier steckte. Vorsichtig öffnete sie das Paket und zog einen silbernen, leicht angelaufenen Rahmen mit einem Foto hervor, das eine junge Frau zeigte. Spring betrachtete das Bild. »Das sind Sie, nicht wahr? Vor Ihrem Elternhaus?« Die junge, strahlende Frau auf dem Bild hatte nicht viel mit der alten, gichtgezeichneten Sophia gemeinsam, die Spring in den letzten Wochen kennengelernt hatte. Und doch waren ihr die Gesichtszüge vertraut. Im Hintergrund ragte ein imposantes Gebäude empor, das Spring bekannt vorkam.

»Ja, das bin ich.« Sophia schenkte ihnen Tee ein. »Aber das ist nicht mein Elternhaus, es ist Daffodil Castle, das Anwesen meines Mannes.«

»Daffodil?« Spring starrte auf das Bild. Natürlich, sie kannte das Anwesen. Das saftige Grün längst vergangener Sommer tauchte vor ihrem inneren Auge auf, plötzlich hatte sie Vogelgezwitscher im Ohr und den Duft frisch gemähter Wiesen in der Nase. Sie dachte an Ethan, ihren allerersten Kuss und das erste Verliebtsein. Mit leiser Stimme sagte sie: »Das kenne ich.«

»Wirklich?« Sophia sah sie erstaunt an. »Es ist der Öffentlichkeit aber nicht zugänglich. Es ist immer schon im Familienbesitz.«

Spring nickte erschüttert. Bilder stiegen in ihr auf, wie sie mit ihren Schwestern über die Wiesen tobte, heimlich durch Hecken und über Mauern kletterte und in den fremden Gärten spielte. Es war der Reiz des Verbotenen gewesen, aber auch die Sicherheit, hier nicht auf etwas zu stoßen, das sie alle lieber nicht wissen und schon gar nicht sehen wollten. Auf der elterlichen Farm waren sie immer vorsichtig gewesen, weil hinter jeder Ecke, auf jeder Wiese und in jeder Scheune Gefahr lauern konnte. Also waren sie meist nach Daffodil hinübergeklettert und hatten in den weitläufigen Gärten und Parks gespielt. Immer auf der Hut vor den Gärtnern, mit denen sie Ärger bekamen, wenn sie sie erwischten. Aber das passierte selten, weil die vier Season Sisters flink waren und die Gabe besaßen, sich beinahe unsichtbar zu machen. Ohne diese Gabe hätten sie nur schwer ihre Kindheit überstanden.

In Daffodil hatte es Schätze gegeben, die sie zu Hause nicht gehabt hatten. Da waren Fischteiche und Kinderspielhäuser gewesen, grüne Wiesen und alte Ruinen, in denen es sich herrlich herumklettern ließ. Und da waren Ethan und Aiden gewesen, mit denen sie lange Zeit gespielt hatten. Doch dann wurden die Season Sisters als unpassender Umgang bezeichnet und verjagt. Die Wege der Spielgefährten trennten sich, bis Ethan und Spring sich zufällig am Sommerhaus wiedertrafen.

Daffodil, der Park und Ethan, das war der leuchtende, der helle Teil ihrer Kindheit gewesen. Das war der Ort, an den sie sich manchmal träumte, wenn sie Sehnsucht bekam. Aber dann waren Schatten aufgezogen, die diese Sonnenzeiten verdunkelt und sie schließlich nach London getrieben hatten wie eine Katze, die vor dem Wasser floh.

Spring schüttelte sich und sah Sophia an. So schnell konnte die Vergangenheit einen einholen. »Ich weiß. Ich bin dort aufgewachsen.«

Die alte Frau sagte nichts, sondern blickte sie nur mit einem erstaunten Ausdruck in den Augen an.

Spring schluckte. Was sollte sie ihr erzählen, was *wollte* sie erzählen? Sie hatte alles, was sie an früher erinnerte, sorgfältig in sich verschlossen. So sorgfältig, dass sie es beinahe selbst vergessen hatte.

Doch noch bevor sie etwas hinzufügen konnte, schien Sophia zu begreifen, wer Spring war.

»Wie ist dein Nachname noch gleich?«

»Season«, murmelte Spring.

»Season!«, wiederholte Sophia leise. »Aber natürlich. Du bist eine der Season Sisters, der Jahreszeiten-Schwestern. Dass ich nicht gleich die Verbindung hergestellt habe, als ich deinen Namen gehört habe! Aber all das liegt schon so lange zurück.«

Spring wich ihrem Blick aus. Sie starrte in die dampfende Tasse vor sich.

»Oje.« Sophia fasste nach Springs Hand und drückte sie. »Ihr wart berüchtigt in ganz Nordwales.«

Spring stieß ein bitteres Lachen aus. »Ich weiß.«

»Ach, Mädchen, das braucht dir doch nicht unangenehm zu sein. Du bist nicht für das verantwortlich, was deine Eltern getan haben.« Sie drückte noch einmal Springs Hand und ließ sie dann los.

»Was sie noch immer tun«, korrigierte Spring Sophia. »Die werden sich nie ändern.«

Sophia lächelte. »Die ganze Sache begann recht harmlos, irgendwann Anfang der Neunziger, mit einem Hippie-Pärchen, das eine Biofarm betreiben wollte.«

Spring nickte. Am liebsten hätte sie sich die Ohren zugehalten. Gleichzeitig bewegte es sie auf eine seltsame Art, dass ihre und Sophias Vergangenheit sich berührten. Heute war ihr letzter Arbeitstag, sie hatte wochenlang jeden Tag bei der alten Frau verbracht, hatte sie liebgewonnen, aber erst jetzt, beim Abschied erfuhr sie, dass sie einmal Nachbarinnen gewesen waren.

»Die Farm war bald für ihre exzessiven Partys bekannt, berüchtigte, ausschweifende Feiern. Die wildesten Gerüchte gingen um. Es wurde von Orgien gesprochen, von Swinger- und Drogenpartys.« Sophia lachte leise. »Vermutlich war alles nur halb so schlimm wie in den Schilderungen.«

»Oh nein, es war eher noch schlimmer.« Spring dachte an die zugedröhnten Gäste ihrer Eltern, die überall im Haus herumlagen, an die Pfützen von Erbrochenem auf den Fußböden, BHs im Kühlschrank, kopulierende Paare in den Betten und auf den Sofas. Selbst vor den Kinderzimmern der vier Schwestern wurde nicht Halt gemacht. Mehr als einmal hatte Spring Pärchen in ihrem Bett beim Sex überrascht, und noch heute wurde ihr schlecht, wenn sie nur daran dachte. Besonders wenn es sich bei einem der Beteiligten um ihren Vater oder ihre Mutter handelte. Als Spring klein gewesen war, war das alles normal für sie gewesen. So verhielten sich anscheinend Menschen, die Spaß hatten. Erst als sie in die Schule gekommen war, hatte sie begriffen, dass das alles andere als normal war.

»Ich habe es ja nur die ersten Jahre miterlebt«, sagte Sophia und nippte an ihrem Tee. »Mein Sohn hat mich 1995 hierhergeschickt. Aber damals entwickelte sich die Situation auf der Farm schon in eine bedenkliche Richtung. Ich war gerade dabei, etwas zu organisieren, schließlich gab es da das kleine Mädchen, und deine Mutter war wieder schwanger.«

»Das waren meine beide älteren Schwestern«, antwortete Spring leise. »Summer ist 1993 und Winter 1995 geboren.«

»Uns war klar, dass es nicht gut für die Kleinen wäre, in diesen Verhältnissen aufzuwachsen. Wir hatten überlegt, was wir tun könnten, aber dann hat mein Sohn geheiratet, und ich wurde nach London geschickt.« Sophia verzog den Mund. »Wie ich gehört habe, hat sich unser nordwalisischer Wohlfahrtsverein, der aus sechs Frauen aus alten Familien bestand, ein Jahr später aufgelöst. Vermutlich haben auch die anderen Frauen nichts mehr unternommen, um den Mädchen zu helfen.«

Spring trank einen Schluck Tee. Das heiße Getränk half ihr, nicht die Fassung zu verlieren, während die Erinnerungen an ihre Kindheit wieder in ihr aufstiegen. Sie stellte die Tasse ab. »Soweit ich weiß, ist nie irgendjemand zur Farm rausgekommen, um nach uns Kindern zu sehen. Wir haben unser eigenes Ding gemacht, und Summer hat immer auf uns aufgepasst. Aber wir sind alle abgehauen, sobald es möglich war. Nur Autumn hat den Absprung nie geschafft. Ich hab nicht mal meinen Schulabschluss gemacht. Als ich sechzehn war, hab ich meine Sachen gepackt und bin nach London getrampt. Ich hatte nur vierzig Pfund, die ich aus der Kasse des Farmshops gestohlen habe.«

»Haben deine Eltern dich denn nicht vermisst?«, fragte Sophia erschrocken.

Spring zuckte mit den Achseln. »Ich habe einen Brief dagelassen und natürlich meiner Schwester Summer Bescheid gegeben, die damals in Liverpool studiert hat. Bis heute habe ich nichts von meinen Eltern gehört. Aber sie wissen auch nicht, wo ich bin.«

»Oh«, sagte Sophia, und ihre Stimme klang plötzlich traurig. »Da stammen wir aus so unterschiedlichen Gesellschaftsschichten, aber vom gleichen Ort, und treffen uns zufällig hier in London. Und beide tragen wir tiefe Wunden in uns.«

Spring presste die Lippen aufeinander. London hatte über neun Millionen Einwohner. Wie war es möglich, dass sie ausgerechnet hier gelandet war? Bei einer alten Frau, die genau wie sie selbst aus Nordwales stammte? Nur dass Spring geflohen war, während Sophia verstoßen wurde. Sie blickte die alte Frau an. Plötzlich überlief sie eine Gänsehaut. »Dann sind Sie Ethans Großmutter, nicht wahr?«

Sophia lächelte traurig. »Oh ja. Aber ich durfte ihn leider nicht mehr kennenlernen.«

»Er war meine allererste große Liebe«, gestand Spring und seufzte bei der Erinnerung. »Wir waren schrecklich verliebt ineinander, bis seine Mutter nach ein paar Wochen dahinterkam. Sie hat ihn dann früher zur Uni zurückgeschickt, und ich bin kurz darauf nach London gegangen.«

»Du und mein Enkelsohn …?« Sophia sah sie überrascht an.

Spring nickte. »Es ist eigenartig, dass ich Ihren Enkel kenne und Sie nicht. Warum hat Ihr Sohn Sie nach London verbannt?«

»Ach, wer weiß das schon.« Sophia machte eine wegwerfende Handbewegung und starrte auf die Tischdecke. »Meine Schwiegertochter hatte einiges damit zu tun.«

»Was war das für ein dunkles Geheimnis, von dem Sie letztens gesprochen haben? Haben Sie denn nie den Versuch unternommen, wieder Kontakt aufzunehmen? Herauszufinden, warum Ihr Sohn Sie nicht mehr auf Daffodil Castle haben will? Ihre Enkel kennenzulernen?« Spring trank einen Schluck Tee und hatte das Gefühl, dass Sophia ihr etwas verschwieg.

»Ich war zu stolz«, gestand die alte Frau und wich Springs Blick aus. »Immerhin war Thomas damals noch fast ein Kind, etwa so alt wie du jetzt. Er war mein Sohn, mein kleiner Junge. Wir hatten viele Jahre ein sehr gutes Verhältnis. Aber von dem Moment an, als er begann, sich für Frauen zu interessieren, wollte er nichts mehr von mir und seinem Vater wissen. Wenn mein Mann nicht ausgerechnet zu dieser Zeit … gestorben wäre, hätte Thomas sich sicher wieder gefangen. Aber als John … gestürzt ist, war Thomas gerade einundzwanzig. Damals kam Monica nach Nefyn, und er hat mich nach London geschickt. Ich habe in den ersten Jahren immer geglaubt, er würde wieder zur Vernunft kommen und sich bei mir entschuldigen.«

Spring war das kurze Zögern in Sophias Worten nicht entgangen – immer dann, wenn es um den Tod ihres Mannes ging.

»Aber nichts dergleichen geschah?«, fragte sie vorsichtig und ließ ihren Blick durchs Zimmer wandern. So hatte die Wohnung vermutlich auch Mitte der Neunziger ausgesehen, als Sophia hergekommen war und dachte, es wäre nur für eine kurze Zeit. Ein paar Jahre später wurde Spring geboren, gleich neben Daffodil Castle.

»Er hat sich bis heute nicht entschuldigt. Und irgendwann, nachdem meine anfängliche Wut verraucht und mein Stolz in sich zusammengefallen war, habe ich versucht, Kontakt zu ihm aufzunehmen. Aber er hat mich nicht einmal angehört.« Sophia seufzte und sah in ihren Tee.

»Sind Sie denn hingefahren? Ich wette, wenn Sie ihn überrascht hätten, dann hätte er es sich bestimmt anders überlegt.«

Sophia leerte ihre Tasse. Dann schüttelte sie den Kopf. »Das wäre mir viel zu peinlich gewesen. In Wales kannte mich jeder, alle mussten inzwischen davon gehört haben, dass ich jetzt in London lebte und in Daffodil Castle nicht mehr willkommen war.«

»Woran ist Ihr Mann gestorben?«, wollte Spring wissen, die an Sophias Formulierung, er sei gestürzt, hängen geblieben war. Und sie musste diesem winzigen Zögern nachgehen.

Sophia presste einen Moment lang die Lippen aufeinander. Auf ihrem Gesicht zeigte sich eine Mischung unterschiedlicher Gefühle, von denen Spring Wut, Trauer und Angst zu erkennen meinte und noch deutlich mehr. Einen Moment lang glaubte sie, ihre Freundin würde ihr nicht antworten.

Doch dann atmete Sophia tief durch. »Er ist die Treppe in der Halle hinuntergestürzt.« Ihr Blick ging zum Fenster, aber er schien nichts vom Leben draußen auf der Straße wahrzunehmen, sondern in fernen Zeiten zu verharren. »Es war mitten in der Nacht, und niemand wusste, was er dort um diese Zeit gewollt hatte.«

Spring fasste Sophias Hand. Dann war es vermutlich auch diese Erinnerung, die ihre Freundin die ganze Zeit von Wales ferngehalten hatte. Es war gruselig, nicht zu wissen, was geschehen war.

Diese Geschichte war schrecklich, aber Spring konnte nicht dabei zusehen, wie Sophia hier einsam und allein vor sich hin vegetierte. Sie hatte nicht einmal ihre Enkel kennengelernt. Spring trank einen Schluck Tee, und dann sagte sie entschlossen: »Vielleicht ist es an der Zeit, dass wir beide uns unserer Vergangenheit stellen.«

»Was meinst du damit?« Die alte Frau sah sie mit verständnislosem Blick an.

»Wir fahren zusammen nach Wales zu Ihrem Sohn.« Spring

stand auf und lief ein paar Schritte im Zimmer umher. Plötzlich war sie ganz aufgeregt. »Wollen Sie nicht endlich wissen, was damals geschehen ist? Warum er Sie nach London verbannt und aus seinem Leben ausgeschlossen hat?«

Sophia warf Spring einen zweifelnden Blick zu. »Ja, schon. Aber ich habe Angst, dass er mich wieder wegschickt. Außerdem ...«

»Dieses Mal haben Sie ja mich dabei«, unterbrach Spring sie und kam zum Tisch zurück. Sie stützte sich auf die Tischplatte und beugte sich zu Sophia. »Ich werde dafür sorgen, dass er Sie anhört. Vorher werden wir nicht wegfahren.«

Sophia zögerte. Etwas schien sie zurückzuhalten. Ein gequälter Ausdruck legte sich auf ihr Gesicht. »Ich darf nicht ...«

»Ich verspreche Ihnen, immer an Ihrer Seite zu sein. Wollen Sie denn nicht Ihre Enkel sehen?«, fragte Spring weiter, ehe Sophia sich zu sehr gegen diese Idee wehren konnte.

»Nun ja, inzwischen ist viel Zeit vergangen, vielleicht stehen die Dinge heute anders.« Die alte Frau zuckte unbehaglich mit den Schultern. »Und was ist mit dir? Ich dachte, du bist vor deiner Familie geflohen.«

Spring starrte sie einen Moment lang an. Eben hatte sich ihr Plan noch so gut angefühlt. Ja, sie wollte auch mit ihrer Vergangenheit Frieden schließen, nach all den Jahren mal wieder nach ihren Eltern sehen, nach den Schwestern. Aber was, wenn sich nichts geändert hatte? Wenn ihre Eltern noch immer so waren wie früher? Würde sie damit zurechtkommen? Sie setzte sich langsam wieder hin. Dann sagte sie: »Ich bin gegangen, weil ich es nicht mehr ausgehalten habe. Unsere Eltern waren wie Kinder. Ihnen war alles so gleichgültig, auch wir waren ihnen egal. Das war schrecklich für mich, denn im Grunde habe ich mir immer einen Menschen gewünscht, der mir sagt, was ich zu tun habe. Deshalb bin ich nach London gegangen. Ich habe vermutlich gehofft, diese Regeln hier zu finden, aber stattdessen habe ich nur Freunde gefunden, die auch nicht besser waren als meine Eltern. Immerhin haben mich die Drogen auf andere Gedanken gebracht. Und ich habe mich hier seltsamerweise sicherer gefühlt als auf der Farm. Weil es nicht meine Eltern waren, die sich wie Tiere benahmen, sondern Fremde. Das war mal eine angenehme Abwechslung.« Erstaunt hielt Spring inne. So präzise hatte sie noch nie darüber nachgedacht, die Zeit bei Sophia hatte ihr anscheinend einiges an Klarheit gebracht.

»Ich weiß nicht«, sagte die alte Dame zögernd und goss ihnen frischen Tee ein. »Einerseits würde ich gern mal wieder nach Nordwales, nach Daffodil zu meinen Enkeln, und noch einmal versuchen, mit Thomas zu sprechen. Aber ich habe auch Angst.«

»Die habe ich doch auch.« Spring umklammerte ihre Tasse wie eine Wärmflasche in einer kalten Nacht. »Und ich weiß nicht, wie es mir geht, wenn all die alten Erinnerungen wiederkommen. Ich wollte nie zurück, aber jetzt … Zusammen können wir es schaffen, wir können uns gegenseitig stützen. Und dass wir uns gefunden haben, ist irgendwie ein Zeichen.«

»Du meinst, weil wir beide mal in Nefyn gelebt haben? Weil deine erste große Liebe mein Enkelsohn war? Nun ja, es ist in der Tat ein ziemlicher Zufall«, gab Sophia zu.

»Also? Was meinen Sie?« Spring sah sie an. Das Herz schlug ihr bis zum Hals. Plötzlich wusste sie, dass sie diese Reise unbedingt antreten mussten.

»Und wie kommen wir dorthin? Wo wohnen wir?«, fragte Sophia, und der Zweifel in ihrer Stimme war kaum zu überhören.

»Ich frage Summer, ob wir bei ihr unterkommen können.« Summer war schon als Kind ihr Rettungsanker gewesen. Sie war immer die Mutter gewesen, die Spring so sehr gefehlt hatte. Aber Summer war sechs Jahre älter als Spring und irgendwann ihre eigenen Wege gegangen. »Sie arbeitet als Lehrerin an der Primary School in Bangor. Wir dürfen bestimmt bei ihr wohnen. Und wir fahren mit der Bahn hoch, das schaffen wir schon. Wenn das Geld nicht reicht, leihen wir uns einfach was von Summer.«

»Ich weiß nicht«, wiederholte Sophia und trank einen Schluck Tee. »Ich kann mir nicht einfach Geld von deiner Schwester leihen. Und ich kann mich auch nicht bei ihr einquartieren.«

»Unsinn, es ist doch nur für ein paar Tage. Das macht ihr nichts aus. Und ist es den Versuch nicht wert? Wollen Sie Ihre Enkelkinder nicht endlich kennenlernen?« Spring wusste auch nicht, warum es ihr auf einmal so wichtig war, die alte Frau von dieser Reise zu überzeugen. Es war ihr nur plötzlich vollkommen klar, dass sie nach Nordwales fahren mussten.

*Nordwales, zwei Wochen später, Mitte Mai*

Der Zug näherte sich Bangor. Noch zwei Stationen, dann waren sie am Ziel. An diesem Vormittag waren nicht viele Menschen unterwegs. Neben ihnen saß eine junge Mutter, deren Säugling friedlich in ihrem Arm schlummerte. Ein altes Ehepaar schräg vor ihnen diskutierte über eine Fernsehserie, die Spring nicht kannte. Spring und Sophia hatten sich während der Fahrt nicht unterhalten, beide hingen ihren Gedanken nach.

Spring fragte sich bereits seit zwei Tagen, ob ihr spontaner Entschluss, nach Wales zu reisen, wirklich so gut gewesen war. Seit sie wusste, dass Sophia aus Daffodil Castle stammte und von ihrem Sohn nach London verbannt worden war, tat ihr leid, dass die alte Frau so fern von ihrer Familie lebte und ihre Enkel noch nie gesehen hatte. Und sie hatte gespürt, dass sie gemeinsam in ihre Vergangenheit reisen mussten. Erst als Spring nach ihrem letzten Tag bei Sophia in ihr schäbiges Zimmer in Isleworth zurückgekehrt war, hatte sie Zweifel bekommen. Aber dann rief Summer zurück, und als Spring andeutete, sie besuchen zu wollen, klang sie so glücklich und erleichtert, ihre jüngere Schwester nach acht Jahren endlich wiederzusehen, dass Spring sie nicht enttäuschen wollte. Und auch Sophia schien sich auf diese Reise zu freuen. Nein, Spring hatte keinen Rückzieher mehr machen können. Außerdem war es ein günstiger Zeitpunkt, wenn man mal vom fehlenden Geld absah. Spring würde sich einen Job suchen, sobald sie wieder in London war.

»Und es ist deiner Schwester auch recht, dass ich bei ihr wohne?«, fragte Sophia in das gleichmäßige Rattern des Zuges und die Unterhaltung des Ehepaares vor ihnen hinein.

»Na klar«, erklärte Spring und machte eine einladende Handbewegung.

Tatsächlich hatte sie ihrer Schwester nur gesagt, dass eine Freundin von ihr mitkomme, die ein eigenes Zimmer brauche, während sie selbst auch mit einem Sofa im Wohnzimmer zufrieden sei, nicht aber, dass es sich bei dieser Freundin um Sophia Fowler, die einstige Herrin von Daffodil Castle, handelte. Auch hatte sie Summer gegenüber nicht erwähnt, dass ihre Freundin auf die achtzig zuging und unter starker Gicht litt.

Sie sah aus dem Fenster in die vorbeiziehende walisische Landschaft hinaus. Es war eigenartig, wieder hier zu sein. Seltsam vertraut und fremd zugleich. Nach Jahren in der Großstadt, aus der sie niemals herausgekommen war, fühlte sie sich von den grünen Wiesen, von den Schafen, die wie weiße Wölkchen verteilt auf den Weiden standen, und von den kleinen Orten am Streckenrand beinahe erschlagen. Und ein Gefühl von Übelkeit überkam sie. Es war kein körperliches Unwohlsein, eher ein mentaler Brechreiz. Ihr Gehirn hatte so viele Erinnerungen vollkommen verdrängt, die jetzt langsam wieder in ihr Bewusstsein kamen. Und das gefiel ihr gar nicht.

Daher wandte sie sich schnell Sophia zu. Der Zug fuhr gerade in einen Bahnhof ein, die letzte Chance, auszusteigen und nicht bis Bangor zu fahren. Sophia saß mit zusammengepressten Lippen neben ihr und machte ebenfalls den Eindruck, als wünsche sie sich weit fort. Spring musste sich um ihre Freundin kümmern, denn Sophia war in den letzten Wochen zu ihrer Vertrauten geworden, zu dem Menschen, der sie am besten kannte. Und jetzt brauchte sie sie und ihre Unterstützung.

Auch wenn Spring sich vorgenommen hatte, sich ihrer eigenen Vergangenheit zu stellen, kamen ihr in diesem Moment Zweifel, ob sie das wirklich durchziehen konnte. Sie würde ihrer ältesten Schwester Summer wiederbegegnen, und das war im Augenblick schon mehr, als sie sich vorstellen konnte. Aber es gab kein Zurück mehr, der Zug hatte sich längst wieder in Bewegung gesetzt, der nächste Halt war Bangor.

»Okay.« Spring strich mit ihren feuchten Handflächen über ihre schwarze Jeans. »Wir sollten unsere Sachen zusammensuchen, denn gleich müssen wir aussteigen.«

Sophia nickte stumm.

Spring stand auf und zog ihren Rucksack aus der Gepäckablage. Die Klamotten, die nicht mehr hineingepasst hatten, hatte sie in eine große Waitrose-Einkaufstüte gestopft. Sophias Koffer trug sie zum Ausstieg, dann half sie der alten Frau, zum Ausgang zu gehen.

Das Erste, was Spring sah, als der Zug in Bangor einfuhr, waren Summers lange dunkelblonde Locken, die im Wind wehten. Summer war gekommen, sie war tatsächlich zum Bahnsteig gekommen, um sie abzuholen! Nicht dass Spring daran gezweifelt hatte, Summer war die zuverlässigste und berechenbarste Person, die es gab. Aber es erschien Spring mit einem Mal so surreal.

Ein lautes Quietschen, Köpfe, die am Fenster vorbeizogen, immer langsamer, dann blieb der Zug stehen. Es zischte, Durchsagen klangen zu ihnen ins Abteil hinein. Und schon öffnete sich die Tür. Spring hatte sich den Rucksack und die Einkaufstasche über die Schulter gehängt. Sie hievte Sophias Koffer hinaus, ließ ihre Tüte danebenfallen und half ihrer Freundin aus dem Zug.

Sie sah sich um. Summer stand ein paar Meter entfernt und reckte suchend den Hals.

»Summer!«, rief Spring laut.

Ihre Schwester stutzte. Dann kam sie auf sie zu. »Spring! Ich habe dich nicht erkannt. Komm her, du siehst so anders aus.« Sie zog sie in ihre Arme.

Spring sog den vertrauten Geruch ihrer Schwester nach Waschmittel und Aprikosenshampoo ein. Einen Moment lang fühlte sie sich wieder wie das kleine Mädchen, das sie einst gewesen war und das bei Summer Schutz und Halt gefunden hatte. Aber sie war kein Kind mehr und musste an Sophia denken.

Sie löste sich von ihrer Schwester, trat einen Schritt zurück und hakte sich bei Sophia ein. »Das ist meine Freundin Sophia Fowler.«

Wenn Summer überrascht war, dass Springs Freundin eine alte Frau war, dann ließ sie es sich nicht anmerken. Sie reichte Sophia die Hand. »Herzlich willkommen. Ich freue mich, dass Sie meine Schwester begleiten, Mrs Fowler. Sie wollen also endlich Ihre alte Heimat und das Schloss wiedersehen?«

Spring stutzte. Wieso brachte Summer den Namen Sophia Fowler sofort mit Daffodil Castle in Verbindung? Bei Spring hatte nichts geklingelt, als sie den Namen zum ersten Mal gehört hatte. Ganz im Gegenteil, sie war wochenlang bei Sophia gewesen, ohne dass ihr aufgefallen wäre, dass sie Mrs Fowler von Daffodil Castle war.

»Mein Wagen steht draußen auf einem der Zwanzig-Minuten-Parkplätze.« Summer griff nach dem Koffer und deutete zum Ausgang.

Spring schulterte ihre Einkaufstasche und reichte Sophia den Arm. Dann folgten sie Summer über den inzwischen menschenleeren Bahnsteig.

Summer führte sie zu einem schwarzen, blank geputzten Renault Capture. Sie öffnete den Kofferraum, der außer einem Erste-Hilfe-Set und einer zusammengeklappten Einkaufskiste leer war, und legte Sophias Koffer hinein.

Spring packte ihre Sachen daneben.

Sie überließ ihrer Freundin den Beifahrersitz und stieg selbst hinten ein. »Hm, das Auto riecht gut.«

»Neuwagengeruch«, erklärte Summer stolz, während sie sich anschnallte. »Ich habe ihn letzten Monat gekauft. Mein allererstes nagelneues Auto.«

Spring strich ehrfurchtsvoll über die weichen Sitze. Sie hatte noch nie in einem neuen Wagen gesessen. Der Geruch gefiel ihr.

»Ich muss schon sagen, dass es eine ziemliche Überraschung ist, dass meine Schwester ausgerechnet Sie mitgebracht hat, Mrs Fowler«, wandte sich Summer an Sophia.

»Oh bitte, nennen Sie mich Sophia«, stellte die alte Frau lächelnd klar.

»Wie haben Sie meine Schwester kennengelernt?«

Spring sog scharf die Luft ein. Summer wusste natürlich

nichts von Springs Vorstrafe, und es wäre ihr sehr lieb gewesen, wenn es dabei bliebe.

Sie wollte gerade eine ausweichende Antwort geben, als Sophia sagte: »Sie hat mir freundlicherweise im Haushalt geholfen, und so haben wir uns angefreundet.«

»Ach so?« Summer warf einen fragenden Blick in den Rückspiegel.

Spring nickte nur.

»Hat meine Schwester Ihnen erzählt, dass wir uns als Kinder immer auf Ihr Anwesen geschlichen haben?«, fragte Summer und grinste.

»Oh ja«, erwiderte Sophia lachend. »Das hat sie mir schon gebeichtet. Aber warum auch nicht? Daffodil Castle hat so große Gärten und genügend Platz, dass auch die Nachbarskinder darin herumtoben können.«

Summer brachte sie in einen der Vororte, Spring hatte längst die Orientierung verloren. Sie war früher nicht oft in Bangor gewesen, zur Schule waren die Mädchen immer nach Caernarfon gefahren. Nur zu besonderen Anlässen waren sie nach Bangor gekommen. Einmal hatten sie eine Gruppe von Freunden ihrer Eltern abgeholt, und da sie schon in der Stadt waren, hatten sie die Gelegenheit genutzt und waren einkaufen gegangen. Da die Seasons jedoch unter chronischem Geldmangel litten, gab es für jede von ihnen nur ein einziges Kleidungsstück. Spring hatte damals einen Pullover bekommen, auf den sie lange Zeit sehr stolz gewesen war.

Summer hielt vor einem kleinen zweistöckigen Cottage, das inmitten eines gepflegten Gartens lag. Rosen wucherten an der weißen Wand hinauf, Maiglöckchen, Pfingstrosen und Zierlauch reckten ihre Blüten in den Frühlingstag. Die Fensterrahmen waren in dunklem Blau gestrichen, das Haus war mit Stroh gedeckt.

»Das ist dein Haus?«, fragte Spring erstaunt. Was für ein Unterschied zu der verfallenen Farm, auf der sie alle zusammen aufgewachsen waren!

»Ich habe es mir vor zwei Jahren gekauft.« Summer lächelte stolz, als sie aus dem Wagen stieg. »Natürlich musste ich ein hohes Darlehen aufnehmen. Aber ich habe eine gute Stelle hier an der Primary School und werde es irgendwann abbezahlt haben.«

Spring schwankte zwischen Verachtung über die Spießigkeit ihrer Schwester und Bewunderung für das, was Summer erreicht hatte.

Sie half Sophia aus dem Wagen und ließ der alten Dame den Vortritt in den Garten. Das kleine Holztor quietschte in den Angeln. Sophia blieb immer wieder stehen, um die Blumen zu bewundern. Ihr Gesicht strahlte beim Anblick der Pflanzen. Summer schloss die Haustür auf, und Sophia und Spring folgten ihr ins Innere des Cottage.

Sie betraten einen großen, überraschend hellen Wohnraum. Geradeaus befanden sich bodentiefe Fenster, die in einen bunten, blühenden Garten hinaussahen. Links war die offene Küche, davor ein Essbereich, der ins Wohnzimmer überging. Rechts neben der Eingangstür führte eine Treppe nach oben. Es duftete nach Zitrusfrüchten, Zimt und Holz.

»Stellt eure Sachen erst einmal hier ab«, sagte Summer und deutete neben die Treppe. »Wir trinken eine Tasse Tee, bevor ihr auspackt. Oder lieber Kaffee für Sie, Sophia?«

»Tee ist prima, vielen Dank, Sie sind ein Schatz!« Sophia folgte Summer zu dem hellen Stoffsofa, von dem aus man einen wundervollen Blick in den Garten hatte.

»Nehmen Sie Platz.« Summer klopfte auf eins der Kissen und ging dann zur Küchenzeile.

Spring folgte ihrer Schwester. »Das ist ein tolles Haus.«

»Danke.« Summer lächelte. »Auch wenn ich mich ziemlich verschuldet habe, um es kaufen zu können – ich bin glücklich hier. Zur Schule ist es nicht weit, und es ist nah genug an der Farm, dass ich regelmäßig nach Mum, Dad und Autumn sehen kann.«

»Autumn ist also noch immer auf der Farm?« Spring war nicht sonderlich überrascht. Ihre jüngste Schwester hatte im Gegensatz zu den drei anderen nie den Drang gehabt, wegzukommen.

»Oh ja.« Summer seufzte. »Einerseits ist es ganz gut, ich glaube, sie hilft Mum und Dad, irgendwie auf dem Boden zu bleiben. Und andererseits würde ich ihr von Herzen wünschen, dass sie ihr Leben endlich selbst in die Hand nimmt. Sie arbeiten alle drei auf der Farm vor sich hin, aber es wirft nicht genug ab. Ehrlich gesagt hat auch keiner von ihnen einen Plan.«

»Das hatte doch noch nie jemand, oder?« Spring fragte sich nicht zum ersten Mal, wie ihre Eltern eigentlich auf die Idee gekommen waren, eine Biofarm zu kaufen.

»Wann willst du sie besuchen? Wissen sie überhaupt, dass du kommst?« Summer hatte Wasser aufgesetzt und warf jetzt Teebeutel in drei Becher. »Vielleicht morgen oder übermorgen? Am Wochenende ist der Shop geschlossen, ich kann dich hinfahren.«

»Ich weiß noch nicht, ob ich sie besuchen werde«, gestand Spring.

»Was?« Summer sah sie erschrocken an. »Ich dachte, du bist gekommen, um sie zu sehen.«

»Ich bin in erster Linie wegen Sophia hier. Wir wollen mit ihrem Sohn sprechen, und sie soll endlich ihre Enkel kennenlernen.«

»Ach so.« Summer goss das kochende Wasser in die Tassen.

Spring hatte das Bedürfnis, sich zu erklären. »Es hatte einen Grund, warum ich nach London gegangen bin.«

»Ich weiß, du musst es mir nicht sagen«, erwiderte Summer leise, während sie die Tassen auf ein Tablett stellte, auf dem zwei Katzen abgebildet waren.

Spring öffnete den Kühlschrank und nahm den Milchkanister aus der Tür. »Ich konnte dieses Hippieleben einfach nicht mehr ertragen. Die Partys, die … Alles wurde weggelächelt, Probleme durfte es einfach nicht geben.«

Summer nickte nur.

Dieses Schweigen machte Spring verrückt. Ja, Summer war immer hier gewesen. Sie hatte mindestens ebenso unter der instabilen Situation zu Hause gelitten, aber sie war ihrer Verantwortung nachgekommen und hatte ein Auge auf ihre Eltern und die jüngste Schwester gehabt. Spring hingegen war fortgegangen. Vielleicht war es egoistisch gewesen, vielleicht hätte sie sich öfter melden sollen, aber sie hatte eine unfassbare Wut auf alles gehabt, was mit ihrer Kindheit zusammenhing. Sogar auf ihre Schwestern, obwohl die vier Mädchen sich immer gegenseitig Halt gegeben hatten. Hätte sie sich zusammenreißen und bleiben müssen? Sie hatte nicht gerade viel vorzuweisen. Ihre Zeit in London hatte ihr nicht weitergeholfen. Sie trieb nach wie vor orientierungslos umher, wie Sophias Fragen nach ihrer Zukunft ihr immer wieder vor Augen führten.

»Die Scones habe ich selbst gebacken, ich hoffe, sie sind nicht zu trocken geworden«, drang Summers Stimme in ihre Gedanken.

Spring beeilte sich, ihrer Schwester in den Wohnbereich zu folgen, wo sie das Tablett auf den niedrigen Tisch stellte. Neben den Scones hatte sie Clotted Cream, Marmelade und Besteck mitgebracht.

»Kindchen, so viel Mühe hättest du dir doch gar nicht machen müssen.« Sophias Augen glänzten glücklich, und Spring erkannte darin die Freude über diese liebevolle Begrüßung. Vermutlich hatte Sophias Geldbeutel in den letzten Jahren nicht oft derartige Leckereien zugelassen. Sie hatten in der Zeit, in der sie bei Sophia gewesen war, immer billige Kekse gegessen.

Summer legte jeder von ihnen eines der süßen Brötchen auf die Teller und drängte sie, sie mit ordentlich Clotted Cream und Marmelade zu bestreichen. Das Gebäck schmeckte hervorragend.

»Ich wusste gar nicht, dass du Scones backen kannst«, stellte Spring fest, nachdem sie die erste Hälfte hungrig verschlungen hatte. Zu Hause auf der Farm hatte es nur selten Kuchen oder Scones gegeben. Überhaupt konnte sich Spring nicht daran erinnern, ihre Eltern jemals am Herd oder Ofen gesehen zu haben. Was die vier Schwestern kochen oder backen wollten, hatten sie sich selbst beibringen müssen.

»Ich backe viel.« Summer biss in ihren Scone. »Ich genieße es. Das alles gibt mir ein Gefühl von Gemütlichkeit. Etwas, das ich früher sehr vermisst habe. Erst bei Diana habe ich es kennengelernt.«

Spring nickte nachdenklich. Sie konnte sich noch gut an Summers Schulfreundin Diana erinnern, bei der es all das gab, was den Season-Schwestern gefehlt hatte: ein Familienleben mit Regeln, Erwartungen, Nachfragen. Manchmal hatten sie »bei Diana zu Hause« gespielt, eine von ihnen war Dianas Mutter, eine der Vater, eine Diana und eine der Bruder gewesen.

Das, was sie in dieser Familie gesehen hatten, hatte Spring ebenfalls vermisst. Aber anders als ihre Schwester hatte sie nie das Bedürfnis gehabt, deswegen zur Superhausfrau zu mutieren. Wie unterschiedlich sich ihre Lebenswege doch entwickelt hatten. Während Spring haltlos in London umhergeschwirrt war, hatte Summer ein Spießerleben in Bangor begonnen.

»Willst du nicht doch auf die Farm fahren?«, nahm Summer das Gespräch von vorhin wieder auf. »Mum und Dad würden sich bestimmt freuen, dich zu sehen. Und Autumn natürlich auch.«

Spring zuckte unentschlossen mit den Schultern. »Erst einmal ist es wichtig, dass wir mit Sophias Familie sprechen. Dann sehen wir weiter.«

»Oh nein«, mischte sich ihre Freundin in die Unterhaltung. »Wir wollten uns beide unserer Vergangenheit stellen, weißt du noch?«

»Aber das tue ich doch schon, indem ich überhaupt wieder hergekommen bin«, antwortete Spring trotzig.

»Nein, wir müssen beide mit unseren Familien sprechen. Und wenn du am Ende feststellst, dass dein Entschluss, nach London zu gehen, richtig war und dass du keinerlei Verbindung zu diesem Ort hier mehr spürst, dann ist das eine wichtige Erkenntnis. Ich weiß auch nicht, was mich in Daffodil Castle erwartet. Vielleicht werde ich dort wieder vor die Tür gesetzt, und wir fahren schon morgen Abend nach London zurück und können endgültig mit allem abschließen. Vielleicht öffnen sich aber auch Türen ...« Sophia brach ab, und Spring erkannte einen Schimmer von Hoffnung in ihrem Gesicht, der ihr plötzlich die Kehle zuschnürte.

Wieder meldeten sich die Zweifel. War es wirklich eine so gute Idee gewesen, mit Sophia herzukommen? Was, wenn die Hoffnungen der alten Frau enttäuscht wurden? Würde ihr das nicht den letzten Lebensmut nehmen? Oder würde sie dann tatsächlich ihren Frieden finden? Aber Sophia hatte natürlich recht. Nur so konnte auch Spring mit allem abschließen. Sie war sich ziemlich sicher, dass ihr Besuch auf der Farm nicht viel verändern würde, aber sie würde vielleicht endlich klarer sehen. Hoffentlich würde ihr das helfen, Pläne für die Zukunft zu schmieden. Denn momentan fühlte sie sich wie ein Schiff, das ziellos auf hoher See trieb.

»Einverstanden.« Spring konnte einen Seufzer nicht unterdrücken. Sie griff nach ihrer zweiten Scone-Hälfte, die sie bereits mit dicker Creme und Marmelade bestrichen hatte. »Aber erst gehe ich mit Sophia nach Daffodil Castle.«

Die alte Frau sah von ihrem Tee auf. »Oh, nein, nein. Lass uns bei deiner Familie beginnen. Das Treffen mit meinem Sohn eilt nicht. Ich weiß ja nicht einmal, ob sie da sind. Vielleicht sind sie verreist oder …«

»Keine Widerrede. Wir werden zuerst mit Ihrer Familie reden, und dann fahren wir zur Farm rüber.« Spring sah von Sophia zu ihrer Schwester.

Die nickte. »Ich war allerdings seit einigen Tagen nicht mehr dort und weiß nicht, wie es da gerade aussieht. Es kostet mich leider immer viel Überwindung, dorthin zu fahren.«

Spring schluckte. War es denn so schlimm auf der Farm? Immer noch?

Sophia betrachtete erst Summer, dann Spring mit nachdenklichem Blick. »Ich bin mir auch plötzlich unsicher geworden, ob ich wirklich zu meinem Sohn fahren soll.«

»Natürlich. Sie haben doch eben noch gesagt, dass wir beide mit unseren Familien sprechen müssen. Wir haben nicht diese teuren Fahrkarten gekauft, um dann unverrichteter Dinge wieder nach London zurückzukehren.«

Spring hatte allenfalls mittelmäßig geschlafen. Natürlich hatte sie Sophia das Gästezimmer im ersten Stock überlassen, das anscheinend auch oft von einem kleinen Mädchen aus Summers Klasse genutzt wurde, das keine Mutter mehr hatte. Es war rührend gewesen, Sophia in dem mit Teddybären und Lillifee-Lampe ausgestatteten Zimmer zu sehen. Spring hatte auf dem Schlafsofa ihr Lager aufgeschlagen, und auch wenn die Couch überraschend bequem war, konnte sie sich nicht ausstrecken, und die leisen Geräusche, die der Kühlschrank regelmäßig von sich gab, störten ihren leichten Schlaf. Doch mehr als diese äußeren Umstände waren es ihre Gedanken, die sie wachhielten. Summer nach all den Jahren wiederzusehen, hatte sie mehr berührt, als sie zugeben wollte. Wenn sie an zu Hause dachte, dann war Summer das Helle, das Gute, was ihr in diesem Zusammenhang einfiel.

Sie stand auf. Es war früher Samstagmorgen, die Uhr über dem Küchentresen zeigte halb acht. Die Stadt schien noch zu schlafen. Spring schlich leise die Treppe hinauf ins Bad, um die anderen nicht zu wecken. Sie duschte und zog dann wieder ihre schwarzen Klamotten an, die sie wie eine Uniform trug. Gestern Abend hatte sie die günstige Gelegenheit genutzt und alles in Summers Waschmaschine gesteckt. So konnte sie sich einen Gang in den Waschsalon sparen und hatte jetzt frisch gewaschene, duftende Kleidung. Hier in dieses helle, verspielte Cottage passte ihre morbide Aufmachung so gar nicht hinein.

Spring ging wieder nach unten und dachte über ihre Schwester nach. Der dicke Teppich unter ihren Füßen, mit dem der gesamte obere Stock und auch die Treppe ausgelegt waren, roch noch ganz neu. Wie anders hier alles aussah als auf der Farm. Jetzt festzustellen, was ihre Schwester alles erreicht hatte – dieses Haus, ihr Auto, der Job an der Primary School, über den sie gestern Abend ausführlich berichtet hatte –, war einerseits großartig, andererseits aber auch frustrierend. Spring war nicht neidisch auf ihre Schwester, ganz und gar nicht. Denn deren Leben würde sie niemals führen wollen. Spring hasste Spießigkeit. In gewisser Weise sehnte sie sich aber auch danach. Nein, dieses Leben schien wie eine Mahnung zu sein. Es unterstrich ihre eigene Orientierungslosigkeit, ihr Versagen. Denn etwas anderes war es nicht, wenn sie ganz ehrlich war.

In der Küche setzte sie Wasser auf und griff nach der Cafetière.

»Guten Morgen!«

Sie fuhr herum. Hinter ihr stand Summer.

»Morgen, ich hoffe, ich habe dich nicht geweckt.«

Ihre Schwester schüttelte den Kopf. Sie trug einen hellblauen Frotteebademantel über ihrem Schlafanzug. »Wir haben heute viel vor, daher sollten wir loslegen. Trinkt Sophia auch Kaffee zum Frühstück?«

»Bestimmt nicht.« Spring musste lachen. »Ich habe sie noch nie Kaffee trinken sehen.«

Während die beiden Schwestern das Frühstück zubereiteten, hörten sie Sophia oben hantieren.

»Was hast du in den letzten Jahren in London gemacht?«, fragte Summer und trug das beladene Tablett zum Esstisch hinüber.

»Ich habe in einem Café gearbeitet und bei Sophia«, antwortete Spring ausweichend. »Und bevor du fragst: Nein, ich habe keine Pläne, was ich als Nächstes tun möchte.«

Summer nickte stumm und deckte den Tisch.

Das Wasser im Kessel kochte inzwischen, und Spring goss Kaffee und Tee auf.

»Mir ist bewusst, dass jeder seinen eigenen Lebensentwurf hat. Und natürlich muss das, was mich glücklich macht, noch lange nicht für dich das Richtige sein«, sagte Summer vorsichtig. »Aber es ist wichtig, dass du mit deinem Leben zufrieden bist.« Sie sah Spring fragend an.

Spring wich dem Blick ihrer Schwester aus. Sie hatte Summer noch nie anlügen können, und zu behaupten, dass sie mit ihrem Leben zufrieden sei, wäre definitiv die Unwahrheit gewesen. »Ich bin doch erst vierundzwanzig.«

»Die Zeit vergeht, und schnell bist du dreißig.« Summer legte das leere Tablett in eine der Küchenschubladen und griff nach der Teekanne. »Du brauchst Pläne, Spring. Es ist mir klar, dass es in unserer Kindheit gerade daran gefehlt hat, und natürlich ist es schwer, sich als Erwachsene umzugewöhnen. Aber vielleicht solltest du mal darüber nachdenken, ob du nicht eine Ausbildung machen möchtest. Du könntest deinen Schulabschluss nachholen und einen Beruf erlernen. Dann würdest du mehr Geld …«

»Hör auf!« Springs Tonfall war schärfer, als sie beabsichtigt hatte. »Ich gehe auf keinen Fall wieder in die Schule, und Pläne sind nichts für mich.«

»Wie bei Mum und Dad«, stellte Summer leise fest.

Sofort verkrampfte sich Springs Magen. Sie hasste es, wenn sie mit ihren Eltern verglichen wurde. Denn alles war okay, aber nicht, so ein Leben zu führen, wie es ihre Eltern taten. Daher fauchte sie Summer an: »Ich bin vollkommen anders als sie!«

»Ach ja?« Summer verschränkte die Arme vor der Brust und lehnte sich mit der Hüfte an die Küchenarbeitsplatte. »Und wo ist der Unterschied? Statt bunter Batikblusen trägst du schwarze Klamotten, statt auf einer Pseudo-Biofarm hängst du in Londoner Cafés herum, und einen festen Job hast du auch nicht. Ich wette, du hast genauso gekifft und Tabletten eingeworfen, wie sie es immer getan haben. Oder nicht?«

»Ich bin vollkommen anders!« Spring ballte die Hände wütend zu Fäusten. »Ich … ich tue das alles wenigstens nicht vor den Augen meiner Kinder.« Tränen stiegen in ihr auf und raubten ihr den Atem.

»Das weiß ich doch«, sagte Summer mit sanfter Stimme. Sie löste ihre Arme und sah Spring mitfühlend an. »Ich will dir ja gar keinen Vorwurf machen. Du hast nie gelernt, wie man sich eine Karriere aufbaut, und damit meine ich nichts Abgehobenes. Nur irgendeine berufliche Laufbahn, die dir ein kleines Auskommen sichert. Ja, du hast recht, Mum und Dad haben keinerlei Rücksicht auf uns genommen. Sie haben uns nie Grenzen gesetzt, keine Erwartungen an uns gestellt. Und wir müssen heute alle damit fertigwerden, jede auf ihre Weise.«

»Ich finde, ich habe es ganz gut gemacht, dafür dass …« Spring brach ab, weil die Tränen hinter ihren Lidern brannten. Außerdem wusste sie nicht, wie sie den Satz beenden sollte.

»Schon gut.« Summer zog sie liebevoll in ihre Arme. Sie hielt sie einen Moment fest, und Spring fühlte sich sofort besser.

In diesem Augenblick hörten sie Sophia die Treppe herunterkommen.

Spring löste sich von Summer und strich sich verstohlen über die Augen. Dann ging sie ihrer Freundin entgegen. Hinter sich hörte sie Summer Eier aufschlagen und mit der Bratpfanne hantieren.

»Guten Morgen.« Spring bemühte sich um ein strahlendes Lächeln. »Wie haben Sie geschlafen?«

»Gar nicht«, brummte die alte Frau, die dunkle Ringe unter den Augen hatte. »Das lag aber nicht an dem komfortablen Bett, sondern an den Dingen, die mir durch den Kopf gehen.«

»So geht es mir auch.« Spring sah sie verständnisvoll an. »Es ist aufregend und gleichzeitig beängstigend, sich der Vergangenheit zu stellen.«

Spring bedeutete Sophia, sich an den Tisch zu setzen, während sie selbst ihrer Schwester bei der Zubereitung des Frühstücks half.

Wenig später standen die mit Rührei, Tomaten und Bohnen gefüllten Teller vor ihnen, aber die drei Frauen hatten nur mäßigen Appetit. Der Tag, der ihnen bevorstand, zerrte an ihren Nerven, und Spring sah, dass Sophias Finger vor Aufregung zitterten.

Um zehn Uhr waren alle endlich so weit, dass sie aufbrechen konnten. Die Fahrt von Bangor Richtung Nefyn verbrachten sie schweigend. Spring starrte aus dem Fenster auf die vertraute Landschaft. Als sie Caernarfon erreichten, stiegen Erinnerungen an ihre Schulzeit in ihr auf. Die ersten Jahre war sie in Nefyn zur Schule gegangen, doch später mussten die vier Season-Schwestern bis Caernarfon fahren. Acht Jahre war sie nicht hier gewesen, doch es hatte sich nicht viel geändert. Ein paar Läden waren neu, ein paar Häuser waren anscheinend abgerissen und an ihrer Stelle neue gebaut worden. Aber sie sah sich noch als Teenager durch die Straßen laufen, kannte jeden Durchgang und jede dunkle Ecke, an der sie sich mit ihren Freunden zum Biertrinken getroffen hatte. Wehmut und Abneigung kämpften in ihr. Mit den Gedanken an die damalige Zeit stiegen auch Hilflosigkeit, Wut und Langeweile wieder in ihr auf.

Je näher sie ihrer alten Heimat kamen, umso mehr wuchs ihre Beklemmung. Hohe Hecken säumten die schmale Landstraße, am Wegesrand tauchten immer wieder Fasane auf, die lebensmüde auf die Straße hüpften. Die Sonne strahlte vom wolkenlosen Maihimmel. Lange hatte Spring jeden Gedanken an diese Gegend verdrängt, jetzt überkamen sie mit einem Mal gemischte Gefühle. Sie waren die Anhöhe vor Caernarfon hinaufgefahren, als die Hecken plötzlich zurückwichen. Rechts unter ihnen schimmerte das Meer in der Sonne. Neben dem

Drang wegzulaufen, verspürte sie auch eine unvermutete Wärme in ihrem Inneren. Die Schönheit der Landschaft, der Geruch von Fisch und Algen in der Luft, die grünen Wiesen und schroffen Felsen, das alles war wunderschön und unterschied sich komplett von ihrem Leben in London.

Als sie sich der Farm näherten, wurde Spring unruhig. Ihre Hände zitterten, ihr Atem ging schneller. Sie bogen in einen schmalen Weg ab, auf dem keine zwei Autos aneinander vorbeipassten. Spring kannte jede Kurve und jede Einmündung. Allerdings erschien ihr der Weg so viel kürzer und alles viel kleiner als in ihrer Erinnerung. Auf einer Wiese neben der Straße hoppelten Kaninchen vorbei.

Dann tauchte das Schild mit der Aufschrift *Seasons Bio-Obst und -Gemüse* auf. Spring kannte den Text, lesen konnte man ihn nicht mehr, so verwittert und zerfallen war die Holztafel.

Sie blickte die Auffahrt hinauf, die von der Straße abging und zur Farm führte, während Summer den Wagen weiter geradeaus in Richtung Daffodil Castle steuerte. Diese Strecke war eine Abkürzung, der Weg über die breite Landstraße außenherum deutlich weiter. Wie oft waren sie als Kinder hier entlang gelaufen. Bei Holladay Close, der großen Schafswiese oben auf dem Hügel, waren sie immer durch die Hecke auf das Gelände des Anwesens geschlüpft. Doch jetzt folgte Summer der Straße, die auf der anderen Seite des Hügels wieder hinunterführte. Links von ihnen konnten sie die Türme von Daffodil Castle hinter den Baumwipfeln aufragen sehen. Es thronte auf einem Felsen über dem Meer. Die Wellen brachen sich an den Klippen darunter. Bald verlor Spring das Gebäude wieder aus den Augen, denn sie hatten die Senke erreicht, und Sträucher nahmen ihnen die Sicht. Die schmale Straße endete vor der South Lodge, einem Gebäude, das nicht mehr bewohnt war und dessen Fenster mit Brettern vernagelt waren.

Summer hielt den Wagen an und stieg aus. Sie öffnete das Tor, das, solange Spring denken konnte, nie verschlossen gewesen war, und fuhr auf das Gelände. Die Zufahrt war mit Kopfsteinen gepflastert, und dementsprechend holprig war die Fahrt. Kein Unkraut hatte den Weg überwuchert, und keine Zweige oder Äste lagen auf dem Boden. Das Gelände schien nach wie vor gut gepflegt zu werden. Das erste Stück führte durch einen dichten Wald, bevor die Bäume zurückwichen und saftigen Wiesen Platz machten, auf denen vereinzelt edle Pferde standen.

Unwillkürlich musste Spring an Autumn denken. Ihre jüngste Schwester hatte Pferde immer geliebt, und einmal hatten sie die Kleine aus den Augen verloren, während sie auf dem Gelände von Daffodil gespielt hatten. Als sie das sechsjährige Mädchen schließlich auf einer der Pferdekoppeln wiederfanden, war ihnen kurz das Herz stehen geblieben. Denn die kleine Autumn wirkte winzig neben den majestätischen Tieren, die sich von ihr streicheln ließen. Spring erinnerte sich noch sehr gut an die Angst, die sie alle ausgestanden hatten, bis sie ihre Schwester wieder sicher von der Weide heruntergelockt hatten. Die Liebe zu Pferden hatte Autumn nicht mehr losgelassen, und Spring zweifelte nicht daran, dass ihre jüngste Schwester den großen Vierbeinern auch heute noch zugetan war.

Jetzt machte die Zufahrt eine sanfte Kurve, und Spring wusste, dass hinter der Mauer, die sich rechts von ihnen erstreckte, der Obstgarten lag. Links waren zwei kleine Seerosenteiche, darüber der Terrassengarten. Und dann tauchte Daffodil Castle vor ihnen auf. Groß und mächtig reckte es seine Türme in den tiefblauen Himmel. Das romanische Gebäude bestand aus gewaltigen, schmucklosen Steinquadern und wirkte beinahe angsteinflößend. Die Scheiben der Fenster spiegelten die hellen Sonnenstrahlen. Die Straße führte eine steile Anhöhe hinauf, durch einen Torbogen und an den Ställen vorbei in den Kutschenhof. Über der breiten Eingangstür prangte das Familienwappen, das in den Stein gemeißelt worden war. Spring stellte erstaunt fest, dass es hier im Innenhof keine einzige Blume gab, obwohl doch zurzeit die herrlichsten Pflanzen blühten.

»Okay, ich warte im Auto.« Summer hielt den Wagen vor dem großen Portal.

Spring öffnete die Tür und stieg aus. Dann half sie Sophia aus dem Auto.

Die alte Frau blieb einen Moment lang reglos stehen. Sie schloss die Augen und sog tief die Luft ein. Dann betrachtete sie wieder das Gebäude, bevor sie sich langsam in Bewegung setzte und die wenigen Meter zu den zwei flachen Stufen hinüberging, die zum Eingang führten.

Spring presste die Lippen vor Aufregung fest zusammen. Wieder kamen ihr Zweifel. Vielleicht hätten sie sich anmelden sollen? Vermutlich waren Sophias Angehörige gar nicht zu Hause. Hätten sie andererseits von dem Besuch gewusst, hätten sie ihn ablehnen oder einfach nicht öffnen können. Auf diese Weise überrumpelten sie sie einfach. Aber jetzt war es sowieso zu spät, um darüber nachzudenken.

»Bereit?« Spring sah ihre Freundin von der Seite an.

Sophia nickte.

Spring drückte auf den in die Wand eingelassenen Klingelknopf neben der Tür.

Stille.

Einen Moment überlegte Spring, ob die Glocke wirklich funktionierte. Doch dann hörten sie schnelle Schritte, die sich näherten. Im nächsten Moment wurde die Tür geöffnet.

Eine braunhaarige Frau stand vor ihnen. Sie trug ein strenges Kostüm, die Haare hatte sie hinten zu einem Dutt gebunden.

»Ja, bitte?« Sie sah sie fragend an.

»Mein Name ist Sophia Fowler, ich möchte mit meinem Sohn Thomas Fowler sprechen. Ist er zu Hause?«, fragte Sophia, und Spring warf ihr einen erstaunten Blick zu. Plötzlich hatte die Stimme ihrer Freundin einen anderen Tonfall angenommen, zwar freundlich, aber mit einer Spur Arroganz, ein wenig von oben herab.

Die Frau schien kurz irritiert, dann trat sie zur Seite. »Bitte, kommen Sie herein, Mrs Fowler. Ich werde Bescheid sagen.«

Spring sog scharf die Luft ein. Die Familie schien also tatsächlich zu Hause zu sein. Erleichterung und Angst stiegen gleichermaßen in ihr auf. Sie folgte Sophia in eine helle Eingangshalle. Der Boden war mit schwarzweißen Fliesen ausgelegt, durch die hohen bleiverglasten Fenster gegenüber der Eingangstür fiel buntes Licht herein. Davor führte eine geschwungene Eichenholztreppe nach oben, deren Geländer aufwendige Schnitzereien zierten. An den Wänden standen goldene Tischchen, auf denen Rosensträuße in Vasen arrangiert waren, und ein hoher Kamin, der blitzblank gefegt war.

Spring war so beeindruckt von der Eleganz des Raumes, dass sie gar nicht auf ihre Freundin achtete. Jetzt schaute sie sich nach Sophia um, von der jedoch nichts mehr zu sehen war. »Sophia?«, rief Spring, und ihre Stimme hallte von den Wänden wider.

Da keine Antwort kam, eilte sie zu einem bogenförmigen Durchgang, der an der linken Seite der Halle in einen Nebenraum und von dort in eine Bibliothek führte. Wieder blieb Spring stehen, beeindruckt von der Opulenz des Raumes, in dem sich zahlreiche Säulen und Bücherregale aus dunklem, glänzendem Mahagoni befanden. Runde Tische mit schweren Ledersesseln waren überall im Zimmer verteilt. In der Mitte stand ein massiver Schreibtisch mit aufwendigen Schnitzereien. Darauf befanden sich ein altmodischer Globus, eine Lederunterlage und teures, dickes Schreibpapier. Es roch nach Büchern, Leder und Rauch.

»Sophia?«, rief Spring und zuckte zusammen, als sich ein Schatten aus der Ecke löste.

Ein junger Mann etwa in ihrem Alter stand aus einem der Sessel auf. Sein dunkelbraunes Haar war lockig und fiel ihm in die Stirn. Er trug einen hellblauen Wollpullover, der nach viel Geld aussah, und eine dunkle Stoffhose. Die Hände in den Hosentaschen, schlenderte er auf sie zu.

»Ethan?«, rief Spring erschrocken und wich zurück. Sie stieß gegen ein kleines Tischchen und fing eine Vase gerade noch auf, bevor sie auf die dunklen Holzdielen fallen konnte. »Ich bin auf der Suche nach … Entschuldige, ich wusste nicht, dass du zu Hause bist.«

»Moment.« Der junge Mann hob die Hand und sah sie mit gerunzelter Stirn an. »Es tut mir leid … Aber kennen wir uns?«

»Oh.« Spring spürte, dass sie errötete, was sie ungemein ärgerte. Sie war kein Teenager mehr. Aber Ethan sah noch genauso aus wie vor acht Jahren, als sie sich unter Tränen von ihm verabschiedet hatte. Sein Anblick löste bei Spring seltsamerweise noch immer das gleiche Kribbeln aus wie damals. »Ich bin Spring. Wir sind hier quasi zusammen aufgewachsen.«

»Spring? Spring Season?« Ethan starrte sie einen Moment lang an. Dann breitete er seine Arme aus. »Ich glaub es nicht. Komm her.«

Sie ließ sich von ihm umarmen, spürte seine Wärme, nahm seinen Duft nach Wind, Meer und Eukalyptus wahr und wurde für einen kurzen Moment in ihre Jugend zurückversetzt.

Er ließ sie wieder los. »Du siehst so anders aus. Wo sind deine schönen Haare geblieben?«

Spring unterdrückte die verwirrenden Gefühle und machte eine wegwerfende Handbewegung. »Die mussten damals schon dran glauben. Kurz nachdem du ins Internat zurückgegangen bist, bin ich nach London abgehauen und habe sie mir abrasiert.« Sie schwieg erschrocken, weil sie viel zu viel geredet hatte.

»Ich habe echt gelitten, nachdem meine Mutter mich weggeschickt hatte. Der Sommer war noch nicht zu Ende, und eigentlich hatten wir noch fast drei Wochen gemeinsame Zeit vor uns.« Ethan betrachtete sie beinahe liebevoll, und einen Moment lang glaubte Spring, er würde seine Hand ausstrecken und ihr über die Wange streichen. Doch stattdessen sprach er weiter: »Als ich an Weihnachten nach Hause kam, warst du weg.«

Spring atmete tief durch und ließ sich auf einen der alten Ledersessel fallen. »Ich musste gehen. Ich habe es hier nicht mehr ausgehalten. Und mir war auch klar, dass deine Mutter wirklich alles unternehmen würde, um uns voneinander fernzuhalten.«

Ethan stieß einen abfälligen Laut aus und steckte beide Hände in die Taschen seiner teuren Stoffhose. Er legte den Kopf in den Nacken und sagte leise: »Das wäre mir egal gewesen. Ich war verrückt nach dir.«

»Ich war damals erst sechzehn, und du neunzehn«, erinnerte Spring ihn. »Wenn deine Mutter es verboten hätte …«

»Es war … Ich habe lange daran zu knabbern gehabt, dass du plötzlich weg warst. Und niemand konnte mir sagen, wo du abgeblieben bist.« Er sah sie an. »Warum bist du wieder hier? Und wieso ausgerechnet in Daffodil?«

Spring stand auf und zögerte. Wie viel konnte sie ihm sagen, ohne sich in seine Familienangelegenheiten einzumischen?

In diesem Moment erklangen laute Stimmen aus der Halle und befreiten Spring von einer Antwort. Sie sah sich erschrocken um.

»Was tust du hier? Ich habe dir gesagt, du sollst nie wieder herkommen!«, hörte sie eine aufgebrachte Frauenstimme.

Spring eilte aus der dunklen Bibliothek in die helle Eingangshalle. Eine Frau stand auf einer der letzten Treppenstufen und starrte Sophia wütend an, die ein wenig verloren wirkte, wie sie da mitten in der Halle stand.

»Sophia?« Spring lief zu ihrer Freundin und stellte sich schützend neben sie. Die Frau auf der Treppe war Monica, Ethans Mutter. Sie hatte sich kaum verändert, seit Spring sie zum letzten Mal gesehen hatte, an jenem Tag im Garten, als sie Spring und Ethan überrascht hatte.

»Das ist meine Schwiegertochter Monica«, erklärte Sophia mit kraftloser Stimme.

»Ich weiß.« Spring hakte die alte Frau unter und stellte erschrocken fest, dass sie zitterte.

»Wir möchten mit Sophias Sohn sprechen, nicht mit Ihnen«, wandte sich Spring an Monica, die sie anscheinend noch nicht erkannt hatte.

»Warum? Meinen Sie, er wäre anderer Meinung als ich? Wir sind uns vollkommen darin einig, dass diese Frau Daffodil nie wieder betreten darf!« Monicas Stimme klang kalt. »Ich könnte so einige Geschichten erzählen, die dieser Familie nicht guttun würden.«

»Zu der du ja jetzt auch gehörst, Monica. Du befindest dich nun in exakt der Situation, in der ich war, als du hier aufgetaucht bist und mich erpresst hast«, antwortete Sophia.

Einen Moment lang schien Monica um eine Antwort zu ringen. Dann sagte sie mit tonloser Stimme: »Du würdest also tatsächlich deinen Sohn und deine Enkel bloßstellen?«

»Halt! Moment, ich komme nicht mehr mit. Worum geht es hier eigentlich?« Spring sah irritiert zwischen Sophia und Monica hin und her. Als keine der beiden antwortete, wandte sie sich an Monica: »Was ist passiert, dass Sie Sophia das Haus verbieten, in dem sie jahrelang gelebt hat?«

»Das geht Sie nichts an. Es ist eine Familienangelegenheit, und jetzt verlassen Sie bitte dieses Anwesen«, befahl die Frau harsch.

»Mutter?«, erklang eine Stimme hinter ihnen, und Sophia und Spring drehten sich beide um.

Rechts von ihnen führte ein Gang in die Tiefe des Hauses, und dort war jetzt ein Mann mittleren Alters aufgetaucht.

»Thomas!« Sophias Züge wurden weich.

»Das ist … Was machst du hier?«, stammelte der Mann. »Ich dachte nicht, dich noch einmal wiederzusehen.«

»Ich will mit dir reden.« Sophias Hand zitterte in Springs Armbeuge. »Und es wird Zeit, dass ich meine Enkelkinder kennenlerne.«

»Nein«, rief Monica beinahe hysterisch.

Thomas beachtete sie nicht und kratzte sich verlegen am Hinterkopf. Er schien hin- und hergerissen zu sein. Freude und Angst zeigten sich auf seinem Gesicht. Er dachte angestrengt nach, so viel konnte Spring erkennen. Das gab ihr die Möglichkeit, ihn genauer zu betrachten.

Als Kind hatte sie ihn so gut wie nie zu Gesicht bekommen, er war entweder verreist oder musste arbeiten. Hin und wieder hatten die Season-Schwestern ihn in seinem Jaguar durch den Park fahren sehen. Es war schwer zu verkennen, dass er Ethans Vater war.

Unwillkürlich sah Spring sich zur Bibliothek um. Ethan stand jetzt im Torbogen, der in den Nebenraum führte, und verfolgte die Unterhaltung mit irritierter Miene. Schnell wandte Spring den Blick ab und konzentrierte sich wieder auf seinen Vater. Thomas hatte noch immer dichtes dunkles Haar, das von silbernen Strähnen durchzogen war, und dieselben dunklen Augen wie sein Sohn.

»Hör zu, Mutter.« Thomas trat jetzt auf Sophia zu. »Ich weiß nicht …«

»Wir wollen dich hier nicht haben«, unterbrach seine Frau ihn und stieg die letzten Treppenstufen herunter in die Halle. »Und jetzt solltest du gehen.«

Sophia musterte ihren Sohn. »Möchtest du auch, dass ich gehe?«

Er erwiderte ihren Blick, und Spring glaubte einen Moment lang, er würde sie zurückhalten, doch seine Augen huschten für den Bruchteil einer Sekunde zu seiner Frau, ehe er leise sagte: »Ja, ich habe keine andere Wahl.«

Spring spürte, wie Sophia in sich zusammensank.

»Vielleicht ist es besser so.« Die alte Frau nickte und wandte sich zur Tür.

Spring starrte Thomas, Monica und Ethan, die an unterschiedlichen Stellen in der Halle standen, fassungslos an. Wieso waren sie so unerbittlich? Wut kochte in ihr hoch.

»Was stimmt nicht mit Ihnen?«, fuhr sie alle drei an. Dann deutete sie mit finsterem Blick auf Thomas. »Was um alles in der Welt rechtfertigt ein solch kaltes und unmenschliches Verhalten? Sophia ist Ihre Mutter, und Sie schließen sie vollkommen aus Ihrem Leben aus. Sie sind ein ganz armseliger Mensch, der durch das Geld, das er zufällig geerbt hat, barbarisch und hartherzig geworden ist. Diese Frau hat Sie auf die Welt gebracht. Ich kann mir nichts vorstellen, was sie getan haben könnte, das Sie dermaßen erbarmungslos und unerbittlich reagieren lässt.«

Spring wusste, dass sie zu weit gegangen war. Dennoch kam

ihr diese offene Feindschaft übertrieben und rätselhaft vor. Sie drehte sich zu Monica, die am Fuß der Treppe stand und sie mit unbewegter Miene ansah. Jetzt trat Spring entschlossen auf sie zu. »Sie wollten mich und Ethan damals mit allen Mitteln auseinanderbringen. Und das war anscheinend nicht das erste Mal, dass Sie sich in das Leben anderer eingemischt haben. Ihnen scheint es sehr recht zu sein, dass Ihr Mann den Kontakt zu seiner Mutter abgebrochen hat. Ich wünsche Ihnen, dass Ihnen bald dasselbe passiert und Sie aus Ihrem eigenen Haus geworfen werden.«

»Was?« Monica wich entsetzt einen Schritt zurück. »Wer sind Sie? Ich kann mich nicht an Sie erinnern! Und jetzt machen Sie, dass Sie verschwinden, Sie unverschämtes Miststück! Und kommen Sie niemals wieder her!«

»Keine Sorge«, zischte Spring. »Lieber würde ich mir die Hand abhacken, als noch einmal einen Fuß in diese vergiftete Umgebung zu setzen.«

Sie reichte Sophia, die den Wutausbruch mit großen Augen verfolgt hatte, den Arm und machte sich mit ihr auf den Weg hinaus.

Als sie die Eingangstür erreicht hatten, wandte Spring sich noch einmal um. Thomas wirkte traurig, fast verzweifelt, die Miene seiner Frau war unergründlich, hart und versteinert, und Ethan sah ihnen nachdenklich hinterher. In seinem Blick erkannte Spring dieselbe Verwirrung, die sie selbst empfand.

# VIERTES KAPITEL

*Nordwales, Mai, Gegenwart*

Ethan starrte den beiden Frauen hinterher. Die Gedanken wirbelten wie buntes Herbstlaub durch seinen Kopf. Sophia Fowler? Die Mutter seines Vaters und somit auch seine Granny? Seine Eltern hatten immer behauptet, dass seine Großmutter väterlicherseits bereits vor seiner Geburt gestorben sei. Langsam wandte er den Blick von der Tür zu seinem Vater.

»Was hat das zu bedeuten? Wer ist diese Frau?«, fragte er mit seltsam rauer Stimme. Er wusste nicht, warum sein Vater gelogen haben sollte, aber diese Szene war eindeutig gewesen. Sein Vater hatte nicht widersprochen, als die Frau behauptet hatte, seine Mutter zu sein.

Sein Vater wich seinem Blick aus. »Das war niemand. Es ist nicht wichtig.«

Ethan schüttelte den Kopf. »Glaubst du etwa, ich würde ernsthaft annehmen, dass diese Frau eine vollkommen Fremde ist?« Seine Stimme war lauter geworden, und er ging auf seinen Vater zu, der es immer noch nicht schaffte, ihm in die Augen zu sehen.

»Ethan, es reicht«, mischte sich seine Mutter ein. »Lass uns bitte allein.«

»Nein.« Er hob die Hand, um sie zum Schweigen zu bringen, ohne den Blick von seinem Vater abzuwenden. »Es tut mir leid, aber das ist eine Sache zwischen Dad und mir. Also?«

»Ethan, du verstehst das nicht …«, begann sein Vater. »Es ist nicht so einfach, wie du denkst.«

»Doch, es ist sogar sehr einfach. Ist diese Frau meine Großmutter?«, fragte er in schneidendem Ton.

Sein Vater nickte. »Wir hielten es für besser, euch in dem Glauben zu lassen, dass sie gestorben sei.«

Ethan wurde eiskalt. Er war auf übelste Weise belogen und um seine Großmutter betrogen worden, die all die Jahre existiert hatte und von der er nichts gewusst hatte. »Warum habt ihr mir nie erzählt, dass meine Grandma noch lebt? Ich bin inzwischen alt genug, um selbst entscheiden zu können, ob ich Kontakt zu ihr aufnehmen möchte oder nicht.«

Endlich sah sein Vater auf. In seinen Augen lag ein gequälter Ausdruck. »Du hast ja keine Ahnung, was vorgefallen ist.«

»Dann sag es mir«, rief Ethan und breitete die Arme auffordernd aus. »Es ist längst an der Zeit, findest du nicht?«

»Nein«, mischte sich seine Mutter wieder ein. »Das geht dich nichts an.«

»Oh doch.« Ethan drehte sich zu Monica um. Manchmal hasste er sie geradezu. Er wusste, dass er so nicht über seine Mutter denken sollte, aber sie war hart und bestimmend, und es interessierte sie nicht, was andere empfanden.

Doch dieses Mal würde er sich nicht von ihr diktieren lassen, was er zu denken hatte. Ethan atmete tief durch. »Sie ist meine Großmutter, und ihr habt sie mir siebenundzwanzig Jahre vorenthalten. Und wenn ihr auch nur im Entferntesten daran interessiert seid, dass unser Verhältnis diesen immensen Vertrauensbruch übersteht und nicht genauso endet wie das zwischen meiner Großmutter und dir«, er sah wieder seinen Vater an, »dann solltest du mir endlich die Wahrheit sagen. Und Aiden natürlich auch, denn wenn du es nicht tust, werde ich ihn informieren.«

Sein Vater nickte resigniert. »Also schön, unterhalten wir uns.«

»Nein«, rief seine Mutter barsch. »Pass auf, was du sagst, und denk daran, was ich zu erzählen habe. Ich kann alles öffentlich machen. Alles!«

»Es ist gut, Monica«, erwiderte Ethans Vater. »Tu, was du für richtig hältst. Aber ich werde mich nicht mehr davon abbringen lassen.« Er ließ die Schultern hängen. Plötzlich wirkte er viel älter. Nichts erinnerte mehr an den selbstbewussten, sportlichen Fünfzigjährigen, der mit seinem erfolgreichen Unternehmen ein kleines Finanzimperium geschaffen hatte. »Es wird Zeit, dass unsere Kinder die Wahrheit erfahren.«

»Tu das nicht.« Ethans Mutter drängte sich zwischen die beiden und fasste ihren Mann an den Schultern. »Das geht die Jungs nichts an. Ich lasse nicht zu, dass diese Geschichte noch eine weitere Generation vergiftet.«

»Was denn? Wovon sprichst du?«, wollte Ethan wissen.

»Monica«, Thomas sah seine Frau ernst an, »einen Sohn haben wir schon verloren. Ich möchte nicht, dass uns das auch mit Ethan passiert.«

»Sie ist eine Mörderin«, sagte Monica hastig, und ihre Stimme überschlug sich fast.

Ethan blieb erschrocken stehen und drehte sich zu seiner Mutter um.

Sie fuhr fort: »Sie hat deinen Großvater von der Galerie im Ballsaal gestoßen. Wir haben es beide gesehen.«

»Was?« Ethan blickte zwischen seinem Vater und seiner Mutter hin und her. »Und wieso habt ihr die Polizei nicht informiert?«

»Wir hatten keine andere Wahl«, sagte seine Mutter erschrocken. »Denk an den Skandal, den das ausgelöst hätte. Damals waren dein Vater und ich noch kein Paar. Ich war zufällig in dieser Nacht hier im Haus und wurde Zeugin der schrecklichen Tat. Natürlich wäre ich sofort zur Polizei gegangen, aber Thomas hat mich angefleht, es nicht zu tun.«

»Dad? Ist das wahr?«, sagte Ethan fassungslos.

Sein Vater stand schweigend und mit geschlossenen Augen im Durchgang zur Bibliothek, als könnte er so alledem entkommen.

»Irgendwann holt einen die Wahrheit ein. Ich werde dir jetzt alles erzählen«, erwiderte er schließlich tonlos.

»Nein«, rief Ethans Mutter mit schriller Stimme. »Das ist die Wahrheit.«

»Das stimmt nicht«, widersprach er Monica mit ungewohnter Heftigkeit. »Und du weißt es ganz genau. All die Jahre habe ich diese Lügen ertragen, ich habe mich in meine Arbeit geflüchtet, um dir aus dem Weg zu gehen, aber ich will meine Söhne nicht verlieren. Es ist höchste Zeit, die Wahrheit zu sagen.«

Ethan starrte seinen Vater entsetzt an. Schon lange hatte er geahnt, dass es etwas gab, was seine Eltern entzweite. Es hatte kaum liebevolle Momente zwischen ihnen gegeben und keine tiefe Verbundenheit, wie Ethan sie bei anderen Ehepaaren beobachtet hatte.

Sein Vater tat einige zitternde Atemzüge, ehe er sich an Ethan wandte. »Keiner von uns beiden war dabei, als deine Großmutter deinen Großvater ermordet hat. Aber in dieser Nacht waren nur wir vier im Haus.«

Ethan zog die Augenbrauen zusammen. Das alles kam ihm wie ein schlechter Traum vor. Er wünschte sich, dass Aiden in diesem Moment bei ihm wäre. Sie sollten diese schrecklichen Neuigkeiten beide zusammen erfahren. Aber sein Bruder war ein Spieler, der nichts anderes im Leben tat, als das großzügige Taschengeld auszugeben, das er von seinem Vater bekam. Er hatte gestern Abend vermutlich wieder bis spät in die Nacht gezockt und getrunken und schlief jetzt in einem fremden Bett seinen Rausch aus. Aiden trank zu viel und hatte weder einen Job noch einen Plan. Ethan hingegen war nach seinem Wirtschaftsstudium in die Investmentfirma eingestiegen, die sein Vater gegründet hatte.

»Bitte, Thomas, ich flehe dich an.« Die Stimme seiner Mutter klang plötzlich weinerlich. »Ich will nicht, dass unsere Kinder es erfahren. Es wird Zeit, dass sich diese Familie endlich von der Vergangenheit befreit. Wir müssen dieses Geheimnis und alles, was es nach sich gezogen hat, mit ins Grab nehmen.«

»Du bist gerade die Richtige, die das sagt«, murmelte sein Vater.

»Belaste sie nicht damit«, flehte sie ihn an. »Lass sie unbeschwert ihr Leben führen.«

»Wovon sprecht ihr?«, wiederholte Ethan seine Frage. »Ich muss die Wahrheit wissen. Ich habe ein Recht darauf, immerhin ist sie meine Großmutter.«

Seine Mutter sah ihn nun mit einem Funkeln in den Augen an. »Also gut, ich muss mich wohl fügen. Aber glaube mir, es wäre alles viel einfacher, wenn du nicht darauf bestehen würdest.«

»Das möchte ich gern selbst beurteilen.« Ethan nickte seinem Vater zu. »Wollen wir uns in die Bibliothek setzen?«

»Ich denke, wir sollten auf deinen Bruder warten«, erwiderte er.

Ethan sah auf die Uhr. »Aiden ist mit seinen Freunden unterwegs. Ich glaube nicht, dass er vor morgen Abend wieder hier sein wird. Wir können ihm später alles erzählen.«

Sein Vater wandte sich ab und schlich in Richtung der Bibliothek davon. In diesem Moment wirkte er, als ob die Last der ganzen Welt auf seinen Schultern läge. Wenn Ethan nicht so enttäuscht und fassungslos gewesen wäre, hätte er ihm fast leidgetan.

Sie nahmen in den Sesseln vor dem Kamin Platz. Ethans Mutter zog einen Hocker heran, auf den sie sich setzte. Ihre Gesichter lagen im Schatten, der Raum war einer der dunkelsten im ganzen Haus, was den alten Büchern zugutekam. Seine Mutter strich sich das blonde Haar hinters Ohr und faltete dann verkrampft die Hände.

»Also?«, drängte Ethan seinen Vater, der nun endlich zu sprechen begann.

»Als ich zwanzig war, habe ich mich verliebt. Sie hieß Bernice und war eine Kommilitonin, die auch aus Nefyn stammte. Aber meine Eltern hatten andere Pläne mit mir, ich sollte in eine alte Familie mit einer langen Tradition einheiraten. Also hat meine Mutter ein Gerücht in Nefyn gestreut, bei all unseren Bekannten und an der Uni, dass ich Bernice mit mehreren Frauen betrogen hätte. Anscheinend hat sie sogar einige der Frauen bestochen, mit denen ich angeblich eine Affäre gehabt haben soll, sodass sie es Bernice gegenüber bestätigt haben.«

»Was?« Ethan sah seinen Vater zweifelnd an. Das klang ungeheuerlich, ja geradezu abstrus.

Sein Vater fuhr fort, ohne auf Ethans Einwurf einzugehen: »Diese Gerüchte, die bald auch hier im Dorf kursierten, haben meinem Ruf nicht geschadet, sondern, ganz im Gegenteil, mir gewaltige Achtung bei meinen Kommilitonen verschafft. Dennoch brauche ich wohl nicht zu erwähnen, dass Bernice, die ich von Herzen liebte, danach nie wieder etwas von mir wissen wollte.«

»Genau so war es, jetzt weißt du Bescheid«, sagte seine Mutter. Sie wirkte erleichtert, und Ethans Vater schien darüber stutzig zu sein. Er betrachtete seine Frau einen Moment lang mit gerunzelter Stirn, und Ethan meinte so etwas wie Abscheu in seinem Blick zu erkennen.

»Deine Mutter hat also durch eine Intrige deine Liebe zerstört?«, fragte Ethan ungläubig.

Sein Vater nickte. »Oh ja, das hat sie.«

»Und dann hat sie auch noch deinen Vater ermordet?« Ethan hörte selbst, wie absurd das klang.

Seine Eltern wechselten einen kurzen Blick. Dann sagte sein Vater: »Nein, das ist nicht erwiesen.«

»Und dennoch hast du sie verstoßen?« Ethan lehnte sich in dem alten Sessel zurück.

»Ich war verletzt«, erwiderte Thomas. »Schließlich habe ich Bernice sehr geliebt.«

»Woher weißt du, dass Sophia hinter den Gerüchten steckte?«

»Ich habe die Mädchen damals gefragt, die sie bestochen hat.«

»Aber hätten sie nicht auch lügen können?« Ethan hatte den Eindruck, dass etwas an dieser Geschichte nicht stimmte. Dieses Verhalten passte nicht zu einer gesellschaftlich angesehenen Frau, die einst die Herrin des Hauses gewesen war. Hätte seine Großmutter wirklich einen solchen Aufwand betrieben, nur um eine unliebsame Freundin ihres Sohnes loszuwerden? Das Ganze klang wie eine Räuberpistole.

»Warum hätten diese Frauen lügen sollen?«, fragte seine Mutter, die noch immer auf dem Hocker saß.

»Hat Großmutter es denn jemals zugegeben?«

Sein Vater wirkte einen Moment lang unsicher. Dann schüttelte er den Kopf. »Natürlich nicht. Jemand, der so kaltblütig handelt, lügt auch skrupellos.«

Ethan schlug die Beine übereinander und dachte nach. Wenn seine Großmutter das getan hatte, was sein Vater ihr vorwarf, war das zweifellos schlimm – aber rechtfertigte es die Tatsache, dass er ihre Existenz den eigenen Kindern gegenüber jahrelang verschwiegen hatte? »War euer Verhältnis denn vorher auch schon schwierig?«

Sein Vater zuckte mit den Schultern. »Es waren wohl die üblichen Streitereien zwischen einer Mutter und ihrem pubertierenden Sohn.«

Ethan runzelte die Stirn. »Es tut mir leid, aber deine Reaktion kommt mir vollkommen übertrieben vor. Ich kann verstehen, dass du verletzt warst, dass du wütend auf sie warst, aber deinen eigenen Kindern zu erzählen, dass sie tot sei, geht einfach zu weit. Du hast sie wie eine Aussätzige behandelt, und das über Jahrzehnte. Hast du nicht ein einziges Mal Kontakt zu ihr aufgenommen, um herauszufinden, ob es ihr leidtat und sie sich vielleicht verändert hatte?«

»Wozu?«, sagte sein Vater und stand auf. »Für mich war die Angelegenheit erledigt. So, und jetzt ist es genug. Ich möchte gern ausreiten.«

»Ich begleite dich«, rief Ethans Mutter und folgte ihrem Mann in Richtung Eingangshalle.

Ethan sah den beiden mit zusammengezogenen Augenbrauen nach. Es war ungewöhnlich, dass sie ausreiten wollten. Eigentlich unternahmen seine Eltern schon seit Jahren nichts mehr gemeinsam, abgesehen von den zahlreichen gesellschaftlichen Verpflichtungen.

Während Ethan nach oben in seine Zimmer ging, die sich in einem Nebenflügel befanden, dachte er über das seltsame Gespräch nach. Er durchquerte die Eingangshalle und stieg die Treppe hinauf. Das alte, ausgetretene Holz knarrte unter seinen Schritten. Er war sich ziemlich sicher, dass sein Vater gelogen hatte. Wenn diese Intrige tatsächlich der einzige Grund dafür war, dass er Ethans Großmutter verleugnet hatte, dann hätte sein Vater unbarmherzig und unverhältnismäßig rachsüchtig gehandelt. Außerdem wirkte Ethans Mutter nach dem Bericht ihres Mannes geradezu erleichtert, als hätte sie mit etwas ganz anderem gerechnet, etwas, das viel schlimmer war als die angebliche Intrige ihrer Schwiegermutter. Was steckte wohl hinter der ungeheuerlichen Anschuldigung, Sophia habe ihren Mann, Ethans Großvater, von der Galerie im Ballsaal gestoßen?

Ethan hatte inzwischen den ersten Stock erreicht, wo er in einen Korridor trat, der mit einem dicken roten Teppich ausgelegt war. Er ließ seinen Blick über die Ahnenporträts an den Wänden schweifen. Auch das Bildnis seines Großvaters hing in dieser Reihe. Heute fiel ihm zum ersten Mal auf, dass es kein Gemälde von seiner Großmutter gab. Ethan hatte nie darüber nachgedacht, aber jetzt bemerkte er diese Unstimmigkeit. Seine Vorfahren aus früheren Generationen waren immer paarweise abgebildet worden. Unten im Speisezimmer hingen Ölgemälde der ältesten Ahnen in schweren Rahmen an den Wänden, irgendwann hatte der Platz anscheinend nicht mehr gereicht, sodass man auf den Salon und schließlich auf die Flure hier oben ausgewichen war.

Ethan blieb vor den Gemälden stehen, auf denen seine Eltern abgebildet waren. Ja, auch seine Mutter war hier zu sehen, die ja ebenfalls nur in die Familie Fowler eingeheiratet hatte. Warum gab es kein Porträt seiner Großmutter Sophia?

Ethan stieg fünf flache Stufen hinauf in einen Flur, der ihn in den Nordflügel brachte, und gelangte durch eine doppelflügelige Tür in seinen privaten Bereich. Er war vor zehn Jahren hierher gezogen, nachdem er sein Kinderzimmer unterm Dach verlassen hatte.

Er durchquerte den großen Vorraum, der mit antiken Kommoden, Sesseln und Tischen eingerichtet war. Da es kein Fenster gab, hielt sich nur selten jemand hier auf. Ethan trat in sein modernes, mit sämtlichen elektronischen Geräten ausgestattetes Arbeitszimmer und setzte sich an den Computer. Er gab den Namen seiner Großmutter in eine Suchmaschine ein, erhielt aber keinen Treffer, der ihn weitergebracht hätte. Also fügte er noch »Daffodil Castle« und »Skandal« hinzu, doch auch das führte zu keinem Ergebnis. Er lehnte sich zurück und runzelte die Stirn. Das war ja beinahe zu erwarten gewesen, schließlich war das alles in einer Zeit passiert, in der die Nutzung des Internets noch nicht alltäglich war. Aber warum hatte seine Großmutter nie versucht, mit ihrem Sohn in Kontakt zu treten oder ihre Enkel kennenzulernen? Warum war sie für tot erklärt worden? Das kam ihm wirklich merkwürdig vor.

Ethan stand auf und trat ans Fenster. Es blieb ihm nur eine Möglichkeit, er musste mit seiner Großmutter sprechen. Vielleicht verriet sie ihm die Wahrheit. Wo sie wohl untergebracht war? Er ließ seinen Blick über die Wiesen und Gärten des Anwesens wandern, als er mit einem Mal innehielt. Spring! Sie musste mehr über seine Großmutter wissen, schließlich waren sie gemeinsam hierhergekommen. Erleichterung durchflutete ihn, als ihm dieser tröstende Gedanke kam. Über den Schock, all die Jahre belogen worden zu sein, hatte er das unerwartete Wiedersehen mit seiner ersten großen Liebe beinahe vergessen.

Er zog sein Handy aus der Tasche, doch er hatte keine Telefonnummer mehr von Spring und wusste nicht einmal, wo sie jetzt wohnte. Aber vielleicht war sie ja gerade auf der Season-Farm. Auf jeden Fall war es einen Versuch wert. Entschlossen machte er sich auf den Weg. Er würde seine Großmutter suchen und zur Rede stellen.

Eine halbe Stunde später holperte sein nagelneues Cabriolet durch die tiefen Schlaglöcher der Auffahrt zur Season-Farm hinauf. Kümmerliche, halb verdorrte Hecken standen rechts und links des Wegs. Dahinter konnte er immer wieder die ungepflegten Wiesen sehen, auf denen vereinzelte Kühe und Schafe standen. Nach einigen hundert Metern tauchten die ersten Farmgebäude auf. Gerade als er auf den Hof fuhr, ritt ein schwarzes Pferd davon. Einen Moment lang meinte er, seinen Bruder Aiden darauf erkannt zu haben, aber dieser Gedanke war ebenso unsinnig wie lächerlich. Aiden hatte sich in den letzten Jahren zwar einige Pferde zugelegt, weil er es neuerdings schick fand, sich in der Reiterszene zu bewegen, er schien jedoch keinen guten Draht zu den majestätischen Tieren zu haben. Außerdem würde jemand wie Aiden sich niemals in der Nähe dieser heruntergekommenen Farm aufhalten. Die ganze Anlage wirkte verlassen und baufällig, nur das Schild mit der Aufschrift *Farm-Shop* vor dem mittleren Gebäude schien neu zu sein. Links stand ein großes Haus mit einem fauligen Reetdach, das ganz dringend erneuert werden müsste. Es war zwei Etagen hoch, der Putz blätterte von der Fassade, und nur mit viel Fantasie konnte man sich vorstellen, dass der Anstrich einst gelb gewesen sein musste. Der große Hof vor den Gebäuden war mit Kuhfladen und getrocknetem Schlamm bedeckt.

Ethan parkte neben einem klapprigen VW-Bus, der anscheinend als fahrender Lebensmittelladen diente. Auf seinen Türen und der hinteren Klappe waren Kühe, Schafe und Hühnereier abgebildet, eine Seite war zu einem Ladenfenster umgearbeitet worden. Es stank nach Mist, der Geruch schien aus dem Stall rechts zu kommen. Einen Moment lang hielt Ethan inne, dann entschied er sich, als Erstes im Farmshop nachzufragen. Entschlossen schritt er zwischen den Kuhfladen hindurch zum Eingang des kleinen Geschäfts. Die Scheiben waren so schmutzig, dass er nicht einmal sehen konnte, ob drinnen Licht brannte. In der Ferne hörte er Kühe muhen und Schafe meckern. Als er die Klinke hinunterdrückte und die Tür sich öffnete, ertönte eine laute Klingel. Er musste sich bücken, um nicht an den Türrahmen und dann an die Decke des Raumes zu stoßen. Mit seinen eins fünfundneunzig war er es gewohnt, dass die Zimmer in den alten englischen Cottages meist zu niedrig für ihn waren.

Ethan sah sich um. Der Raum war klein, vielleicht zehn Quadratmeter groß. Geradeaus befand sich eine Kühltheke, an den beiden Wänden rechts und links waren Regale angebracht. Neben der Tür stand ein zerkratzter Holztisch mit einer Kasse darauf. Die Regale waren beinahe leer, sie enthielten nur einzelne Dosen und Kartons, auf denen eine dicke Staubschicht lag. In der Kühltruhe waren Milchflaschen, einige eingeschweißte Fleisch- und Wurstpakete und Eier einsortiert. Nichts wirkte so vertrauenerweckend, dass er es gekauft hätte, um es zu verzehren. Es roch nach Milch, Käse und Kräutern.

Schritte waren zu hören, kurz darauf erschien ein junges Mädchen mit langen dunkelblonden Haaren in einem Durchgang neben der Kühltheke. Die Ähnlichkeit mit ihrer Schwester war unübersehbar. Die vier Season-Töchter waren alle auffallend hübsch, aber auch immer ein wenig seltsam gewesen – außer Spring, die Ethan vom ersten Moment an ins Herz geschlossen hatte. Das hier musste Autumn sein, die einzige der vier Schwestern, die er nur als Kleinkind in Erinnerung hatte. Sie war jünger als er und selten dabei gewesen, wenn Aiden und er mit den Schwestern im Park von Daffodil Castle gespielt hatten. Und später hatte sich sein Umgang mit der Familie eigentlich nur noch auf Spring begrenzt, bis seine Mutter dafür gesorgt hatte, dass sie für immer getrennt wurden.

»Guten Tag. Es tut mir leid, aber wir haben samstags und

sonntags geschlossen«, sagte sie mit leiser Stimme, sodass Ethan sich anstrengen musste, um sie zu verstehen.

»Ich bin nicht hier, um etwas einzukaufen. Ich bin Ethan Fowler und suche Spring Season. Sie hat mich heute Morgen auf Daffodil Castle besucht, und ich würde ihr gern noch ein paar Fragen stellen«, erklärte Ethan, der beschlossen hatte, nicht lange um den heißen Brei herumzureden. Dass er eigentlich seine Großmutter suchte, wollte er aber lieber mit Spring direkt besprechen.

Autumn war im Durchgang stehen geblieben und sah ihn beinahe verängstigt an. Ihre Augen waren weit aufgerissen, und sie wirkte, als hätte es ihr die Sprache verschlagen.

»Können Sie mir sagen, wo ich sie finde? Ist sie zufällig zu Hause?«, fragte Ethan und trat einen Schritt auf die junge Frau zu.

Sie wich in den dunklen Gang zurück, als befürchtete sie, von ihm überfallen zu werden. Sie wirkte wie ein Tier, dessen Fluchtreflex geweckt war. »Spring? Sie wohnt nicht mehr hier. Sie lebt in London.« Jeder Satz klang wie eine Frage, sie ließ die Enden in der Luft schweben. Ihre Stimme war weiterhin kaum mehr als ein Flüstern. Noch nie hatte Ethan einen Menschen getroffen, der so ängstlich und unsicher schien.

Er zog die Augenbrauen zusammen. »Aber zurzeit ist sie hier in der Gegend, sie war schließlich gerade noch bei uns in Daffodil.«

Die junge Frau zuckte mit den Schultern und warf einen kurzen Blick über die Schulter. »Hier ist sie nicht. Ich habe sie seit acht Jahren nicht mehr gesehen.«

Verdammt! Diese ganze Geschichte war vollkommen abgefahren. Und hier konnte er offenbar weder Spring Season noch seine Großmutter finden. Ethan sah Autumn fragend an. »Sie ist definitiv nicht hier? Aber wo könnte sie sonst sein?«

»Vielleicht bei unserer Schwester Summer? Sie wohnt in Bangor«, schlug die junge Frau vor.

»Gut, dann werde ich es bei Summer versuchen«, erwiderte Ethan, während er Autumn noch einmal genauer betrachtete. Sie war genauso hübsch wie ihre Schwester Spring, auch wenn sie sich ihrer Attraktivität nicht bewusst zu sein schien. Autumn wirkte schüchtern und geradezu verschlossen. Eigenartig, dass sie offenbar nicht wusste, dass ihre Schwester wieder hier in der Gegend war. Was war wohl geschehen, dass die beiden sich seit acht Jahren nicht mehr gesehen hatten? Ethan schob die Frage beiseite, schließlich hatte er genügend eigene familiäre Probleme zu lösen.

»Können Sie mir die Adresse Ihrer Schwester Summer nennen? Oder Springs Telefonnummer? Es ist wirklich wichtig für mich, mit ihr in Kontakt zu treten.« Ethan blieb stehen, obwohl er den Drang verspürte, noch einen Schritt auf sie zuzugehen, um ihre leisen Worte besser zu verstehen. Aber er befürchtete, dass er sie dann nur weiter in den Korridor treiben würde.

Sie flüsterte: »In der Penrhose Road. Die Telefonnummer weiß ich nicht.«

Ethan atmete tief durch. Autumn machte ihn mit ihrer Unsicherheit verrückt. Er beschloss, dass er anders weiterkommen musste. Also verabschiedete er sich und verließ den kleinen, muffigen Laden. Die Türklinke war klebrig.

Als er wieder im Hof stand, wischte er sich die Hand an der Hose ab und zog dann sein Handy aus der Tasche. Wenig später hatte er Summers Hausnummer gefunden und machte sich auf den Weg nach Bangor.

Als Ethan vor dem zweistöckigen Cottage ankam, war es Mittag geworden. In der Einfahrt stand ein Renault Capture, dessen Sauberkeit in starkem Gegensatz zu dem Schmutz der Farm stand, von der er gerade kam. Auch das Haus war ordentlich, der Garten bestellt und die Beete gepflegt. Ethan parkte sein Cabriolet am Straßenrand und ging durch den blühenden Garten zur Haustür. Erleichtert stellte er fest, dass die Adresse stimmte. »Summer Season« stand auf dem kleinen Namensschild. Er klingelte und wenige Augenblicke später hörte er Schritte. Schwungvoll wurde die Tür geöffnet und Summer stand vor ihm. Sie musste inzwischen um die dreißig sein, den leichten Fältchen um ihre Augen nach zu urteilen. Und doch war sie immer noch eindeutig als das Mädchen zu erkennen, mit dem Ethan damals im Schlosspark gespielt hatte.

»Ethan?« Sie lächelte ihn ein wenig zurückhaltend an.

»Summer Season.« Ethan grinste. »Wir haben uns eine Ewigkeit nicht mehr gesehen. Wie geht es dir?«

»Gut«, sagte Summer und verschränkte die Arme vor der Brust. Ihr Blick war wachsam, beinahe ablehnend.

Ethan beschloss, gleich zur Sache zu kommen. »Spring war gerade bei mir, mit meiner Großmutter. Ich würde gern noch einmal mit den beiden sprechen«, erklärte er. »Sind sie zufällig hier bei dir?«

Einen Moment lang schien Summer zu überlegen. Dann trat sie zur Seite. »Komm rein.«

»Danke.« Er zog den Kopf ein, um auch hier nicht an den Türrahmen zu stoßen. Der Raum dahinter war glücklicherweise höher, sodass er sich wieder aufrichten konnte.

In dem gemütlich eingerichteten Wohnzimmer saßen Sophia und Spring am Esstisch. Als Ethans Blick auf Spring fiel, stieg unwillkürlich Wärme in ihm auf. Er erinnerte sich an das Gefühl des Schwebens, wenn sie sich damals geküsst hatten, an das Kribbeln in seinem Bauch.

»Möchtest du einen Kaffee oder lieber Tee?«, fragte Summer.

»Kaffee, bitte.« Ethan lächelte dankbar, während er langsam auf seine Großmutter zuging.

»Setz dich, ich mache uns frischen Kaffee. Sophia, für dich noch etwas Tee?«, fragte Summer, die schon auf dem Weg in die Küche war, die hinter dem Esszimmer lag.

Die alte Frau schüttelte den Kopf.

Ethan setzte sich auf einen der Stühle, die eindeutig modern, aber auf alt gemacht waren. Ihr Holz war maserig und passte perfekt zu dem großen Esstisch mit der rauen Tischplatte. Die beiden Frauen saßen sich an den Längsseiten gegenüber.

»Es tut mir leid, dass euer Besuch bei uns gerade so unschön geendet hat«, begann Ethan, nachdem er neben Spring Platz genommen hatte, und blickte in den schönen Garten hinaus. Er betrachtete ein paar Zitronenfalter, die über die Beete flatterten. Dann wandte er sich an seine Großmutter. »Ich habe mein Leben lang geglaubt, dass du tot bist.«

Spring sog scharf die Luft ein. Summer hielt kurz inne, sie war gerade dabei gewesen, Kaffeepulver in die Stempelkanne zu löffeln. Nur Sophia schien nicht besonders überrascht zu sein.

»Warum haben deine Eltern dich angelogen?«, fragte Spring und schob die leere Kaffeetasse zur Seite, die vor ihr stand.

Ethan seufzte. »Das frage ich mich auch.« Dann drehte er sich wieder zu Sophia und berichtete ihr in knappen Sätzen von der Intrige, die er von seinem Vater erfahren hatte. »Stimmt es, dass du dieses Gerücht in die Welt gesetzt hast? Und hast du tatsächlich Frauen bestochen, damit sie es bestätigen?«

Sophia atmete tief durch. Es schien heftig in ihr zu arbeiten. Schließlich nickte sie. »So war es.«

Ethan sah seine Großmutter erstaunt an. Warum hatte sie sich nicht gewehrt, als ihr eigener Sohn sie aus dem Haus warf? Nein, irgendwie kam ihm die ganze Sache seltsam vor. Er fuhr sich mit der Hand durch die Locken. »Ich kann mir einfach nicht vorstellen, dass das allein der Grund dafür war, dass sie dich für tot erklärt haben. Diese Reaktion scheint mir vollkommen übertrieben.«

»Ja, er hat recht«, stimmte Spring ihm zu. »Sophia, ich glaube Ihnen nicht.«

Die alte Frau stieß ein bitteres Lachen aus. »Du kennst mich doch kaum.«

Spring schüttelte fassungslos den Kopf. Sie schien völlig verwirrt zu sein. Und Ethan konnte ihre Verwirrung nur allzu gut nachempfinden. Irgendetwas stimmte nicht an dieser Geschichte. Warum war seine Großmutter damals so böse gewesen? Und wieso hatte sie nie versucht, wieder Kontakt zu ihrer Familie aufzunehmen?

»Kann ich dich bitte mal alleine sprechen?«, wandte sich Ethan an Spring, die ihn überrascht ansah.

»Klar.« Sie stand auf, und Ethan folgte ihr in den Flur.

Er musterte sie mit einem langen Blick. Die einst so bezaubernde junge Frau wirkte in ihrer heruntergekommenen Aufmachung heute bemitleidenswert und verloren. Ethan hatte so viele Fragen an sie. Was hatte sie in den letzten Jahren gemacht? Hatte sie hin und wieder an ihn gedacht? Hatte sie einen Freund? Aber er wusste, dass all das warten musste. Zunächst war es wichtig, die Wahrheit über seine Familie zu erfahren.

Als sie beide vor der Haustür standen, sagte er: »Ich bin mir sicher, dass meine Großmutter und auch meine Eltern etwas vor uns verbergen. Etwas, das noch viel schlimmer sein muss als diese Geschichte mit den bestochenen Frauen.«

»Noch schlimmer?«, fragte Spring, doch dann nickte sie. »Aber du hast recht. So etwas passt überhaupt nicht zu Sophia. Auch wenn ich sie erst seit wenigen Monaten kenne, bin ich mir ziemlich sicher, dass sie niemals so eine unverschämte Intrige inszenieren würde. Außerdem hat sie wenig Geld und lebt in ärmlichen Verhältnissen. Ich habe mich schon die ganze Zeit gefragt, warum sie das mitmacht, wenn ihr früher mal Daffodil Castle gehört hat.«

»Wir müssen unbedingt herausfinden, ob es diesen Skandal wirklich gegeben hat«, warf Ethan ein. »Im Internet habe ich nichts darüber gefunden.«

Er betrachtete das Stück des gepflegten Gartens vor ihm, das wie eine Wildblumenwiese wirkte, auch wenn man sofort erkannte, dass hier nichts dem Zufall überlassen wurde. Die Beete rundherum waren perfekt gejätet, die Blumen gegossen und das Gras sauber geschnitten.

»Ich hatte das Gefühl, dass meine Mutter geradezu erleichtert war, nachdem mein Vater mir diese Geschichte erzählt hatte«, sagte er. »Es war, als hätte sie mit etwas ganz anderem gerechnet.«

Spring schwieg mit zusammengepressten Lippen. Sie schien nachzudenken. Ethan betrachtete ihr schönes, ebenmäßiges Gesicht, den langen schlanken Hals, der von der Kurzhaarfrisur noch betont wurde. Sie hatte große blaue Augen und eine gerade Nase. Früher war er verrückt nach diesem hübschen Gesicht gewesen, nach dem rebellischen Geist, der in diesem perfekten Körper wohnte. Und auch heute noch zog Spring ihn magisch an. Diese unvorteilhaften düsteren Klamotten, der provokante Kurzhaarschnitt, die dicke schwarze Schminke, die sie wie einen Panzer trug – all das konnte ihre natürliche Schönheit nicht zerstören. Schnell schüttelte er diese Gedanken ab und fragte sich, ob er Spring von der seltsamen Behauptung seiner Mutter erzählen sollte, dass Sophia seinen Großvater getötet habe.

»Außerdem hat sie mit uns doch genau dasselbe getan, was sie Sophia vorwirft. Ich meine, Monica war es, die uns auseinandergebracht hat. Sie hat dich aufs Internat zurückgeschickt, hat dafür gesorgt, dass meine Briefe nie bei dir ankamen, und du durftest dich nicht mehr bei mir melden. Aber Monica ist anders als Sophia, irgendwie gemeiner und gewöhnlicher. Sophia ist absolut nicht der Typ, der solche schmutzigen Lügen nötig hätte. Nur weil diese Frau, die dein Vater damals geliebt hat, nicht aus den gewünschten Kreisen stammte, soll Sophia diese ganze Nummer durchgezogen haben? Dabei haben die Fowlers selbst doch auch keinen Adelstitel, oder?« Spring sah ihn nachdenklich an. Eine niedliche Falte bildete sich zwischen ihren Augenbrauen.

»Vor langer Zeit, irgendwann im neunzehnten Jahrhundert, besaßen unsere Vorfahren den Titel der Earls of Nefyn«, erklärte Ethan. Zwei Tauben hatten sich auf der Wiese niedergelassen und hüpften durchs Gras. »Aber irgendwann gab es keinen männlichen Nachfahren mehr, und damals hat ein Fowler die einzige Tochter des Hauses geheiratet. Damit blieb das Anwesen der Familie zwar erhalten, aber der Titel war weg. Meine Familie fühlt sich seither noch immer dem Adel zugehörig, auch wenn sie nie wieder einen neuen Titel bekommen hat. Deshalb ist es nicht ganz abwegig, dass meine Großmutter einer Heirat mit einer Bürgerlichen wohl nicht zugestimmt hätte. Aber ich kann mir einfach nicht vorstellen, dass sie …« Er brach ab und schüttelte verzweifelt den Kopf. Die Tauben flogen davon.

»Wir könnten nach der Frau suchen, die damals mit deinem Vater zusammen war«, schlug Spring vor. »Vielleicht erfahren wir von ihr, wie alles wirklich abgelaufen ist.«

»Das ist eine ausgezeichnete Idee«, erwiderte Ethan, und als sich ihre Blicke trafen, verfingen sie sich einen Moment ineinander.

»Wir sollten wieder reingehen«, sagte Spring und wandte sich ab.

»Warte!«, rief Ethan und erschrak selbst über die Dringlichkeit in seiner Stimme.

Sie sah ihn fragend an und schirmte mit der Hand die Sonne ab.

»Da ist noch etwas …« Ethan zögerte, doch er beschloss, Spring zu vertrauen. »Meine Mutter verbreitet noch ein weiteres merkwürdiges Gerücht. Sie behauptet, Sophia hätte ihren Mann John, meinen Großvater, über die Balustrade im Ballsaal gestoßen.«

Spring riss entsetzt die Augen auf. »Sophia hat mir erzählt, dass er die Treppe zur Eingangshalle hinuntergestürzt ist. Vom Ballsaal war nicht die Rede. Und irgendwie klang sie dabei merkwürdig. Aber ich bin mir sicher, dass sie niemals einen Menschen umbringen würde.«

»Vielleicht war es ein Unfall?«, schlug Ethan vor. »Das könnte auf jeden Fall eine Erklärung dafür sein, dass sie sich von hier hat fortschicken lassen.«

Spring wirkte nicht überzeugt. Ihr Blick wanderte nachdenklich zu den Wildblumen, in denen es von Hummeln, Fliegen und Käfern nur so wimmelte. »Gibt es denn darüber keine Aufzeichnungen? Ich meine, ein Schlossherr, der von der Galerie in den Ballsaal stürzt, müsste doch wenigstens eine Schlagzeile wert sein.«

»Ich habe nie irgendetwas in dieser Richtung gehört«, gab Ethan zu. Aber Spring hatte natürlich vollkommen recht. Hätte er nicht längst davon hören müssen, wenn sein Großvater damals durch einen Unfall ums Leben gekommen wäre?

»Wir sollten das herausfinden, aber ohne Sophia damit zu belasten. Für sie ist das alles ohnehin schwer genug. Ich möchte sie nicht mit diesem vermutlich falschen Vorwurf konfrontieren.«

»Einverstanden.« Ethan sog die sonnengeschwängerte Luft tief ein. »Wir könnten zum Beispiel mit dem Hausarzt unserer Familie sprechen. Inzwischen hat zwar sein Sohn die Praxis übernommen, aber ich habe zu dem alten Doktor Peterman immer noch guten Kontakt. Er muss doch damals gerufen worden sein – wie auch immer mein Großvater gestorben ist, er muss es wissen.«

»Eine sehr gute Idee.« Spring lächelte und wedelte mit der Hand eine Mücke weg. »Und wir sollten auch mit der Frau sprechen, mit der dein Vater damals zusammen war.«

Ethan hätte dieses Lächeln den ganzen Tag lang betrachten können. Wieder blieben ihre Augen einige Sekunden aneinander hängen.

»Ihr Vorname ist Bernice, das hat mein Vater mir erzählt.« Ethan folgte Spring ins Haus, verwirrt von dem kurzen Moment, der gerade irgendetwas zwischen ihnen ausgelöst hatte. Die Liebe, die er all die Jahre in sich getragen hatte, sie war noch immer nicht erloschen. Das spürte er in diesem Augenblick sehr deutlich. Es war wie ein schwelendes Feuer, und jetzt, da Spring wieder in seiner Nähe war, drohte es erneut aufzulodern. Würde es ihn vernichten? Oder konnte es ihm Wärme und Energie geben? Er schüttelte diese irritierenden Gedanken ab und betrat hinter Spring wieder den Wohnraum des Cottage.

»Sophia, was wissen Sie über die Frau, mit der Ihr Sohn Thomas damals zusammen gewesen ist?«, fragte Spring, während sie sich an den Tisch neben ihre Schwester setzte. »Bernice. Wie lautet ihr Nachname?«

Sophia atmete tief durch. Einen Moment lang schwieg sie. Dann sagte sie: »Das weiß ich nicht mehr.«

»Sophia«, Spring verdrehte die Augen, »nun sagen Sie es uns doch. Wir bekommen es sowieso heraus. Ethan und ich werden ins Dorf fahren und jeden dort befragen. Bestimmt erinnert sich noch jemand an damals.«

Sophia seufzte. »Warum könnt ihr es nicht gut sein lassen? Das, was ihr da ausgraben wollt, ist gefährlich. Ihr habt ja keine Ahnung, was es nach sich ziehen kann.«

»Ich bitte dich, mich diese Entscheidung selbst treffen zu lassen«, mischte Ethan sich jetzt ein. Er betrachtete seine Großmutter, eine für ihn vollkommen fremde Frau. »Ich wurde von meinen Eltern viel zu lange belogen, aber auch von dir. Warum hast du dich nie gemeldet? Warum hast du zugelassen, dass sie mir meine Großmutter vorenthalten? Ich möchte es doch nur verstehen, egal, wie schrecklich die Antwort auch sein mag.«

Seine Großmutter strich nachdenklich über das raue Holz des Küchentisches. »Es ist viel mehr als nur diese Lüge. Es könnte unsere ganze Familie infrage stellen, alles zerstören, uns alles nehmen. Daher flehe ich dich an: Lass es ruhen. Forsche nicht weiter nach. Ich will nicht umsonst dieses Opfer gebracht und auf alles verzichtet haben. Dabei habe ich es nur für euch getan, um euch und all unsere Nachkommen zu schützen.«

Ethan verstand gar nichts mehr. War seine Großmutter vielleicht verwirrt?

»Sophia, reden Sie doch, verdammt noch mal, nicht in Rätseln«, brachte Spring es auf den Punkt. »Verraten Sie uns jetzt endlich den Namen der Frau, die Thomas damals heiraten wollte. Wir finden es doch sowieso heraus.«

»Bernice Donald«, sagte Sophia endlich leise und sackte in sich zusammen.

»Danke.« Spring biss sich auf die Unterlippe.

Und auch Ethan fühlte sich mit einem Mal unwohl. Waren sie damit zu weit gegangen, seine Großmutter so unter Druck zu setzen? Plötzlich tat ihm die alte Frau leid. Sophia schien vor irgendetwas große Angst zu haben. Aber er musste herausfinden, was es war und welches Geheimnis diese Familie so stark belastete, dass es sie sogar entzweien konnte.

# FÜNFTES KAPITEL

*Ventnor, Isle of Wight, 1876*

Daphne strich das frische Laken glatt und ließ ihren Blick ein letztes Mal prüfend durch das Zimmer wandern. Auf dem Waschtisch stand ein mit frischem Wasser gefüllter Krug in der Emaillewaschschüssel, über dem Gestell daneben hingen Leinentücher. Auf zwei weiteren Tischen befanden sich frische Sommerblumen, die dem Raum eine freundliche Note verliehen, ein runder Spiegel und die Bibel. Der Koffer, der soeben angekommen war, stand neben dem Waschtisch. Die frische Bettwäsche verbreitete einen angenehmen Seifenlaugenduft im Raum. Alles war für den neuen Patienten aus London bereitet.

Seit Daphne vor drei Jahren ihre Ausbildung abgeschlossen hatte, war sie als Krankenschwester für einen Block verantwortlich, wie das Cottage mit den zwölf Patientenzimmern genannt wurde. Sie selbst wohnte in einem Zimmer unterm Dach, das sie jedoch nur zum Schlafen aufsuchte, weil sie den ganzen Tag mit der Versorgung der Patienten verbrachte. Beinahe alle Kranken hatten die Schwindsucht, in unterschiedlich fortgeschrittenen Stadien. Wenn sie ankamen, waren die meisten von ihnen blass und ausgezehrt. Auch litten viele von ihnen unter starker Niedergeschlagenheit, manche hatte eine ausgeprägte Mattigkeit befallen.

Daphne trat auf den Flur hinaus und strich über ihre Schürze. Dann ging sie zur Eingangstür. Frederic Fowler würde jeden

Moment eintreffen. Mit ihm würde noch ein weiterer Mann ankommen, der jedoch in einem der anderen Blöcke untergebracht werden sollte. Das Gepäck wurde immer vorausgeschickt, danach dauerte es nur wenige Minuten, bis die Equipage mit den neuen Patienten bei ihnen ankam. Während Daphne die Eingangstür weit öffnete, um die frische Seeluft hereinzulassen, dachte sie stolz an die letzten Jahre.

Zu Beginn ihrer Schwesternausbildung hatte sie erst einmal das Schreiben und Rechnen erlernen müssen. Aber Schwester Middleton war geduldig und eine sehr gute Lehrerin gewesen, und Daphne hatte jede freie Minute geübt. Als sie nach einigen Monaten die Grundlagen verstanden hatte und es endlich an die medizinischen Fertigkeiten ging, war sie nicht mehr aufzuhalten gewesen. Sie hatte sich mit Feuereifer in die Arbeit gestürzt und in jeder arbeitsfreien Minute die Bücher gelesen, die Schwester Middleton ihr und den drei Kolleginnen, die mit Daphne zusammen die Ausbildung begonnen hatten, zur Verfügung gestellt hatte. Anfangs waren nur vierundzwanzig Patienten in den beiden Cottages zu pflegen gewesen. Sie hatten alle an Schwindsucht gelitten, obwohl das Royal National Hospital offiziell auch sämtliche anderen Lungenkrankheiten behandelte. Bislang hatte Daphne jedoch noch keinen einzigen Patienten gehabt, der nicht an Schwindsucht erkrankt war. Nach und nach waren weitere Häuser des Krankenhauses fertiggestellt worden, sodass sie inzwischen bereits das sechste Cottage in Betrieb genommen hatten und nur noch die letzten beiden, die geplant waren, sich im Bau befanden. Jetzt herrschte immer reger Betrieb, und jede Schwester hatte alle Hände voll zu tun. Es gab Patienten, die sich zu den Freiluftkuren selbstständig nach draußen begeben konnten. Aber leider waren auch eine Menge Kranker darunter, die ihr Bett kaum noch verließen. Für sie wurden tagsüber die Fenster weit geöffnet und ihre Krankenbetten auf die Veranda davor geschoben. Manche von ihnen konnten nicht einmal mehr ihren Eiter selbst abhusten und ausspucken. Denen mussten die Krankenpflegerinnen den oft mit Blut vermischten Schleim mit einer Saugglocke aus dem Mund entfernen.

Anfangs hatte Daphne sich schwergetan, männlichen Patienten bei der Körperpflege zu helfen, inzwischen machte es ihr jedoch nichts mehr aus. Und da in den Cottages männliche und weibliche Patienten getrennt voneinander untergebracht waren und Daphne nun einmal auf einer Männerstation gelandet war, blieb ihr sowieso nicht viel anderes übrig, als sich daran zu gewöhnen.

Pferdehufe waren zu hören, die beiden neuen Patienten schienen gerade eingetroffen zu sein. Ein letztes Mal tastete Daphne nach ihrer Schwesternhaube und stellte zufrieden fest, dass sie nach wie vor ordentlich auf ihrem Kopf saß. Es war ihr immer wichtig, einen guten ersten Eindruck zu machen.

Die Basis aller Therapien gegen die Schwindsucht waren die Freiluftkuren. Morgens nach dem Frühstück wurden die Patienten nach draußen begleitet, in warme Decken gehüllt und auf Liegen verfrachtet, auf denen sie die Vormittage bis zum Lunch verbrachten. Nach dem Mittagessen ging es wieder hinaus, und wer in der Lage war, selbst zu laufen, wurde zu Bewegung animiert. Die anderen wurden in einem Rollstuhl nach draußen gefahren oder wer das Bett gar nicht verlassen konnte, wurde darin ans Fenster oder auf die Veranda gebracht. Daphne hatte beobachtet, dass die Niedergeschlagenheit schnell nachließ, je mehr sich ein Patient bewegte. Nachmittags ging sie mit einem der Patienten, die allein nicht sicher genug auf den Beinen waren, eine Runde durch den Park. Die meiste Zeit saßen die Kranken also im Garten, wo sie die Sonne und das Meer genießen konnten. Es gab tägliche Abreibungen, Atemgymnastik und Tinkturen. Eine besondere Rolle spielte das Essen. Morgens um sieben wurde den Patienten die erste Tasse heißer Milch mit Cognac serviert, um acht Uhr folgten heißer Kakao und ein fettiges Frühstück, und um zehn wurde erneut eine heiße Milch mit Cognac gereicht, die die Schwestern nach draußen zu den Liegen brachten. Mittags wurde im Speisesaal Fleischbrühe mit Eigelb, Milchreis und ein Glas Rotwein serviert. Am Nachmittag saßen alle wieder an der frischen Luft, und es gab Tee mit Milch und Cognac, dazu Scones mit viel Clotted Cream. Und zum Abendessen ging es dann noch einmal in den Speisesaal, wo Milchsuppe und Brot serviert wurden.

In diesem Moment bog die Kutsche um die Ecke und riss Daphne aus ihren Gedanken. Der Chauffeur hielt vor der Kirche, und Daphne lief die wenigen Schritte auf das Gefährt zu. Der neue Krankenhausarzt, Doktor Robertson, der erst vor einem Jahr auf Doktor Williamson gefolgt war und eine Praxis in Ventnor eröffnet hatte, stieg aus der Kutsche. Wenn möglich, holte er die Patienten persönlich vom Bahnhof ab, die für ihre Aufnahme nicht nur ein ärztliches Attest, sondern auch ein Empfehlungsschreiben eines prominenten Mitglieds der Gesellschaft benötigten. Jetzt wartete Doktor Robertson auf die beiden jungen Männer, die nach ihm aus der Equipage kletterten, und kam mit ihnen auf Daphne zu.

»Mr Fowler, hier ist Ihre zuständige Krankenschwester Daphne Marcy. Sie wird sich in den kommenden Wochen um Sie kümmern. Was immer Sie auf dem Herzen haben, wenden Sie sich an Schwester Marcy oder natürlich auch jederzeit gern an mich.« Er machte eine einladende Handbewegung und sagte zu Daphne: »Und das hier ist Mr Frederic Fowler aus London.«

Einer der beiden Männer trat vor und nahm seinen Hut ab. Er hatte warme, braune Augen und dunkle Haare, die er nach neuester Mode halblang und mit einem Seitenscheitel trug. Er hatte die typisch bleiche Gesichtsfarbe eines Schwindsüchtigen und war mager. Mr Fowler deutete eine Verbeugung an.

Daphne knickste. »Mr Fowler, wenn Sie mir bitte folgen möchten, dann zeige ich Ihnen Ihr Zimmer.«

Doktor Robertson ging mit dem zweiten Patienten weiter zu Block eins, wo dieser untergebracht werden sollte.

»Hatten Sie eine angenehme Reise?«, fragte Daphne, während sie auf den kleinen Vorbau des Cottage zugingen.

»Danke«, antwortete Mr Fowler knapp.

Daphne ließ ihm den Vortritt in die Empfangshalle. Der vertraute Geruch von Alkohol, Kräutern, Seifenlauge und angebrannter Milch schlug ihnen entgegen.

»Hier ist das Speisezimmer«, erklärte Daphne und deutete auf den kleinen Raum rechts neben ihnen. An der langen Tafel fanden alle zwölf Patienten Platz, auch wenn es recht beengt war. Allerdings sollte bald ein zentraler Speisesaal mit eigenen Krankenhausküchen entstehen, doch solange es den noch nicht gab, mussten die Patienten, die ihre Zimmer verlassen konnten, mit den dürftigen Räumlichkeiten in den Cottages vorliebnehmen. »Und gleich hier, gegenüber dem Esszimmer, ist mein Schwesternzimmer. Wenn ich nicht gerade bei einem Patienten bin, finden Sie mich oder meine Schülerin hier.«

Daphne war stolz, dass ihr dieses Jahr eine Schülerin zugeteilt worden war. Sie hieß Theresa Smith und kam aus Ryde. Seit Theresa an ihrer Seite war, konnte Daphne gelegentlich eine kurze Pause einlegen, weil sie wusste, dass Theresa ihr sofort Bescheid geben würde, wenn etwas Ernstes vorlag. Daher hatte sie es sich angewöhnt, nachmittags, wenn die Arbeit getan war und die Patienten zufrieden in ihren Liegestühlen auf den Veranden saßen und aufs Meer hinuntersahen, ihre Kollegin Ruth zu treffen, mit der sie sich während der gemeinsamen Ausbildung angefreundet hatte. Ruth war für Block vier zuständig, eine Frauenstation. Immer wenn Daphne mit ihr sprach, war sie froh, bei den Männern gelandet zu sein, denn die weiblichen Kranken schienen deutlich anspruchsvoller zu sein. Sie neigten dazu, nörgelig zu werden, wenn es ihnen nicht gutging, und Ruth unnötig hin und her zu schicken.

»Ihr Zimmer befindet sich in der ersten Etage«, erklärte Daphne weiter und deutete zur Treppe. »Nach Ihnen, bitte.« Sie ließ den Patienten gern den Vortritt, denn auf diese Weise konnte sie sich immer ein gutes Bild von ihrer körperlichen Verfassung machen.

Dieser junge Herr stieg die Stufen mit Bedacht hinauf. Auf dem Treppenabsatz hielt er inne. Seine Atmung hatte sich beschleunigt. Er verschnaufte kurz. Für einen Mann in seinem Alter – Daphne wusste aus seiner Akte, dass er nur drei Jahre älter war als sie selbst, also siebenundzwanzig – durchaus auffällig, aber nicht besorgniserregend, wenn man seine Krankengeschichte bedachte. Seine Schwindsucht schien jedoch nicht allzu gravierend zu sein, sodass acht Wochen guter Pflege, salzhaltiger und trockener Ventnor-Luft und Ruhe ihn sicher kurieren würden.

Im ersten Stock trat Mr Fowler zur Seite und ließ Daphne vorangehen. Sie führte ihn zu seinem Zimmer und deutete auf den Koffer. »Begleitet Sie Ihr Kammerdiener, oder soll ich Ihnen einen unserer Bediensteten schicken?«, fragte sie.

Die Kammerdiener und Zofen der Patienten waren ebenfalls unter dem Dach der Cottages untergebracht, und je nachdem, wie viele Dienstboten anwesend waren, mussten sie sich die Kammern zu zweit teilen. Manchmal war es Daphne etwas ungeheuer, mit den Dienern Wand an Wand zu schlafen. Aber sie verschloss immer ihre Tür und benutzte den Nachttopf, um ja nicht nachts einem von ihnen auf dem Korridor zu begegnen.

Mr Fowler schüttelte den Kopf. Seine Miene war undurchdringlich.

Viele Patienten kamen allein, weil sie sich von den Schwestern genügend betreut fühlten, doch die Landadligen brachten meist schon aus Prestige ihre eigenen Angestellten mit. Daphne war sich bei Mr Fowlers gesellschaftlicher Stellung nicht sicher. Einerseits schien er über ein beträchtliches Vermögen und hohes Ansehen zu verfügen, denn sein ärztliches Attest stammte von einem der namhaftesten Ärzte aus der Harley Street, zu dem nur die bessere Gesellschaft ging, und außerdem hatte er sein Empfehlungsschreiben für das Royal National Hospital vom Lord of Devonshire erhalten. Andererseits trug er selbst keinen Adelstitel.

»Wenn Sie sich frisch gemacht haben, kommen Sie bitte nach unten ins Schwesternzimmer. Ich muss Untersuchungen durchführen und Ihnen einige Fragen stellen. Anschließend können Sie sich im Garten von der Reise ausruhen. Doktor Robertson wird sich morgen ausführlich mit Ihnen beschäftigen.« Daphne lächelte den jungen Mann an, der weiterhin keine Miene verzog.

Sie verließ das Zimmer und ging nach unten, um auf Mr Fowler zu warten.

Als er eine halbe Stunde später bei ihr im Zimmer erschien, ermittelte sie mithilfe der großen Waage in der Ecke sein Gewicht, das viel zu gering für seine Körpergröße war, und maß den Puls. Es waren einhundertfünfzehn Herzschläge in der Minute, viel zu viel, aber typisch für seine Erkrankung. Dann stellte sie ihm die üblichen Fragen zu seiner Krankengeschichte, von denen einige ziemlich intimer Natur waren, wie die Frage nach dem regelmäßigen Stuhlgang, seinen Lebensumständen und Essensgepflogenheiten.

Mr Fowler beantwortete alles ohne sichtbare Regung. Kein Lächeln umspielte seine Lippen, keine Schamesröte überzog sein Gesicht, und er zögerte nicht, bevor er sprach. Daphne erfuhr, dass er aus einer angesehenen Londoner Familie stammte, die bereits im letzten Jahrhundert ein Vermögen durch Geschäfte mit der East India Company gemacht hatte. Frederic Fowler führte das Leben eines Mannes aus reichem Haus, verbrachte seine Tage im Club oder auf der Jagd und hatte sich im Frühjahr auf einer dieser Jagdgesellschaften erkältet und infolgedessen die Schwindsucht zugezogen. Seine Eltern schienen darunter zu leiden, dass sie nie als ganz zugehörig zur oberen Gesellschaft betrachtet wurden, sondern eher als Neureiche, die ihr Geld als Geschäftsleute verdient hatten. Frederic Fowler war zwar zuvorkommend und freundlich, aber auch wie eine Nuss, die ihre verletzliche Frucht hinter einer harten Schale versteckte.

Daphne stellte fest, dass er seine mageren Arme und Beine geschickt durch den teuren Stoff seiner edlen Kleidung verdeckte. Dieser Patient bedurfte vielleicht noch mehr Aufmerksamkeit und Pflege, als sie auf den ersten Blick vermutet hatte. Bei ihm schien die Mattigkeit und Niedergeschlagenheit, die die meisten Schwindsüchtigen an den Tag legten, besonders ausgeprägt zu sein.

Als sie die Anamnese abgeschlossen hatte, führte sie Mr Fowler durch den kleinen Salon, in dem sich die Patienten bei schlechtem Wetter zusammensetzen oder mit einem guten Buch oder der Tageszeitung zur Ruhe kommen konnten, auf die Veranda hinaus. Vor ihnen fielen die grünen Wiesen sanft zu den Nutzgärten der Klinik ab, wo sämtliches Obst und Gemüse, das man im Krankenhaus zur Versorgung der Kranken und des Personals benötigte, herangezogen wurde. Davor wuchsen exotische Rhododendren, Rosensträucher und andere bunte Blumen. Hinter den Gärten glitzerte das Meer. Auf der Wiese verteilt und auch auf der Veranda standen Liegestühle unter Sonnenschirmen und daneben kleine Tische, auf denen die Männer stets ein Buch und die Milch oder ihren Tee abstellen konnten.

Daphne betrachtete ihren neuen Patienten und bemerkte erstaunt, dass ihn die Schönheit des Ortes seltsam unberührt ließ. Normalerweise geriet selbst der verwöhnteste Patient beim ersten Anblick des Gartens in Verzückung, aber auf Mr Fowlers Miene zeigte sich nicht einmal die Andeutung eines Lächelns.

»Möchten Sie auf der Veranda Platz nehmen oder lieber auf der Wiese?«, fragte sie den jungen Mann, der nur mit den Schultern zuckte.

»Setzen Sie sich doch gleich hierher«, schlug Daphne vor und deutete auf einen freien Liegestuhl neben der Verandatür. »Ich bringe Ihnen einen Tee, oder möchten Sie lieber Ihre heiße Milch mit Cognac?«

»Tee, bitte.« Mr Fowler ließ sich in den Liegestuhl fallen und starrte unbeteiligt vor sich hin.

Daphne ging irritiert ins Haus zurück. Entweder dieser Mann hatte großen Kummer, den er in ihrem Anamnesegespräch nicht erwähnt hatte, oder die Niedergeschlagenheit der Schwindsucht war besonders ausgeprägt.

In den nächsten Tagen beobachtete Daphne den Mann sehr genau und sprach auch mit ihrer Freundin Ruth über ihn, als sie sich einmal während ihrer Pause unter die Platane am Eingang der Kirche gesetzt hatten.

»Ich bin sicher, dass er schwermütig ist«, sagte sie zu ihr. »Ich habe ihn noch nicht einmal lachen gesehen.«

»Vielleicht möchte er einfach nicht hier sein.« Ruth schlug ihre Beine unter dem langen Schwesternrock übereinander. Daphne wunderte sich immer wieder darüber, dass ihre Freundin, die eine beachtliche Körperfülle besaß, so gelenkig war, dass sie in dieser Position bequem sitzen konnte.

Daphne schüttelte nachdenklich den Kopf. »Er wirkt nicht abweisend, ist immer freundlich, und wenn ich einen Vorschlag mache, geht er auch darauf ein. Aber es scheint mir so, als fehle ihm der Antrieb, etwas von sich aus zu tun. Er braucht immer jemanden, der ihn dazu zwingt. Wenn ich ihn morgens nicht drängen würde, nach unten in den Garten zu gehen, würde er bestimmt den ganzen Tag auf seinem Bett liegen und sich sein Essen nach oben bringen lassen.«

»Es soll nicht deine Sorge sein, Daphne«, sagte Ruth und griff nach der Tasse Tee, die sie neben sich auf die Mauer gestellt hatte. »Wir haben nur dafür zu sorgen, dass die Schwindsucht besser wird. Wenn er schwermütig ist, ist es seine Sache. Und du weißt selbst, dass das bei seiner Krankheit vollkommen normal ist. Entweder es wird bald besser werden, oder er stirbt.«

»Um Himmels willen!«, rief Daphne erschrocken. Es wäre zwar nicht der erste Patient, dem sie nicht mehr helfen konnte, aber Mr Fowler machte wirklich nicht den Eindruck, als stünde er auf der Schwelle zum Tod. Sie dachte laut nach: »Ich glaube, wir sollten uns bei den Schwindsüchtigen mehr auf die Nerven konzentrieren. Muss der Geist nicht auch gesund sein, damit der Körper ihm folgen kann? Wenn ich ihn dazu bringe, eine Runde durch den Garten zu gehen, wirkt er hinterher etwas gelöster. Aber ohne meine Anweisung kommt er nicht auf die Idee.«

»Es ist die Aufgabe der Ärzte, sich darüber Gedanken zu

machen. Wir sind nicht klug genug dafür.« Ruth hob ihre rundlichen Schultern und schlug die Augen zu Boden. »Sorge du nur dafür, dass er möglichst viel unserer gesunden frischen Meeresluft einatmet, dass er gute Mahlzeiten und viel Alkohol zu sich nimmt und die Pillen und Tinkturen des Doktors anwendet. Wenn du das alles zuverlässig überwachst, ist deine Aufgabe erledigt.«

Daphne dachte den ganzen Nachmittag über die Worte ihrer Freundin nach. Während sie zusammen mit der Schwesternschülerin Theresa den Nachmittagstee für die Patienten zubereitete, den sie auf großen Tabletts nach draußen trugen, wurde ihr bewusst, dass sie mehr von sich als Krankenschwester erwartete. Ja, sie wollte den Kranken in erster Linie ihr körperliches Leiden nehmen, durch gute Pflege und Zusprache, aber wenn sie darüber hinaus ein anderes Gebrechen feststellte, konnte sie die Augen nicht davor verschließen. Sie würde mit Doktor Robertson darüber sprechen, vielleicht wusste er ja, was zu tun war.

Sie stellte das Tablett mit Tee und Gebäck auf den Tisch neben Mr Fowlers Liegestuhl. Der junge Mann lag im Schatten einer Zypresse und sah mit ausdruckslosem Gesicht zum Meer hinunter.

»Ich habe Ihnen Tee gebracht«, sagte Daphne. Sie nahm Tasse und Kanne vom Tablett und stellte sie auf den Gartentisch aus Metall.

Ein kaum merkliches Nicken folgte.

»Soll ich Ihnen eine Tasse Tee einschenken?«, fragte Daphne, fest entschlossen, sich nicht eher zufriedenzugeben, bevor sie ihm nicht ein paar Worte entlockt hatte.

Er nickte wieder.

Während sie den Tee einschenkte, Milch und einen Schluck

Cognac hinzugab und den Teller mit Kuchen zurechtrückte, dachte sie darüber nach, was Mr Fowler wohl bislang erlebt haben mochte. Vielleicht hatte seine in sich gekehrte Art einen tragischen Grund. Hatte er vielleicht einen ihm nahestehenden Menschen verloren?

»Sie stammen aus London, nicht wahr?«, fragte sie, um ihn zum Reden zu bringen.

Er rutschte auf seinem Stuhl nach vorn und richtete sich auf. Dann griff er nach seiner Tasse. »Ja.«

Daphne wartete darauf, dass er weitersprach, aber er schwieg und starrte mit unergründlicher Miene in Richtung Meer.

»Erzählen Sie mir ein bisschen was von der Stadt. Ich war noch nie in London und stelle es mir groß und aufregend vor«, forderte sie ihn nach einer Weile auf. Leider gab es keinen zweiten Stuhl in der Nähe, sodass sie sich nicht zu ihm setzen konnte, was ihr lieber gewesen wäre.

»Es ist groß und hektisch und laut.« Fowler trank einen Schluck Tee und sah dann wieder unverwandt aufs Meer hinaus.

»Dann ist für Sie der Unterschied zur Isle of Wight sicher groß, oder?«, sagte Daphne und beugte sich ein Stück näher zu ihm.

»Wärmer ist es hier«, erwiderte er, ohne sie anzusehen.

»Kommen Sie, wir gehen ein paar Schritte. Nehmen Sie Ihre Tasse ruhig mit.« Daphne machte eine auffordernde Handbewegung.

Er wirkte nicht so, als wäre er besonders begeistert von ihrem Vorschlag, stand aber dennoch auf. Seine Tasse stellte er allerdings zurück auf den Tisch.

Daphne lächelte ihm aufmunternd zu. Dann schlenderten sie die Wiese hinunter bis zu den Rhododendren, die vor der Mauer zum Gemüsegarten wuchsen.

»Ich zeige Ihnen etwas«, sagte sie und schlug den Weg nach rechts ein, der an den Sträuchern entlangführte und auf einer Wiese endete. In der Mitte der freien Fläche standen vier Palmen und einige Büschel exotischer Gräser. Und vor diesen Pflanzen tat sich die Erde zu einem gewaltigen Tunnel auf. Das Eisengitter, dass diesen Durchgang nachts versperrte, stand jetzt sperrangelweit auf.

»Das ist ein direkter Zugang zum Meer«, erklärte Daphne Mr Fowler, während sie vorsichtig den kleinen Abhang zum Tor hinunterstieg und in den finsteren Gang hineinschlüpfte. Sie war selbst bislang nur wenige Male hier gewesen, der Tunnel war erst im letzten Jahr fertiggestellt worden.

»Oh.« Frederic Fowler klang überrascht.

Daphne strich sich fröstelnd über die Arme. In diesem etwa dreißig Meter langen Gang war es kühl, weil die Sonne hier nicht hineinschien. Am anderen Ende konnte sie einen schwachen Lichtschimmer erkennen.

»Dieser Gang wurde extra für die Patienten gebaut, damit sie rasch ans Meer gelangen können«, erklärte sie ihm über die Schulter hinweg, während sie auf ihre Schritte achtete. Durch das Dämmerlicht war die Sicht hier drin eingeschränkt.

Wenig später traten sie ins Freie und standen nun auf einer etwa zehn Quadratmeter großen steinernen Plattform, die zwei Meter über den Wellen aus dem Felsen ragte. Von hier aus konnte man auf die Felsbrocken am Ufer klettern oder sich auf einen der Metallstühle setzen, die für die Patienten des Krankenhauses aufgestellt worden waren. Das Wasser plätscherte, die Möwen schrien, und die wärmenden Sonnenstrahlen streichelten Daphnes Haut.

»Wollen wir uns setzen?«, schlug sie vor und deutete auf zwei der Stühle, die auf der Plattform standen. Außer ihnen war niemand hier. Der Seewind war viel stärker als im Garten des Krankenhauses.

Mr Fowler wartete, bis Daphne Platz genommen hatte, und tat es ihr dann nach.

»Geht es Ihnen denn schon besser? Tut Ihnen der Aufenthalt hier gut?«, versuchte Daphne, ein Gespräch zu beginnen.

Frederic Fowler sah sie einen Moment lang an. Zum ersten Mal hatte Daphne das Gefühl, dass er ernsthaft über ihre Worte nachdachte und sich nicht wie sonst hinter einer unsichtbaren Mauer abschottete.

»Ein bisschen«, erwiderte er.

Daphne lächelte stumm. Dann sahen sie eine Weile aufs Meer hinaus.

»Stammen Sie vom Festland?«, fragte Mr Fowler plötzlich.

Sie sah ihn überrascht an. »Nein, ich komme aus Ventnor.«

Sie berichtete ihm von der Ausbildung, von der sie damals in der Kirche erfahren hatte. »Ich konnte nur schlecht lesen, und es ist ein Wunder, dass ich die Worte entziffern konnte. Richtig schreiben und rechnen habe ich erst von Schwester Middleton gelernt.«

»Tatsächlich?« Mr Fowler sah sie irritiert an. »Es ist eine Schande, dass nicht jedes Kind lesen und schreiben lernt.« Er schüttelte den Kopf. »Erzählen Sie mir mehr von sich.«

Daphne lächelte. Ihr Plan ging auf. Kaum hatte sie Mr Fowler dazu gebracht, ein paar Schritte zu tun, begann er, sich für seine Umwelt zu interessieren. Es war das erste Mal, dass er Interesse an etwas zeigte. Also berichtete sie ihm von der Farm, von ihrer Arbeit dort, den Geschwistern und der Langeweile, die sie empfunden hatte. Seit sie hier am Meer saßen, war eine seltsame Wandlung bei dem jungen Mann vor sich gegangen. Er schien aus einer Starre erwacht zu sein, plötzlich konnte Daphne seine Gefühle und Empfindungen erkennen, und er nahm endlich Anteil an seiner Umgebung.

»Haben Sie noch Geschwister?«, fragte Daphne ihn.

»Nein«, antwortete er und ließ seinen Blick über das Wasser gleiten, das in der Sonne funkelte.

Eine Weile blieben sie noch sitzen, dann stand Daphne auf. »Ich fürchte, ich muss wieder zurück und nach den Patienten sehen.«

»Ich begleite Sie«, sagte Frederic Fowler und folgte ihr in den Tunnel.

Als sie wenig später wieder bei seinem Liegestuhl ankamen, war der Tee kalt, aber ein Lächeln umspielte Mr Fowlers Lippen.

Daphne war glücklich, dass ihr kleiner Ausflug anscheinend eine Besserung bei ihm bewirkt hatte. In den nächsten Tagen bemühte sie sich, jeden Nachmittag einen kleinen Spaziergang mit ihm zu unternehmen. Manchmal wanderten sie durch die Gärten der Klinikanlage, dann wieder gingen sie durch den Tunnel zum Meer oder liefen ein Stück die Landstraße entlang in Richtung Ventnor. Vielleicht war es Zufall, aber Daphne hatte den Eindruck, dass diese gemeinsamen Unternehmungen die Laune des jungen Mannes deutlich verbesserten.

Und auch ihr machte die Zeit, die sie an seiner Seite verbrachte, zunehmend Freude. Sie ertappte sich dabei, dass sie diesen Nachmittagsstunden geradezu entgegenfieberte.

Als sie eines Mittags mit Ruth unter der Platane saß, sprach diese sie unumwunden darauf an. »Ich will mich nicht in deine Pflege einmischen, aber findest du es nicht langsam kompromittierend, so viel Zeit mit Mr Fowler zu verbringen?«

Daphne stellte ihre Tasse Tee auf der Mauer ab, auf der sie saßen, und tat überrascht. »Wieso sollte ich das anstößig finden? Schließlich gibt mir der Erfolg recht. Ich begleite ihn auf

Spaziergängen, die ihm guttun. Sie sind weitaus besser als die Bäder, die Milch mit Cognac und die Tinkturen.«

Ruth sah sie eindringlich an. »Ihr seid aber auch ein Mann und eine Frau. In jeder anderen Situation würde es sich niemals schicken, als ledige junge Frau mit einem Mann allein so viel Zeit zu verbringen.«

Daphne runzelte die Stirn und sprang von der Mauer. »Nein, ich bin eine Krankenschwester. Ich habe mit keinem einzigen Gedanken daran gedacht, dass er mehr für mich sein könnte als ein Patient. Natürlich nicht! Er stammt aus einer angesehenen Familie, und ich ... Es ist vollkommen indiskutabel.«

»Und genau aus diesem Grund sage ich es dir. Ich kenne dich inzwischen sehr gut, Daphne. Du bist meine beste Freundin. Seit fast sieben Jahren sehen wir uns jeden Tag. Und ich habe beobachtet, dass du in den letzten Wochen ein anderer Mensch geworden bist.« Ruth saß noch immer auf der Mauer und ließ ihre Beine unter dem langen Schwesternrock schwingen.

»Ach? Und inwiefern, wenn ich fragen darf?« Daphne hörte selbst, dass sie trotzig klang. Sie fühlte sich erwischt, denn in den letzten Tagen hatte sie ständig an den jungen Mann gedacht. Aber sie wusste auch, dass es zwischen ihnen niemals zu mehr kommen würde als zu der Beziehung zwischen einer Krankenschwester und ihrem Patienten. Und aus diesem Grund war das Gespräch mit Ruth vollkommen überflüssig.

»Du wirkst verliebt«, unterbrach ihre Freundin ihre Gedanken. »Als hättest du dein Herz verloren.«

»Unsinn!«, stieß Daphne aus und ging empört ein paar Schritte vor der Kirche auf und ab. Einige Möwen hatten sich vor dem Eingang niedergelassen und beobachteten sie interessiert. »Was soll das überhaupt bedeuten, ich wirke verliebt?«

Ruth lachte leise. »Da ist ein neuer Glanz in deinen Augen, eine neue Spritzigkeit. Du erzählst von nichts anderem mehr als von Frederic Fowler. Und wenn das alles mich noch nicht stutzig gemacht hätte, dann würde dich spätestens deine jetzige Reaktion verraten.«

Daphne öffnete den Mund, um etwas zu antworten, schloss ihn dann jedoch wieder. Sie sackte in sich zusammen und lehnte sich neben ihre Freundin an die Backsteinmauer. »Vielleicht hast du recht. Ich denke tatsächlich viel an ihn.«

»Natürlich stimmt das, ich habe drei ältere Schwestern und eine Menge ähnlicher Anwandlungen miterlebt.« Ruth fasste nach Daphnes Hand und tätschelte sie. »Viel wichtiger ist jedoch die Frage, was du nun unternehmen willst. Denn diese Angelegenheit kann nur tragisch enden.«

Daphne nickte. »Ich weiß.«

»Du könntest Schwester Middleton darum bitten, dass er verlegt wird. In einen anderen Block.«

Allein bei dem Gedanken, Frederic Fowler nicht weiter betreuen zu dürfen, verkrampfte sich Daphnes Magen. »Nein, das will ich nicht.«

Ruth hob die Augenbrauen und sah sie tadelnd an. »Und was ist dein Plan?«

Daphne dachte einen Moment lang nach, dann machte sie eine abschätzige Handbewegung. »Es ist doch bloß eine kleine Schwärmerei und sehr einseitig. Mr Fowler interessiert sich nicht für mich, jedenfalls nicht in einer Weise, die über unsere Spaziergänge hinausgeht.«

»Männer interessieren sich immer für junge Frauen. Er muss sich ja nicht gleich in dich verlieben. Aber wenn er erkennt, dass du eine Schwäche für ihn hast, könnte er versuchen, diese auszunutzen und dich dazu zu bringen, gewisse Dinge mit ihm zu tun.«

»So?« Daphne legte die Stirn in Falten und griff nach ihrem inzwischen nur noch lauwarmen Tee. »Und was für Dinge sind das?«

Ruth zuckte mit den Schultern. »Das, was Männer und Frauen tun, wenn sie verheiratet sind.«

»Ach so, das«, antwortete Daphne und tat so, als wüsste sie, wovon ihre Freundin sprach. Dabei hatte sie keine genaueren Kenntnisse über derartige Dinge. Sie hatte gehofft, mehr darüber in ihrer Ausbildung zu erfahren, aber leider war dieses Thema nie aufgekommen. Schwester Middleton hatte sich vor allem auf die Pflege der Lungenkranken konzentriert. Daphne war klar, dass es Handlungen geben musste, die weitaus intimer waren als Küsse, und sie vermutete, dass es mit bestimmten Körperregionen zusammenhing, die außer ihr selbst sonst nie jemand zu Gesicht bekam. Bei der Versorgung ihrer männlichen Patienten hatte sie sich hin und wieder ihre Genitalien ansehen müssen, war jedoch immer davon abgestoßen gewesen. Und genau diese Regionen reagierten bei ihr in letzter Zeit auch recht heftig, wenn Mr Fowler – oder Frederic, wie sie ihn heimlich in ihren Gedanken nannte – in der Nähe war oder sie an ihn dachte.

Sie spürte, wie ihr die Röte in die Wangen schoss, und schüttelte schnell den Kopf. »Nein, so einer ist er nicht.«

»Glaube mir, wenn man es den Männern ansehen könnte, die *so einer* sind, dann würde keine Frau darauf reinfallen.«

»Wie auch immer, ich werde mich nicht auf etwas einlassen, das kein harmloser Spaziergang ist«, erklärte Daphne entschieden, sprang von der Mauer und goss den Rest ihres Tees in das Blumenbeet neben der Platane.

»Daphne«, Ruth stand ebenfalls auf und fasste ihren Unterarm, »ich will dich keinesfalls bevormunden, ich habe nur Angst um dich. Pass ein wenig auf deine Gefühle auf, ja?«

Daphne lächelte Ruth an. »Natürlich. Soll ich heute Abend wieder nach Lady Charlotte sehen, wenn du zum Essen gehst?«

»Das wäre wundervoll«, erwiderte Ruth. »Ich bräuchte auch unbedingt eine Schwesternschülerin. Umso besser, dass du bereit bist, mir zu helfen.«

»Natürlich springe ich für dich ein. Ich kann den Gedanken an die arme Lady Charlotte doch selbst kaum ertragen. Wenn ich ihrem Leiden ein wenig Linderung verschaffen kann, dann tue ich das sehr gern.«

Lady Charlotte hatte ein schreckliches Schicksal erlitten. Sie war erst vor einem halben Jahr aus Indien nach England zurückgekehrt. Ihr Vater, der Earl of Nefyn, war ein enger Vertrauter des Gouverneurs in Indien und mit wichtigen Aufgaben der Königin betraut. Vor zwei Jahren war die ganze Familie für einige Wochen in Assam gewesen, als es dort zu einem Aufstand kam. Sie alle wurden getötet, nur Lady Charlotte überlebte wie durch ein Wunder. Sie war schwer verletzt gewesen und von den Aufständischen für tot angesehen worden, was ihr anscheinend das Leben gerettet hatte. Als die britischen Soldaten sie fanden, hatte sie einen ganzen Tag lang zwischen ihren verstorbenen Familienangehörigen gelegen. Seitdem hatte sie kein einziges Wort mehr gesprochen. Als sie vor sechs Monaten nach England zurückgekommen war, war sie bereits schwer an Schwindsucht erkrankt, und so wurde sie auf die Isle of Wight ins Royal National Hospital gebracht. Lady Charlotte gehörte zu Ruths Patientinnen. Solange sie bei ihnen war, hatte sie noch keinen Besuch erhalten. Nahe Verwandte gab es wohl nicht, und ihre Freundinnen waren alle in Indien geblieben.

Daphne hatte Ruth schon des Öfteren vorgeschlagen, ebenfalls regelmäßige Spaziergänge bei der jungen Frau anzuwenden, die im selben Alter wie Ruth und Daphne war, aber Doktor Robertson war der Meinung, Ruhe, Bäder und Kältepackungen würden besser zu ihrer Gesundung beitragen. All das ertrug die junge Adlige klaglos, auch wenn Daphne bemerkte, dass besonders die Kältepackungen ihr jedes Mal sehr zusetzten.

Daphne nahm großen Anteil an der Leidensgeschichte der jungen Frau und half Ruth gern aus, wenn sie Lady Charlotte nicht allein zurücklassen wollte. Zurzeit waren die meisten ihrer eigenen Patienten so gut auf den Beinen, dass sie wenig Unterstützung brauchten, die Pflege beschränkte sich auf die täglichen Abreibungen, die Eingabe der Medikamente oder die Durchführung der Freiluftkuren, was sie jedoch gern mit sich machen ließen.

Aber bei Lady Charlotte bedurfte es mehr. Sie schaffte es nicht, sich allein zurechtzumachen, und eine Zofe gab es nicht. Daphne fragte sich, ob diese bei dem Massaker an der Familie ebenfalls umgekommen oder vor Schreck davongelaufen war.

»Kommst du dann wieder gegen neun?«, unterbrach Ruth ihre Gedanken.

Daphne nickte und verabschiedete sich, um den Tee für die Patienten zuzubereiten. Nachdem sie sich vergewissert hatte, dass es allen gutging und sie in ihre Wolldecken gehüllt an der frischen Luft in den Liegestühlen lagen, suchte sie nach Mr Fowler.

Er blätterte gerade in einem Buch, als sie neben seinen Stuhl trat.

Ein Lächeln legte sich auf sein Gesicht, das Daphnes Herz sofort höher schlagen ließ. »Schwester Marcy, endlich! Ich habe schon auf Sie gewartet.«

»Wirklich?« Daphne beugte sich zu ihm hinunter und half ihm, sich von den Decken zu befreien.

Er fasste ihren Arm und richtete sich auf. Die Schwindsucht kostete ihn noch immer viel Kraft, aber Daphne bildete sich ein, dass es von Tag zu Tag besser wurde.

Während sie in Richtung Tunnel gingen, sagte er: »Ich möchte Sie um Ihre Begleitung nach Steephill Castle bitten, zu einer wichtigen Abendeinladung bei den Hambroughs.«

Daphne blieb erschrocken stehen. »Sie meinen Mr und Mrs Oscar William Holden Hambrough?«

Er lachte. Es war das erste Mal, dass Daphne ihn so fröhlich sah. »Kennen Sie die beiden?«

»Nicht persönlich, oh Gott, nein.« Sie schlug die Hand vor den Mund. »Aber die Hambroughs sind die vornehmsten Leute hier in der Gegend. Jeder in Ventnor kennt sie, auch wenn er sie noch nie getroffen hat.«

»Dann begleiten Sie mich also?«, fragte Mr Fowler und hielt ihr seinen Arm hin.

»Ich …« Daphne starrte irritiert auf den Arm. Sollte nicht eigentlich sie ihn stützen? Aber sie war viel zu verwirrt, um darüber nachzudenken, und hakte sich unter, ehe sie sich langsam wieder in Bewegung setzten. »Das kann ich nicht. Ich kann Sie doch nicht einfach nach Steephill Castle begleiten. Zu einer Einladung! Nein!« Sie schüttelte entschieden den Kopf.

»Aber warum denn nicht?«, sagte er und führte sie bis zum Tunneleingang.

»Ich bin kein Mitglied der Gesellschaft, die dort verkehrt«, antwortete sie und musste beinahe lachen, als sie daran dachte, wie sie, das Bauernmädchen und die jetzige Krankenpflegerin, ins Schloss hineinmarschieren würde.

»Aber *ich* bin Mitglied der Gesellschaft und habe eine ausdrückliche Einladung der Hambroughs erhalten, in der ich auch aufgefordert wurde, eine Begleitung mitzubringen. Von einer zwingenden Zugehörigkeit zur Gesellschaft war nicht die Rede.« Er zwinkerte ihr zu und ließ ihr den Vortritt in den Tunnel. »Sind Sie denn gar nicht neugierig auf das Schloss?«

»Doch«, antwortete sie, während sie sich vorsichtig im Dämmerlicht des Tunnels vortastete. Der Geruch des Meeres nach Fisch und Algen wurde stärker. »Aber meine Neugierde wird Mr Hambrough wohl kaum als ausreichenden Grund dafür akzeptieren, dass ich mich in sein Haus schleiche.«

»Schleichen sollen Sie sich doch gar nicht«, sagte Frederic Fowler lachend hinter ihr. Seine Stimme hallte in dem unterirdischen Gang. »Sie sollen aufrechten Hauptes an meiner Seite ins Schloss schreiten.«

Daphne musste plötzlich schmunzeln. Sie blieb stehen und drehte sich zu ihm um. »Auf jeden Fall gefällt es mir sehr, dass Sie so fröhlich geworden sind. Der Aufenthalt bei uns im Krankenhaus scheint Ihnen gutzutun.«

»Sie tun mir gut«, sagte Mr Fowler und sah sie mit neuem Ernst im Halbdunkel des Tunnels an. »Es ist Ihre Gesellschaft, die mir wieder Lebensmut gegeben hat.«

Daphne spürte, dass sie errötete. Sie war es nicht gewohnt, Komplimente zu erhalten. Hin und wieder bedankten sich Patienten bei der Entlassung für ihre Pflege, aber die meisten setzten diese als selbstverständlich voraus. Dass sie jedoch so unmittelbar mit der Gesundung eines Patienten in Zusammenhang gebracht wurde, war bislang noch nicht vorgekommen. Und auch wenn Mr Fowler damit durchaus recht hatte – denn nach wie vor war Daphne davon überzeugt, dass die regelmäßigen Spaziergänge ihm bei der Genesung halfen –, hing das weniger mit ihr als Person zusammen als vielmehr damit, dass sie erkannt hatte, was dem Heilungsprozess zuträglich war.

»Ich würde mich sehr freuen, wenn Sie mich zu den Hambroughs begleiten«, wiederholte er seine Bitte und fasste nach Daphnes Händen. Ihr Herz hämmerte gegen ihre Brust.

»Mr Fowler«, rief Daphne erschrocken und befreite sich aus seinem Griff. »Das ist nicht schicklich. Wenn uns jemand sieht, wie wir hier im Dunkeln …«

»Ach, immer diese Regeln«, antwortete er leidenschaftlich. »Sie sind der Mensch, mit dem ich am liebsten den ganzen Tag zusammen sein möchte. Was kümmern mich die anderen?« Seine dunklen Augen schimmerten feurig.

»Das … das kann unmöglich Ihr Ernst sein.« Plötzlich hatte sie wieder Ruths Worte im Kopf. Wollte er sie ausnutzen für diese bestimmten Dinge, die Mann und Frau nicht tun durften, solange sie nicht verheiratet waren, und von denen sie nicht genau wusste, worum es sich eigentlich handelte?

Verwirrt wandte Daphne sich wieder nach vorn und ging weiter. Sie dachte fieberhaft nach. Ja, ihr war der junge Mann sympathisch, sie mochte seine Gesellschaft. Aber seine Annäherung war eindeutig in romantischer Absicht geschehen, und auch ihm musste doch bewusst sein, dass sie keine gemeinsame Zukunft hatten. Sie kamen aus unterschiedlichen Schichten, und auf eine Liebelei würde sie sich niemals einlassen.

Bis heute wurde in Ventnor die Geschichte der armen Alice erzählt, die in einem der führenden Haushalte im Ort als Zimmermädchen gearbeitet hatte. Der Sohn des Hauses hatte sich in die arme Alice verliebt und ihr die schönsten Versprechungen gemacht. Nachdem sie sich ihm mehrmals hingegeben und sein Kind empfangen hatte, wollten nicht nur der junge Mann, sondern auch seine Eltern nichts mehr von ihr wissen. Sie wurde mit Schimpf und Schande aus dem Haus gejagt. Eine alte Witwe nahm sich des Mädchens an, und beide wurden daraufhin von der gesamten Dorfgemeinschaft gemieden.

Es blieb der Witwe nichts anderes übrig, als die junge gefallene Frau aufs Festland zu schicken. Was aus der armen Alice oder ihrem Kind geworden war, wusste niemand so genau. Das Ganze hatte sich viele Jahre vor Daphnes Geburt ereignet.

»Mr Fowler«, sagte Daphne entschlossen, als sie schließlich die Plattform am Meer erreicht hatten. Wie üblich war niemand außer ihnen hier. »Ich freue mich sehr darüber, dass meine Gesellschaft Ihnen offenbar bei der Genesung hilft, und auch ich genieße das Zusammensein mit Ihnen. Aber Sie sind ein Patient und ich eine Krankenpflegerin. Wir sollten das nicht auf unser sonstiges Leben übertragen. Unser Verhältnis darf sich nie von dem eines Patienten zu seiner Krankenschwester unterscheiden. Das wäre nicht schicklich.«

Frederic Fowler sah sie mit seinen dunklen Augen an, die jetzt beinahe liebevoll auf ihr ruhten. Ihr ganzer Körper geriet außer sich. Ein nie gekanntes Kribbeln breitete sich bis in ihre Zehenspitzen aus.

Mr Fowler erklärte mit leidenschaftlicher Stimme: »Ich weiß nicht, warum man sich von gesellschaftlichen Schranken derart gängeln lässt. Ich bin nicht mehr dazu bereit. In den letzten Tagen habe ich starke Gefühle für Sie entwickelt. Sie sind nicht nur wunderschön, Schwester Marcy – oder darf ich Sie Daphne nennen?«

Sie schluckte. »Lieber nicht, Mr Fowler. Wir sollten …«

Er fuhr fort, ohne ihren Einwand zu beachten: »Sie sind außerdem die selbstloseste und liebevollste Person, die ich kenne. Den ganzen Tag opfern Sie sich für die Kranken auf, Sie sind immer ansprechbar, selbst in der Nacht, und nur durch Ihre Hartnäckigkeit konnte ich meine Verstimmungen überwinden und zu neuem Lebensmut finden.«

»Das schmeichelt mir sehr, aber ich fürchte, Sie bringen mich in eine unangenehme Situation.« Daphne wandte sich hilflos ab und setzte sich auf einen der Stühle. Wie konnte es ihr nur entgangen sein, dass der junge Mann ebenfalls romantische Gefühle für sie entwickelt hatte? Vielleicht lag es schlicht und einfach daran, dass sie sich mit derartigen Dingen nicht auskannte. Sie hatte zuvor weder selbst jemals romantische Anwandlungen empfunden, noch hatte sich jemand auf diese Weise für sie interessiert. Doch nun hatte sich ein ihr Anvertrauter, ein Schutzbefohlener in sie verliebt. Und sie selbst war auf dem besten Weg, ebenso für ihn zu empfinden. Was sollte sie bloß tun? Sie war so froh gewesen, dass sie den jungen Mann endlich von seiner Schwermut befreit hatte, doch anscheinend hatte sie sich ein wenig zu gut um ihn gekümmert.

»Mr Fowler«, begann sie.

»Bitte nenne mich Frederic«, unterbrach er sie. »Wenigstens, wenn wir allein sind.« Er sah sie so eindringlich an, dass ihr eine Gänsehaut über den Körper lief.

Daphne presste kurz die Lippen aufeinander. Sie musste vernünftig sein, durfte sich nicht ihren Träumereien hingeben. »Sie wissen genauso gut wie ich, dass wir keine gemeinsame Zukunft haben. Und ich darf mich nicht kompromittieren lassen.«

»Das würde ich niemals tun, Daphne.« Er drehte sich auf seinem Stuhl zu ihr um und fasste ihre Hände. »Ich will einen Weg finden, diese gesellschaftlichen Schranken zu überwinden. Ich möchte mein Leben an deiner Seite verbringen, das ist mir in den letzten Wochen bewusst geworden.«

»Oh, Mr Fowler«, seufzte Daphne und befreite sich aus seinem Griff. »Es gibt keinen solchen Weg. Sie selbst haben mir doch von Ihren Eltern erzählt, die nach Höherem streben und in der Gesellschaft anerkannt werden wollen. Sie wünschen sich für Sie sicher eine gute Partie, eine Frau, die dem Adel entstammt oder zumindest einer angesehenen, wohlhabenden Familie. Wir müssen das akzeptieren und stattdessen lieber das genießen, was wir haben: unsere gemeinsame Zeit hier.«

Frederic Fowler seufzte. »Aber dann fühlst du ähnlich wie ich?«

»Was ich empfinde, tut nichts zur Sache, weil es auf keinen Fall von Bedeutung ist.« Daphne stand auf und wollte sich gerade zum Tunneleingang wenden, als ihr Blick an Mr Fowler hängen blieb. Tiefe Verzweiflung hatte sich auf seine Züge gelegt. Unwillkürlich trat sie wieder auf ihn zu und neigte sich zu ihm hinunter. »Bitte, Mr Fowler … Frederic. Versuchen Sie …«

Weiter kam sie nicht, weil er sich vorgebeugt hatte, um sie zu küssen.

Erschrocken sprang sie zurück.

»Oh, Verzeihung.« Er hatte sich nun ebenfalls von seinem Stuhl erhoben. »Es tut mir so leid. Bitte, Daphne.« Er fasste ihren Arm und drehte sie zu sich. »Ich verspreche dir, dass ich so etwas niemals leichtfertig sagen oder tun würde, und natürlich war dieser Kuss vollkommen unpassend und …« Er verstummte, als ihre Blicke aneinander hängen blieben. Daphnes Verstand setzte in diesem Moment aus. Da waren diese wunderbar sanften, liebevollen dunklen Augen, der volle Mund, der sich gerade so verführerisch und weich angefühlt hatte. Und ohne es bewusst zu lenken, näherte sie sich seinem Gesicht, und im nächsten Moment verschmolzen ihre Lippen erneut miteinander. Warm und sanft und verwirrend war dieser Kuss, und er setzte ein Feuerwerk in ihr frei. Ein rauschhaftes Kribbeln ging von ihm aus und verbreitete sich wellenförmig in ihrem gesamten Körper. Zum ersten Mal war sie Frederic so nah, dass sie den Duft seiner Haut riechen konnte. Vorsichtig fassten seine Hände nach Daphnes Oberarmen, wanderten zu ihrem Rücken und umschlangen sie fest. Sie spürte seinen Herzschlag, der eins wurde mit ihrem.

Ein Geräusch ließ sie erschrocken auseinanderfahren. Daphne sah sich um und stellte erleichtert fest, dass es nur eine Möwe war, die sich dicht neben ihnen auf einem der Felsen niedergelassen hatte.

»Oh mein Gott.« Sie fasste sich ans Herz. Ihre Hände zitterten. »Was haben wir nur getan? Wenn nun jemand gekommen wäre?«

»Daphne.« Frederic griff wieder nach ihrem Arm, um sie noch enger an sich ziehen. »Es war noch nie jemand hier außer uns. Komm her, mein Liebling.«

»Nein.« Daphne schüttelte den Kopf. »Das darf sich nicht wiederholen, es ist gefährlich. Ich würde sofort meine Arbeit verlieren und dürfte bestimmt auch niemals zu meiner Familie zurückkehren.«

# SECHSTES KAPITEL

*Nordwales, Mai, Gegenwart*

Die einzige Bernice Donald in ganz Nordwales, die Spring und Ethan finden konnten, wohnte in Rhyl, eine knappe Stunde von Bangor entfernt. Spring war gern bereit, Ethan dorthin zu begleiten, denn auf diese Weise konnte sie ihren Besuch auf der Farm noch eine Zeitlang hinausschieben. Sophia hatte sich in Summers Gästezimmer zurückgezogen, und Summer musste Arbeiten ihrer Schüler korrigieren.

Als Spring am nächsten Morgen, es war ein Sonntag mit strahlend blauem Himmel, neben Ethan in seinem luxuriösen Cabriolet saß und ihr der Wind durch die kurzen Haare fegte, war sie zunächst sprachlos. Beeindruckt fuhr sie über das weiche Leder der Sitze, betrachtete fasziniert das große Display neben dem Armaturenbrett, auf dem die Straße zu sehen war, die sie gerade entlangfuhren, und sog tief den Duft des Windsor-Leders ein.

»Hoffentlich ist es die richtige Bernice Donald«, sagte Ethan in diesem Moment, und Spring riss sich von der Bewunderung des Sportwagens los.

»Es ist die Einzige, die hier in der Nähe lebt, sie muss es sein«, erwiderte Spring, auch um sich selbst Mut zu machen. Sie hatte noch immer ein schlechtes Gewissen, wenn sie daran dachte, wie sehr sie Sophia bedrängt hatte, den Namen herauszurücken. Aber Spring wollte ihrer Freundin helfen, und sie war sicher, dass ihr das nur gelang, wenn sie die Wahrheit kannte.

»Es ist nett von dir, dass du mit mir nach Rhyl fährst.« Ethans Hände lagen locker auf dem Lenkrad, die Geräusche des teuren Motors waren kaum zu hören. »Du würdest doch sicher lieber Zeit mit deiner Familie auf der Farm verbringen, oder? Immerhin warst du lange nicht hier.«

»Nein«, sagte Spring, ein wenig zu heftig, wie sie selbst merkte. »Mach dir keine Gedanken. Ich bin nicht sonderlich scharf darauf, zur Farm zu kommen.«

Ethan nickte nur und schwieg, den Blick auf die Straße gerichtet.

»Was machst du eigentlich beruflich?«, fragte Spring nach einer Weile. Sie überlegte, wie viel Geld er wohl verdiente, um sich solch einen Edelschlitten leisten zu können.

»Ich arbeite in einer Investmentfirma«, antwortete Ethan. »Mein Vater hat das Unternehmen vor fünfzehn Jahren gegründet. Er konnte das Vermögen, das meine Familie besaß, dafür einsetzen und hat dann mit Glück, Geschick und Skrupellosigkeit aus dem eher kleinen Betrag ein Millionengeschäft gemacht. Wir haben Büros in London und New York, wo wir uns oft aufhalten.«

»Dann bist du also ein Investor.« Spring kannte das Wort, es hörte sich nach viel Geld, Verantwortung und teuren Anzügen an. »Keine Ahnung, was man da macht. Was ist das für eine Arbeit?«

Ethan stieß ein kurzes Lachen aus. »Ich mache aus Geld noch mehr Geld.« Er warf ihr einen kurzen Blick zu, bevor er sich wieder der Straße zuwandte. »Wir arbeiten hauptsächlich mit unserem eigenen Vermögen, haben aber auch ein paar sehr reiche Kunden, deren Geld wir verwalten.«

»Macht dir das Spaß?«, fragte Spring.

»Nein«, antwortete Ethan, ohne zu zögern. »Das kann ich nicht behaupten. Aber es bringt viel Gewinn. Und ich werde die Firma eines Tages erben, weil mein Bruder … nun, sagen wir, er ist nicht dazu geeignet.«

»Aber wenn es dir keinen Spaß macht, ist es dann überhaupt das Richtige für dich?« Spring konnte verstehen, dass ein gutes Einkommen vermutlich auch über einen blöden Job hinwegtrösten konnte, aber Ethan hatte offenbar genügend Geld und lebte in einem Schloss. Warum verplemperte er dann seine Tage mit etwas, das er nicht mochte?

»Du hast recht«, gab Ethan in diesem Moment zu, und Spring sah ihn erstaunt an.

Kurz begegneten sich ihre Blicke.

Dann fuhr Ethan fort: »Ich stehe gerade an einem Punkt, an dem ich mich genau das frage. Ich mache diesen Job erst seit fünf Jahren und war bislang echt erfolgreich damit, aber er hat mir auch keine Zeit für ein Privatleben gelassen. Außerdem merke ich, dass ich immer skrupelloser werde. Wie mein Vater, und ich mag mich selbst nicht mehr. Wir investieren in dubiose Unternehmen und sehen nur noch den Gewinn. Ich habe das Gefühl, das Leben zieht an mir vorbei. Ich meine, ich bin siebenundzwanzig, und in den letzten Jahren war ich vielleicht zweimal abends aus, und das auch nur, weil meine Exfreundin mich dazu überredet hat. Ich habe mich von ihr getrennt, weil ich mir eingeredet habe, dass ich nur eins haben kann: mein Privatleben oder eine Karriere.«

»Hört sich tatsächlich so an, als hättest du dich falsch entschieden.« Spring grinste.

»Ich denke tatsächlich darüber nach, auszusteigen.« Er blickte mit ernstem Gesichtsausdruck auf die Straße. »Aber mein Vater verlässt sich auf mich, er geht davon aus, dass ich die Firma bald übernehmen werde. Ich will ihn nicht enttäuschen. Aber auch wenn ich sowieso nicht länger arbeiten müsste, weil ich in den letzten fünf Jahren genug für den Rest meines Lebens verdient habe, stelle ich es mir ziemlich langweilig vor, die nächsten fünfzig Jahre nur noch damit zu verbingen, mein ganzes Geld auszugeben.«

»Wow«, Spring musste lachen, »es hört sich verrückt an, aber wir beide sind in derselben Situation. Der einzige Unterschied ist, dass ich von dreihundert Pfund Sozialhilfe in der Woche leben muss, während du ein riesiges Vermögen besitzt. Auch ich weiß nicht, was ich tun soll. Deine Grandma hat mir mit dieser Frage in den letzten Wochen ziemlich in den Ohren gelegen.«

»Echt?« Er erwiderte ihr Lächeln. »Ich wünschte, ich würde sie besser kennen.«

»Sie hätte dir bestimmt auch Feuer unterm Hintern gemacht, dass du was Gescheites mit deinem Leben anstellen sollst.« Spring dachte liebevoll an ihre Freundin. »Wusstest du eigentlich, dass sie in sehr ärmlichen Verhältnissen in London lebt?«

»Ich wusste bis gestern Morgen nicht einmal, dass sie existiert«, antwortete er bitter. »Wenn ich auch nur geahnt hätte, dass sie in London lebt, wo ich so viele Tage im Jahr bin … Ich hätte sie sofort besucht und sie, ohne zu zögern, finanziell unterstützt. Warum hat sie nie Kontakt zu mir aufgenommen? Oder zu meinem Bruder Aiden?«

»Das ist die Frage.« Spring sah auf das glitzernde Meer hinunter, das sich neben der Küstenstraße ausbreitete. Sie genoss ihre allererste Fahrt in einem Cabrio. Doch die Geheimnisse, die ihre Freundin umgaben, legten sich wie ein Schatten über diesen schönen Sommertag. »Glaubst du, dass sie wirklich irgendeine Schuld auf sich geladen hat? Etwas, das mit dem Tod deines Großvaters zusammenhängt?«

Ethan zuckte mit den Schultern. »Vielleicht. Es wäre zumindest eine Erklärung dafür, warum sie sich nach London hat abschieben lassen.«

Spring dachte an Sophia, die stets korrekt und ordentlich war. Sie traute ihr nicht zu, einen Menschen in den Tod zu stoßen. Noch dazu ihren eigenen Mann, von dem sie zwar nur selten, aber stets voller Liebe und Zärtlichkeit sprach. Allerdings könnte es wirklich eine Erklärung dafür sein, dass sie sich damit zufriedengab, von wenigen Pfund monatlich in London zu leben, und auf Daffodil Castle und ihre Familie verzichtete.

Als sie die Adresse von Bernice Donald erreicht hatten, parkten sie den Wagen am Fahrbahnrand der sauberen Vorortstraße. Das Haus war eins dieser typischen Häuser aus der Mitte des letzten Jahrhunderts, schmucklos und einfach, aber gut gepflegt. Ethan drückte auf den Klingelknopf.

Bald darauf waren Stimmen zu hören, und ein kleines, vielleicht zwölfjähriges Mädchen öffnete die Tür.

»Hi!« Sie sah sie erstaunt an.

»Hallo«, grüßte Ethan zurück. »Ist Bernice Donald zu Hause?«

»Mum!«, schrie die Kleine, ließ die Tür offen stehen und verschwand wieder im Haus.

Bald darauf erschien eine Frau, etwa Mitte bis Ende vierzig, mit einer Schürze vor dem Bauch und einem Geschirrtuch in der Hand. Sie trug ihr dunkles Haar in einer Kurzhaarfrisur.

»Ja?«, sagte sie ungeduldig.

»Mrs Donald? Mein Name ist Ethan Fowler, und das ist Spring Season. Wir sind auf der Suche nach …«

»Fowler?«, unterbrach Mrs Donald Ethan. Plötzlich änderte sich ihre Haltung, sie ließ das Tuch sinken. »Sie sind der Sohn von Thomas, nicht wahr?«

Ethan nickte. »Wir würden uns gern mit Ihnen unterhalten.«

»Warum?« Sie verschränkte die Arme vor der Brust.

»Wir möchten nur verstehen, was genau damals geschehen ist«, bat Ethan sie. »Vielleicht können wir uns kurz …«

»Fragen Sie Ihre Mutter«, unterbrach sie ihn wieder und trat einen Schritt zurück, um die Tür zu schließen.

Blitzschnell schoss Spring nach vorn und stellte den Fuß in den Türspalt. »Niemand ist ehrlich mit uns. Bitte, Mrs Donald, was ist damals passiert?«

Die Frau zog ärgerlich die Augenbrauen zusammen. »Das hat mir damals sehr zugesetzt, es war keine schöne Zeit, und ich möchte mich nicht daran erinnern.«

»Bitte«, Spring blieb hartnäckig, »wenn Sie uns alles erzählen, sind Sie uns auch bald wieder los. Stimmt es, dass Thomas' Mutter, Sophia Fowler, damals eine Intrige gesponnen hat, dass sie Gerüchte gestreut und Frauen überredet hat, damit sie …«

»Sophia soll das gewesen sein?« Mrs Donald stieß ein abfälliges Lachen aus. »Sophia hat zwar nie einen Zweifel daran gelassen, dass sie mich nicht leiden konnte, aber diese Geschichte war nicht auf ihrem Mist gewachsen.«

»Was wollen Sie damit sagen?«, fragte Ethan und runzelte die Stirn.

Die Frau atmete tief durch. »Ich habe es damals alles geglaubt, es sah so eindeutig aus. Diese Geschichten, die ich über Thomas hörte. Erst Jahre später hat eins der Mädchen, das in diese Gemeinheit verstrickt war, Kontakt zu mir aufgenommen. Sie hat ein schlechtes Gewissen bekommen, nach all den Jahren!« Mrs Donald lachte bitter.

»Und was hat diese Frau gesagt?«, wollte Spring wissen.

»Sie sagte, dass das Ganze nur ein Fake war. Dass sie und die anderen Frauen dafür bezahlt worden waren, die Gerüchte zu bestätigen. Bis dahin dachte ich immer, er hätte nur mit mir gespielt.« Sie machte eine Pause, ein wehmütiger Ausdruck legte sich auf ihr Gesicht. »Aber es war zu spät. Ich war längst mit Matt verheiratet und hatte meine erste Tochter bekommen.«

»Und hat die Frau Ihnen auch verraten, wer sie bezahlt hat?«, fragte Ethan gespannt.

Mrs Donald nickte. »Es war Ihre Mutter, Mrs Monica Fowler. Sie hat mir vorher schon monatelang Gerüchte über Thomas erzählt. Dabei war sie erst ein halbes Jahr zuvor hier in Wales aufgetaucht. Ich hätte stutzig werden müssen, dass sie angeblich so viel über Thomas wusste. Sie hat sich mit mir befreundet, und ich habe viel zu spät bemerkt, dass sie ebenfalls in Thomas verliebt war, oder besser gesagt, in sein Vermögen und das Schloss. Wenn Sie mich fragen, dann ist dieses Miststück nur deshalb hierhergekommen, um sich an Thomas heranzumachen. Und es fiel ihr nicht schwer, seine Freundin auszuschalten.«

Spring und Ethan starrten sie einen Moment lang verdutzt an. Aber diese Geschichte schien viel glaubwürdiger als die Behauptung, dass Sophia Gerüchte gestreut und die Frauen bestochen hatte. Auch wenn es sich um unfassbar schwere Vorwürfe handelte.

»Und jetzt entschuldigen Sie mich, ich habe eine Familie, und die wartet auf ihr Sonntagsessen.« Mrs Donald schlug ihnen die Tür vor der Nase zu.

Als sie wenig später wieder in Ethans Cabrio saßen, schwirrte Spring der Kopf. Warum hatte Sophia die Schuld auf sich genommen, wenn Monica hinter der ganzen Sache steckte? Spring war absolut sicher, dass diese Intrige von Ethans Mutter ausging. Monica hatte sich unmöglich benommen, als Spring ihr gestern Morgen in Daffodil Castle begegnet war. Ein solch niederträchtiges Verhalten traute sie ihr ohne Weiteres zu. Monica hatte auch Ethan und Spring auf ähnliche Weise auseinandergebracht und handelte offenbar aus eigennützigen Motiven. Sie hatte eine Konkurrentin aus dem Weg geräumt, um Thomas zu gewinnen, der eine gute Partie war.

»Ich frage mich, wieso dein Vater so einfach umgeschwenkt ist«, überlegte Spring laut. Seit sie Bernice Donald verlassen hatten, hatte Ethan noch kein einziges Wort gesagt. »Ich meine, er war doch anscheinend bis über beide Ohren verliebt in diese Bernice. Warum hat er nicht versucht, sie zurückzugewinnen, als sie ihn nach diesen ganzen falschen Vorwürfen verlassen hat? Warum hat er nicht versucht, sich zu rechtfertigen? Zu beweisen, dass er unschuldig ist?«

»Vielleicht gab es diese Versuche ja«, warf Ethan ein.

»Jedenfalls muss er bald darauf mit deiner Mutter zusammengekommen sein, der angeblichen Freundin von Bernice«, fuhr Spring fort. »Hatte er vorher schon ein Auge auf Monica geworfen, reizte sie ihn vielleicht sogar noch mehr als Bernice, und er war dankbar dafür, dass er seine alte Freundin auf diese Weise losgeworden war?«

»Aber warum war er dann so sauer auf seine Mutter, die vermeintliche Intrigantin, dass er sie aus seinem und sogar aus eurem Leben verbannt hat?«

»Du hast recht, das macht alles keinen Sinn.« Ethan kratzte sich am glatt rasierten Kinn. »Und ich verstehe auch die Wut meiner Mutter auf Sophia nicht. Sie ist doch eindeutig die Gewinnerin bei diesem Skandal. Auch wenn mein Vater nie den Eindruck gemacht hat, sonderlich verliebt in sie zu sein. Ich kenne ihn als knallharten Geschäftsmann, der in seinem Job rücksichtslos agiert. Aber zu Hause bringt er es nicht fertig, Farbe zu bekennen. Manchmal denke ich, meine Mutter hat ihn irgendwie in der Hand.«

»Wenn Bernice recht hat, dann war es Monica, die dafür

gesorgt hat, dass Sophia nach London verbannt wurde«, überlegte Spring. Sie nahm die schöne Küstenlandschaft, durch die sie fuhren, kaum wahr. Die Sonne wärmte ihre Haut und schien auf das weiche Leder des Cabrios.

»Aber wieso hat meine Großmutter das alles mitgemacht?«, fragte Ethan und sprach damit erneut die entscheidende Frage aus.

»Ich fürchte, das kann uns nur Sophia selbst beantworten«, seufzte Spring. »Oder Monica, aber die wird bestimmt nichts verraten.«

Ethan nickte verbissen. »Es tut mir total leid, dass ich dich in diese Geschichte mit hineingezogen habe. Sie sollte eigentlich gar nicht dein Problem sein.«

»Oh doch«, wehrte Spring ab. »Ich will Sophia helfen, wegen ihr bin ich hergekommen. Ich wollte, dass sie endlich ihre Enkel kennenlernt.«

»Das wird sie auch.« Ethan lächelte Spring an. »Ich bin sehr glücklich, dass ich so unverhofft eine Großmutter gefunden habe.«

»Und Sophia hat sich sehr darüber gefreut, dass du uns besucht hast, nachdem deine Eltern uns heute Morgen aus dem Schloss geworfen haben.« Spring erwiderte sein Lächeln. Leider musste er wieder auf die Straße sehen, am liebsten wäre sie noch viel länger in seinen dunklen Augen versunken.

»Aber jetzt bist du dran.« Ethan trommelte auf das edle Lenkrad. »Was hältst du von einem Besuch auf der Farm?«

»Nein.« Spring verschluckte sich beinahe, so vehement hatte sie ihm widersprochen. »Das bring ich einfach nicht fertig.«

»Ich bin doch bei dir. Keine Sorge, das wird schon gut gehen.« Ethan legte seine Hand ganz kurz auf ihren Arm, und seine Berührung hinterließ ein Kribbeln auf ihrer Haut.

»Außerdem bin ich neugierig auf die berüchtigte Season Family. Als wir Kinder waren, haben wir immer im Schlosspark gespielt, ich war kein einziges Mal bei euch auf der Farm.«

»Und das hatte auch seinen Grund«, stöhnte Spring. »Es ist mir peinlich. Ich weiß schon, warum ich so lange nicht mehr hier war. Und du bist so viel Besseres gewöhnt.«

»Was denn? Eine Familie, die sich belügt, in der die Eltern den Kindern ihre Großmutter vorenthalten und niemand die Wahrheit sagt? In der man sich sogar des Mordes beschuldigt?« Er warf ihr einen traurigen Blick zu. »Bei den Seasons liegt wenigstens alles offen.«

»Zu offen«, murmelte Spring.

»Ich bin bei dir, okay?« Er fasste nach ihrer Hand und drückte sie kurz. »Aber je länger du es vor dir herschiebst, umso schwieriger wird es.«

»Ich fahre einfach nach London zurück, sobald wir Sophias Geheimnis kennen. Wer sagt, dass ich auf der Farm vorbeischauen muss?« Erleichterung breitete sich in Spring aus, als sie an diese Möglichkeit dachte.

»Du würdest dir bestimmt Vorwürfe machen, wenn du deine Familie nicht besuchen würdest«, warf Ethan ein.

»Vielleicht«, seufzte Spring.

»Ganz bestimmt«, korrigierte Ethan sie lächelnd.

Während sie sich Nefyn näherten, wurde Spring immer übler. Sie hatte nicht die Kraft, auf die Farm zurückzukehren. Kurz bevor sie in die Auffahrt einbogen, fasste sie nach Ethans Arm. »Ich will das nicht.«

Ethan trat auf die Bremse und blieb mitten auf der schmalen Straße stehen. Er drehte sich zu Spring. »Ich kann das gut verstehen, aber es ist wirklich wichtig, dass du das jetzt hinter dich bringst. Denn dein Fortgehen war doch nichts anderes als eine Flucht, oder?«

Spring zuckte unsicher mit den Schultern. Sie starrte die Auffahrt hinauf. »Und?«

»Meinst du nicht, dass deine Unentschlossenheit, die Orientierungslosigkeit, über die wir vorhin gesprochen haben, genau daher rührt?« Ethan hatte den Leerlauf eingelegt. »Genauso, wie ich erst wissen muss, was damals genau geschehen ist, warum meine Großmutter aus meinem Leben gestrichen wurde, musst auch du mit deiner Vergangenheit aufräumen.«

Spring schluckte gegen die Übelkeit an. Sie betrachtete die tiefen Schlaglöcher in der Auffahrt, die die Vernachlässigung der Farm deutlich zeigten. Ohne das Haus wiedergesehen zu haben, wusste sie, dass sich nichts verändert hatte. Aber ihr war klar, dass Ethan recht hatte. Sie musste erst mit ihrer Vergangenheit ins Reine kommen, bevor sie sich um die Zukunft kümmern konnte. »Vielleicht in ein paar Tagen? Ich weiß nicht, ob ich heute schon die Kraft dafür habe.«

Ethan löste den Sicherheitsgurt, um sich noch weiter zu ihr zu drehen. Er fasste nach ihren Händen und hielt sie fest. »Vielleicht hinkt der Vergleich, aber das ist so ähnlich wie bei den Firmen, die ich kaufen musste, nur um sie hinterher zu zerschlagen. Ich musste mit den Inhabern sprechen, oft waren diese Betriebe seit langer Zeit in Familienbesitz. Mir sind diese Gespräche immer sehr schwergefallen, in denen ich ihnen sagen musste, dass wir ihr Lebenswerk zerstören werden, und ich habe sie anfangs gern aufgeschoben. Doch je weiter ich es hinausgezögert habe, umso schlimmer wurde es, und zwar nicht nur für mich, sondern auch für die Menschen, deren Hoffnungen und Leben ich zunichtemachen musste. Ich habe mir daher angewöhnt, schwierige Aufgaben oder Dinge, die mich belasten, möglichst sofort zu erledigen. Das erleichtert mich, denn auch wenn solche Gespräche meistens schlecht laufen, ist es ein gutes Gefühl, die Sache geklärt zu haben. Und es ist nur fair dem anderen gegenüber, der dann wenigstens weiß, woran er ist.«

Seine dunklen Augen lagen forschend auf ihr und verursachten ein Flattern in ihrem Bauch. Sie flüsterte: »Okay.«

Ethan hielt noch immer ihre Hand. Diese Berührung war vertraut und fremd zugleich.

Spring lächelte schwach. Tatsächlich war es ein tröstender Gedanke, dass Ethan bei ihr war. Eigentlich schämte sie sich so sehr für ihre Eltern, für die Farm, für das Leben, das sie sechzehn Jahre lang geführt hatte, dass sie es lieber vermieden hätte, einen Fremden mit hierher zu bringen. Aber Ethan war kein Fremder, er hatte einmal unendlich viel für sie bedeutet, und er hatte heute erfahren, dass er von seinen Eltern belogen worden war, er hatte sich ihr von seiner verletzlichen Seite gezeigt und war genau wie sie auf der Suche nach seiner Zukunft. Er hatte ihr sein Vertrauen geschenkt und war ehrlich zu ihr gewesen, sodass sie ihm gegenüber in diesem Moment keinerlei Scham oder Hemmungen empfand.

Ethan startete den Wagen wieder und bog in die Einfahrt zum Hof. Der Weg war noch immer von vertrockneten Hecken gesäumt, die Schlaglöcher waren noch tiefer geworden, und Spring fühlte sich wieder wie damals. Angst stieg in ihr auf, wie jedes Mal, wenn sie heimgekehrt war. Was würde sie vorfinden? Würden ihre Eltern überhaupt mitbekommen, dass sie zurück war? Wieder überfielen sie Fluchtfantasien, und sie sah schnell zu Ethan hinüber, der ihr aufmunternd zulächelte.

Und dann kamen die Gebäude in Sicht. Spring sog scharf die Luft ein, als sie den zunehmenden Verfall bemerkte. Irgendwann im letzten Jahrhundert war diese Farm einmal eine stattliche Ansammlung von Gebäuden gewesen. Das zweistöckige, einst gelbe Farmhaus hatte schon in der Vergangenheit großen Familien ein Zuhause geboten. Als Springs Eltern die Farm gekauft hatten, war sie noch in guter Verfassung gewesen, wie Bilder aus dieser Zeit dokumentierten. Erst durch die Vernachlässigung in den letzten dreißig Jahren war sie völlig heruntergekommen. Spring starrte entsetzt auf die Löcher in der Fassade, wo der Putz abgebröckelt und die darunterliegenden Steine aus der Mauer gefallen waren. Sie waren nie ersetzt worden. Eine Scheibe im Erdgeschoss – Spring wusste, dass sie zu einem Fenster der Wohnküche gehörte – war anscheinend zerbrochen und jetzt mit Pappe repariert worden. Dachrinnen hingen lose am Sims, Moos hatte sich auf den Ziegeln gebildet. Die Farbe der Fensterrahmen und Türen war abgeblättert. Und auch die Nebengebäude sahen nicht besser aus. Geradeaus befand sich der Farmshop in einem ehemals weißen, jetzt fleckigen Gebäude. Über das Dach war eine blaue Folie gespannt, die vermutlich Regen abhalten sollte. Die Scheunen zu ihrer Rechten waren in einem ähnlich schlechten Zustand.

»Oh mein Gott!« Spring schlug die Hand vor den Mund und starrte entsetzt auf die Überreste ihres Elternhauses. »Dass hier überhaupt noch jemand wohnen kann!«

»Wenn hier nicht bald renoviert wird, kann man die Häuser nur noch abreißen«, pflichtete Ethan ihr bei.

»Es sah immer schon leicht heruntergekommen aus, aber in den letzten acht Jahren scheint es noch viel schlimmer geworden zu sein.« Spring löste den Sicherheitsgurt – wenn sie jetzt nicht ausstieg, würde sie es sicher nicht mehr fertigbringen.

»Oh Mist!«, hörte sie Ethan schimpfen, als sie um den Wagen herumging.

Er war mitten in einem Kuhfladen gelandet.

»Was machen die Kühe denn überhaupt im Hof? Sollten die nicht auf der Weide ihr Geschäft erledigen?«, fragte er und schüttelte den stinkenden Dung von seinen teuren Lederschuhen.

Spring hätte vermutlich geschmunzelt, wenn sie nicht so angespannt gewesen wäre. »Die Kühe werden über den Hof getrieben, wenn sie auf die Weide und später wieder in den Stall gebracht werden.«

Ethan atmete tief durch, dann grinste er. »Na ja, das soll Glück bringen. Also – wollen wir?«

Spring nickte. Ihr war entsetzlich flau im Magen. Mit weichen Knien ging sie in Richtung des Wohnhauses, das die gesamte linke Seite des weitläufigen Hofes einnahm. In den Blumenkästen vor den Fenstern steckten noch die verdorrten Überreste der Blumen aus einem der letzten Jahre. Ein Paar Gummistiefel stand neben der Tür, mit Moos und Efeu überwuchert. Spring wollte gerade den Türklopfer betätigen – eine Klingel hatte es nie gegeben –, als die Tür geöffnet wurde.

»Spring?«, fragte Autumn mit leiser, unsicherer Stimme. Sie trug einen ausgeleierten braunen Strickpullover, darunter einen ausgewaschenen geblümten langen Rock und Gesundheitssandalen. Ihre langen dunkelblonden Haare trug sie zum Pferdeschwanz gebunden. Sie hatten denselben Ton wie Springs Haare, nur dass Spring ihre immer schwarz gefärbt hatte. Allmählich war die Farbe jedoch herausgewachsen, und seit Spring bei Sophia angefangen hatte, hatte sie ihre Haare nicht mehr nachgedunkelt und auch nicht abrasiert.

»Hi.« Spring grinste verlegen und überlegte, ob sie ihre Schwester, die sie seit acht Jahren nicht mehr gesehen hatte, in den Arm nehmen oder ihr die Hand reichen sollte. Sie entschied sich für die Umarmung und zog ihre Schwester an sich.

Nachdem sie sich wieder von ihr gelöst hatte, betrachtete sie ihre jüngste Schwester genauer. Autumn wirkte noch genauso zurückhaltend und schüchtern wie damals, als Spring den Hof verlassen und Autumn gerade fünfzehn Jahre alt gewesen war. Sie war hübsch geworden, schien sich aber nicht im Geringsten um ihr Aussehen zu kümmern, wie die unvorteilhaften Klamotten und das ungeschminkte Gesicht verrieten. Nicht, dass Spring darauf stand, sich besonders herzurichten, aber für sie war es immer ein Teil ihrer Persönlichkeit, eine Möglichkeit, sich auszudrücken, wenn sie schwarze Sachen anzog und dicken dunklen Kajal und Lippenstift auftrug. Auf diese Weise konnte sie sich möglichst weit von den Blümchenkleidern und bunten Kordhosen ihrer Kindheit distanzieren.

»Dürfen wir reinkommen?«, fragte sie und warf einen Blick an ihrer Schwester vorbei ins Halbdunkel des Korridors.

»Oh, ja, natürlich.« Autumn trat zur Seite und ließ Ethan und Spring ins Haus.

Es roch muffig, nach abgestandener Luft und Katzenpisse. Spring erinnerte sich daran, dass die Tiere, die sich unkontrolliert auf dem Hof vermehrten, gern durch die Hintertür, die immer offen gestanden hatte, ins Haus gekommen waren und jeden Winkel belegt hatten. Einmal hatte Spring eine gebärende Katze in ihrem Bett gefunden. Und auch wenn die Kätzchen natürlich süß gewesen waren und die Mutter alles so sauber wie möglich geleckt hatte, war der blutige Fleck auf ihrer Matratze bis zu Springs Auszug da gewesen. Da das jedoch längst nicht das Schlimmste gewesen war, was sie in ihrem Bett gefunden hatte, konnte sie heute beinahe darüber lachen.

Autumn war unentschlossen neben der Haustür stehen geblieben, während Spring in die Wohnküche ging, die links von ihnen lag und die Hälfte des unteren Stockwerks einnahm. Seit Jahrhunderten war in diesem Raum wohl gekocht und gegessen worden, man hatte hier zusammengesessen, dies war immer das Zentrum des Hauses gewesen, schon lange bevor die Seasons hier eingezogen waren.

Erschrocken blieb Spring in der Küche stehen. »Autumn, was ist hier passiert?«

Ihre Schwester war ihr mit gesenktem Kopf gefolgt. »Ich … es tut mir leid. Ich habe es nicht geschafft, aufzuräumen.«

Spring betrachtete das Durcheinander. In der Spüle stapelte sich das Geschirr, das sich seit Tagen dort angesammelt haben musste. Die Essensreste waren längst eingetrocknet. Werbezeitungen häuften sich neben dem vollkommen verrußten und verklebten Herd, auf dem Küchentisch türmten sich schmutzige Töpfe, zerfledderte Bücher, Tablettenschachteln, halb heruntergebrannte Kerzen, schimmeliges Brot, das in einer Klarsichttüte steckte, angebrochene Kekspackungen, Tabak und weiterer Unrat. Der Fußboden war völlig verdreckt, eine alte Kartoffel lag vor dem Küchenschrank, dessen Türen offen standen und eine umgefallene Cornflakes-Packung offenbarten, daneben ein Glas mit verdorbener Marmelade und ein Toastbrot, dessen Scheiben ebenfalls von einer grünlichen pelzigen Schicht überzogen waren.

»Oh Gott, Autumn!« Spring sah ihre Schwester fassungslos an. »Wie kannst du so leben? Wo sind Mum und Dad?«

Autumn deutete mit dem Finger zur Zimmerdecke. »Sie schlafen noch.«

»Gibt es hier irgendwo große Müllsäcke?«, mischte sich Ethan ein und trat an die Spüle, um den Durchlauferhitzer einzuschalten.

Autumn errötete und deutete auf den Unterschrank der Spüle.

Während Ethan sich durch das Chaos unter der Spüle wühlte, eine große Flasche mit Spülmittel hervorkramte und schließlich eine Rolle Abfalltüten fand, standen beide Schwestern unschlüssig neben der Tür. Spring tat Autumn plötzlich unfassbar leid. Sie hätte sich nach ihr erkundigen, hätte für ihre Schwester da sein müssen. Aber Summer hatte doch erwähnt, dass sie sich regelmäßig um die drei hier kümmerte – hatte sie den Schmutz und die Verwahrlosung nicht gesehen?

»Hat Summer denn nichts dazu gesagt?«, wandte Spring sich an ihre Schwester.

Autumn schüttelte den Kopf. »Sie kommt immer wieder und hilft mir beim Aufräumen. Aber wenn sie eine Weile nicht da war … dann wächst mir das alles über den Kopf. Und die Kühe schreien, wenn sie nicht gemolken werden …« Autumn starrte zu Boden.

Unwillkürlich legte Spring den Arm um ihre Schwester und zog sie an sich. »Das alles ist nicht deine Sache, Mum und Dad müssen dafür sorgen, dass der Laden läuft.«

Autumn zuckte mit den Schultern und wich Springs Blick aus.

»Wirft die Farm denn überhaupt noch was ab?«, fragte Ethan, der inzwischen heißes Wasser ins Spülbecken eingelassen hatte. »Als ich gestern Mittag bei dir im Shop war, kamen mir die Regale eher leer vor.«

Wieder zuckte Autumn mit den Schultern. Spring hatte den Eindruck, sie würde sich am liebsten unsichtbar machen.

»Wovon lebt ihr denn? Du, Mum und Dad?«, bohrte Spring nach.

»Es ist … Du weißt ja, wie es mit ihnen ist.« Autumn deutete wieder zur Decke. »Solange sie was zu rauchen haben … Summer bezahlt die meisten Rechnungen.«

»Was? Aber wie kann sie sich das leisten?« Spring sah von ihrer Schwester zu Ethan, der genauso überrascht wirkte.

Autumn zuckte nur ein weiteres Mal stumm mit den Schultern.

Es dauerte drei Stunden, bis sie die Küche aufgeräumt hatten, die nun einigermaßen ordentlich aussah. Die Arbeitsflächen und der Tisch waren von dem Chaos befreit, sie hatten das schmutzige Geschirr gewaschen, die Schränke ausgeräumt und die stinkenden, gammligen Reste entsorgt.

»Ein Wunder, dass hier noch keine Ratten hausen.« Ethan reichte Autumn das Geschirrhandtuch, damit sie es in die Wäsche brachte.

»Es gibt hier jede Menge Katzen«, erklärte Spring. »Wie du vermutlich riechen kannst.«

»Auch dagegen muss man etwas unternehmen.« Ethan trat in den Flur hinaus. »Das kann unmöglich gesund sein. Die Tiere müssen kastriert werden.«

Spring konnte ihm nur zustimmen. Sie strich sich mit dem Handrücken über die Stirn und sah sich in dem engen, mit klapprigen Möbeln zugestellten Flur um.

In diesem Moment tauchte am oberen Ende der Treppe eine Gestalt auf. Spring hielt unwillkürlich die Luft an. Es dauerte eine Weile, bis sie im Zwielicht ihre Mutter erkannte, die sich an der verblichenen Tapete entlangtastete und keinen von ihnen wahrzunehmen schien. Erst als sie die letzte Stufe erreicht hatte, blinzelte sie und hielt inne, ehe sie verschlafen und erstaunt von Spring zu Ethan sah.

»Spring?« Sie kniff die Augen zusammen und betrachtete ihre Tochter. Dann breitete sich ein Lächeln auf ihrem Gesicht aus. »Tatsächlich, du bist es! So lange habe ich nichts mehr von dir gehört – das ist ja fabelhaft, dass du da bist.« Sie breitete ihre Arme aus, und Spring ließ es zu, dass sie sie an sich zog. Sie konnte den Alkohol in ihrem Atem riechen.

»Und wer ist das?«, fragte Leah Season, als sie sich wieder von ihrer Tochter löste. »Ist das dein Freund?«

»Das ist Ethan Fowler«, stellte Spring ihn vor.

»Hi, Mrs Season.« Ethan reichte ihr die Hand.

Doch ehe sie sie ergreifen konnte, zuckte Springs Mutter zusammen.

»Au.« Sie fuhr sich mit der Hand an den Kopf. »Zu viel Gin gestern Abend.« Sie tastete sich in die Küche vor. »Autumn, Liebling? Sei so gut und mach Mummy einen starken Kaffee, wenn noch Pulver da ist, ja?« Als sie den Esstisch erreicht hatte, ließ sie sich auf einen der Stühle fallen und öffnete vorsichtig die Augen. Dass die Küche sauber und aufgeräumt war, schien sie nicht zu bemerken. Sie wandte sich an Ethan. »Von der Biolandwirtschaft zu leben ist auch nicht mehr das, was es mal war. Wir sind momentan etwas knapp bei Kasse, daher kann Autumn euch auch nichts anbieten. Oder, Schätzchen, haben wir irgendwas da, was wir unseren Gästen servieren können? Hier waren doch gestern noch Kekse auf dem Tisch.«

Spring wurde übel, wenn sie nur daran dachte, etwas von den vergammelten Keksen zu essen, die sie vorhin in den Müll geworfen hatte.

»Ich könnte mal im Laden nachsehen …«, murmelte Autumn.

»Nein, schon gut. Nur keine Umstände«, sagte Ethan und hob abwehrend die Hand.

Spring biss sich auf die Unterlippe und unterdrückte die Bemerkung, dass sie noch nie von der Farm hatten leben können. Solange sie denken konnte, hatten sie unter chronischem Geldmangel gelitten. Allerdings war es gut möglich, dass ihre Eltern damals noch etwas mehr verdient hatten, aber sie gaben schon immer jeden Penny für irgendwelche Drogen aus, und daran schien sich nicht viel geändert zu haben. Spring wusste selbst nur zu gut, wie teuer das Zeug war und wozu es einen bringen konnte. Seit sie bei Sophia gelandet war, hatte sie nichts mehr angerührt. Sie wusste aber, wie verlockend es war, der Wirklichkeit für ein paar Stunden zu entfliehen, indem man sich einen Joint oder auch härtere Drogen gönnte. Das Problem war nur, dass man allzu schnell die Kontrolle darüber verlor, und das schien bei David und Leah Season schon lange der Fall zu sein.

Am liebsten wäre Spring aus der Küche gestürmt und nach London zurückgefahren. Hier hatte sich nichts geändert, ganz im Gegenteil. Doch genau das war es, was sie letztlich davon abhielt. Autumn war offensichtlich überfordert mit der Verantwortung, die auf ihr lastete. Und Spring hatte nicht nur Autumn zurückgelassen, sondern auch Summer. Und selbst wenn es so aussah, als ob ihre ältere Schwester alles gut geregelt bekam, schien sie die Situation absolut nicht im Griff zu haben.

»Mum, ist dir eigentlich klar, dass Autumn das hier nicht allein stemmen kann?« Spring stützte sich mit den Händen auf der Tischplatte ab und beugte sich vor. »Sie ist doch nicht euer Hausmädchen. Wenn du Kaffee möchtest, mach dir gefälligst selbst einen. Und wenn du Kopfschmerzen hast, dann trink weniger und dröhn dich nicht so zu.«

Autumn, die gerade die Reste aus der Kaffeedose in eine Stempelkanne füllte, verharrte einen Moment lang.

Ihre Mutter zog die Augenbrauen so hoch, dass sie beinahe ihren Haaransatz berührten. »Wow, was soll das denn? Du bist doch der Frühling, Spring. Leicht und luftig, nicht so böse und dunkel, wie du dich anziehst.« Wieder fasste sie sich mit schmerzverzerrtem Gesicht an die Stirn. Dann wandte sie sich an ihre jüngste Tochter. »Wir kommen hier ganz prima zurecht, nicht wahr, Süße?« Sie versuchte sich zu Autumn umzudrehen, doch die Kopfschmerzen schienen sie daran zu hindern. Sie stöhnte auf. »Dabei lohnt es sich kaum noch, eine Farm zu betreiben. Und noch viel weniger, wenn man alles rein biologisch herstellen will.«

Wut stieg in Spring auf, genau wie damals, als sie von hier abgehauen war. Sie schnaubte. »Und wer ist *man*? Kümmert ihr euch denn überhaupt um das Obst und um die Tiere? Oder überlasst ihr das alles Autumn?«

»Ich mag nicht, wenn du so bist.« Leah griff nach Springs Hand. »Wir wollen uns doch lieber vertragen. Lass uns nicht streiten. Das Leben ist viel zu schön, um böse aufeinander zu sein.«

Spring atmete tief durch. So war es immer schon gewesen. Probleme gab es nicht. Natürlich nicht, weil die vier Mädchen es immer irgendwie geschafft hatten, sie so weit zu lösen, dass das Leben auf der Farm gerade so funktioniert hatte. Doch sie hatten alle das sinkende Schiff verlassen, und als nur noch Autumn übrig geblieben war, um das Wasser wegzuschöpfen, musste es unweigerlich untergehen. Sie hätte Autumn nicht einfach zurücklassen dürfen. Ihre Eltern waren im Grunde immer schon die Kinder gewesen, um die sich die vier Schwestern kümmern mussten. Aber genau das war Spring damals so leid gewesen, dass sie ihre Sachen gepackt hatte und abgehauen war.

Autumn kam mit der Tasse dampfendem Kaffee zum Tisch und stellte sie vor ihre Mutter.

»Ich muss gehen.« Spring richtete sich abrupt auf. Sie brauchte Abstand. »Ich komme morgen wieder und bringe euch ein bisschen Kaffee mit.«

Wenn sie mehr Geld hätte, würde sie ihrer Schwester mal eine ordentliche Mahlzeit spendieren, dachte sie, aber sie hatte ja selbst kaum genug, um über die Runden zu kommen.

»Mrs Season, Autumn.« Ethan nickte den beiden zu, dann schob er Spring durch den Flur zur Haustür.

Als sie draußen im Hof standen, atmete Spring tief durch. Sie wich Ethans Blick aus.

»Hey.« Er trat vor sie und hob mit der Hand ihr Kinn, wie er es früher so oft getan hatte, sodass sie ihn ansehen musste. »Das ist nicht deine Schuld. Ich weiß nicht einmal, ob man deinen Eltern einen Vorwurf machen kann, sie scheinen vollkommen überfordert zu sein.«

»Das waren sie schon immer«, stieß Spring aus. Sie war völlig verzweifelt über die Situation auf der Farm, und gleichzeitig löste Ethans sanfte Berührung eine Erregung in ihr aus. Noch immer stützten seine Finger ihr Kinn. Leise fuhr sie fort: »Deshalb bin ich gegangen, aber ich befürchte, das war egoistisch. Ich habe nie darüber nachgedacht, wie es Autumn damit geht. Dass wir sie einfach hier allein zurückgelassen haben! Ich habe mich acht Jahre lang nicht gemeldet. Ich bin eine schreckliche Schwester.« Tränen stiegen in ihr auf.

Ethan zog sie in seine Arme. Sie nahm den Duft seines Aftershaves nach Bergamotte und salziger Meeresluft wahr. Sofort erinnerte sich ihr Körper an seinen, sie schmiegte sich an ihn, und plötzlich war es, als hätten die letzten Jahre gar nicht existiert. Keine Minute schien vergangen zu sein, seit sie das letzte Mal in seinem Arm gelegen und seine Nähe geatmet hatte. Er war so groß, dass ihr Kopf nur bis an seine Brust reichte. Mit einer Hand streichelte er beruhigend über ihren Rücken, die andere lag sanft an ihrem Kopf.

»Du bist nicht für das hier verantwortlich«, flüsterte er. »Du bist nur ein Opfer, genau wie deine Schwestern, und es war die beste Lösung für dich, erst einmal Abstand zu allem hier zu bekommen.«

Spring konnte nur nicken, es fühlte sich wundervoll an, in seinen Armen zu liegen, ließ sie aber auch die Fassung verlieren. Spring war körperliche Nähe nicht gewohnt, und diese freundschaftliche Geste war mehr, als sie verkraften konnte. Sie weinte lautlos an seiner Brust und spürte, wie das teure

Hemd nass wurde. Erschrocken löste sie sich von ihm und fuhr über die feuchte Stelle.

Glücklicherweise war ihre schwarze Schminke wasserfest, und es schien nichts Schlimmeres passiert zu sein.

Erst als sich ihre Blicke begegneten, merkte sie, dass sie die ganze Zeit über Ethans Brust streichelte.

»Oh, sorry.« Sie hielt erschrocken inne.

»Nein, das war schön«, erwiderte er und sah sie so zärtlich an, dass alles in ihr in Aufruhr geriet. Wärme sammelte sich in ihrem Bauch, und wie von selbst näherten sich ihre Lippen einander. Spring musste sich auf die Zehenspitzen stellen, und dann, ganz langsam, tastend, vorsichtig, fragend, berührten sie sich. Erst lagen ihre Münder nur aufeinander, Spring sog den süßen Duft seiner Haut ein, hörte seine lauten, aufgeregten Atemzüge. Die Wärme in ihrem Bauch wurde zu einem kitzelnden Feuer. Vergessen war die Farm um sie herum, der Dreck und Gestank, alles schrumpfte auf Ethan zusammen, der seine Hände noch immer auf ihrem Rücken und an ihrem Hinterkopf liegen hatte. Und dann öffneten sich Tore, der Kuss wurde intensiver, ihre Lippen sogen sich fest, und ihre Zungen spielten miteinander und ließen Springs ganzen Körper in Flammen aufgehen. Ethans Finger strichen zärtlich, dann wieder wild, durch ihre kurzen Haare, ihre Atemzüge vermischten sich. Lange standen sie so im Hof der Farm, bis sie sich irgendwann voneinander lösten.

»Es tut mir leid.« Ethan rang nach Luft. »Ich hätte deine Verletzlichkeit nicht ausnutzen dürfen.«

»Nein, schon gut. Ich wollte es, es war schön«, versuchte Spring ihn zu beruhigen. Dann zog sie die Augenbrauen zusammen. »Behandle mich nicht wie ein Porzellanpüppchen. Schließlich habe ich deine Verletzlichkeit genauso ausgenutzt wie du meine.«

Er grinste. »Stimmt.« Und dann zog er sie wieder an sich, umarmte sie und küsste zärtlich ihre Stirn. »Ich habe das so sehr vermisst in den letzten Jahren. Weißt du, ich habe nie aufgehört, mich nach dir zu sehnen.«

»Ich hab auch viel an dich gedacht«, sagte Spring, und es stimmte. In all den Jahren war die gemeinsame Zeit mit Ethan eine der wenigen schönen Erinnerungen für sie gewesen.

Eng umschlungen gingen sie zurück zu seinem Cabrio.

Als sie wieder in dem Wagen saßen und langsam die Einfahrt hinunterfuhren, nahm Ethan Springs Hand in seine und hielt sie fest. »Glaubst du, dass deine Eltern allein aus der Sache rauskommen? Diese Häuser sind ziemlich alt, die stehen sicher unter Denkmalschutz«, sagte Ethan.

Spring nickte. Sie erinnerte sich daran, dass früher manchmal darüber gesprochen wurde, dass bestimmte Reparaturen nur unter bestimmten Auflagen ausgeführt werden durften.

»Dann könnte es für sie teuer werden, die Farm zu renovieren.« Ethan bog auf die schmale Landstraße ab, die Richtung Nefyn führte, um von dort aus die Küstenstraße zurück nach Bangor zu nehmen.

»Dabei haben sie nicht mal genug Geld für neuen Kaffee«, sagte Spring niedergeschlagen. »Ich muss mit Summer sprechen, das geht so nicht weiter. Anscheinend hat sie in den letzten Jahren einiges bezahlt. Ach, wenn ich ihnen nur irgendwie helfen könnte, besonders Autumn, sie tut mir echt leid.«

»Ja, das geht mir genauso. Autumn wirkt so ängstlich und unsicher. Aber du bist nicht ihre Mutter, es ist nicht deine Aufgabe, die ganze Familie zu retten.« Er zögerte. »Und die Farm scheint mir nicht ihr größtes Problem zu sein. Ich denke, deine Eltern, und vermutlich auch deine Schwester, brauchen eine Therapie. Sie müssen vom Alkohol und von den Drogen wegkommen, und Autumn muss endlich Selbstvertrauen gewinnen.«

»Den Entzug brauchen meine Eltern schon solange ich denken kann, aber ich bezweifle, dass sie jemals dazu bereit sein werden«, sagte Spring seufzend.

»Autumn müsste ausziehen«, überlegte Ethan, »das wäre vermutlich die einzige Möglichkeit, ihnen klarzumachen, dass es so nicht weitergeht. Aber deine Schwestern Summer und Autumn sorgen schon seit Jahren dafür, dass eure Eltern ihre Sucht ausleben können. Die eine bezahlt die Rechnungen, die andere erledigt die Arbeit auf der Farm, die eigentlich deine Eltern machen sollten. Sämtliches Geld, das die beiden in die Finger bekommen, setzen sie in Drogen um. Solange dieses System funktioniert, gibt es keinen Grund für sie, etwas zu ändern.«

»Aber was ist mit den Kühen und den anderen Tieren?«, warf Spring ein, die zugeben musste, dass Ethan nicht ganz unrecht hatte. »Wenn Autumn geht, wird niemand die Kühe melken, und die Katzen, Schafe und Hühner werden verhungern.«

Spring hielt sich an Ethans Hand fest, sie konnte keinen klaren Gedanken fassen. Einerseits fühlte sie sich schlecht und schuldig wegen Autumn, andererseits spürte sie immer noch dieses Feuer in sich, das ihren Bauch kribbeln und ihr Herz schneller schlagen ließ. Sie hatte Ethan erst gestern Morgen wiedergesehen, aber es kam ihr vor, als wären sie nur wenige Wochen voneinander getrennt gewesen.

»Wenn du möchtest, gebe ich dir das Geld, das deine Eltern brauchen, um die Farm wieder aufzubauen.« Ethan streichelte ihre Hand.

»Was?«, fragte Spring verwundert. »Warum?«

»Ich schenke es dir.« Ethan schien zu bemerken, dass sie unsicher war. »Wirklich. Ich habe mehr als genug. Mit drei-

oder vierhunderttausend Pfund könnten sie die Gebäude sanieren und den Betrieb modernisieren.«

»Die Farm war nie wettbewerbsfähig und wird es auch nie sein«, sagte Spring leise. »Warum willst du das tun?«

»Ich weiß es nicht.« Er warf ihr einen kurzen, hilflosen Blick zu. »In den letzten Jahren musste ich oft skrupellos vorgehen, um Gewinne zu erzielen. Anfangs hatte ich große Probleme damit, aber die schreckliche Wahrheit ist, dass man sich daran gewöhnt. Und die Gewissensbisse nehmen ab. Irgendwann wird es zur Routine. Ich bin zu einem hartherzigen Menschen geworden, der ich gar nicht sein will. Ich will kürzertreten und irgendwann vielleicht was ganz anderes machen. Und eure ausweglose Lage und deine Verzweiflung haben in mir den Wunsch geweckt, etwas wiedergutzumachen von alldem, was ich in letzter Zeit verbockt habe. Außerdem bist du mir immer noch sehr wichtig.«

»Du willst dein Karma verbessern?« Spring lächelte.

Er grinste nun ebenfalls. »Vielleicht. Ja, so kann man das wohl nennen.«

»Ich kann das Geld nicht annehmen.« Spring schüttelte den Kopf. »Das ist einfach zu viel, ich würde mich nicht gut dabei fühlen.«

Ethan nickte stumm, den Blick auf die Straße gerichtet.

»Und das Problem ist auch, dass eine Renovierung meinen Eltern nicht helfen würde. Sie bräuchten jemanden, der die Farm für sie führt, der das alles verwaltet«, sagte Spring frustriert.

»Deine Mutter hat natürlich recht, die Biolandwirtschaft wirft nicht viel ab, wenn man in kleinen Mengen produziert, wie es deine Eltern tun.« Ethan bog in die Straße ein, in der Summers Cottage stand. »Vielleicht sollten sie lieber ein Bed & Breakfast aus dem Gebäudekomplex machen. Darin könnte man sicher eine Menge schöner Zimmer einrichten, wenn man die Scheune, den Farmshop und das Wohnhaus umbauen würde.«

Er parkte am Straßenrand, und Spring drückte noch einmal seine Hand. »Danke, dass du mich begleitet hast.«

»Sehr gerne.« Er lächelte sie an, und einen Moment lang versank sie wieder in seinen dunklen Augen.

Sie klingelten, und die Tür wurde wenig später geöffnet.

»Wir haben uns schon Sorgen gemacht«, sagte Summer vorwurfsvoll. »Wo wart ihr bloß so lange? Hatte Bernice Donald denn so viel zu erzählen?«

Im Cottage duftete es verführerisch. Summer hatte einen Auflauf im Ofen, und erst jetzt stellte Spring fest, dass es schon fast Abend war. Den ganzen Tag hatten sie nichts gegessen, und plötzlich knurrte ihr Magen.

»Na endlich.« Sophia stand vom Tisch auf und kam ihnen entgegen.

»Es tut uns leid.« Ethan ließ sich auf einen der Stühle fallen. »Wir haben eine Menge erlebt.« Als ihre Blicke sich begegneten, breitete sich ein Lächeln auf seinem Gesicht aus. Spring merkte, dass sie errötete.

»Aha.« Summer, die ihnen gefolgt war, hob eine Augenbraue. »Verstehe.«

»Was? Nein.« Spring musste lachen. »Ist das denn so offensichtlich?«

»So, wie ihr euch anseht …« Auch Sophia musste grinsen. Sie schlurfte wieder zu dem Platz zurück, von dem sie gerade aufgestanden war.

»Aber erzählt doch erst mal, was ihr herausgefunden habt.« Summer holte eine Wasserkaraffe, Gläser und Limonade.

»Warte«, sagte Spring, während sie sich neben Ethan setzte. »Erst muss ich dich etwas fragen. Wir waren auf der Farm.«

»Oh.« Summer ließ sich kraftlos auf den Stuhl gegenüber fallen. »Und?«

»Wenn ich sage, es war ein Saustall, ist es noch untertrieben. Wie können sie so leben?«

»Mum und Dad sind immer so zugedröhnt, dass sie mit fast allem klarkommen«, seufzte Summer. »Nur um Autumn mache ich mir Sorgen. Ich sollte mich viel mehr um sie kümmern, aber es kostet mich jedes Mal viel Kraft, zur Farm hinauszufahren.«

Spring nickte. »Kann ich verstehen. Autumn sagt, du würdest alle Rechnungen bezahlen, stimmt das?«

Summer stieß laut die Luft aus. »Ihnen wurde immer wieder der Strom abgestellt, oder der Gerichtsvollzieher stand vor der Tür. Autumn hat mich dann panisch angerufen, sie hätten fast das Haus verloren. Erst vor Kurzem musste ich eine Stromrechnung von über fünftausend Pfund bezahlen, keine Ahnung, wie sich das ansammeln konnte. Außerdem kümmere ich mich um die Steuer und solche Dinge, die eben gemacht werden müssen.«

»Aber wie kannst du dir das leisten?«, fragte Spring und sah sich dabei um. »Du hast dieses teure Haus, dein Auto und nur einen Job als Grundschullehrerin.«

»Ich habe in den letzten Jahren sehr bescheiden gelebt, Spring. Außerdem habe ich einige Kredite aufgenommen, und jetzt muss ich eine Zeitlang dafür arbeiten, um das alles abzubezahlen. Ich lebe wirklich nicht auf großem Fuß, sodass immer etwas für die Farm übrig bleibt. Es ist nicht leicht, und beim nächsten Mal werde ich wohl keinen Kredit mehr von der Bank bekommen. Ich musste jetzt schon betteln, um diese blöde Stromrechnung bezahlen zu können. Aber Autumn käme nie damit zurecht, wenn sie die Farm verlassen müsste.«

»Aber … das kannst du doch nicht ewig so weitermachen«,

erwiderte Spring. »Ich fühle mich schlecht, weil ich mich all die Jahre nur um mich gekümmert habe. Ich werde dir helfen – ich werde mir einen Job suchen, dann kann ich auch etwas zahlen.«

»Ach, Süße«, seufzte Summer, »ich schaffe das schon. Aber es wäre trotzdem großartig, wenn du einen Job finden würdest.«

»Das sage ich doch die ganze Zeit«, mischte sich Sophia ein.

Summer nickte der alten Frau lächelnd zu, bevor sie sich wieder an Ethan und Spring wandte. »Aber jetzt zu Bernice Donald. Was hat sie euch denn erzählt?«

Ethan und Spring berichteten von ihrem Besuch bei Bernice und dass sie ihnen verraten hatte, dass Monica hinter dem Skandal um Thomas' erste Freundin steckte.

»Und deshalb frage ich mich, warum du die Schuld die ganze Zeit auf dich genommen hast«, sagte Ethan schließlich zu seiner Großmutter. »Warum hast du das nie richtiggestellt?«

Sophia lehnte sich in ihrem Stuhl zurück. Alle Blicke lagen auf ihr. Dann fragte sie Summer: »Ob ich wohl einen Tee bekommen könnte?«

»Sicher.« Summer stand auf und ging zum Wasserkocher. »Noch jemand?«

Ethan und Spring hoben beide die Hand, und Summer brachte vier Becher und ein Kännchen Milch an den Tisch, ehe sie den Tee zubereitete.

Als sie alle vor ihren dampfenden Tassen saßen, schloss Sophia die Augen. Ethan streckte seine Finger nach Spring aus, und sie legte ihre Hand in seine. Es fühlte sich gut an, endlich wieder seine warme Haut zu spüren, so wie früher. Spring bemerkte aber auch, dass die Berührung ihm in diesem Moment Halt gab.

»Ich hatte mir fest vorgenommen, nie mehr über diese Geschichte zu sprechen, sie sollte endlich in Vergessenheit geraten«, begann Sophia und öffnete ihre Augen wieder. Sie sah jeden von ihnen einen Moment lang an. Spring wurde plötzlich bewusst, dass gleich etwas Großes, Wichtiges passieren würde.

»Ja, ich habe die Beziehung zwischen Bernice und Thomas damals nicht gutgeheißen, weder mein Mann John noch ich waren damit einverstanden. Vielleicht war es falsch, dass wir uns eingemischt haben, wir hätten Thomas in Ruhe lassen sollen, er hätte seine eigenen Entscheidungen treffen sollen.« Sie schüttelte leicht den Kopf und hing einen Moment lang ihren Gedanken nach. Dann fuhr sie fort: »Aber damals, vor dreißig Jahren, war alles noch anders. In bestimmten gesellschaftlichen Kreisen hat man noch genau überlegt, welche Beziehung angemessen ist, die alten Familien haben darauf geachtet, ihre Nachkommen nicht unstandesgemäß zu verheiraten. Heute heiraten ja sogar Bürgerliche ohne Probleme ins Königshaus ein.«

»Aber die Fowlers hatten doch schon lange keinen Titel mehr«, warf Ethan ein.

»Dennoch gehörten wir noch immer zu den wichtigen und traditionsreichen Familien der britischen Gesellschaft. Unsere Wurzeln können bis ins vierzehnte Jahrhundert zurückverfolgt werden.« Sophia zögerte.

Summer goss Milch in ihren Tee. Ethan drückte Springs Hand fester und ließ seine Großmutter nicht aus den Augen.

»Jedenfalls hatten wir beide tatsächlich nichts mit diesem Skandal zu tun. Er wurde inszeniert, um die Wahrheit zu verbergen.« Sophia nippte an ihrem Tee.

Ethan sah seine Großmutter fragend an. »Und was war die Wahrheit?«

»Es handelte sich um eine Erpressung, und mit diesem Skandal um deinen Vater konnten wir mein Verschwinden nach London vor der Öffentlichkeit rechtfertigen.« Sophia strich mit ihrer von Altersflecken übersäten Hand an der Tischkante entlang.

»Wusste Thomas, dass Sie unschuldig waren?«, fragte Spring.

»Ja, das wusste er.« Sophia atmete tief ein. »Aber sie hatte uns in der Hand. Diesen Skandal haben wir drei uns ausgedacht, um die Wahrheit zu verschleiern.«

Spring spürte, wie Ethan sich versteifte. »Was willst du damit sagen? Dass meine Mutter dich und meinen Vater erpresst hat?«

»Ach, Kind«, Sophia wirkte plötzlich ängstlich und unsicher, »wollen wir das nicht lieber lassen? Ich hätte nicht herkommen dürfen. Ich will dein Leben nicht zerstören.«

»Dazu ist es jetzt zu spät«, stellte Ethan mit tonloser Stimme fest. »Ich muss die Wahrheit wissen. Bitte!«

»Deine Eltern haben nicht aus Liebe geheiratet«, sagte Sophia leise.

»Das überrascht mich nicht«, erwiderte Ethan. Er zog Spring näher zu sich heran, als könnte sie ihm helfen, das Unbegreifliche zu verstehen.

»Deine Mutter stammte aus einer recht einfachen Familie, sie hatten nicht viel Geld. Aber sie ist auf einen Brief gestoßen, der jahrelang unbeachtet auf einem Dachboden lag. Dieser Brief hat etwas offenbart, das ihr die willkommene Gelegenheit gab, uns zu erpressen. Die Ereignisse, die in diesem schicksalhaften Schreiben festgehalten worden waren, wurden in unserer Familie seit dem neunzehnten Jahrhundert von Generation zu Generation mündlich weitergegeben. Es ist ein Geheimnis, das unsere ganze Linie infrage stellt, das uns alles kosten kann, was wir je besessen haben, auch das wertvollste Gut – unser Ansehen. Niemand ahnte, dass es diesen Brief gab. Und ausgerechnet Monica hat ihn gefunden und wusste ihn für sich zu nutzen. Wie oft habe ich mir gewünscht, ein anderer hätte ihn gefunden und einfach vernichtet. Aber deine Mutter hatte immer schon große Pläne, und als sie den Skandal dahinter witterte, ist sie nach Wales gefahren, um für sich das Beste herauszuschlagen.«

Spring sah, wie sich Ethans Unterkiefer anspannte. Er fragte mit gepresster Stimme: »Was für ein Brief ist das?«

Sophia seufzte und lehnte sich zurück. Sie trank einen Schluck Tee, dann erklärte sie: »Er stammt von einer gewissen Daphne Marcy auf der Isle of Wight, die ihn an ihre Familie geschrieben hat.«

# SIEBTES KAPITEL

*Ventnor, Isle of Wight, 1876*

Eines Nachmittags im Oktober saßen Daphne und ihre Freundin Ruth wieder einmal unter der Platane und tranken eine Tasse Tee. Der Herbst war golden und warm, aber die Sonne stand tiefer als im Sommer, sodass sie die Patienten in mehrere Decken hüllen mussten, wenn sie die Freiluftkuren genossen.

»Du bist hier fehl am Platz«, sagte Ruth, und Daphne sah ihre Freundin fragend an.

»Ich meine es ernst«, fuhr Ruth fort. »Die Arbeit als Krankenpflegerin ist nicht die richtige für dich.«

Daphnes Herz zog sich zusammen. Wie kam ihre Freundin dazu, so etwas zu sagen? Sie liebte ihren Beruf und ging darin auf. Endlich tat sie das, was sie erfüllte.

»Es fällt dir schwer, Distanz zu wahren«, erklärte Ruth. »Sieh dir Lady Charlotte an. Du hast dich ja regelrecht mit ihr befreundet.«

»Ich kann nichts Falsches daran finden, dass ich mich um eine Frau kümmere, die ganz allein auf der Welt ist und Schreckliches erlebt hat.« Daphne hatte sich in den letzten Wochen immer öfter ins Zimmer der jungen Frau gesetzt. Anfangs hatte sie nicht sagen können, ob Lady Charlotte auch nur ansatzweise mitbekam, ob Daphne da war oder nicht. Sie lag in ihrem Bett oder saß in einem Lehnstuhl mit leerem Blick, der in die Weite des Zimmers gerichtet war. Auf Versuche, sie zu einem Spaziergang zu bewegen, reagierte Lady Charlotte ebenso wenig wie auf Fragen, die ihr gestellt wurden.

Doch dann war Daphne der Zufall zu Hilfe gekommen. Daphnes jüngste Schwester Jane war vorbeigekommen, sie war auf dem Weg zum Schuster, der Ratten im Keller hatte und dem sie zwei Kätzchen von der Farm bringen sollte. Die jungen Katzen trug sie in einem großen verschließbaren Weidenkorb. Als Daphne die kleinen Geschöpfe mit den grauweiß gestreiften Gesichtern sah, ging ihr das Herz auf. Und plötzlich hatte sie die Idee, die Tiere Lady Charlotte zu zeigen. Tatsächlich zeigte sich zum ersten Mal eine Regung auf dem Gesicht der jungen Frau, als Daphne und Jane die Kätzchen im Zimmer der Patientin auf den Boden setzten. Die Tiere erkundeten sofort neugierig den Raum und begannen, mit der Vorhangkordel zu spielen. Daphne nahm eines der Kätzchen und legte es der Patientin auf den Schoß. Zaghaft begann Lady Charlotte, das Tier zu streicheln. Es war das erste Mal, dass sie eigenständig etwas unternahm, seit sie in der Klinik angekommen war. Das Kätzchen saß auf dem Schoß der jungen Adligen und schnurrte vor sich hin. Leider musste Jane bald aufbrechen, sodass sie die Tiere wieder in den Korb verfrachteten. Doch seitdem hatte sich Lady Charlotte Daphne gegenüber geöffnet. Ein zaghaftes Lächeln legte sich auf ihre Züge, wenn die Krankenschwester den Raum betrat. Daphne, die die Liebe zu Tieren bei der Adligen erkannt hatte, berichtete ihr nun viel aus ihrem früheren Farmalltag, von den Welpen, Kätzchen und Küken und von den Geburten der Kälber, bei denen sie oft dabei gewesen war. Sie erzählte ihr, wie dankbar die Kühe gewesen waren, wenn Daphne morgens in den Stall kam, um sie zu melken. Als sie von den merkwürdigen Orten auf der Farm berichtete, an denen sie frischgeworfene Kätzchen gefunden hatte, musste Lady Charlotte sogar lachen. Also berichtete Daphne ihr auch von dem Unsinn, den die Welpen angestellt hatten, von gestohlenen Werkzeugen und Hüten, von zerfetzten Strümpfen und spurlos verschwundenen Sonntagsbraten. Und irgendwann hatte Lady Charlotte angefangen, Fragen zu stellen. Sie, die kein einziges Wort gesprochen, nicht einmal gelächelt hatte, seit sie bei ihnen war, beteiligte sich plötzlich an der Unterhaltung.

»Und von Frederic Fowler brauchen wir gar nicht erst zu sprechen«, unterbrach Ruth Daphnes Gedanken.

Daphne zuckte unwillkürlich zusammen. Ruth hatte natürlich recht. Entgegen ihren Vorsätzen hatte Daphne sich wieder auf die Spaziergänge mit Frederic eingelassen, und sie hatte auch nicht nein gesagt, als er sie zum Tunnel geführt und seine Lippen auf der Plattform am Meer die ihren gesucht hatten. Seitdem war kein Tag vergangen, an dem sie keine Zärtlichkeiten ausgetauscht hatten. Zu den Hambroughs nach Steephill Castle hatte Daphne ihn jedoch nicht begleitet, obwohl er sie immer wieder darum gebeten hatte. Daphne konnte kaum an Frederic denken, ohne dass ihr Puls schneller ging und sich eine wohlige Wärme in ihr ausbreitete.

»Daphne, du musst vorsichtig sein.« Ruth fasste ihre Oberarme und zwang sie, sie anzusehen. »Du musst zu den Patienten mehr Abstand wahren. Sonst wirst du dir ihr Schicksal zu sehr zu Herzen nehmen. Und eine Romanze zwischen dir und Mr Fowler hat von vornherein keine Zukunft.«

»Das weiß ich doch alles«, antwortete Daphne. Sie musste die Freundschaft mit Frederic wirklich beenden. Es ging ihm schon wieder sehr gut, die Schwindsucht war beinahe geheilt, inzwischen befand er sich seit fast acht Wochen auf der Insel. Seine Eltern wollten nächste Woche kommen, um selbst ein paar Tage auf der Isle of Wight zu verweilen, und würden bestimmt darauf bestehen, dass ihr Sohn sie anschließend nach Hause begleitete.

Ruths Blick war skeptisch. »Du darfst dich nicht zu sehr mit deinen Patienten einlassen. Es ist richtig, dass wir uns hingebungsvoll um sie kümmern, aber du neigst dazu, dich in eine viel zu enge Bindung zu stürzen. Was ist, wenn Lady Charlotte an der Schwindsucht oder an ihrem gebrochenen Herzen stirbt?«

Daphne sog erschrocken die Luft ein und befreite sich aus dem Griff ihrer Freundin. Sie ging zur Mauer, auf der ihr Tee stand, und trank einen Schluck. »Warum sollte sie sterben? Es geht ihr doch besser als am Anfang.«

»Sie hat keine Lebensfreude mehr. Deine Besuche tun ihr gut, das bestreite ich gar nicht. Aber sie will nicht mehr leben, und auch wenn ich noch nicht viel Erfahrung habe, fürchte ich, dass man einen Menschen, der sich den Tod herbeisehnt, nicht davon abhalten kann, früher oder später sein Ziel zu erreichen.«

»Sie würde sich doch nie etwas antun«, rief Daphne erschrocken. Die Tasse in ihrer Hand schlug zitternd auf den Unterteller.

»Aber was würde geschehen, wenn es so wäre? Als Krankenpflegerin wirst du natürlich darüber erschüttert sein, aber als ihre Freundin würdest du abgrundtief leiden. Und wie oft kannst du so etwas aushalten?« Sie machte eine kurze theatralische Pause, in der sie offenbar keine Antwort erwartete, denn sie fuhr sogleich fort: »Du wirst ganz schnell daran zerbrechen. Wenn du weiterhin in diesem Beruf arbeiten willst, musst du die Beziehung zu deinen Patienten ändern. Du darfst dich nicht mit ihnen befreunden und schon gar nicht in einen von ihnen verlieben. Das kostet dich viel zu viel Kraft, und irgendwann kannst du nicht mehr in unserer Klinik arbeiten.«

In der kommenden Woche sollte Daphne noch oft an die Worte ihrer Freundin denken. Frederics Eltern reisten an. Daphne beobachtete durch das Fenster des kleinen Schwesternzimmers, wie der Landauer, von zwei edlen Pferden gezogen, vorfuhr. Frederic trat aus dem Cottage und zupfte seine Hemdsärmel zurecht. Der mitgereiste Diener sprang vom Bock und öffnete der Herrschaft die Tür. Dann erschien ein in vornehme Seide gehülltes Frauenbein. Auf dem dunkelblauen Schuh prangte eine kostbare goldene Schnalle. Und wenig später kam die gesamte Mrs Fowler zum Vorschein. Sie war noch eleganter, als es ihr Fuß vermuten ließ. Mrs Fowler trug ein dunkelblaues seidenes Reisekleid mit dazu passendem Mantel. Der Hut war ausladend, mit Blumen und Federn geschmückt. Das Gesicht darunter konnte Daphne kaum erkennen.

Mr Fowler folgte seiner Frau, und Daphne konnte eine große Ähnlichkeit zu Frederic feststellen. Unter seinem Hut zeigten sich die gleichen dunklen Locken, wenn auch von ersten silbernen Strähnen durchzogen, er hatte die gleichen Augen und die gerade Nase. Allerdings war Mr Fowler fülliger, man sah seinem Bauchumfang an, dass er gern aß.

Die Begrüßung wirkte ein wenig steif, man reichte sich förmlich die Hand. Mrs Fowler ließ ihren Blick prüfend über Frederic wandern. Daphne musste unwillkürlich an ihre eigenen, viel zu seltenen Besuche auf der Farm denken und wie sie ihren Geschwistern und den Eltern dann immer um den Hals fiel. Sie waren viel gefühlvoller und zeigten ihre Wiedersehensfreude deutlich. Aber vermutlich war das bei vornehmen Mitgliedern der Gesellschaft nicht üblich.

Frederic bat seine Eltern mit einer Handbewegung ins Haus. Daphne hatte die Tür zum Schwesternzimmer geschlossen, sie wollte ein Zusammentreffen vermeiden. Bislang waren Frederic und sie der Frage um ihre Zukunft immer ausgewichen, ihnen war beiden bewusst, dass es kein gemeinsames Leben für sie geben konnte. Aus diesem Grund hielt Daphne es für besser, seinen Eltern aus dem Weg zu gehen. Jetzt hörte sie die Stimmen in der kleinen Eingangshalle. Sie wurden leiser, vermutlich hatte Frederic sie in den Salon geführt, und von dort ging es weiter in den Garten hinaus. Bestimmt würde er ihnen den Tunnel und die Plattform am Meer zeigen, oder war dieser Platz nur ihnen beiden vorbehalten?

Als sie wenig später in Lady Charlottes Zimmer trat, saß diese in Decken gehüllt auf dem Balkon. Sie konnte inzwischen das Bett verlassen, fühlte sich aber noch nicht kräftig genug, um für die Freiluftkuren nach unten in den Garten zu den anderen Patientinnen zu gehen.

»Wer sind diese Menschen?«, fragte Lady Charlotte, nachdem Daphne sich nach ihrem Befinden erkundigt und sich neben sie gesetzt hatte.

Daphne war erfreut darüber, dass sie endlich wieder Anteil am Leben nahm, und folgte mit dem Blick ihrem ausgestreckten Zeigefinger. Im Garten erkannte sie drei Menschen, die den Weg vor den Rhododendren entlangschlenderten. Es waren die Fowlers. Daphne wunderte sich darüber, dass Lady Charlotte überhaupt Notiz von Frederic genommen hatte.

»Das ist einer meiner Patienten, der Besuch von seinen Eltern bekommen hat«, erklärte sie der jungen Adligen.

Lady Charlotte nickte und beobachtete die Fowlers noch eine Weile. Dann fragte sie unvermittelt: »Sie und er, sie lieben sich, nicht wahr?«

Daphne sog erschrocken die Luft ein. Woher wusste die junge Frau davon? Es hatte sie doch niemand bei ihren Küssen am Meer beobachtet. Außerdem hatte Lady Charlotte erst vor wenigen Tagen damit begonnen, ihre Umwelt wahrzunehmen und nicht mehr den ganzen Tag an die Wand zu starren. Daphne räusperte sich. »Ich … wie kommen Sie darauf?«

»Ich habe Sie bemerkt, jeden Tag sehe ich Ihnen zu, wenn Sie dort unten vorbeigehen.« Sie schloss die Augen. »Ich habe mir immer gewünscht, auch einmal verliebt zu sein und so wie Sie und der junge Mann gemeinsam durch die Gärten zu spazieren.«

»Das werden Sie bestimmt auch bald erleben«, sagte Daphne, die froh war, das Gespräch von ihr selbst in eine andere Richtung lenken zu können.

Lady Charlotte schüttelte müde den Kopf. »Mir wurde all das genommen.«

Daphne schluckte. Sie wusste so wenig über Lady Charlottes Leben in Indien. Hatte es dort einen Mann gegeben, dem ihr Herz gehörte? Sie konnte sich das Leid, das die junge Frau erlebt hatte, nicht einmal ansatzweise vorstellen. Was konnte sie ihr sagen, das sie tröstete? Alle Worte, die ihr in den Sinn kamen, erschienen ihr unzulänglich.

»Ich freue mich für Sie, dass Sie Ihre Liebe gefunden haben«, fuhr Lady Charlotte fort.

»Aber es gibt keine Zukunft für uns«, antwortete Daphne leise und biss sich gleich darauf erschrocken auf die Unterlippe. Das war ihr nur herausgerutscht, eigentlich hatte sie nicht zugeben wollen, dass sie sich liebten. Aber plötzlich erschien Daphne das Thema um ihre Beziehung zu Frederic doch leichter als die Unterhaltung über Lady Charlottes Schicksal. Und wer war sie, dass sie sich Sorgen um eine solche Sache machte, wo es Menschen wie Lady Charlotte gab, die miterleben musste, wie ihre gesamte Familie ermordet wurde? Die stundenlang zwischen den Leichen ihrer Lieben hatte ausharren müssen?

Daher fuhr sie fort, indem sie mit ihrem Kopf in die Richtung der Fowlers deutete: »Ich bin ein einfaches Mädchen aus einer Farmerfamilie. Und Frederics Eltern streben nach Höherem. Sie werden auf eine vorteilhafte Verbindung bestehen.«

Lady Charlotte hatte die Augen geschlossen. Daphne wusste nicht, ob sie ihr noch zugehört hatte oder ob sie längst eingeschlafen war. Beinahe hoffte sie es, denn es war gefährlich, ihre Liebe vor einer Patientin einzugestehen. Wenn Lady Charlotte sie bei Schwester Middleton verriet, würde der Oberschwester nichts anderes übrigbleiben, als Daphne zu entlassen.

Sie stand auf, um die junge Frau schlafen zu lassen. Doch als sie von dem Balkon ins Zimmer zurückgehen wollte, hielt sie Lady Charlottes Stimme auf: »Ist es nicht ungerecht, dass ich den Titel und das Vermögen für eine derartige Heirat besitze, aber innerlich längst gestorben bin? Sie hingegen haben Freude und Liebe, während Ihnen die gesellschaftliche Stellung fehlt.«

Daphne ging noch einmal zu der Adligen zurück. »Ich werde alles dafür tun, dass auch Sie die Freude am Leben zurückgewinnen.«

Lady Charlotte blinzelte sie aus ihren müden Augen traurig an. »Ich weiß Ihre Bemühungen zu schätzen, aber das ist aussichtslos.«

Daphne sah die Resignation auf dem jungen Gesicht und suchte nach einem kleinen Anflug von Hoffnung, nach irgendeinem Hinweis, dass Lady Charlotte ihre Worte nicht ernst meinte, aber sie fand nichts.

Daphne ging Frederic und seinen Eltern auch in den nächsten Tagen aus dem Weg. Meist erschienen sie nach dem Frühstück und holten ihren Sohn ab, um mit ihm verschiedene Ausflüge zu unternehmen. Während der ersten zwei Tage sahen sich Daphne und Frederic daher nur selten, erst am dritten

Tag, es war ein Donnerstag, erbat er sich eine Pause, um sich auszuruhen. Mr und Mrs Fowler waren verständnisvoll, wie Frederic Daphne erzählte, als sie sich an diesem Tag zum Spaziergang trafen. Heute waren ihre Schritte eiliger, sie konnten es kaum erwarten, durch den Tunnel zu gehen, um auf ihre Plattform am Meer zu gelangen. Sobald sie dort angelangt waren und ihnen die Gischt ins Gesicht sprühte, zog Frederic Daphne in seine Arme und verschloss ihren Mund mit seinen Küssen. Sie ließ sich in die sanften und zugleich drängenden Liebkosungen fallen, sog seinen Duft tief in sich ein und schmiegte sich eng an ihren Geliebten.

»Ich habe dich so sehr vermisst«, murmelte er an ihren Lippen, und seine Hände strichen begierig über den Baumwollstoff ihres Gewandes. Dann löste er sich so weit von ihr, dass er sie ansehen konnte. »Wir müssen uns etwas überlegen, meine Eltern wollen mich verheiraten.«

Daphne wurde plötzlich kalt, und ihr Herz zog sich zusammen. Sie hatte die ganze Zeit schon geahnt, dass ihre gemeinsame Zeit bald enden würde, denn sie rechnete ja insgeheim damit, dass Frederic seine Eltern in wenigen Tagen nach London zurückbegleiten würde. Seine Krankheit war so gut geheilt, dass er nur noch gelegentlich husten musste und eine kaum wahrzunehmende Schwäche verspürte. Seine Gesichtsfarbe war wieder rosiger, und er hatte fast fünfzehn Pfund zugenommen, seit er hier war.

»Mein Vater ist sich schon mit dem Brautvater einig geworden«, erklärte er mit leiser Stimme. »Ihre Familie ist zwar nicht von Adel, aber ebenso reich wie unsere.«

Daphne presste die Lippen zusammen. Tränen brannten hinter ihren Augenlidern. Sie nickte stumm.

»Bitte, mein Liebling, sag doch etwas«, rief er verzweifelt und umfasste sanft ihren Kopf, um ihn an sich zu drücken.

Sie hörte seinen Herzschlag an ihrem Ohr, spürte seine Wärme an ihrer Wange.

»Ich liebe sie nicht, ich kenne sie nicht einmal. Mein Herz gehört dir, und ich lasse nicht zu, dass meine Eltern mich zu dieser Heirat zwingen«, sagte er verzweifelt und küsste ihr Haar.

Daphne löste sich vorsichtig aus seiner Umklammerung. »Kannst du dich denn weigern?«

»Natürlich, ich bin volljährig«, erwiderte er grimmig. »Leider habe ich jedoch kein eigenes Vermögen. Wenn ich mich einer Heirat mit der Frau widersetze, die mein Vater für mich ausgewählt hat, wird er mir vermutlich meine Gelder sperren.«

»Verstehe«, flüsterte Daphne.

»Aber ich lasse mir etwas einfallen«, versicherte er und sah sie entschlossen an. »Wir müssen eine Lösung finden, um zusammen sein zu können.«

In dieser Nacht konnte Daphne nicht schlafen. Immer wieder dachte sie an Frederic und fragte sich, ob die Entschlossenheit ihres Geliebten nicht früher oder später der Realität weichen musste. Denn sie würden ohne Geld kaum eine Möglichkeit haben, eine Familie zu gründen und ihr Leben zu finanzieren. Der Gedanke, dass Frederic mit seiner angeschlagenen Gesundheit arbeiten gehen musste, war geradezu lächerlich. Er würde vermutlich nie vollkommen geheilt sein, außerdem war er ein Gentleman, er war nicht zur Arbeit geboren.

Als sie nach einer unruhigen Nacht wie jeden Morgen um fünf Uhr aufstand, war sie genauso müde wie am Abend zuvor, als sie zu Bett gegangen war. Sie ging ihren täglichen Verrichtungen nach, rieb die Patienten ein und verabreichte ihnen ihre Tinkturen und Getränke. Frederic wirkte genauso mitgenommen wie sie selbst. Seine Eltern erschienen, kaum dass Daphne seine Einreibung vorgenommen hatte, und nahmen ihn mit nach Osborne, wo sie in den Gärten der Königin spazieren gehen durften. Sie würden den ganzen Tag fortbleiben, und Daphne fühlte sich seltsam verloren. Nachdem sie am Nachmittag die Patienten mit Tee und Scones versorgt hatte, ging sie zu Lady Charlotte, die sich über ihren Besuch freute und sich äußerst interessiert an Daphnes Beziehung zu Frederic Fowler zeigte. Da Daphne zurzeit wenig bettlägerige Patienten und außerdem eine fleißige Schülerin hatte, ging sie ihrer Freundin Ruth gern zur Hand und verbrachte besonders viel Zeit bei Lady Charlotte.

Daphne war zurückhaltend in dem, was sie von ihrer Liebe preisgab, schließlich war eine solche Beziehung zwischen Patient und Krankenschwester aufs Strengste verboten und sehr anrüchig. Wenn bekannt würde, was sie taten, wenn sie am Meer waren, würde Daphne ihre Stelle verlieren und von sämtlichen Bewohnern Ventnors geächtet werden. Aber Daphne war froh, dass Lady Charlotte wieder Anteil nahm, und es kam ihr vor, als würde sie durch Daphnes Erleben der ersten Liebe diese ein Stück weit mitempfinden.

»Ich möchte Sie heute mit nach unten nehmen«, sagte Daphne aus einem spontanen Entschluss heraus. Lady Charlotte wirkte endlich willig und kräftig genug, diesen Weg zu bewältigen. »Was meinen Sie, sollen wir es einmal versuchen?«

Die Adlige sah sie überrascht an, stimmte dann aber zögernd zu. Und so führte Daphne sie die knarrende Treppe hinunter. In der Eingangshalle mussten sie eine kurze Pause einlegen, damit Lady Charlotte Atem schöpfen konnte. Anschließend führte sie sie durch den Salon des Hauses hinaus auf die Veranda. Dieses Cottage war genauso aufgebaut wie der Block, für den Daphne zuständig war. Alle acht Häuser des Krankenhauses würden am Ende so aussehen, wenn sie fertiggestellt waren.

Daphne wickelte Lady Charlotte in zwei Wolldecken, und sobald die junge Frau in ihrem Liegestuhl lag, schloss sie erschöpft die Augen und war kurz darauf eingeschlafen.

Daphne fand Ruth in der Küche.

»Du hast *was?*«, fragte ihre Freundin ungläubig, nachdem Daphne ihr von Lady Charlottes Ausflug in den Garten berichtet hatte.

Daphne lachte leise, während sie einen starken Tee zubereitete, den sie Lady Charlotte servieren wollte, sobald diese wieder wach wurde. »Zugegeben, es war das Äußerste, was sie an Strecke schaffen konnte, und wenn sie nachher wieder in ihrem Bett liegt, wird sie vermutlich erschöpft sein.«

»Ich wundere mich, dass du sie dazu bringen konntest.« Ruth schüttelte lächelnd den Kopf, während sie den Wasserkessel füllte. »Mit mir spricht sie kaum ein Wort, sie scheint Vertrauen zu dir gefasst zu haben.«

Daphne nickte nachdenklich. »Es waren die Tiere, durch die sie sich geöffnet hat. Ich frage mich, wie man mit solch schrecklichen Erinnerungen, wie sie sie hat, überhaupt weiterleben kann.«

»Ich stelle mir das sehr schwer vor.« Ruth nahm das Tablett, auf das sie mehrere Porzellankännchen mit Tee, Cognac und Milch gestellt hatte.

Daphne folgte ihrer Freundin, sie trug einige kleine Körbe, in denen Tassen, Scones und Schälchen mit Marmelade und der dicken, kalorienreichen Clotted Cream lagen. Gemeinsam verteilten sie alles an die Patientinnen, und Daphne nahm die Gelegenheit wahr, nach Lady Charlotte zu sehen, die noch immer friedlich in ihrem Liegestuhl schlummerte. Sie ging in die Küche zurück, goss den starken Tee auf und brachte ihn dann zusammen mit dem Gebäck zu der Adligen, um sie nun sanft zu wecken.

Nachdem Lady Charlotte ihren Tee getrunken und einen halben Scone verspeist hatte, begleitete Daphne sie wieder in ihr Zimmer.

Als sie wenig später in ihren eigenen Block zurückkehrte, kam ihre Schülerin Theresa auf sie zu. »Schwester Marcy, Mr Fowler möchte Sie dringend sprechen, er ist in seinem Zimmer und wartet dort auf Sie.«

Daphne erstarrte einen Moment. Dass Frederic sie sehen wollte, war kein gutes Zeichen. Etwas musste geschehen sein, sonst würde er sie nicht zu sich bitten.

Sie ging auf direktem Weg nach oben und klopfte mit zitternden Fingern an. Zwei Sekunden später wurde die Tür aufgerissen, und Frederic zog sie ins Zimmer. Er sah blass aus, seine Augen waren gerötet, als hätte er geweint. Daphne stieß einen erschrockenen Schrei aus, als sie die gepackten Koffer neben seinem Bett stehen sah.

»Das war der Diener meiner Eltern«, erklärte Frederic und fuhr sich nervös durch die Haare. Er schloss Daphne in die Arme. »Sie haben es mir auf dem Rückweg von Osborne gesagt. Morgen früh nehmen wir das Schiff von Ryde nach Portsmouth, und nächste Woche werden sie meine Verlobung mit Olivia Bennett in London bekanntgeben. Mich holt morgen ganz früh die Kutsche ab, ich dachte schon, ich könnte dich nicht mehr sehen.«

Daphne klammerte sich an ihn. Sie hatte immer gewusst, dass es früher oder später so kommen würde, aber dass es so unvermittelt geschah, war grausam. Kein letzter gemeinsamer Spaziergang, kein Abschied an ihrem geheimen Platz am Meer.

Frederic begann zu husten. Er löste sich von ihr und krümmte sich, während er nach Luft rang. Sein Husten war eigentlich viel besser geworden, er hatte nur noch wenig Auswurf und war auch sonst zu Kräften gekommen. Die Ankündigung seiner Eltern musste ihn sehr erschüttert haben.

»Kannst du dich denn nicht dagegen wehren?«, fragte Daphne besorgt, als er sich langsam von dem Anfall erholte. »Du bist siebenundzwanzig Jahre alt und kannst tun, was immer du möchtest.«

Er wischte sich die Tränen aus den Augen und schüttelte mit keuchendem Atem den Kopf. »Mein Vater würde mich auf der Stelle enterben, und niemand würde mir einen Kredit gewähren. Ich könnte mir nicht einmal etwas zu essen kaufen, weil ich selbst kein Geld besitze und auch keinerlei Einkommen habe. Alles, was ich habe und bin, ist meine Familie und das Erbe, das ich eines Tages erhalten werde. Wenn ich Miss Bennett nicht heirate, wird mir mein Vater alles verwehren. Und dann stehe ich vollkommen mittellos da. Nein, es ist hoffnungslos, ich muss mich fügen und eine Frau heiraten, die ich weder kenne noch liebe.« Er hustete wieder.

Daphne schlang ihren Arm um ihn und führte ihn zu seinem Bett, auf das er sich kraftlos sinken ließ. Sie hob seine Beine an und breitete eine Wolldecke über ihn aus.

»Du musst dich ausruhen. Ich werde dir heiße Milch mit Cognac holen.« Sie eilte zur Tür.

»Nein«, keuchte er, bevor ihn ein neuer Husten schüttelte. »Bitte, geh nicht. Bleib bei mir.«

Daphne rang verzweifelt die Hände. Was sollte sie nur tun? Wenn sie bei ihm blieb, würde Theresa sich fragen, was sie so lange hier oben tat. Daphne war verantwortlich für diese Station, und zwar für alle zwölf Patienten gleichermaßen. Und auch wenn sie sich am liebsten bei Frederic eingeschlossen und diese Nacht in seinen Armen verbracht hätte, sie musste nach unten gehen und bei Theresa nachsehen, ob auch mit den anderen Patienten alles in Ordnung war.

»Ich bin gleich wieder da«, sagte sie, und ihr Herz krampfte sich zusammen, als sie sah, wie schwach er auf einmal wirkte. Die Schwindsucht war eine heimtückische Krankheit, die im Körper lauerte und wieder aufflammte, wenn die Kraft am geringsten war.

Wie in Trance ging sie nach unten. Alles erschien ihr unwirklich und unbedeutend. Sie versuchte sich zu trösten, dass es so am besten sei, dass das Ende dieser Affäre ja irgendwann hatte kommen müssen, und besser es geschah jetzt als später, wenn sie noch mehr an ihm hing. Aber war das überhaupt noch möglich? Sie konnte sich keine Steigerung ihrer Gefühle vorstellen und würde nie wieder einen Mann so lieben können wie ihn.

Theresa erkundigte sich nach Frederic Fowler, und Daphne erzählte ihr von der bevorstehenden Abreise.

»Allerdings scheint ihn das alles sehr mitzunehmen, es geht ihm gar nicht gut. Er hat wieder stark gehustet, als ich gerade bei ihm war«, erzählte Daphne ihrer Schülerin so nüchtern, wie es ihr nur möglich war. »Ich werde ihm eine Milch mit Cognac machen und sein Essen am Bett servieren. Ich glaube nicht, dass er in der Lage ist, nach unten zu kommen.«

Theresa versicherte ihr, dass sie sich um die anderen Patienten kümmern werde und Daphne sich ganz Mr Fowler widmen könne.

Daphne servierte ihm die heiße Milch und sein Abendessen und brachte ihn dazu, etwas zu essen und zu trinken. Frederic war kaum wiederzuerkennen. Es ging ihm schlechter als zu Beginn seines Krankenhausaufenthaltes, als er nur teilnahmslos vor sich hingestarrt hatte. Daphne scherte sich nicht um die

Gefahr, entdeckt zu werden, falls jemand plötzlich ins Zimmer käme, sie nahm ihn in die Arme, und dann hielten sie sich verzweifelt fest. Daphne löste sich nur von ihm, um zu ihrer Nachtrunde durch die Patientenzimmer aufzubrechen. Doch nachdem sie die Medikamente verteilt und sich vergewissert hatte, dass alle gut versorgt waren, schlich sie sich aus ihrer Kammer unterm Dach zurück nach unten in Frederics Zimmer.

»Daphne«, flüsterte er und breitete seine Arme aus.

Sie schlüpfte zu ihm unter die Decke und schmiegte sich an ihn. Sein Atem rasselte, schien sich aber etwas beruhigt zu haben.

»Ich kann nicht ohne dich leben.« Seine Lippen trafen auf ihre, und sie schmeckte die Verzweiflung in diesem Kuss.

Daphne strich behutsam über seinen Rücken, während ihr Mund sein Gesicht liebkoste. Frederic löste die Haken ihres Schwesterngewands und des darunterliegenden Mieders und zerrte dann an ihrem Unterkleid, bis er endlich seine Finger daruntergleiten lassen konnte.

Ein süßer Schauer überlief sie, als sie seine Hände auf ihrer nackten Haut spürte. Sie stöhnte leise und ihre Lippen suchten seine. Und zum ersten Mal küssten sie sich gierig, verzweifelt und drängend, nicht so liebevoll, sanft und zärtlich wie sonst. Daphnes Körper glühte, ihr Unterleib sehnte sich nach seiner Berührung. Sie wusste kaum, was da mit ihr geschah, es waren neue Gefühle, die sie zwar bei ihren vorsichtigen Küssen am Meer schon in leichten Wellen gespürt hatte, doch das hier war anders. Es war ein Zwang, es schien keine andere Wahl zu geben, als diese Begierde zu stillen. Frederics Hände hatten sich inzwischen weiter vorangeschoben und tasteten suchend nach den Rundungen ihres Busens. Als sie seine Berührung an dieser intimen Stelle spürte, hätte sie beinahe vor Lust und Begierde laut aufgeschrien. Im letzten Moment erstickte sie diesen Schrei und vergrub ihr Gesicht an seinem Hals. Während er ihre Brüste liebkoste, drückte sie sich fester an ihn, und als ihr Unterleib sich eng an seinen schmiegte, spürte sie eine unbekannte Härte. Unwillkürlich wanderten ihre Hände seinen Rücken hinunter und wagten sich in unbekannte Regionen vor. Neugierig tastete sie in seinen Schritt, und ihnen beiden entfuhr ein erregtes Stöhnen. Nachdem sie es mit den Händen erkundet hatte, wusste sie plötzlich, wie all das zusammengehören musste. Frederic schien noch genauso unerfahren zu sein wie sie selbst. Gemeinsam erkundeten sie neue Welten, und Daphne musste sich atemlos eingestehen, dass sie so etwas Aufregendes, Schönes und Berauschendes noch nie erlebt hatte.

Als der Morgen graute, küssten sie sich ein letztes Mal. Dann schlich Daphne sich aus seinem Zimmer, zurück in ihre Kammer unterm Dach. Das, was sie erlebt hatten, gab ihr Kraft, während die Verzweiflung in ihr wütete.

Sie hatte sich kaum umgezogen und war nach unten ins Schwesternzimmer gegangen, wo sie wie jeden Morgen die Medikamente bereitstellte, als plötzlich Hufgeklapper zu hören war. Daphne erstarrte. War es möglich, dass die Kutsche, die Frederic abholen sollte, schon so früh hier war? Eilig lief sie ans Fenster und sah einen Landauer, der vor der Kirche hielt. Mr Fowler stieg aus und kam auf das Cottage zu.

Daphne atmete tief durch. Dann strich sie sich über ihren Rock und trat aus dem Schwesternzimmer – genau in dem Moment, als Mr Fowler und sein Diener in die Halle kamen.

»Guten Morgen«, begrüßte Daphne die Männer mit fester Stimme.

Mr Fowler nickte. »Ich bin gekommen, um meinen Sohn, Mr Frederic Fowler, abzuholen. Wir haben heute noch eine lange Reise vor uns.«

»Ich werde ihm Bescheid geben, dass Sie eingetroffen sind.« Daphne wollte gerade nach oben gehen, doch Mr Fowler versperrte ihr den Weg.

»Wir kommen mit. Dann kann Jameson gleich das Gepäck heruntertragen. Und ich muss mich vergewissern, dass nicht getrödelt wird, schließlich müssen wir das Schiff rechtzeitig erreichen.«

Daphne schluckte. Sollte ihnen denn kein letzter inniger Augenblick mehr bleiben, in dem sie sich voneinander verabschieden konnten? Mr Fowler und der Diener waren bereits die halbe Treppe hinaufgestiegen. Nun sahen sie sich fragend nach Daphne um, weil sie offenbar nicht wussten, welches das richtige Zimmer war.

Daphne folgte ihnen und deutete stumm auf die Tür, um dann wie gelähmt dabei zuzusehen, wie Mr Fowler anklopfte und gleich darauf in den Raum trat.

»Guten Morgen, Sohn«, hörte sie seine donnernde Stimme. »Jameson, nehmen Sie das Gepäck.«

Daphne hörte Frederic husten. Die ganze Nacht war er von diesen Anfällen verschont geblieben, jetzt setzte es von Neuem ein. Sie betrat nun ebenfalls das Zimmer. Frederic stand angekleidet mitten im Raum und sah ihr erschrocken entgegen.

»Ich dachte, deine Krankheit sei auskuriert«, sagte Mr Fowler, als Frederic wieder Luft bekam. Es klang vorwurfsvoll.

Frederic versuchte zu antworten, wurde aber von einem neuen Hustenanfall daran gehindert.

Daphne schob sich an Mr Fowler vorbei und stützte Frederic, während sie ihn zu seinem Bett begleitete. Er hatte sich ein Leinentuch vor den Mund gepresst, und als er es wieder fortnahm, sog Daphne erschrocken die Luft ein. Auch Mr Fowler starrte entsetzt auf den Blutflecken, der sich darauf abzeichnete.

Irritiert blickte er zwischen Daphne und Frederic hin und her. »So können wir ihn unmöglich mitnehmen. Ich dachte, es geht ihm gut, er ist wieder gesund. Wozu bezahle ich denn die teure Behandlung hier im Sanatorium, wenn sie nicht hilft?«

Daphne atmete tief durch. »Mr Fowler, eine Schwindsucht wird nie ganz abheilen und kann immer wieder auftreten. Die Gesundheit Ihres Sohnes ist noch fragil, er hat sich in den letzten Wochen hier viel ausgeruht und seine Kuren und Anwendungen regelmäßig eingehalten. Doch die Ausflüge der letzten Tage waren sehr anstrengend. Ich rate Ihnen daher dringend von der langen Reise ab, die Sie heute mit ihm unternehmen wollen.«

»Was soll das heißen?«, rief Mr Fowler aufgebracht. »Werfen Sie mir etwa vor, für diesen Rückfall meines Sohnes verantwortlich zu sein, weil ich ihn ein paar Stunden aus der Anstalt mitgenommen habe?«

»Ich werfe niemandem irgendetwas vor«, versuchte Daphne den aufgebrachten Mann zu besänftigen. »Ich weise nur darauf hin, dass die Schwindsucht eine Krankheit ist, die nicht unterschätzt werden darf.«

»Darüber werde ich mit Doktor Robertson sprechen. Sorgen Sie dafür, dass es meinem Sohn möglichst schnell wieder gut geht. Er hat Verpflichtungen in London, die nicht mehr lange aufgeschoben werden können.« Er rauschte davon, mit einem letzten, verächtlichen Blick auf seinen Sohn, und sagte noch wütend zu seinem Diener: »Jameson, holen Sie das Gepäck wieder her. Wir können heute noch nicht fahren.«

Daphne sah sich nach Frederic um, der erschöpft von seinem Hustenanfall auf dem Bett lag. Ihre Sorgen um seine Gesundheit vermischten sich mit der Freude darüber, dass er nun doch nicht fortgehen würde. Aber wie lange würde es noch dauern? Wie oft würde sich Mr Fowler vertrösten lassen?

Daphne erkannte die Erleichterung auch auf Frederics Gesicht. Sie lächelte ihm aufmunternd zu, dann ging sie nach unten, um ihre Arbeit fortzusetzen. Den Spaziergang ließ sie an diesem Tag ausfallen, weil sie keinen neuen Hustenanfall bei Frederic riskieren wollte. Niemals würde sie es sich verzeihen, wenn sie ihm ein Leid zufügte. Stattdessen verbrachte er den Nachmittag, in dicke Decken gehüllt, in einem der Liegestühle, und Daphne schlich sich erst in der Nacht wieder zu ihm. Sie hielten sich fest umschlungen, glücklich über diese Stunden, die ihnen unverhofft geschenkt worden waren.

Als sie am nächsten Tag zu Lady Charlotte kam, war diese ungewöhnlich lebhaft und erkundigte sich nach den Ereignissen der letzten Stunden. Daphne war so froh über die positive Entwicklung des Gemütszustandes der Adligen, dass sie ihr im Überschwang von ihren Problemen berichtete, von Frederics drohender Abreise und der geplanten Verlobung mit Olivia Bennett. Als sie Lady Charlottes entsetzte Miene sah, bereute Daphne jedoch sofort, ihr diese Sorgen anvertraut zu haben. Die junge Frau hatte weiß Gott genug zu verarbeiten, sie sollte sich nicht auch noch mit Daphnes Kummer belasten.

In den nächsten Tagen erholte Frederic sich schnell, und Daphne hätte die baldige Trennung schon beinahe vergessen, die wie ein Damokles-Schwert über ihnen schwebte. Doch dann, inzwischen war fast eine ganze Woche vergangen, in der Daphne und Frederic ihre nachmittäglichen Spaziergänge zum Meer wieder aufgenommen hatten, erschien der Diener der Fowlers und überreichte Daphne einen Brief, in dem die Abreise ihres Patienten Frederic Fowler für den nächsten Tag angekündigt wurde. Sollte es ihm nicht gut gehen, würden fortan Londoner Ärzte die weitere Behandlung übernehmen.

»Jetzt wird es keinen Ausweg mehr geben.« Daphne sah

Frederic traurig an. Sie standen auf der Plattform am Meer. Hoffentlich würde sich jetzt nicht sein Husten zurückmelden.

»Mein Vater will diese Verlobung unbedingt«, erwiderte Frederic. »Es gibt nur eine Hoffnung: dass Olivia Bennett meine Krankheit erkennt und von einer Heirat Abstand nehmen möchte.«

Daphne strich ihm liebevoll über die Wange. »Das kann ich mir kaum vorstellen.«

»Du siehst mich mit den Augen der Liebe«, sagte Frederic und lächelte. »Aber eine fremde Frau sieht meine bleiche Haut, die Schatten unter den Augen und meine ausgezehrte Gestalt.«

Daphne seufzte. Sie war sicher, dass es Olivia Bennett kaum um ihn als Person, sondern eher um das Vermögen seines Vaters gehen dürfte.

Als sie wieder auf der Wiese vor dem Krankenhaus-Cottage angekommen waren, eilte ihnen Theresa entgegen. »Schwester Marcy, Lady Charlotte verlangt nach Ihnen.«

Daphne bedankte sich bei der Schülerin, doch bevor sie zu der Adligen in den Block vier ging, half sie Frederic, sich in dicke Decken zu hüllen und im Garten noch ein wenig seiner Freiluftkur nachzugehen. Heute Nacht würden sie sich ein letztes Mal sehen, Daphnes Herz war so schwer, dass sie kaum gerade gehen konnte.

Wenig später traf sie in Lady Charlottes Zimmer ein.

»Ich habe gehört, dass Mr Fowler abreisen wird«, sagte die junge Frau. Sie lag aufrecht in ihrem Bett, das man ans offene Fenster geschoben hatte.

Daphne sah die Patientin überrascht an, doch dann fiel ihr ein, dass Ruth es ihr erzählt haben musste. Die ganze Affäre war gefährlich geworden, Daphne lief Gefahr, ihre Stelle zu verlieren. Doch in diesem Moment war es ihr egal, sie wollte nur an Frederics Seite bleiben, ein Leben lang. Gleichzeitig wusste sie jedoch, dass das unmöglich war.

»Ich werde nicht zulassen, dass Sie getrennt werden«, sagte Lady Charlotte. »Und ich habe mir etwas überlegt, das uns allen dreien helfen wird.«

»So?«, fragte Daphne erstaunt. Sie konnte sich nicht vorstellen, dass es eine Lösung für die Misere geben konnte, in der sie steckte.

»Ich plane, mich auf mein Anwesen in Wales zurückzuziehen, um zu heiraten«, erklärte Lady Charlotte und strich über die Bettdecke.

»Was?«, fragte Daphne erschrocken. »Aber sind Sie nicht noch zu schwach dafür? Trauen Sie sich die lange Reise zu? Wer wird Sie pflegen?«

»Das werden Sie übernehmen«, antwortete die Adlige.

Daphne starrte sie fassungslos an. Wie kam Lady Charlotte auf den Gedanken, dass Daphne mit ihr nach Wales reisen würde? Keinesfalls würde sie die Isle of Wight verlassen, um in den Norden zu ziehen, wo sie niemanden außer ihrer neuen Herrin kannte. Und Lady Charlotte war so krank, dass keiner sagen konnte, wie viel Zeit ihr noch blieb.

»Und wen werden Sie heiraten?«, fragte Daphne verwirrt, die nicht geahnt hatte, dass Lady Charlotte einen Verlobten hatte.

»Frederic Fowler«, antwortete die Adlige.

Daphne sog erschrocken die Luft ein. »Frederic? Aber … ich verstehe nicht …«

»Als meine Familie nach Indien ging, war ich noch ganz jung. Unsere Anwesen in England stehen seit zwanzig Jahren leer, niemand kennt mich hier persönlich. Meine Schulbildung habe ich in der Schweiz auf einem Mädchenpensionat erhalten, meine Mitschülerinnen waren überwiegend Französinnen, und nur wenige von ihnen stammten aus reichen englischen Familien.« Lady Charlotte schloss erschöpft die Augen. Daphne hatte selten erlebt, dass sie so viel erzählte. Ihr schwirrte der Kopf. Warum wollte Lady Charlotte plötzlich den Mann heiraten, den Daphne liebte? Hatte sie etwa die ganze Zeit diese Absicht gehegt und sich aus diesem Grund immer so interessiert an ihrer Verbindung gezeigt?

»Ich habe doch schon vor einigen Wochen zu Ihnen gesagt, wie ungerecht das Leben ist, erinnern Sie sich? Ich habe einen Adelstitel, Geld und Ansehen, aber das Leben ist für mich nur noch eine Bürde. Ich kann meine Erinnerungen nicht ertragen, jeden Tag brechen sie über mich herein, sodass ich die schlimmsten Stunden wieder und wieder erleben muss. Sie hingegen sind ein glücklicher und fröhlicher Mensch. Sie haben einen Mann gefunden, den Sie lieben und der die gleichen Gefühle für Sie hegt. Aber Ihnen fehlen Titel, Geld und Ansehen.«

Daphne ließ sich auf die Bettkante sinken und versuchte der jungen Frau zu folgen. Aber sie erkannte noch nicht, was die Adlige ihr sagen wollte.

»Sobald die Familie Fowler morgen abgereist ist, werde ich einen Brief nach London schicken, in dem ich Mr Fowler das Angebot unterbreite, seinen Sohn zu heiraten. Meine Mitgift soll mein gesamtes Erbe sein, das aus einem beträchtlichen Vermögen, einem großen Schloss in Nordwales und einem Londoner Stadthaus besteht. Da es keinen männlichen Erben in meiner Familie gibt, erhält all das mein Ehemann, sobald ich ihn geheiratet habe. Und wenn ich Sie richtig verstanden habe, geht es den Fowlers doch nur um ihren weiteren Aufstieg in der Gesellschaft. Mein Vater war der Earl of Nefyn. Dieser Adelstitel ist leider mit ihm und meinen Brüdern ausgestorben, aber auch wenn mein Ehemann den Titel nicht erben kann, so bleibe ich doch eine Lady. Und mit dieser Heirat würde Frederic Fowler nicht nur mein Vermögen erhalten, sondern auch den Stand seiner Familie in der Gesellschaft erheblich verbessern.« Erschöpft rang Lady Charlotte nach Luft.

»Aber ich verstehe nicht, inwieweit Ihre Heirat mir helfen soll.« Daphne stand vom Bett auf und trat an den Tisch, der an der Wand stand, um ein Glas mit Wasser aus dem Krug zu füllen und es Lady Charlotte zu reichen.

Die Adlige trank einen kleinen Schluck, dann sagte sie: »Sie werden ihn heiraten, an meiner Stelle. Wie gesagt, mich kennt niemand in diesem Land, außer den Menschen hier auf der Insel, aber mich hat bisher kaum jemand zu Gesicht bekommen. Im fernen Wales wird niemand wissen, wie ich aussehe. Meine Tage sind ohnehin gezählt. Ich werde Ihre Rolle spielen und Sie die meine. Sie kehren als Lady Charlotte nach Nordwales zurück, begleitet von Ihrer Krankenpflegerin Schwester Marcy.«

Daphne starrte Lady Charlotte entsetzt an. Das war ein kühner Plan, der niemals, niemals gelingen konnte. Sie schüttelte den Kopf. »Kein Mensch wird glauben, dass Sie meine Pflegerin sind. Sie sind kaum stark genug, eine Treppe hinaufzusteigen. Wie sollen die Leute uns dann abnehmen, dass Sie mich pflegen könnten?«

»Das lassen Sie nur meine Sorge sein.« Lady Charlotte lächelte schwach. »Wir werden spät in der Nacht ankommen, sodass niemand unsere Gesichter sehen kann. Ich habe mir das alles genau überlegt, glauben Sie mir, es ist die einzige Möglichkeit für Sie, für immer mit Ihrem Geliebten zusammen zu sein.«

Daphne war gerührt, dass sich Lady Charlotte offenbar so viele Gedanken gemacht hatte, um ihr zu helfen. Insgeheim musste sie ihr recht geben, denn die Tage der jungen Frau waren vermutlich gezählt. Es war schwer, die Schwindsucht zu besiegen, doch für eine zarte Frau, die sowieso kaum noch leben wollte, war es unmöglich. Und dennoch kam ihr diese Täuschung falsch vor. Sie würden lügen müssen. Und zu lügen war eine Todsünde. Daphne hatte sich immer bemüht, ein gottgefälliges Leben zu führen. Wenn sie nun diesem Plan folgte, so verführerisch der Gedanke auch war, würde sie sich gegen Gott wenden.

»Bitte«, sagte Lady Charlotte mit Tränen in den Augen. Sie fasste nach Daphnes Hand und drückte sie leicht. »Bitte denken Sie darüber nach. Es wäre für mich eine große Erleichterung, wenn ich wüsste, dass ich Ihnen helfen kann. Mein früher Tod wäre dann nicht umsonst, all das, was ich erleben musste, würde wenigstens einer einzigen guten Sache dienen. Enttäuschen Sie mich nicht, ich habe Schreckliches erfahren, und nur die Hoffnung, Ihnen jetzt diese Freude machen zu können, gibt mir noch einen Rest an Lebensmut.«

Daphne schluckte. Dann nickte sie. »Ich werde darüber nachdenken.«

Während sie in dieser Nacht in Frederics Armen lag, berichtete sie ihm von dem Vorschlag, den Lady Charlotte ihr unterbreitet hatte.

»Das ist ein großherziges Angebot«, sagte Frederic leise, und Daphne konnte die Begeisterung in seiner Stimme hören. »Das könnte tatsächlich funktionieren. Soweit ich weiß, gibt es einige Gemälde von Lady Charlotte, aber da ihr beide helle Haare habt und sie, von der Schwindsucht gezeichnet, sowieso ganz anders aussieht, würde man die Schuld für die Abweichungen vermutlich dem Maler geben, wenn überhaupt irgendjemandem ein Unterschied auffiele. Es geht mir nicht um das Geld, das ich erben würde, sondern darum, dass wir beide auf diese Weise zusammenbleiben könnten.«

»Das weiß ich doch«, wisperte Daphne. »Aber es wäre eine Lüge und außerdem gefährlich, wenn es herauskäme.«

»Es ist die einzige Möglichkeit, die uns bleibt. Wenn ich eine Vermählung mit Olivia ablehne und enterbt werde, haben wir kein Geld, um ein gemeinsames Leben zu finanzieren. Wenn ich jedoch Lady Charlotte heirate, haben wir ihr Vermögen, ob mein Vater nun einverstanden ist oder nicht.« Er zog sie an sich.

»Das uns allerdings nicht zusteht«, warf Daphne leise ein und schmiegte sich nachdenklich an ihn.

»Liebes, wir nehmen es doch niemandem weg«, gab Frederic zu bedenken. »Wenn es einen Erben gäbe, den wir um sein Vermögen bringen würden, ja, dann wäre ich deiner Meinung. Aber es scheint keine weiteren nahen Verwandten zu geben. Vermutlich würde das Geld nach Lady Charlottes Tod an die Krone fallen, und die Königin hat genug Gold und Edelsteine, glaube mir.«

Daphne musste lächeln. Dann wurde sie wieder ernst. »Darum geht es nicht. Ich habe einfach ein schlechtes Gefühl dabei, zu lügen.«

Frederic schwieg eine Weile, dann sagte er: »Ich bin sicher, dass ich ohne dich sterben werde. Du weißt selbst, wie sehr mich die Schwindsucht quält, wenn ich Sorgen habe. Dauerhaft von dir getrennt zu sein, würde mich umbringen.«

Daphne atmete tief durch. Er hatte recht, das wusste sie. Sowohl Lady Charlotte als auch Frederic tat ihre Gesellschaft gut. Vielleicht würde sie, wenn sie alle drei in Wales waren, beide gesund pflegen können.

»Einverstanden«, gab sie schließlich nach. »Aber wir werden möglichst zurückgezogen leben.«

Die nächsten Tage erlebte Daphne in einem seltsamen Zustand aus Trauer, Aufregung und Wehmut. Sie hatte mit Schwester Middleton gesprochen und sie darum gebeten, sie freizugeben. Als die Oberschwester von Lady Charlottes Angebot hörte, Daphne als Privatschwester zu beschäftigen, schüttelte sie den Kopf.

»Kindchen, auch wenn sie Ihnen ein deutlich besseres Gehalt zahlen kann, als wir es hier tun, denken Sie daran, dass sie eine sehr kranke Frau ist. Die Stelle bei ihr wird nur von kurzer Dauer sein, und niemand kann Ihnen garantieren, dass Ihre Herrin testamentarisch für Sie sorgen wird. Falls sie das tut, haben Sie ausgesorgt, aber falls nicht, stehen Sie völlig mittellos da. Ich werde Ihnen jedoch nicht den Weg versperren, wenn Sie ihn gehen wollen.«

»Danke«, sagte Daphne und überreichte der Schwester ihr Kündigungsschreiben.

Frederic war mit seinen Eltern an diesem Morgen abgereist. Der Abschied war ihnen jedoch nicht schwergefallen, da sie ja wussten, dass sie sich bald wiedersehen würden.

Lady Charlotte ließ sich von Daphne beim Verfassen des Briefes an Mr Fowler helfen, und bereits einen Tag nach der Abreise der Fowlers war das Schreiben auf dem Weg nach London.

»Sie sollten sich eine etwas gewähltere Sprache angewöhnen«, sagte Lady Charlotte, als Daphne sie wenig später besuchte.

Daphne sah die junge Adlige erschrocken an.

Lady Charlotte lächelte und tupfte sich mit einem Seidentaschentuch über die Stirn. Sie saß in einem Korbsessel auf dem Balkon ihres Zimmers. »Keine Sorge, da ich selbst aus Indien komme, werden meine Angestellten in Wales bestimmt nicht stutzig werden, wenn Sie nicht das feine Englisch der

Oberschicht sprechen. Man wird es auf meine Jahre in Indien schieben. Aber versuchen Sie den breiten Dialekt der Isle of Wight, so gut es geht, zu vermeiden. Es könnte nämlich sein, dass ihn zufällig jemand erkennt, und dann gerieten Sie in Erklärungsnot.«

»Oh.« Daphne ließ sich auf den zweiten Sessel im Krankenzimmer sinken. »Darüber habe ich noch gar nicht nachgedacht. Es gibt viel, was mich verraten könnte. Ich weiß nicht einmal, wie man sich von einer Zofe ankleiden lässt.«

»Das werden Sie lernen müssen. Schließlich ist es fast unmöglich, sich ohne Hilfe das Korsett anzuziehen.«

Daphne hatte sich in ihrem ganzen Leben noch nie beim Ankleiden helfen lassen.

Lady Charlotte stand mühsam auf. »Ziehen Sie Ihr Kleid aus. Wir werden es einmal üben. Heute fühle ich mich stark genug, um Ihnen beizustehen und die Rolle Ihrer Zofe zu übernehmen.«

»Aber Eure Ladyschaft ...«, protestierte Daphne, doch die Adlige war schon von ihrem Stuhl auf dem Balkon aufgestanden und zog sie mit sich ins Zimmer.

Daphne löste zögernd die Bänder ihrer Schwesterntracht und öffnete alle Knöpfe, während Lady Charlotte an ihren Kleiderschrank trat. Sie betrachtete nachdenklich die schimmernden Stoffe, wandte sich immer wieder zu Daphne um und musterte sie abschätzend. »Die Kleider sollten Ihnen einigermaßen passen. Bevor ich Indien verlassen habe, war ich nicht so dürr wie heute. Ich hatte etwa dieselbe Statur wie Sie. Das ist gut, schließlich müssen Sie meine Kleider tragen.«

Daphne ließ den Rock ihres Schwesterngewandes fallen und streifte die Bluse ab. Sie schämte sich, nur in ihrer Unterwäsche vor Lady Charlotte zu stehen. Aber die Adlige hatte natürlich recht, sie würde lernen müssen, wie man sich in diesen Kreisen verhielt.

»Gut, behalten Sie Ihre Unterwäsche an, wenngleich wir auf der Fahrt auch diese Baumwollhemden gegen meine seidenen tauschen müssen. Aber für heute soll es so gehen.«

Daphne spürte, wie ihr das Blut in die Wangen schoss. Es war ihr unangenehm, über ihre Leibwäsche sprechen zu müssen.

»Das hier ist das Korsett.« Lady Charlotte hatte ein Ungetüm aus dem Schrank geholt, das in keiner Weise an das einfache Korsett erinnerte, das Daphne und ihre Schwestern zu Hause abwechselnd und nur zu besonderen Gelegenheiten getragen hatten. Es war eine Art festes Leinentuch gewesen, das um die Taille geschnürt worden war. Lady Charlottes Korsett hingegen glich fast einer Ritterrüstung. Es war deutlich länger und enthielt spitze Stangen, die durch den Seidenstoff schimmerten und Aussparungen für die Brüste enthielten. Die Adlige drückte es jetzt vorn an Daphnes Oberkörper.

»Drehen Sie sich um«, befahl sie ihr, und Daphne gehorchte. »Ich kann es leider nicht so festzurren, wie es die Zofe tun wird. Also erschrecken Sie nicht, wenn es später deutlich unbequemer werden wird.«

Lady Charlotte schnaufte, während sie die Schnüre enger zog. Daphne fragte sich, wie viel fester eine Zofe das Korsett noch schnüren konnte, schließlich hatte sie jetzt schon das Gefühl, kaum mehr Luft zu bekommen.

Als Lady Charlotte endlich fertig war, wollte Daphne erleichtert aufatmen, aber das Korsett ließ das kaum zu.

»Oh Gott, wie soll ich mich denn den ganzen Tag bewegen?«, jammerte sie. »Wie haben Sie es geschafft, darin auch nur zu atmen?«

»Man gewöhnt sich daran«, sagte Lady Charlotte und

lächelte sie mitfühlend an. »Und jetzt die Krinoline.« Sie holte das unförmige Unterrockgestell aus dem Schrank, von dem Daphne bislang nur gehört hatte.

»Seien Sie vorsichtig, wenn Sie die Krinoline tragen«, riet ihr Lady Charlotte. »Sie dürfen nicht zu nah an offenes Feuer geraten. Es sind schon einige Frauen in ihrem Kleid verbrannt, weil die Krinoline Feuer gefangen hatte. Und nun gehen Sie bitte in die Knie.«

Daphne ließ sich das Fischgrätengerüst über den Körper stülpen. Als Lady Charlotte ihren Unterrock verschnürt hatte, verstand Daphne auch die Warnung der Adligen. Aus der Krinoline kam man nicht so schnell wieder heraus.

»Ich fürchte, wir müssen jetzt eine Pause machen.« Lady Charlotte sank erschöpft auf ihr Bett.

Daphne wandte sich erschrocken zu der jungen Frau um. Kalter Schweiß stand der Adligen auf der Stirn. Sie hatte sich völlig verausgabt.

So schnell die Krinoline und das Korsett es zuließen, eilte Daphne zum Tisch, um ein Glas Wasser zu holen. Dabei geriet sie selbst außer Atem. Die Fischgräten stachen ihr schmerzhaft in die Rippen.

»Danke«, keuchte Lady Charlotte, als Daphne ihr das Glas reichte.

Sie warteten ein paar Minuten, bis sich die junge Frau ein wenig erholt hatte. Dann befreiten sie Daphne wieder aus der vornehmen Kleidung.

In den nächsten Tagen nutzte Lady Charlotte immer wieder ruhige Momente, um mit Daphne das Verhalten einer hochherrschaftlichen Lady einzuüben. Daphne lernte, wie man sich durch die Unmengen an Messern, Gabeln und Löffeln arbeitete, die zu einem mehrgängigen Dinner gehörten. Sie erfuhr, wie sie mit dem Hauspersonal umzugehen hatte, wie sie die Haushälterin, den Butler oder die Hausmädchen ansprechen musste, sie arbeitete an ihrem Dialekt und übte den richtigen Gang.

Dann ließ Lady Charlotte alles für ihre Abreise vorbereiten, und auch Daphne wappnete sich für die Fahrt. Ein letztes Mal besuchte sie die Farm und verabschiedete sich von ihren Geschwistern und den Eltern. Sie versprach, ihnen zu schreiben, sobald sie Nordwales erreicht hatten. Wenn ihr Plan aufging, gäbe es kein Wiedersehen, denn dann würde sie ja den Platz von Lady Charlotte einnehmen. Natürlich behielt sie dieses Geheimnis für sich und ließ ihre Familie in dem Glauben, dass sie einzig und allein als Lady Charlottes private Krankenschwester nach Nordwales reise.

Und einige Tage später war der Moment des Abschieds gekommen. Ruth drückte sie fest an sich und betrachtete sie mit skeptischem Blick. Sie schien zu ahnen, dass mehr hinter der plötzlichen Reiselust von Lady Charlotte und Daphne steckte, als diese zugaben, aber vorsichtshalber hatte Daphne auch ihre Freundin nicht in die Pläne eingeweiht. Ein letztes Mal ging sie durch die Räume des Cottage, für das sie all die Jahre zuständig gewesen war, trat auf die Terrasse hinaus und sah über die Gärten hinunter zum Meer. Dann wandte sie sich entschlossen ab und machte sich auf den Weg, um mit Lady Charlotte in ein neues Leben aufzubrechen.

# ACHTES KAPITEL

*Nordwales, Mai, Gegenwart*

Die Stimme seiner Großmutter war immer leiser geworden. Jetzt hielt sie inne. Alle hatten gebannt an ihren Lippen gehangen.

Sophia trank einen Schluck von ihrem Tee, der mittlerweile kalt geworden war. »Ich muss jetzt erst einmal eine Pause machen. Seid mir nicht böse, aber die Geschichte zu erzählen strengt mich sehr an. Ich mache morgen weiter, ja?«

»Natürlich.« Summer lächelte und stand auf. »Der Auflauf ist jetzt auch fertig. Lasst uns essen.«

Ethan bemühte sich, seine Enttäuschung zu verbergen. Er hätte am liebsten sofort gewusst, wie es mit Daphne, Frederic und Lady Charlotte weitergegangen war. Aber er war dankbar, dass seine Großmutter sich überhaupt überwunden hatte, endlich die Wahrheit zu sagen. Diese beiden letzten Tage waren wohl die außergewöhnlichsten seines ganzen Lebens gewesen. Er hatte erfahren, dass er eine Großmutter hatte, die ihm ein Leben lang vorenthalten worden war, dunkle Familiengeheimnisse kamen plötzlich ans Licht, seine Mutter schien in eine Erpressung verwickelt zu sein, und er hatte sich verliebt. Über all dem stand auch noch der Vorwurf, Sophia könnte ihren eigenen Mann, seinen Großvater, umgebracht haben. Ethan hatte das Gefühl, dass sich sein Leben von einem Tag auf den anderen komplett verändert hatte.

»Alles okay mit dir?«, fragte Spring. Sie hatte sich zu ihm umgewandt und sah ihn forschend an.

Er liebte diese großen, wunderschönen blauen Augen, die Ernsthaftigkeit ihres Blickes, das Rebellische, das sie immer noch in sich trug. Ethan hatte Spring erst vor zwei Tagen wiedergetroffen, und doch war sie ihm so vertraut wie nur wenige Menschen in seinem Leben.

Er stöhnte leise auf und zuckte die Schultern. »Ich schätze, mir geht es nicht anders als dir, als du gemerkt hast, dass die Farm kurz vor dem Zusammenbruch steht. Alles, was ich über meine Familie wusste, scheint eine Lüge zu sein.«

Spring lächelte ihn mitfühlend an. »Ich weiß ganz genau, wie du dich jetzt fühlst.«

Eine Weile saßen sie stumm da und lauschten den Geräuschen, die von der Küchenzeile kamen, wo Summer das Essen vorbereitete. Keiner von ihnen hatte die Kraft, ihr seine Hilfe anzubieten. Ethan fasste nach Springs Hand und führte sie an seine Lippen. Zärtlich und nachdenklich fuhr er mit seinem Mund über ihren Handrücken. »Und gleichzeitig bin ich froh, dass ihr aufgetaucht und alles infrage gestellt habt.«

In diesem Moment kam Summer mit dem Abendessen, und Spring holte vier Teller und Besteck aus dem Schrank.

Sie aßen schweigend. Der Auflauf war sehr gut, aber sie schienen alle nur wenig Appetit zu haben.

»Ich gehe jetzt schlafen.« Sophia stand auf, kaum dass ihr Teller geleert war.

Sie schenkte allen ein müdes Lächeln und wünschte eine gute Nacht. Als sie in den oberen Stock ging, knarrten die Treppenstufen unter ihren Schritten. Sie hörten die alte Frau noch eine Weile in ihrem Zimmer umhergehen, dann war es still.

Summer räumte den Tisch ab und kochte Kaffee.

»Ich … ich muss euch etwas gestehen.« Spring warf erst Summer, dann Ethan einen unsicheren Blick zu, während ihre Schwester den Kaffee und Tassen auf den Tisch stellte.

Ethans Herz schlug unwillkürlich schneller. Was hatte Spring zu berichten? Warum war sie so nervös?

»Mir ist durch alles, was wir heute erfahren haben, klargeworden, wie wichtig es ist, die Wahrheit zu sagen. Und je länger wir damit warten, umso schwerer wird es uns fallen. Es war heute bestimmt nicht leicht für Sophia, endlich mit den Lügen aufzuräumen.«

»Und? Was hat das mit dir zu tun?«, fragte Summer. Sie hatte die Hände um ihren Kaffeebecher gelegt und betrachtete Spring mit großen Augen.

Ethans Magen krampfte sich zusammen, als er sah, wie sehr Spring mit sich rang. Hatte sie heute nicht schon genug durchgemacht? »Hör zu, wenn du es jetzt lieber nicht sagen willst, verstehe ich das sehr gut. Du hast außergewöhnliche und anstrengende Tage hinter dir …«, erklärte er.

»Nein.« Spring griff nach seiner Hand und drückte sie fest. »Es wird alles nur schlimmer, je länger man wartet. Und du bedeutest mir sehr viel, Ethan, immer noch. Wenn das, was auch immer zwischen uns ist, eine Chance haben soll, dann muss ich ehrlich sein und darf es nicht aufschieben.«

»Was denn?«, fragte Summer mit drängender Stimme. »Mach es nicht so spannend – raus mit der Sprache.«

»Ich … also, ich habe Sophia nicht kennengelernt, weil ich freiwillig für sie gearbeitet habe, sondern weil ich dazu verpflichtet war.« Spring starrte unbewegt auf die Tischplatte, ihre Stimme war fast ein Flüstern. »Ich bin zu Sozialstunden verurteilt worden.«

»Oh«, stieß Summer aus. »Aber warum? Was hast du getan?«

»Wegen Drogen und Diebstählen«, sagte Spring leise, sie wirkte, als wollte sie sich am liebsten unsichtbar machen. »Aber seit ich bei Sophia bin, habe ich nichts mehr genommen und auch nicht mehr gestohlen.«

Unwillkürlich zog Ethan seine Hände aus Springs Griff. Er konnte es kaum glauben. Spring war offenbar drogensüchtig und kriminell. Wie hatte er sich nur so in ihr täuschen können? Sein Leben lang hatte er mit solchen Leuten nie etwas zu tun gehabt.

Seine Stimme war rau, als er fragte: »Seit wann hast du denn nichts mehr … also, seit wann bist du … clean?«

Spring sah ihn erschrocken an. »Ich habe nie harte Drogen genommen, nur Hasch, Marihuana und ein paarmal Ecstasy.«

»Aber du hast es gebraucht, oder? Du hast es so sehr gebraucht, dass du dafür gestohlen hast?«, fragte Ethan und hörte selbst, wie fassungslos er klang.

In Springs Augen zeigte sich Resignation und Traurigkeit. Er wollte sie an sich ziehen und trösten, doch er war zu erschüttert von dem, was er gerade erfahren hatte.

»Ich finde es sehr mutig von dir, dass du uns das erzählt hast«, sagte Summer in diesem Moment. »Auch wenn es dir sicher schwergefallen ist. Und ich habe kein Recht, über dich zu urteilen, weil ich mir vorstellen kann, dass dein Leben in London sicher nicht leicht war.«

»Oh Summer.« In Springs blauen Augen schimmerten Tränen. »Dabei solltest gerade du wütend auf mich sein. Ich bin weggelaufen und habe dich einfach hier alleingelassen, mit Autumn, Mum und Dad.«

»Unsinn, du bist genauso wenig verantwortlich für die Farm, unsere Eltern und unsere Schwester wie ich.« Summer trank einen Schluck Kaffee. »Leah und David waren nie ein Vorbild für dich, sie haben dich nicht unterstützt. Du bist nach

London gegangen, weil du dein Zuhause hinter dir lassen wolltest. Weil du es hier nicht mehr ausgehalten hast. Es ist ein Wunder, dass du dich irgendwie durchschlagen konntest. Und Drogen gehörten leider seit unserer frühesten Kindheit zum Alltag auf der Farm.«

Spring presste die Lippen aufeinander, Tränen liefen ihr über die Wangen. Summer wollte gerade aufstehen und zu ihrer Schwester gehen, als Ethan die Hand hob, um sie aufzuhalten.

»Deine Schwester hat recht«, sagte er, umfasste sanft Springs Kopf und drehte ihn zu sich. »Ich war im ersten Moment geschockt, weil mir diese Welt fremd ist. Ja, in Harvard gab es genug Studenten, die Drogen nahmen. Aber nicht in meinem Freundeskreis. Deshalb hat es mich einfach kalt erwischt. Aber du hattest wirklich einen schweren Start ins Leben, ihr alle hattet das, und dass ihr euch so gut durchgekämpft habt, ist bewundernswert. Wer bin ich, aus meiner komfortablen, elitären Situation heraus ein Urteil zu sprechen. Auch ich will mir das nicht anmaßen. Ich will nur, dass es dir gut geht, und wann immer du Hilfe brauchst, bin ich für dich da.« Ethan zog sie in seine Arme und hielt sie fest. Eine Welle der Zärtlichkeit überkam ihn und ein vorher nie gekanntes Zugehörigkeitsgefühl. »Mein Bruder hat ein massives Problem mit dem Alkohol und seiner Spielsucht. Du siehst also, auch in meiner Familie ist nicht alles rosig.«

Spring schmiegte sich an ihn und ihr zarter Körper bebte. Lange Zeit hielt er sie fest, ohne etwas zu sagen. Irgendwann löste sie sich von ihm und sah ihn mit ihren verweinten Augen an. »Es ist okay, ich brauche keinen Entzug oder so. Es war nicht so schlimm, dass ich es nicht allein geschafft hätte. Als ich damals nach London ging, wollte ich mit all den Drogen, die es auf der Farm gab, nichts mehr zu tun haben, aber ich bin nicht allzu weit gekommen, fürchte ich.«

»Wie bist du denn in diese Szene reingerutscht?«, fragte Ethan und strich über ihre tränennassen Wangen. »War es meine Schuld, weil ich dich damals allein gelassen habe?«

»Nein!«, sagte Spring und sie klang erschrocken. »Natürlich nicht. Unsere Trennung hat mich sehr verletzt, aber ich bin vor allem nach London gegangen, weil ich es auf der Farm nicht mehr ausgehalten habe.« Stockend begann Spring von ihrer ersten Zeit in der Großstadt zu erzählen, von ihrem Job in einem Café, von den neuen Freunden, die sie zu dem Drogenkonsum verleitet hatten. Und von einem V-Mann, der sie später alle an die Polizei verraten hatte.

»Im Prinzip war es das Beste, was mir passieren konnte«, schloss sie ihren Bericht. »Denn auf diese Weise bin ich Sophia begegnet. Bei ihr hatte ich auf einmal einen strukturierten Tagesablauf, wir haben jeden Mittag zusammen gegessen, uns unterhalten, all das, was wir zu Hause nie hatten. Ich wusste nicht einmal, dass es Familien mit einem solchen geregelten Tagesablauf gibt.«

Summer nickte zustimmend. »Ich habe das auch erst bei meiner Freundin Diana kennengelernt.«

Plötzlich taten die beiden Frauen Ethan leid. Was ihnen in ihrer Kindheit alles gefehlt hatte, konnte er nur erahnen. Das einigermaßen glückliche Familienleben, das Aiden und er genossen hatten, war den vier Season-Schwestern auf der Farm vorenthalten worden. Sein Bruder und er hatten einen liebevollen Vater, auch wenn er nicht oft zu Hause war, und eine vielleicht kühle, aber immer pragmatische Mutter, dazu jede Menge Kindermädchen und Freunde, die ihnen ein Heimatgefühl vermittelten.

»Ich gehe auch schlafen, es ist spät geworden.« Summer stand auf. »Soll ich dir noch helfen, dir dein Bett auf der Couch herzurichten?«

Spring schüttelte den Kopf.

Erst jetzt bemerkte Ethan, dass es inzwischen zehn Uhr geworden war. Und doch schien dieser Tag viel zu kurz gewesen zu sein für all die Erlebnisse, Erkenntnisse und Gefühle, die ihn heute überrollt hatten.

»Gute Nacht.« Summer stieg die Treppe hinauf und ließ die beiden allein.

»Ich sollte auch lieber gehen.« Ethan strich sanft über Springs Wange. »Du bist sicher genauso erschöpft wie wir alle.«

»Nimm mich noch einmal in den Arm«, bat Spring ihn, und Ethan stand auf und zog sie fest an sich. Er versenkte seine Nase in ihren kurzen Haaren und sog den Duft ihres Shampoos nach Blumen und Kräutern tief in sich ein.

»Ich würde dir ja einen Schlafplatz auf Daffodil Castle anbieten«, murmelte er und küsste sie liebevoll. »Aber ich fürchte, dann bringe ich es nicht fertig, mich in mein eigenes Bett zu legen – und ich weiß nicht, ob das heute die richtige Nacht für uns wäre …«

Er hörte, wie sie tief ein- und ausatmete. Spring löste ihren Kopf von seiner Brust, um ihn anzusehen. »Ja, heute ist viel passiert, was wir zu verarbeiten haben. Ich denke, wir sollten besser schlafen gehen.«

»Gute Nacht.« Ethan beugte sich zu ihr hinunter und küsste sie zärtlich. »Ich komme morgen früh wieder, einverstanden?«

»Musst du denn nicht arbeiten? Morgen ist Montag«, gab Spring zu bedenken.

»Eigentlich schon, aber ich sage meiner Assistentin einfach, dass sie meine Vormittagstermine verschieben soll. Das geht auch mal.« Ethan zwinkerte ihr zu und verließ das Cottage. Während er zu seinem Wagen ging, winkte er Spring ein letztes Mal zu. Lächelnd beobachtete er, wie sie die Haustür schloss und im Inneren des Cottage verschwand. Dann stieg er ein und fuhr los. Es stimmte nicht ganz, dass es okay war, wenn er einen halben Tag freinahm. Das war immer mit viel Aufwand verbunden, und sein Vater setzte ihn unter Druck. Außerdem hatte er letzte Woche beschlossen, von Wales aus zu arbeiten. Da wollte er seine Geschäftspartner eigentlich nicht auch noch auf später vertrösten.

Das grelle Licht des Cabrios erleuchtete die Straße und wirkte beinahe gespenstisch. Für Ethan gab es drei Gründe, warum er dennoch beschlossen hatte, den morgigen Vormittag freizunehmen: Er wollte Spring dringend wiedersehen und unbedingt erfahren, wie es mit Daphne und Lady Charlotte weitergegangen war. Und außerdem konnte er seinen Job kaum noch ertragen.

Als er eine gute halbe Stunde später endlich zu Hause war, kam ihm in der Eingangshalle seine Mutter entgegen.

»Da bist du ja endlich«, sagte sie und eilte auf ihn zu. »Wir haben uns Sorgen gemacht. Wo warst du denn?«

Ethan zögerte. Ihm stand der Sinn ganz und gar nicht nach einer Diskussion mitten in der Nacht. Aber seine Mutter würde sich nicht so leicht abwimmeln lassen. Er musste es wohl oder übel hinter sich bringen.

Deshalb sagte er: »Spring Season und ich waren bei Bernice Donald.«

Monica sog scharf die Luft ein. Trotz der fortgeschrittenen Stunde war sie perfekt geschminkt und trug eine teure Stoffhose und einen eleganten Blazer. »Ich dachte, dieses Thema hätten wir längst hinter uns gelassen. Sie passt nicht zu dir. Was … was hat Bernice gesagt?«

»Die Wahrheit.« Ethan hob die Augenbrauen. »Und die

hört sich ein bisschen anders an als die Version, die du mir erzählt hast.«

»Das … Du glaubst doch nicht im Ernst, was dir diese Fremde an Lügengeschichten auftischt?« Seine Mutter schlug sich in theatralischem Entsetzen die Hand vor die Brust und sah ihn mit weit aufgerissenen Augen an.

»Ich bin müde, heute ist viel passiert«, erwiderte Ethan matt. Er wollte nicht mehr mit ihr über sein Leben diskutieren. »Meine Großmutter hat mir schon einiges erzählt, morgen werde ich den Rest erfahren. Erst danach kann ich beurteilen, was ich von all dem halten soll.« Er ging zur Treppe, und seine Schritte hallten in der Stille des Hauses.

»Nein, Ethan!« Monica fasste seinen Arm. »Ich muss das jetzt mit dir klären, sonst werde ich verrückt.«

»Ihr habt mich mein Leben lang belogen, da kommt es auf einen weiteren Tag nicht mehr an.« Ethan drehte sich um und stieg die Stufen hinauf.

Als er oben angekommen war, fuhr er vor Schreck zusammen. Aiden stand vor ihm mitten im Flur.

»Warum ist Mum so aufgeregt?«, fragte sein Bruder, und Ethan konnte seine Alkoholfahne riechen. Aiden trank eindeutig zu viel, reagierte jedoch aufbrausend, wenn man ihn darauf ansprach.

Ethan ignorierte den Geruch und sagte: »Ich habe gestern Morgen unsere Großmutter kennengelernt. Sie lebt in London.«

Aiden sah ihn verständnislos an. Dann fuhr er sich über die kurzgeschnittenen dunklen Haare. »Wir haben keine Großmutter.«

»Das dachte ich auch, aber sie ist heute hierhergekommen. Sophia Fowler.« Ethan machte eine Pause. Er wollte seinen Bruder nicht überfordern, weshalb er beschloss, ihm zunächst nichts von dem dunklen Familiengeheimnis zu erzählen, mit dem ihre Mutter anscheinend ihren Vater und Sophia erpresst hatte.

»Unsinn, die Frau muss lügen.« Aiden lachte.

»Dad hat sie erkannt. Er hat sie Mutter genannt. Sophia war früher die Herrin dieses Schlosses, Mum und Dad haben sie nach London geschickt und aus der Familie verbannt. Sie haben uns gesagt, dass sie tot sei. Ein Leben lang haben sie uns unsere Großmutter vorenthalten.«

Aiden bemühte sich offenbar, mit seinem vom Alkohol benebelten Gehirn zu verstehen, was Ethan ihm zu erklären versuchte. Schließlich fragte er: »Aber warum haben sie das getan?«

»Das versuche ich gerade herauszufinden. Ich weiß inzwischen, dass es sich um ein lange gehütetes Geheimnis handeln muss, das genug Sprengkraft besitzt, um uns allen zu schaden.«

»Dann solltest du es lieber ruhen lassen, oder nicht?«, schlug Aiden vor und begann sein teures Hemd aufzuknöpfen. »Ich hau mich jetzt hin.«

»Warte mal.« Ethan folgte seinem Bruder, der schon auf dem Weg in sein Zimmer war. »Willst du denn gar nicht wissen, warum wir ein Leben lang belogen wurden?«

Aiden blieb in der Tür zu seinem Zimmer stehen. »Doch, aber ich will keinen Ärger. Wenn es eine Sache ist, die lieber im Verborgenen bleiben sollte, dann möchte ich nichts darüber wissen.«

»Morgen Abend werde ich die ganze Geschichte kennen«, sagte Ethan, und während er weiter den Flur entlangging, rief er seinem Bruder noch zu: »Mir ist es gleich, ob es Ärger gibt. Ich will wissen, warum sie unsere Großmutter fortgeschickt und für tot erklärt haben. Und wenn ich es weiß, werde ich nicht darüber schweigen.«

»Wenn's unbedingt sein muss.« Aiden warf mit einem lauten Knall die Tür hinter sich zu.

In dieser Nacht schlief Ethan unruhig. Er träumte unzusammenhängendes Zeug, an das er sich am Morgen nicht mehr erinnern konnte. Um sieben Uhr rief er seine Assistentin Susan an und bat sie, die Termine mit seinen Kunden und Kollegen auf die folgenden Tage zu legen. Susan konnte ihr Erstaunen kaum verbergen. Ethan war in den letzten Jahren keinen einzigen Tag krank gewesen, er hatte nie einen Termin verschoben. Schon sein Entschluss, fortan mehr von Nordwales aus zu arbeiten, hatte sie verwundert, aber nun schien sie vollends verwirrt über die neuen Anwandlungen ihres Chefs.

Als Ethan ins Frühstückszimmer kam, saß sein Vater allein am Tisch. Seit vorgestern Morgen hatte er ihn nicht mehr gesehen, und Ethan war sich nicht sicher, welche Rolle er bei Sophias Verbannung gespielt hatte.

Er nickte seinem Vater zu, der den Gruß genauso knapp erwiderte.

Eine Weile aßen sie, ohne ein Wort zu sagen.

»Du hast also mit Bernice gesprochen«, brach sein Vater irgendwann das Schweigen. »Wie geht es ihr?«

»Gut, glaube ich«, antwortete Ethan und legte seine Gabel zur Seite. »Du hast gewusst, dass Sophia nicht hinter dieser Intrige steckte.«

Sein Vater sah ihn verdutzt an. Dann nickte er langsam und bedächtig. »Wie viel weißt du?«

»Genug, um zu verstehen, dass meiner Großmutter Unrecht getan wurde und dass ihr mir und Aiden einen wundervollen Menschen vorenthalten habt.« Ethan nahm seine Tasse in die Hand. »Sophia hat uns gestern Abend von dem alten Familiengeheimnis erzählt.«

»Wem?« Sein Vater sah alarmiert auf.

»Spring, Summer und mir.« Ethan trank einen Schluck Kaffee und stellte seine Tasse dann wieder ab.

»Den Season-Mädchen? Um Gottes willen«, rief sein Vater wütend, und auf seinem Gesicht zeigten sich rote Flecken. »Sag, dass das nicht wahr ist.«

»Warum sollte ich?«, fragte Ethan, der die Aufregung seines Vaters nicht ganz nachvollziehen konnte. Wenn sich jemand beschweren konnte, dann ja wohl er, der jahrelang belogen worden war.

»Weil die Aufdeckung dieses Geheimnisses uns angreifbar macht. Was glaubst du denn, warum ich deine Mutter heiraten musste? Sie besaß einen Brief, in dem alles genau beschrieben war, was diese Familie über Jahrhunderte verschwiegen hat.« Sein Vater fuhr sich durch das schüttere Haar.

Ethan sah ihn erschrocken an. »Dann hast du Mum nur geheiratet, weil sie dich gezwungen hat?«

»Sie hatte uns in der Hand, was blieb mir anderes übrig?« Ethans Vater warf einen schnellen Blick zur Tür, als wollte er sich vergewissern, dass sie nicht belauscht wurden.

Allmählich begann Ethan zu verstehen. Ihm wurde eiskalt. Das Stück Toast, das er gerade gegessen hatte, lag ihm plötzlich schwer im Magen. Mit tonloser Stimme sagte er: »Dann hat sie dich und Großmutter also wirklich erpresst. Du musstest sie heiraten, und Sophia musste ihren Platz räumen. Den Platz, den Mum dann eingenommen hat.«

Sein Vater breitete in einer hilflosen Geste die Arme aus. »Sie in die Familie aufzunehmen war die einzige Möglichkeit, sie auf Dauer zum Schweigen zu bringen. Als meine Ehefrau hätte sie sich nur selbst geschadet, wenn sie die Wahrheit öffentlich gemacht hätte.«

Ethan stand auf. Er ging in dem kleinen Eckzimmer auf und

ab. »Aber Monica ist meine Mutter? Und du bist wirklich mein Vater?«

»Ja, sicher«, sagte Thomas in einem Ton, als wäre diese Frage vollkommen albern. »Was denkst du denn?«

»Und Monica und Bernice waren an derselben Uni?«, fragte Ethan weiter. Er blieb vor seinem Vater stehen, der sich auf dem Stuhl zurücklehnte.

»Ja, wir haben das alles so arrangiert. Monica war mir vollkommen unbekannt. Ihre Eltern sind früh gestorben, sie ist in einer Pflegefamilie aufgewachsen. Als ihre Pflegeeltern ihr in ihrem alten Farmhaus auf der Isle of Wight eine eigene Etage renoviert haben, hat sie diesen Brief gefunden, der zwischen zwei Dachbalken versteckt war. Sie hat recherchiert, kam nach Wales und hat uns mit ihrem Wissen erpresst. Ihr Plan war einfach: Sie wollte Teil unserer Familie werden. Sie war hübsch, das muss ich zugeben, und offenbar konnte sie in ihrem Leben schon immer viel durch ihr Aussehen erreichen. Vielleicht habe ich mich damals sogar wirklich in sie verliebt. Anders kann ich mir nicht erklären, warum ich mich auf die ganze Sache eingelassen habe. Ja, ich war eigentlich in Bernice verliebt, aber Monica hat mich umgarnt und geschickt mit dem Brief erpresst. Es war nicht offensichtlich, sondern indirekt, nie aggressiv. Und irgendwann konnte ich nicht mehr zurück. Du weißt, was in dem Brief steht?«

Ethan schüttelte den Kopf und nahm seine Wanderung durchs Zimmer wieder auf. »Noch nicht alles. Sophia hat uns erst einen Teil der Geschichte erzählt, ich werde gleich zu ihr fahren.«

Ethans Vater presste die Lippen zusammen. Dann sagte er leise: »Ich kann dich nicht davon abhalten. Aber überlege es dir gut. Seit ich davon erfahren habe, ist mein Leben ein anderes geworden.«

»Weil du eine Frau heiraten musstest, die du nicht geliebt hast?«, fragte Ethan und stieß ein bitteres Lachen aus. Ihm war schon lange bewusst, dass seine Eltern sich nicht liebten, aber er war immer davon ausgegangen, dass es diese Liebe früher einmal gegeben hatte. Dass er selbst nur durch eine Erpressung geboren worden war, kam ihm unvorstellbar vor.

»Wie gesagt, ich fühlte mich irgendwie mit Monica verbunden. Liebe war es nicht, eher Verblendung. Und sie hatte diesen Brief, was meine Entscheidung letztendlich beeinflusst hat. Wir haben Monica einen Platz an der Uni besorgt, an der auch Bernice damals studierte, sodass sie sich leicht mit ihr befreunden konnte. Dann hat Monica diese Gerüchte gestreut, und Sophia hat mitgespielt. Ich habe einfach den Mund gehalten, was hätte ich denn tun sollen? Ich hatte keine Wahl.« Sein Vater stand auf und ging zur Tür. »Ich habe gehofft, dass diese Geschichte irgendwann in Vergessenheit geraten würde, ich wollte euch nicht damit belasten. Der Brief ist längst vernichtet, und ich wollte dieses Geheimnis mit ins Grab nehmen, damit unsere Familie endlich befreit wäre. Es gäbe keinen Zeugen mehr, niemand würde mehr davon wissen. Aber du hast dich dagegen entschieden.«

»Nein, ihr habt den Geist längst aus der Flasche gelassen, als ihr euch damals nicht gegen Mum gewehrt habt. Diese Geschichte wird niemals aussterben, solange wir nicht offen darüber sprechen. Ich werde mir anhören, was Sophia noch zu erzählen hat.« Ethan folgte seinem Vater aus dem Frühstückszimmer in den leeren Korridor. »Das alles ist ein Teil unserer Identität. Unsere Großmutter sollte genauso zu unserem Leben gehören wie das Wissen um das, was damals in unserer Familie geschehen ist.«

Sein Vater stieß einen resignierten Seufzer aus und ging schweigend neben ihm her in die Eingangshalle.

Plötzlich blieb Ethan stehen. »Und warum hat Mum behauptet, Sophia hätte meinen Großvater ermordet?«, fragte er.

Sein Vater hielt ebenfalls inne, drehte sich aber nicht zu ihm um, als er sagte: »Sie hat gelogen. Nicht Sophia hat ihn hinuntergestoßen …« Er wandte sich zur Treppe und stieg einige Stufen hinauf.

»Sondern?«, rief Ethan ihm nach.

Doch sein Vater hob nur abwehrend die Hand und verschwand im oberen Stockwerk. Ethan starrte ihm nachdenklich hinterher. Das alles wurde immer verwirrender. Was hatte das nun wieder zu bedeuten? Wieso redeten alle in Rätseln? Wie sehr er das hasste! Diese Unehrlichkeit, diese Lügen, die immer schon über der Familie gelegen hatten. Und warum hatte sein Vater sich selbst aufgegeben? Er führte ein Leben ohne Liebe, ohne Freude, mit einer Frau, die er verachten musste, weil sie ihn zu einer Heirat gezwungen hatte. Schon immer hatte Ethan den Eindruck gehabt, dass sein Vater sich in seine Arbeit flüchtete. In seinem Unternehmen ließ er seine Wut an anderen aus, dort ging er besonders hart und skrupellos vor, wohingegen er zu Hause kaum ein Wort des Widerstandes gegen seine Frau wagte.

Nachdenklich stieg Ethan die Treppe hinauf zu seinen Privaträumen. Sein Vater war so englisch, wie man es nur sein konnte. Immer standen Ansehen, Tradition und der Ruf an erster Stelle. Während Ethan in seine Jacke schlüpfte und nach dem Autoschlüssel griff, überlegte er, ob sein Vater ein schwacher Mann war. Er beugte sich dem Druck des äußeren Scheins und opferte sich für eine angeblich höhere Sache, wie unsinnig sie auch war. Ethan musste unbedingt erfahren, welches Geheimnis sein Vater zu schützen versuchte.

Als er wenig später in seinem Cabrio saß und in Richtung Bangor fuhr, zwang er sich, nicht weiter über die Worte seines

Vaters nachzudenken. Wie die Geschichte wohl weitergehen würde, die Sophia ihnen gestern erzählt hatte? Warum war es so gefährlich, dass Fremde davon erfuhren? Fremde wie Spring. Wärme breitete sich in ihm aus, als er an sie dachte. Nein, sie war nicht fremd, ganz und gar nicht. Eigentlich war es erstaunlich, wie vertraut sie ihm noch immer war. Spring war weder standesgemäß noch elegant, sie war provokant und hatte eine kriminelle Vergangenheit, aber sie hatte sich überall durchgekämpft und zeigte einen Überlebenswillen, der ihn beeindruckte. Er hatte sie schon damals geliebt, als sie sechzehn war, und er tat es heute, acht Jahre später, immer noch. Vielleicht fühlte er sich auch so sehr zu ihr hingezogen, weil sie sich beide in ganz ähnlichen Lebenssituationen befanden, auch wenn sie aus vollkommen unterschiedlichen Welten stammten. Sie irrten heimatlos umher und suchten verzweifelt nach einem Ziel, ohne zu wissen, was sie als Nächstes tun sollten. Was für ein Zufall, dass das Leben sie ausgerechnet jetzt wieder zueinander geführt hatte!

Zumindest über eine Sache war Ethan sich im Klaren: Er wollte unbedingt hier in Nordwales bleiben, denn die Hektik, der Gestank und die Menschenmengen in London gingen ihm schon seit Langem auf die Nerven. Aber Daffodil Castle war nicht mehr der richtige Ort für ihn. Nicht, seit er wusste, dass seine Mutter eine Erpresserin war und sein Vater ein Lügner. Und wenn Sophia seinen Großvater nicht von der Galerie gestoßen hatte, wer war es dann gewesen? War seine Mutter etwa auch eine Mörderin?

Vielleicht sollte er ganz weit fortgehen, nach Cornwall oder Kanada, und sich dort ein eigenes Anwesen kaufen. Irgendetwas Schönes, mit großem Garten. Er könnte all das hier hinter sich lassen. Einen Moment lang erlaubte er sich zu träumen. Und in seinem Traum kam auch Spring vor, die dieses Haus mit ihm bewohnte. Ja, er wollte Spring nicht noch einmal verlieren. Dieses Mal würde er sie festhalten und mit ihr glücklich werden.

Er presste die Lippen zusammen, als ihm klar wurde, wie unzufrieden er im Augenblick mit seinem Leben war. Dass er sich ins Homeoffice nach Nordwales zurückgezogen hatte, änderte nichts an der Tatsache, dass er seinen Job abgrundtief hasste. Er wollte keine Gewinne mehr erzielen, indem er die Existenzgrundlage anderer Menschen vernichtete. Er wollte nicht mehr mit Summen jonglieren, die jenseits aller Vorstellungen lagen.

Ethan seufzte und verlangsamte das Tempo, als er die Stadtgrenze von Bangor erreicht hatte. Auf jeden Fall musste er aus dem Investment-Geschäft aussteigen. Es tat ihm nicht gut, er verlor sich dabei selbst. Nein, er hatte längst genug Geld verdient, um für den Rest seines Lebens nicht mehr arbeiten zu müssen. Sein Vater würde damit jedoch nicht einverstanden sein. Er hatte akzeptiert, dass Aiden ein Nichtsnutz war, der Geld ausgeben, aber nicht verdienen konnte, weshalb all seine Hoffnungen nun auf Ethan gerichtet waren. Und es fiel Ethan trotz allem schwer, seinen Vater zu enttäuschen.

Außerdem fühlte er sich zu jung, um sich aus dem Arbeitsleben zurückzuziehen, er würde sich zu Tode langweilen. Nein, er wollte etwas tun, etwas Neues schaffen.

Als Ethan Summers Haus erreicht hatte, begann sein Bauch zu kribbeln. Gleich würde er Spring wiedersehen.

Summer öffnete die Tür und lächelte. »Du kommst gerade recht zum Frühstück.«

Als Ethan in den offenen Wohnbereich trat, stand Spring vom Tisch auf und kam ihm entgegen. Er breitete die Arme aus und zog sie an sich. Es tat so gut, sie zu spüren, ihren Duft aufzusaugen und ihre Wärme zu fühlen.

»Ich würde gerne noch eine Weile bei euch bleiben, um Sophias Geschichte weiterzuhören«, sagte Summer und griff nach ihrer Aktentasche, »aber ich muss leider in die Schule. Ihr erzählt mir nachher, was passiert ist, ja?«

»Natürlich«, versprach Spring ihrer Schwester.

Ungeduldig wartete Ethan, bis sie mit dem Frühstück fertig waren und Sophia ihre Erzählung endlich fortsetzen konnte. Er und Spring verschlangen ihre Hände ineinander und lauschten dann seiner Großmutter, die sie zurück ins Jahr 1876 führte.

# NEUNTES KAPITEL

*Nordwales, Oktober 1876*

»Diese Liste müssen Sie auswendig lernen.« Lady Charlotte reichte Daphne ein eng beschriebenes Blatt Papier.

Daphne beugte sich auf der harten Kutschenbank vor und warf einen Blick darauf. Vornamen, Geburtsdaten, Personenbeschreibungen und Vorlieben von Lady Charlottes verstorbener Familie waren hier festgehalten. Daphne seufzte. Noch immer war ihr nicht wohl dabei, diese Scharade zu spielen, aber sie hatte nicht nur Frederic, sondern auch Lady Charlotte durch ihre Zustimmung sehr glücklich gemacht. Zweimal hatten sie auf der Fahrt nach Wales die Kutschen gewechselt, beim ersten Halt in Swindon hatten sie die Kleider getauscht. Daphne hatte zunächst Sorge gehabt, dass sie nicht in die Gewänder der zarten, von ihrer Krankheit gezeichneten Adligen passen würde, doch wie sich herausstellte, stammten die Röcke und Blusen alle noch von der Zeit vor dem tragischen Unglück, als die Lady in etwa Daphnes Statur gehabt hatte. Daphnes Schwesterngewand schlackerte allerdings um Lady Charlottes Taille, sodass sie es mithilfe der Schürze festbinden mussten.

Warum Lady Charlotte beim zweiten Halt ausgerechnet diesen Kutscher und seine alte klapprige Kutsche gewählt hatte, war Daphne schleierhaft. Die Adlige schien auf den Mann gewartet zu haben, es gab eine stille Übereinkunft zwischen den beiden, von der Daphne anscheinend nichts mitbekommen durfte. Als Lady Charlotte mit dem Mann den Weg besprach, schickte sie Daphne ins Wirtshaus, damit sie ihnen Proviant besorge. Da die Fahrt nun jedoch kaum mehr als zwei Stunden dauern würde, ahnte Daphne, dass es ein Vorwand gewesen sein musste, um mit dem Mann eine intime Absprache treffen zu können.

Jetzt faltete sie das Papier mit den Aufzeichnungen und steckte es in ihre Rocktasche. Die schwere Seide mit den Spitzen und Bändern war ungewohnt, immer wieder fuhr sie mit ihren Fingern ehrfurchtsvoll über den teuren Stoff. Auch wenn Lady Charlottes Kleider nicht mehr der neuesten Mode entsprachen, waren die Stoffe von edler Qualität.

»Wir werden bald ankommen.« Daphne blickte aus dem Fenster. Es begann bereits zu dämmern.

Lady Charlotte nickte. »Es ist so weit.«

Dann griff sie nach ihrer Tasche, die sie die ganze Zeit fest umklammert hielt, und zog eine Flasche daraus hervor. Ein leises Ploppen erklang, als sie den Stopfen entfernte. Mit einem Lächeln setzte sie die Flasche an und trank sie beinahe gierig aus.

Daphne zog die Augenbrauen zusammen. »Was ist das?«, fragte sie.

»Meine Medizin«, sagte die Adlige. »Und vergessen Sie nicht: Ich war das letzte Mal auf Daffodil Castle, als ich zwei Jahre alt war. Ich kann mich nicht mehr daran erinnern. Ab jetzt sind Sie Lady Charlotte. Sie kennen sich auf dem Schloss nicht aus, Sie wissen nur das, was auf meinem Zettel für Sie steht. Ich danke Ihnen für alles.« Sie klopfte an die Kutschenwand und schloss dann die Augen.

Daphne dachte noch über die rätselhaften Worte ihrer Patientin nach, als sie merkte, dass der Kutscher das Tempo rasant beschleunigte. Sie hörte die Peitsche knallen und die

Pferde wiehern. Was hatte der Mann vor? Die Kutsche schaukelte gefährlich über den holprigen Weg. Die Landschaft, die in der letzten Abendsonne lag, flog an ihnen vorbei.

»Hey!«, rief Daphne und versuchte das Fenster zu öffnen, um dem Mann die Leviten zu lesen. Aber in diesem Moment fuhr der Fahrer eine steile Kurve, sodass sie in den Sitz zurückgedrückt wurde.

Die leere Flasche rollte zwischen ihren Füßen umher. Daphne sah erschrocken zu ihrer Herrin, die die Augen geschlossen hatte und in sich zusammengesunken war.

»Eure Ladyschaft?« Sie fasste nach ihrer Hand.

Währenddessen flog die Kutsche weiter in halsbrecherischem Tempo über Stock und Stein. Wollte der Mann sie umbringen? Und was war mit Lady Charlotte geschehen? Daphne kreischte erschrocken auf, als ein Krachen ertönte. Sie wurde unsanft aus dem Sitz geschleudert und landete dort, wo eben noch Lady Charlotte gesessen hatte. Ein stechender Schmerz durchfuhr ihr linkes Bein. Die Kutsche kippte zur Seite, Holz splitterte, die Pferde wieherten. Daphne verlor den Überblick, und kurz darauf wurde alles um sie herum schwarz.

Als sie wieder zu sich kam, blickte sie in den tiefblauen Abendhimmel. Wolken waren aufgezogen, und ein starker Wind zerrte an ihren Haaren. Sie brauchte einen Moment, bis sie sich orientiert hatte und ihr alles wieder einfiel. Sie hatten einen Unfall gehabt, kurz vor ihrem Ziel, Daffodil Castle. Der Kutscher war auf einmal losgerast wie von Sinnen. Sie richtete sich verwirrt auf.

»Eure …?« Im letzten Moment biss sie sich auf die Zunge. Beinahe hätte sie sich verraten. Stattdessen rief sie: »Wo sind Sie?«

Nichts. Alles blieb still.

»Hallo?«, fragte sie ängstlich. Und dann wagte sie es doch: »Lady Charlotte?«

Mühsam befreite sie sich von gebrochenen Holzplanken und aufgeplatzten Sitzkissen, die auf ihr lagen. Ihr linkes Bein schmerzte. Sie atmete tief durch und versuchte, das Fußgelenk zu bewegen. Es tat weh, aber es ließ sich beugen. Anscheinend hatte sie es sich nur verdreht. Vorsichtig stand sie auf und sah sich um. Wo war Lady Charlotte? In einiger Entfernung erblickte sie den Kutscher, der gerade dabei war, eins der beiden Pferde zu satteln.

Sie ging einen Schritt in seine Richtung und stieß gegen etwas Weiches. Als sie zu Boden sah, entfuhr ihr ein entsetzter Schrei. Lady Charlotte! Sie bückte sich zu der Adligen hinunter und sah direkt in ihre aufgerissenen, starren Augen.

»Nein!«, schrie Daphne und tastete verzweifelt nach ihrem Puls, aber es gab kein Lebenszeichen mehr. »Bitte, Eure Ladyschaft!«

Sie hob den Oberkörper der jungen Frau ein Stück an und zog sie in ihren Schoß. Ihre Knie wurden feucht von dem Gras und dem Schlamm, doch es war ihr in diesem Moment egal. Sie tätschelte die Wangen ihrer Freundin, aber sie rührte sich nicht. Lange saß Daphne so da, bis sie verstand, was geschehen war. Die Flasche, die Lady Charlotte geleert hatte, bevor sie an die Kutschwand geklopft hatte … die Heimlichtuerei mit dem Kutscher zuvor … und ihre Zuversicht, dass es niemandem auffallen würde, dass die Krankenschwester viel blasser und schwächer war als ihre Patientin, mit der sie die Rollen getauscht hatte. Lady Charlotte hatte nie vorgehabt, lebend auf Daffodil Castle einzutreffen. Sie hatte von Anfang an geplant, sich das Leben zu nehmen. Die Adlige hatte gewusst, dass Daphne, hätte sie ihre wahren Absichten erahnt, alles unternommen hätte, um sie von dem Freitod abzuhalten. Deshalb hatte sie es so geregelt, dass Daphne bis zum Schluss dachte, sie würden beide die vertauschten Rollen im Schloss weiterspielen. Lady Charlotte hatte sich das Gift besorgt, um es kurz vor Daffodil einzunehmen, und als Zeichen für den Kutscher hatte sie an die Wand geschlagen, damit er das Tempo beschleunigte und einen Unfall herbeiführte. Daphne schluchzte auf. Tränen liefen ihr über das Gesicht. Wieso hatte die Adlige das getan? Aber die Antwort auf ihre Frage kannte sie. Wie hätte Lady Charlotte mit der Erinnerung an die Schrecken, die sie erlitten hatte, jemals ein unbeschwertes Leben führen können? Es gab keinen Menschen mehr auf der Welt, der ihr geblieben war, sie sehnte sich nach dem Tod und wollte Daphne und Frederic zu ihrem Glück verhelfen.

Das Geräusch von Pferdehufen riss sie aus ihren Gedanken. In der Ferne tauchte ein einsamer Reiter auf, der auf sie zugeritten kam. Daphne strich ihrer Freundin ein letztes Mal über das aschfahle Gesicht. Dann legte sie ihren Leichnam ab und richtete sich auf.

Wenige Augenblicke später hatte das Pferd sie erreicht. Ein Mann sprang aus dem Sattel und trat neben sie.

»Eure Ladyschaft?«, fragte er. »Lady Charlotte?«

Daphne sah ihn an, unfähig, seine Frage zu beantworten. Sie war nicht die, für die er sie hielt.

Der Mann musterte sie, ehe er einen Blick auf die echte Lady Charlotte warf, die noch immer halb unter den Trümmern der Kutsche begraben lag. »Wer ist sie?«

Daphne atmete tief durch. Wenn sie jetzt die Wahrheit sagte, würde sie Lady Charlotte verraten. Die Adlige hatte alles dafür getan, dass Daphne ihr Leben leben konnte. Wer war sie, dieser selbstlosen Frau, die das Schlimmste erlebt hatte, was man sich nur vorstellen konnte, ihren letzten, ihren einzigen Wunsch zu verwehren? Daphne schluckte, dann sagte sie: »Schwester Marcy. Die Tote hier ist meine gute Freundin, Daphne Marcy.«

Eine Weile schwiegen sie. Die Dämmerung war längst angebrochen. Erneut klangen Pferdehufe durch die Nacht. Daphne erkannte den Kutscher, der in einiger Entfernung auf einem der Pferde davonritt. Das andere führte er am Zügel mit sich.

»Der Kerl will seiner Strafe entgehen«, brummte der Mann neben ihr. »Ist bestimmt viel zu schnell gefahren und hat den Unfall verschuldet.«

Daphne strich sich über das tränennasse Gesicht. Dann fragte sie: »Wer sind Sie?«

»Verzeihung, Eure Ladyschaft. Ich bin Ihr Verwalter, Hugh Harper.«

Daphne nickte ihm zu. »Gut, Mr Harper, ich schlage vor, Sie reiten zum Schloss, um Hilfe zu holen. Bringen Sie einen Karren oder eine Equipage her, mit der wir die sterblichen Überreste von Schwester Marcy und unser Gepäck zum Schloss transportieren können.«

Der Verwalter sah sie erstaunt an. »Sie wollen hier bei der … bei der Verstorbenen bleiben? Aber es ist schon spät, es wird gleich dunkel und ein Unwetter zieht auf.«

»Dann beeilen Sie sich. Ich werde sie hier nicht allein lassen, nicht dass am Ende noch wilde Tiere über sie herfallen«, erklärte Daphne entschlossen.

Der Mann nickte, lief zu seinem Pferd und galoppierte davon.

Daphne sah ihm lange nach und wandte sich dann wieder ihrer toten Herrin zu. Sie bückte sich und räumte die Trümmer von dem Leichnam fort. Dabei stieß sie auf die Flasche aus braunem Glas, die Lady Charlotte kurz vor dem Unfall so gierig geleert hatte. Daphne nahm das Fläschchen und schnupperte daran. Laudanum! Sie richtete sich auf. Laudanum war ein Mittel, das sie in der Klinik allen Patienten und Patientinnen zur Beruhigung, aber auch zum Schlafen verabreicht hatten. Lady Charlotte musste es in den vergangenen Wochen in der Flasche gesammelt haben, extra für diesen Moment. Daphne war eine schlechte Krankenschwester! Sie hätte besser achtgeben müssen, aber sie war so sehr mit ihren eigenen Sorgen beschäftigt gewesen, dass sie es nicht bemerkt hatte. Wenn sie sich nicht auf diesen Schwindel eingelassen hätte, würde Lady Charlotte jetzt noch leben.

Daphne ging wieder in die Hocke und betrachtete den Leichnam der Lady im letzten Licht des Tages. Aber wäre es wirklich erstrebenswert gewesen, dieses Leben zu erhalten, ein Leben, das die junge Frau doch nicht mehr ertragen konnte? Hätte Daphne diesen Selbstmord tatsächlich verhindern sollen?

Sie musste unwillkürlich lächeln. Was für ein schlauer und durchdachter Plan das gewesen war. Lady Charlotte hatte genau gewusst, dass sie Daphne nicht einweihen konnte, weil sie dann niemals mitgespielt hätte. Durch ihren Tod hatte sie Daphne und Frederic die finanzielle Sicherheit und den gesellschaftlichen Stand verschafft, die sie für ein gemeinsames Leben brauchten. Daphne steckte die losen Haarsträhnen, die der raue Wind aus ihrer Frisur gelöst hatte, unter den eleganten Hut. Nein, sie würde nicht mit sich hadern, sie würde Lady Charlottes Tod lieber als das annehmen, was es war: ein letztes Geschenk einer treuen Freundin, die ihre Erinnerungen nicht ertragen konnte und ihr ihre Identität samt ihrem Vermögen vermacht hatte.

Über dem Meer zuckte plötzlich ein Blitz am Horizont auf. Wenig später konnte Daphne den Donner rollen hören. Es war inzwischen so dunkel geworden, dass sie die Umrisse der Felsen kaum mehr wahrnehmen konnte. Sie beschloss, die verstreuten Gepäckstücke zusammenzusuchen, solange sie noch etwas erkennen konnte. Also tastete sie sich vorsichtig über die Unfallstelle und hatte wenige Minuten später alles gefunden, was ihr wichtig war. Sie dachte an den Kutscher, mit dem Lady Charlotte allein sprechen wollte. Sie musste den Mann schon vorher kontaktiert und ihm ihren tödlichen Plan mitgeteilt haben. Vermutlich war er gar kein Kutscher, sondern ein gewöhnlicher Verbrecher, der sich extra für diese Unternehmung das klapprige Gefährt besorgt hatte.

Daphne setzte sich auf einen der Koffer, schlang die Arme um den Oberkörper, um sich vor dem kalten Wind zu schützen, und wartete. Sie hatte keine Ahnung, wie lange Mr Harper schon fort war und wie weit das Schloss wohl entfernt lag. Das Unwetter tobte über dem Meer und schien sich langsam zu nähern. Der Wind wurde immer stärker. Daphne sah sich um, ob sie in der Schwärze der Nacht irgendetwas ausmachen konnte, was ihr und Lady Charlottes sterblichen Überresten als Schutz dienen könnte. Doch in der Dunkelheit war nichts zu erkennen. Jetzt ärgerte sie sich, dass sie sich nicht früher darum gekümmert hatte.

Sie zögerte noch, ob sie sich blind durch die Landschaft tasten sollte, um nach einem Unterstand zu suchen, als in der Ferne Lichter auftauchten. Bald darauf konnte sie Pferdegetrappel hören, das sich unter das Tosen des Sturmes mischte. Erleichtert atmete sie auf, als sie die Kutsche sah, die von vier Laternen beleuchtet wurde.

»Eure Ladyschaft.« Mr Harper sprang aus dem Wagen, der offenbar schon bessere Tage gesehen hatte. Selbst im Dämmerlicht konnte Daphne die abgeplatzten Lackstellen im Anstrich und die herunterhängenden Zierleisten erkennen.

»Wir sollten uns beeilen. Das Unwetter hat uns gleich erreicht, und es ist ohnehin gefährlich, nachts diese unbefestigten Wege zu nehmen«, mahnte Mr Harper.

Der Kutscher war inzwischen vom Bock geklettert und sah sich an der Unfallstelle um. Er schüttelte entsetzt den Kopf.

»Ich habe das Gepäck schon zusammengesucht«, sagte Daphne und deutete auf den Haufen an Koffern und Taschen, der vom flackernden Licht der Laternen beleuchtet wurde. »Und wir müssen … Schwester Marcy mitnehmen.«

»Selbstverständlich.« Mr Harper machte dem Kutscher ein Zeichen, der gleich damit begann, die Utensilien auf die Gepäckablage zu hieven.

»Wir sollten sie mit ins Innere der Kutsche nehmen«, sagte Daphne, die den Gedanken nicht ertragen konnte, dass der Körper der jungen Frau wie ein Koffer oben verstaut werden sollte.

Mr Harper nickte knapp und machte sich dann mit dem Kutscher zusammen an die Arbeit. Als Daphne wenig später in die Equipage kletterte, lag Lady Charlotte unter einem Mantel verborgen auf einer der Kutschbänke.

Mr Harper setzte sich zum Kutscher, und gleich darauf fuhr der Zweispänner los. Im Inneren roch es modrig, und Daphne bemerkte, dass der seidene Bezug an der Wagendecke mottenzerfressen war. Stockflecken hatten sich an den Türverkleidungen gebildet. Dieses Gefährt musste jahrelang in den Stallungen gestanden haben, ohne besonders gepflegt worden zu sein. Lady Charlottes Familie war vor über zwanzig Jahren nach Indien aufgebrochen, anscheinend hatte ihr Elternhaus seitdem leer gestanden. Was für ein Glück, dass diese Equipage überhaupt noch existierte und fahren konnte.

Der Wind rüttelte an der Kutsche, und Daphne wurde angst und bange. Einen zweiten Unfall wollte sie heute nicht erleben. Sie kamen nur langsam voran. Es begann zu regnen, die Tropfen schlugen gegen die Scheiben, Blitze zuckten über den Himmel, und Donner krachten. Daphne taten die beiden Männer draußen leid, die den Elementen schutzlos ausgeliefert waren, und sie war froh, als sie endlich langsamer fuhren. Sie sah aus dem Fenster und konnte eine Laterne erkennen, die ein großes Tor beleuchtete. Jetzt schienen sie über Kopfsteinpflaster bergauf zu fahren. Rechts und links ragten hohe Mauern auf. Dann hatten sie einen Innenhof erreicht. Die Tür der Equipage wurde geöffnet, und Daphne stieg aus. Sie eilte durch den Regen zum Eingang des Schlosses, aus dem warmes Licht drang. Das also war Daffodil Castle.

Sobald sie im Trockenen war, blieb sie stehen und sah sich um. Sie befand sich in einer großen Halle. Abgestoßene schwarz-weiße Kacheln zierten den Boden, an den Wänden brannten Öllampen, die den riesigen Raum in flackernde Helligkeit tauchten. Nur wenige Möbelstücke waren vorhanden, ein runder Tisch, auf dem ein Strauß Herbstblumen stand, ein großer Kamin mit einer Alabasterummantelung und zwei Tischchen an den Wänden.

Eine Frau in mittleren Jahren trat auf Daphne zu und knickste. »Eure Ladyschaft.«

»Das ist die Haushälterin, Mrs Moryn«, stellte Mr Harper sie vor. »Sie hat bereits Erfahrung in der Führung eines so großen Hauses. Sie war viele Jahre lang beim Duke of Portland angestellt.«

Daphne begrüßte die unscheinbare Frau.

»Was soll mit dem Leichnam geschehen?«, fragte Mr Harper, bevor er sich verabschiedete.

Daphne atmete tief durch. Darüber hatte sie noch gar nicht nachgedacht. Sie war ganz darauf konzentriert gewesen, Lady Charlottes Leichnam vor wilden Tieren in Sicherheit zu bringen. Jetzt fiel ihr ein, dass er eigentlich auf die Isle of Wight zurückgebracht werden müsste, weil die Adlige ja angeblich Daphne Marcy war. Daphne fasste sich unwillkürlich an die

Kehle, als sie an das Entsetzen ihrer Familie dachte, wenn sie erfahren würden, dass sie scheinbar tot war.

»Ich werde morgen ihren Angehörigen schreiben«, erklärte sie. »Gibt es hier eine Kapelle?«

»Oh ja, Ma'am. Wir haben eine Kirche im Schloss. Sollen wir sie dort aufbahren?«

»Das wäre sehr freundlich.«

Mr Harper deutete eine Verbeugung an und eilte davon, während Mrs Moryn sich an Daphne wandte.

»Sie wollen sich bestimmt erst frisch machen, bevor ich Ihnen Ihr Dinner serviere.« Sie deutete zur Treppe. »Ich habe Ihnen das große Schlafzimmer hergerichtet. Ich hoffe, das ist für Sie in Ordnung?«

»Natürlich«, antwortete Daphne und folgte ihr die breite Treppe aus Eichenholz hinauf, die in der Mitte der Halle nach oben führte. Hinter der Treppe befand sich eine Wand aus Buntglas, sodass dieser Raum tagsüber sicher von Sonnenlicht erhellt war. Doch jetzt kam ihr alles dunkel und bedrückend vor. Die Treppe teilte sich in der Mitte, und die Haushälterin führte sie auf der linken Seite hinauf.

Mrs Moryn drehte sich zu Daphne um. »Die Familienzimmer befinden sich alle im Südflügel, und auf der anderen Seite«, sie deutete auf den rechten Teil der Treppe, »liegen die Gästezimmer des Ostflügels. Ich muss gestehen, dass ich mir diese Zimmer noch nicht ansehen konnte, denn auch ich bin erst seit drei Tagen hier.«

»Selbstverständlich«, erwiderte Daphne. »Ich habe Sie mit meiner Ankunft ja auch überrumpelt. Aber es wurde Zeit für mich, nach Hause zu kommen. Wir werden das Anwesen in den nächsten Monaten gemeinsam aus seinem Dornröschenschlaf wecken.«

Die Haushälterin lächelte dankbar.

Sie standen nun in einem breiten Flur, der mit einem dicken roten Teppichboden ausgelegt war. Es roch nach Bohnerwachs und Seifenlauge, aber vor allem nach Moder, Feuchtigkeit und Schimmel. Die zwanzig Jahre Leerstand waren nicht spurlos an dem Gebäude vorbeigegangen, und auch wenn es anscheinend regelmäßig beheizt worden war, schien sein Zustand bedenklich. Es musste einiges getan werden, um das Haus wieder bewohnbar zu machen.

Daphne sehnte sich nach Frederic. Ob er sich schon gemeldet hatte? Sie räusperte sich. »Ist Post für mich eingetroffen?«

»Nein, Ma'am.« Die Haushälterin hob bedauernd die Schultern und führte Daphne in einen Flur, der von dem ersten abging. Er war nicht lang und endete vor einer breiten doppelflügeligen Tür.

»Bitte sehr.« Mrs Moryn ließ ihr den Vortritt in ein Zimmer, das von mehreren Lampen beleuchtet wurde. »Das muss der Schlafraum Ihrer Mutter gewesen sein.«

Daphne sah sich um. Ein helles Bett stand neben der Tür, mit einem Himmel aus weißer Seide, und vor dem Fenster ein Frisiertisch mit einem Hocker davor. An der linken Wand befand sich ein großer Kamin mit einer Ummantelung aus Mahagoniholz, und direkt vor ihr war eine Tür, die ins benachbarte Ankleidezimmer führte.

»Ich kann mich leider nicht mehr erinnern«, erwiderte Daphne, die sich wunderte, wie leicht ihr all diese Lügen fielen. Aber sie spielte diese Rolle ja für Charlotte, um ihr ihren letzten Wunsch zu erfüllen. »Ich war erst zwei Jahre alt, als wir nach Indien gingen, und die schrecklichen Ereignisse dort … Ich versuche alles zu verdrängen, nicht mehr an die Vergangenheit zu denken und nur noch im Augenblick zu leben.«

»Das ist richtig so.« Die Haushälterin lächelte sie mitfühlend an, und Daphne schloss sie in diesem Moment in ihr

Herz. »Ich habe Ihnen ein heißes Bad vorbereitet, denn Sie haben Ihre Zofe verloren, wie Mr Harper mir sagte. Mein Beileid auch für diesen Verlust.«

»Sie war meine Pflegerin, während ich an Schwindsucht litt. Aber Schwester Marcy hat auch die Pflichten einer Zofe bei mir erfüllt«, fantasierte Daphne.

»Wir werden uns nach einer neuen Kammerzofe für Sie umsehen, aber zunächst schicke ich Ihnen Harriet, unser erstes Stubenmädchen. Sie kann Ihnen zur Hand gehen.«

Daphne bedankte sich, und Mrs Moryn ließ sie allein.

Wenige Minuten später brachte der Kutscher Lady Charlottes Gepäck, und kurz darauf erschien auch das Stubenmädchen. Sie half Daphne dabei, die schmutzigen und nassen Reisekleider auszuziehen. Als Daphne in der großen Badewanne aus Emaille lag, eingehüllt in einen Duft nach Rosen und Veilchen, liefen ihr Tränen übers Gesicht. Sie konnte nicht sagen, ob sie aus Trauer, Angst oder Erschöpfung weinte. Alles war ungewiss. Indem sie sich auf diese Täuschung eingelassen hatte, hatte sie auch ihre Familie, ihre Freunde und ihre Heimat verloren. Sie alle würden in wenigen Tagen von ihrem angeblichen Tod erfahren. Sie musste einen Weg finden, ihrer Familie die Wahrheit zu sagen, ohne sich selbst zu verraten.

Außerdem hatte sie gehofft, dass sie hier bereits eine Nachricht von Frederic vorfinden würde, aber es war kein Brief eingetroffen. Wenn Frederic nun doch nicht kam? Sie wäre allein hier oben, im tiefsten Norden von Wales. Plötzlich fühlte sie sich unendlich einsam. Sie vermisste Lady Charlotte und sie vermisste Frederic. Ja, sie sehnte sich nach ihrem alten Leben, nach der Isle of Wight, Ruth, Schwester Middleton, der Farm und dem Krankenhaus.

»Ma'am? Ist alles in Ordnung?«, fragte Harriet in diesem

Moment. Sie war ins Badezimmer geschlüpft, das vom Ankleideraum abging. Hier gab es, neben der Badewanne, einen Waschtisch aus rissigem Eichenholz mit einer eingelassenen Porzellanschüssel, einen Holzstuhl und ein großes Gestell, über dem die Handtücher hingen. Eine Tür führte zu einem Abort, ein Luxus, auf den Daphne kaum zu hoffen gewagt hatte. Schließlich war das Schloss seit zwanzig Jahren verlassen, und als es erbaut worden war, musste das eine sehr moderne Errungenschaft gewesen sein. Auf der Farm hatten sie nur die Klohäuschen im Hof gehabt. Allerdings musste Daphne feststellen, dass der Abtritt hier im Schloss nichts weiter als ein komfortabler Sitz über einem Loch war, durch das die Fäkalien an den hohen Schlossmauern hinunterfielen. Den Gedanken fand sie nicht sehr appetitlich.

Daphne nickte dem Stubenmädchen zu. »Ich denke, es ist genug.«

Harriet half ihr aus dem Wasser und hüllte sie in ein dünnes Leinentuch. Während sie sich abtrocknete, spürte sie die Müdigkeit nach diesem ereignisreichen Tag in ihren Gliedern. Harriet hatte Lady Charlottes Kleidung, die jetzt ihre war, ins Ankleidezimmer gebracht. Nun hingen die wenigen Gewänder, die die Adlige bei sich gehabt hatte, auf den langen Stangen und sahen recht verloren aus. Wenn Daphne ihre Rolle weiterspielen wollte, würde sie sich um neue Kleider kümmern müssen. Sie seufzte und erntete einen fragenden Blick von Harriet.

»Oh, ich dachte nur gerade darüber nach, dass ich mir wohl eine komplett neue Garderobe besorgen muss, aber ich weiß nicht, an wen ich mich wenden soll«, erklärte Daphne und hob die Arme, damit Harriet ihr das Korsett schnüren konnte.

»Ziehen Sie es nicht so fest zu«, sagte sie, als sie merkte, wie viel Kraft die junge Frau verwendete, um ihr eine schlanke

Taille zu bescheren. »Ich möchte mich noch gut bewegen können.«

»Sehr wohl, Eure Ladyschaft.« Harriet lockerte die Bänder und verknotete sie schließlich. »Wenn Sie es wünschen, kann ich mich nach einem Schneider in der Nähe erkundigen, der Ihnen neue Kleider anfertigen könnte. Oder Sie warten, bis Sie eine richtige Kammerzofe gefunden haben, die kennt bestimmt einen geeigneten Mann.«

»Ich weiß nicht, ob es überhaupt nötig ist, nach einer Kammerzofe zu suchen.« Daphne sah das junge Mädchen an, das ihr sympathisch erschien. Und Harriets Unwissen war von Vorteil. Einer erfahrenen Kammerzofe würde vermutlich schnell auffallen, dass Daphne sich keinesfalls wie eine echte Lady benahm. Sie wusste viel zu wenig darüber, wie man sich bedienen ließ.

Daphne lächelte Harriet an. »Ich möchte keine Kammerzofe einstellen, sondern Sie dazu ernennen. Ich werde das morgen mit Mrs Moryn besprechen, sie wird stattdessen ein neues Stubenmädchen suchen müssen.«

»Wirklich?« Harriet strahlte. »Sie wollen …? Vielen, vielen Dank für das Vertrauen, Mylady. Ich werde Sie nicht enttäuschen.«

Daphne nickte zufrieden. »Soweit ich weiß, muss sowieso noch eine ganze Menge an Personal eingestellt werden.« Sie betrachtete das dunkelgrüne Seidenkleid, das sie jetzt anhatte. Es war wunderschön. Bislang hatte Daphne derartige Kleider nur aus der Ferne bewundert, niemals hätte sie gedacht, dass sie selbst einmal ein solches Gewand tragen würde. »Bitte begleiten Sie mich nach unten, Harriet. Ich fürchte, ich habe noch keine Orientierung in diesem großen Gebäude.« Morgen würde sie sich das Schloss bei Tageslicht genauer ansehen.

Der Regen prasselte gegen die Scheiben, die hinter den Vorhängen verborgen waren. Immer wieder krachten Donner am Himmel, so laut, dass Daphne erschrocken zusammenzuckte. Auch auf der Isle of Wight hatte sie heftige Unwetter erlebt, aber hier oben kam es ihr viel bedrohlicher vor.

Harriet brachte sie durch die Flure wieder zur Eichentreppe und führte sie in die Eingangshalle zurück. »Am besten, wir gehen durch die Bibliothek«, erklärte die junge Frau. »Es ist der schnellste Weg, um ins Esszimmer zu gelangen.«

Sie betraten den großen Raum, der von Säulen durchbrochen war und neben der Halle lag. Obwohl überall Wandleuchten brannten, sodass Daphne den Geruch des Lampenöls in der Nase hatte, wirkte der Raum düster und dunkel. Dieser Eindruck entstand vermutlich durch die vielen Regale aus Mahagoni, die mit alten und sicher wertvollen Büchern vollgestopft waren. Vor einer großen Feuerstelle standen zwei gemütliche Lesesessel, mitten im Raum ein großer Schreibtisch mit Lederunterlage, außerdem mehrere Sofas und Stühle. Es roch nach alten Büchern, Papier und Leder. Als sie den Raum durchquert hatten, führte Harriet sie in einen weiteren Flur, von dem sechs Türen abgingen. Eine dieser Türen stand offen.

Harriet ließ ihr den Vortritt, und Daphne betrat ein großes holzgetäfeltes Speisezimmer. Gegenüber der Tür befanden sich Fenster, die hinter goldbestickten Vorhängen verborgen waren. Auch hier prasselte der Regen gegen die Scheiben. Ringsum hingen Ahnenporträts an der Wänden, und in der Mitte stand eine gewaltige Speisetafel. Für Daphne war am Kopf des Tisches gedeckt. Sie nahm Platz und kam sich noch um einiges einsamer vor, als sie die Leere des Raumes bemerkte, der für Gesellschaften und Familienzusammenkünfte angelegt war. Einst hatte hier eine junge Familie gesessen, Charlottes Mutter, schwanger mit ihren Kindern, der Vater voller Pläne. Sie alle waren an einem einzigen Tag in Indien ausgelöscht worden. Warum gab es wohl keine weiteren Verwandten? Daphne nahm sich vor, die Familiengeschichte zu studieren, sobald sie Zeit dazu fand.

Ein Butler erschien, der sich ihr als Jones vorstellte, und servierte Daphne eine klare Suppe als Vorspeise. Das Essen war köstlich, vielleicht kam es Daphne aber auch nur so wohlschmeckend vor, weil sie in den letzten Jahren nicht viel Abwechslung gekannt hatte. Im Krankenhaus hatte es immer dieselben Gerichte gegeben, es wurde vor allem auf einen hohen Fettgehalt geachtet.

Als das Dessert abgetragen war, erklärte ihr Jones, dass der Kaffee im Salon serviert werden würde.

Daphne folgte dem Butler in den kleinen Flur, in den sie von der Bibliothek aus gelangt war, und betrat den Raum, der direkt gegenüber lag. Sie sah sich staunend in dem hell eingerichteten Salon um. Überall standen kleine Sitzgruppen aus Sofas und Sesseln, die mit heller Seide bezogen waren, und dazwischen runde Teetische. Farne und Rosensträucher waren geschmackvoll arrangiert im Zimmer verteilt. Im Kamin flackerte ein gemütliches Feuer. Ein Hausmädchen kam mit einem Tablett, auf dem eine Kanne Kaffee, eine einsame Tasse und eine Etagere mit Gebäck und Pralinen standen. Daphne nahm auf einem der Sofas vor dem Kamin Platz und ließ sich Kaffee einschenken. Sobald sie allein war, lehnte sie sich auf dem Sofa zurück und schloss die Augen. Das Feuer knisterte im Kamin, die Donner grollten weiterhin über Daffodil Castle, und der Regen rauschte vor den Fenstern. Der Duft des Kaffees mischte sich mit dem muffigen Geruch des Hauses, der in jeder Ritze, in jedem Vorhang und Möbelstück zu stecken schien.

Eine Weile blieb Daphne so sitzen, lauschte den Geräuschen des Hauses, nahm alles in sich auf. Doch sie war so müde, dass sie befürchtete, gleich einzuschlafen. Rasch richtete sie sich wieder auf und öffnete die Augen. Ihr Blick fiel auf die Porzellanfiguren auf dem Kaminsims und den Beistelltischchen, die Gemälde an den Wänden und die Scherenschnitte auf den Kommoden. All das hatten Vorfahren von Lady Charlotte zusammengetragen, sie konnten nicht ahnen, dass es irgendwann einmal eine Fremde in Besitz nehmen würde.

Daphne verdrängte ihr schlechtes Gewissen und trank den bitteren heißen Kaffee. Dann zog sie am Klingelseil neben dem Kamin.

Ein Hausmädchen erschien.

»Bitte schicken Sie mir Harriet nach oben, ich möchte mich hinlegen«, erklärte sie. Sie war sich sicher, dass sie den Weg in ihr Zimmer allein finden würde, wenn sie genauso zurückging, wie sie auch hergekommen war.

Der Salon hatte zwei Türen, und sie beschloss, morgen herauszufinden, wohin die andere führte. Jetzt trat sie hinaus in den Flur, durchquerte die Bibliothek und gelangte wenig später wieder in die Eingangshalle. Dort hielt sie inne und lauschte. Nichts deutete darauf hin, dass noch andere Menschen in diesem Haus waren. Die Angestellten waren darauf bedacht, sich unauffällig zu verhalten, und da Daphne zurzeit das einzige Familienmitglied hier war, würde sie sich an die Einsamkeit gewöhnen müssen. Wieder sehnte sie sich nach Frederic. All das hatte sie nur getan, damit sie beide zusammenleben konnten.

Als sie am nächsten Morgen aufwachte, wusste sie zunächst nicht, wo sie war. Dann kehrte die Erinnerung mit Wucht zurück und drückte sie wieder in die Kissen. Die Reise, Lady Charlottes Selbstmord, der inszenierte Unfall und ihr eigener Betrug. Sie wunderte sich, dass sie so tief und traumlos geschlafen hatte, obwohl all diese schrecklichen Dinge geschehen waren. Sie betätigte die Klingel neben ihrem Bett, und wenige Minuten später stand Harriet im Zimmer, mit einer Tasse duftendem, starkem Tee. Daphne ließ sich von ihr in die Unterkleider, das Korsett und ein Tageskleid aus hellblauer Baumwolle helfen. Dann trat sie ans Fenster. Vor ihr breiteten sich die Gärten aus, die dringend von Gärtnern gepflegt werden mussten. Und gleich dahinter, kaum fünfzig Meter vom Haus entfernt, tobte das Meer. Es war rauer, als sie es aus Ventnor kannte, was vielleicht auch dem Unwetter der letzten Nacht geschuldet war. Der Himmel war noch immer mit dichten Wolken verhangen, und es fiel ein beständiger Nieselregen. Daphne wandte sich ab und folgte Harriet nach unten. Dieses Mal brachte das Mädchen sie von der Eingangshalle in einen Flur, der an der Bibliothek vorbei in die Tiefe des Schlosses führte. Auf der rechten Seite drang Tageslicht durch die Fenster, die in den Innenhof zeigten, in dem Daphne gestern angekommen war. Am Ende des Ganges lag das helle Frühstückszimmer.

Der runde Tisch war bereits gedeckt, kurz darauf erschien die Köchin, die sich als Mrs Fry vorstellte, und brachte ihr einen Teller mit Eiern, Speck und Würstchen. Dazu reichte sie ihr warmes geröstetes Brot.

Daphne aß ohne Appetit, und als Jones ihren Teller abräumte, war er noch halb voll. Sie sah immer wieder die tote Lady Charlotte vor sich und grübelte darüber nach, wie sie ihre Familie wissen lassen konnte, dass es nicht sie selbst war, die nun tot aufgebahrt in der Schlosskapelle lag.

»Lady Charlotte.« Jones trat neben sie. »Mr Harper wartet in seinem Büro auf Sie.«

Daphne nickte und stand auf. An der Tür fiel ihr auf, dass sie keine Ahnung hatte, wo sich das Büro des Verwalters befand.

»Bitte folgen Sie mir, Ma'am.« Der Butler öffnete eine zweite, rückwärtige Tür, die aus dem Frühstückszimmer in einen langen Flur ging.

Daphne lächelte ihm dankbar zu. Der Butler führte sie durch einige Gänge, Stufen hinauf und wieder hinunter. Bald hatte sie sämtliche Orientierung verloren. Je tiefer sie in das Gebäude eindrangen, umso feuchter schien es zu werden. Hier war seit Jahren kaum geheizt oder gelüftet worden. In dem spärlichen Licht, das durch die Fenster hereinsickerte, konnte sie an den alten und sicher einst wertvollen Wandteppichen Stockflecken erkennen, die Seidentapeten rollten sich von den Wänden, und es roch nach Schimmel und Moder. In den Gängen standen verrostete Ritterrüstungen und antike Stühle, große Porzellanvasen und alte Kommoden. Ölbilder hingen zu beiden Seiten, die teilweise so verstaubt waren, dass man kaum etwas darauf erkennen konnte. Überall gab es Türen, und Daphne fragte sich, was man um Himmels willen jemals mit so vielen Zimmern anstellen sollte.

Bald hatten sie einen Flur erreicht, der etwas tiefer gelegen schien als der Teil des Hauses, den Daphne bislang kennengelernt hatte. Sie erreichten eine Art Vorraum mit dunklen, knarrenden Holzdielen, auf denen ein gepflegter Teppich lag. Eine Öllampe stand auf einem Tisch und verbreitete Helligkeit. Auf den Wandpaneelen hingen Zeichnungen des Schlosses, der Küste und der Ländereien. Rechts und links gingen vier Türen ab. Eine davon öffnete Jones für Daphne und ließ sie eintreten.

Sie fand sich in einem geräumigen Büro wieder. In der Mitte stand ein großer Schreibtisch, hinter dem Mr Harper saß. An den Wänden hingen mehrere Landkarten. Durch ein Fenster an der Stirnseite drang das trübe Tageslicht herein. Im Kamin prasselte ein wärmendes Feuer.

»Eure Ladyschaft.« Mr Harper stand auf und deutete auf den Sessel vor seinem Schreibtisch. »Bitte nehmen Sie Platz.«

Jones erkundigte sich, ob er Daphne noch etwas bringen sollte, und ließ sie dann allein.

»Wir haben eine Menge zu besprechen«, begann Mr Harper. »Zuallererst stellt sich die Frage, was wir mit dem Leichnam der Krankenschwester tun sollen.«

»Ich werde ihrer Familie noch heute schreiben und ihnen anbieten, sie hier auf Daffodil Castle zu bestatten. Es gibt doch sicher eine Gruft?«

Der Verwalter zögerte. »Ja, selbstverständlich. Aber die ist für Familienangehörige der Earls of Nefyn vorgesehen.«

Daphne hätte ihm gern gesagt, dass niemand mehr Recht darauf hatte, in der Gruft bestattet zu werden als dieser Leichnam, aber sie durfte die wahre Identität der Toten nicht verraten. Daher erklärte sie: »Nun, ich denke darüber nach, eine Ausnahme zu machen. Ich glaube, dass Schwester Marcys Familie weder das Geld noch die Kraft dafür hat, ihre Überreste auf die Isle of Wight zu überführen, und dass wir ihnen einen großen Gefallen tun, wenn wir ihr hier eine würdevolle Bestattung ermöglichen. Ich werde mich umgehend darum kümmern.« Daphne war klar, dass es auf keinen Fall dazu kommen durfte, dass die Leiche auf die Isle of Wight geschickt wurde, weil ihr Betrug dann ganz sicher herauskommen würde. Nein, sie musste einen Weg finden, ihren Eltern mitzuteilen, dass es ihr gut ging, auch wenn sie offiziell als tot galt. Oje, wenn sie darüber nachdachte, ahnte sie, wie schwierig das werden würde.

»Gut.« Mr Harper griff nach einem Stapel Unterlagen. »Und dann wäre da noch die Frage Ihres gesetzlichen Vertreters. Sie sind fünfundzwanzig Jahre alt und somit dem Gesetz nach erwachsen. Da Sie nicht verheiratet sind, sind wir jedoch in einer schwierigen Lage. Denn als alleinstehende Frau dürfen Sie eigentlich keinen Besitz haben und sich auch selbst nicht um Geldangelegenheiten kümmern. Da es nun aber weder einen männlichen Verwandten gibt, der das Geld für Sie verwalten könnte, noch einen Ehemann, müssen Sie das natürlich selbst in die Hand nehmen. Ich weise Sie jedoch ausdrücklich darauf hin, dass es in der Gesellschaft verpönt ist.«

»Verstehe.« Daphne faltete die Hände im Schoß. »Da ich jedoch nicht vorhabe, ein ausgeprägtes gesellschaftliches Leben zu führen, ist es mir gleich, wenn die Leute die Nase über mich rümpfen. Ich werde mich selbst darum kümmern, und dabei baue ich natürlich auf Ihre Expertise.«

»Ich stehe Ihnen jederzeit zur Verfügung.« Harper nahm sein Augenglas und setzte es auf. Daphne dachte zum ersten Mal darüber nach, wie alt der Mann wohl war. Sicherlich nicht mehr ganz jung, aber auch noch nicht im vorgerückten Alter. Sein brauner Haaransatz wich zurück, erste Fältchen zeigten sich um die Augen herum. »Dann wären hier noch diverse Papiere, die Ihr Londoner Anwalt Mr Perkins geschickt hat. Es geht um Geldanlagen, die meiner Meinung nach zweifelhaft sind.«

»So?« Daphne versuchte, sich auf die Unterlagen zu konzentrieren. »Glauben Sie, dass Mr Perkins es eventuell ausnutzen könnte, dass ich eine Frau und aus seiner Sicht unwissend bin?«

»Möglich.« Mr Harper hob die Augenbrauen. »Das ist eine gängige Verhaltensweise von Männern. Sie glauben schnell, dass sie Frauen betrügen können, und leider ist das auch allzu oft wahr. Sie dürfen nicht vor Gericht ziehen, klagen darf nur ein Mann.«

»Wir werden ja auch nicht darauf vorbereitet«, warf Daphne empört ein. Sie biss sich auf die Zunge, weil sie beinahe verraten hätte, dass sie nicht einmal ordentlich lesen und schreiben gelernt hatte.

»Ich stimme Ihnen zu«, sagte Mr Harper, und Daphne atmete erleichtert auf. »Frauen haben nicht dieselben Möglichkeiten wie Männer. Meist brauchen sie sie ja auch nicht …«

»Aber das bedeutet doch nicht, dass das richtig ist.« Daphne stand auf, weil sie plötzlich wütend geworden war. Bislang hatte sie die Gegebenheiten nie hinterfragt, erst jetzt, in einer Situation, in der sie selbst einen Betrug beging, fiel ihr die Ungerechtigkeit auf. Sie betrachtete die Landkarten an der Wand. »Wer sagt, dass Frauen nicht genauso gut Ländereien verwalten, Rechnungen stellen, verhandeln und bezahlen können? Man hat es uns einfach nie tun lassen. Ich möchte all das erlernen, Mr Harper.«

»Nun«, Mr Harper stand ebenfalls auf, »ich zeige Ihnen gern, was meine Aufgaben hier sind. Das Anwesen von Daffodil Castle ist das einzige Ihrer Familie, darüber hat Ihr Vater die meisten Einnahmen generiert. Und natürlich gibt es noch die Gelder, die er von der Krone erhalten hat, für seine Dienste in Indien. Ich könnte mir vorstellen, dass Ihnen in diesem Zusammenhang auch noch bestimmte Beträge zustehen, schließlich ist Ihr Vater in Ausübung seines Amtes umgekommen.«

Daphne schluckte. Daran wollte sie lieber nicht rühren, denn wenn sie im Zuge von Entschädigungszahlungen mit Menschen in Kontakt käme, die Lady Charlottes Familie in Indien gekannt hatten, würde ihr falsches Spiel auffallen. Daher sagte sie: »Ich möchte erst einmal nichts in dieser Richtung unternehmen, denn all das ruft schreckliche Erinnerungen in mir hervor. Aber lassen Sie uns zu dem zurückkommen, was Sie eingangs erwähnten. Warum glauben Sie, dass mein Londoner Anwalt versucht, mich zu betrügen?«

Mr Harper bat sie zu sich an den Schreibtisch und breitete die Dokumente aus, die der Advokat in den letzten Monaten geschickt hatte. Daphne erkannte schnell, dass viele der Rechnungen und Geldüberträge, die sie unterschreiben sollte, betrügerisch waren. Sie bat Mr Harper, einen Brief aufzusetzen, in dem sie dem Juristen sämtliche Aufträge entzog. In einem weiteren Schreiben an die Londoner Banken, bei denen der Earl Konten gehabt hatte, teilte Mr Harper den Direktoren mit, dass Lady Charlotte künftig nicht mehr von dem besagten Anwalt vertreten werde, und bat die Herren, sämtliche Kontobewegungen zu überwachen.

»Ich glaube nicht, dass er viel anstellen konnte«, beruhigte der Verwalter Daphne. »Ihr Vater hat immer sehr genau darauf geachtet, dass er seinen Vertretern nicht zu viele Freiheiten ließ. Deshalb ist ein Betrug äußerst schwierig, und aus diesem Grund hat der Anwalt nun auch diese Dokumente geschickt, die ihm viel mehr Rechte eingeräumt hätten.«

Daphne dankte Mr Harper und verabredete sich mit ihm, um am nächsten Tag das Land abzureiten, das ihr fortan gehören sollte. Als sie sich von ihm verabschiedet hatte und durch die Gänge des Schlosses lief, atmete sie auf. Er schien keinerlei Verdacht zu schöpfen, dass sie nicht diejenige war, für die sie sich ausgab. Sie wollte nach dem Arbeitszimmer des Earls suchen oder nach dem Raum, in dem die Countess früher ihre Korrespondenz erledigt hatte, damit sie endlich die heiklen Briefe an ihre Eltern und an Frederic schreiben konnte. Warum hatte Frederic sich noch nicht bei ihr gemeldet? Eigentlich hätte er schon längst hier sein sollen.

Nach einer Weile blieb sie stehen. Wo befand sie sich? Nachdem sie Mr Harpers Kontor verlassen hatte, war sie sich absolut sicher gewesen, den Weg zurück in den Teil des Schlosses finden zu können, wo der Salon, das Esszimmer und auch ihre eigenen Gemächer lagen. Doch nun hatte sie die Orientierung verloren. Sie musste irgendwo falsch abgebogen sein. In dem dunklen Flur, in dem sie gerade stand, war sie noch nie gewesen. Hinter ihr knarrte es. Daphne fuhr herum. Nichts war zu sehen, vermutlich war es nur eine Holzdiele gewesen. Trotzdem schlug ihr das Herz plötzlich bis zum Hals. Sie schüttelte sich und rief sich selbst zur Ordnung. Das Haus mochte unheimlich sein, aber nur, wenn sie es zuließ. Sie würde nach und nach die Zimmer säubern und herrichten lassen.

Vorsichtig trat sie an eine der Türen auf der rechten Seite des Flurs. Ein lautes Quietschen erklang, als sie sie aufstieß. Der Raum dahinter lag im Dunkeln, anscheinend waren die Vorhänge oder Fensterläden geschlossen. Das bisschen Licht, das aus dem Korridor hineindrang, offenbarte, dass der Raum voller Möbelstücke stand, die mit Laken zugedeckt waren. Daphne sah in einen anderen Raum, der offenbar schon lange als Rumpelkammer missbraucht worden war. Auf einem Bettgestell lagen altes Kinderspielzeug, Koffer, Bilderrahmen, Bücher und Kisten. Nacheinander öffnete Daphne die Türen zu allen Räumen in diesem Flur und stellte fest, dass sie einst Schlafzimmer gewesen sein mussten, von denen einige zweckentfremdet worden waren und als Lagerräume genutzt wurden. Dann gelangte sie in einen Korridor, der offensichtlich den Kindern des Earls vorbehalten gewesen war. Hier gab es ein großes Spielzimmer mit Reifen, einem Puppenhaus und einem Schaukelpferd, Bauklötzen und kleinen Kutschen.

Daneben lag ein Schlafzimmer mit Gitterbettchen, dahinter ein Raum für die Nanny und ein großes Schulzimmer. Daphne setzte sich auf einen der Stühle im Spielzimmer und dachte darüber nach, dass Lady Charlotte und ihre Geschwister einst hier gelebt hatten. Sie waren über den Teppich gekrabbelt, hatten mit den Holzpuppen gespielt und die Kinderbücher durchgeblättert. Niemand konnte damals ahnen, welch schreckliches Schicksal sie erwartete.

Sie verließ den Kinderflügel und ging weiter. Bald stieß sie auf große Repräsentationsräume. Ein weiterer Salon, ein Musikzimmer und ein Herrenzimmer mit schweren dunklen Möbeln, einem Kartentisch und einem Billardtisch. Und sie fand das Arbeitszimmer des Earls und ein weiteres Zimmer, in das helles Morgenlicht fiel und in dem der zierliche Schreibtisch einer Dame stand. Um den schwierigen Brief an ihre Eltern noch etwas aufzuschieben, sah sie sich erst gründlich in beiden Räumen um. Sie fand das Siegel der Earls of Nefyn und Briefpapier des Earls und der Countess.

Dann nahm sie an dem Schreibtisch der Countess Platz. Als Erstes verfasste sie einen Brief an Frederic, in dem sie ihm mitteilte, dass sie in Wales eingetroffen sei, und ihm in groben Zügen und so verschlüsselt wie möglich davon berichtete, dass Lady Charlotte, die sie in dem Schreiben nur »unsere schwer erkrankte Freundin« nannte, gestorben sei. Sie bat ihn, so schnell wie möglich zu ihr zu kommen. Der zweite Brief war schon schwieriger, weil ihre Eltern nichts von dem Betrug wussten und Daphne nicht sicher war, wie sie darauf reagieren würden. Und obwohl es ihr nicht leichtfiel, ihre Eltern anzulügen, schrieb sie ihnen ihre eigene Version der Ereignisse:

*Nefyn, den 31. Oktober 1876*

*Liebe Familie,*

*ihr könnt euch gar nicht vorstellen, wie sehr ich unsere schöne Insel und euch vermisse. Heute will ich euch nur schnell mitteilen, dass es mir gut geht, und euch versichern, dass mir nichts zugestoßen ist. Denn es scheint eine*

*Verwechslung gegeben zu haben, und eine junge Frau, die einen tödlichen Unfall erlitten hat, wurde fälschlicherweise mit meinem Namen benannt. Ich bitte euch, über diesen Brief Stillschweigen zu bewahren. Ich lebe und erfreue mich bester Gesundheit. Ich werde mich bald wieder bei euch melden und umarme euch aus der Ferne. Auf eure Briefe freue ich mich schon. Adressiert sie bitte an Lady Charlotte, Daffodil Castle in Nefyn.*

*Mit den wärmsten und liebevollsten Grüßen aus dem Norden von Wales*

Sie unterschrieb den Brief nicht, denn ihre Eltern würden wissen, dass er von ihr stammte, und sie wollte so wenig Risiken eingehen wie möglich. Dann faltete sie das dicke Papier und versah es mit der Adresse der elterlichen Farm. Sie zog am Klingelseil, und wenig später erschien Mrs Moryn.

»Ich möchte ins Dorf gehen.« Daphne stand vom Schreibtisch auf. »Denn ich habe zwei Briefe, die ich zur Post bringen muss. Können Sie mir erklären, wie ich am schnellsten nach Nefyn gelange?«

»Mylady, Sie brauchen sich nicht selbst auf den Weg zu machen. Ich gebe die Briefe dem Botenjungen mit.« Die Haushälterin streckte die Hand aus. »Und legen Sie Ihre Briefe künftig einfach auf den Tisch in der Halle, dann werden sie umgehend zur Post gebracht.«

»Ich danke Ihnen.« Daphne reichte ihr die versiegelten Couverts. »Ist denn für mich heute irgendeine Nachricht eingetroffen?«

»Ich fürchte, nein«, erwiderte Mrs Moryn bedauernd. »Aber ich werde dem Jungen auftragen, noch einmal Mrs Fisher zu fragen. Das ist die Frau des Postbeamten, die die Briefe sortiert. Vielleicht hat sie ja einen davon versehentlich zurückgegeben, weil sie nicht wusste, dass das Schloss wieder bewohnt wird.«

»Oh ja, das kann sein«, sagte Daphne erleichtert. »Schließlich ging ja alles sehr überstürzt vonstatten.«

Die Haushälterin nickte. »Den Lunch serviere ich um eins im Esszimmer.«

Daphne bedankte sich bei Mrs Moryn. Die große Uhr in der Eingangshalle zeigte an, dass ihr bis dahin noch zwei Stunden Zeit blieben. Sie beschloss, ihren Erkundungsgang nun draußen fortzusetzen. Da es jedoch recht kühl war, ging sie erst auf ihr Zimmer, holte ihren Mantel und machte sich dann auf den Weg. Vor dem großen Eingangsportal blieb sie stehen und sah an der Fassade hinauf. Gestern Abend war es zu dunkel gewesen, als dass sie etwas hätte ausmachen können, außerdem hatte das Unwetter sie dazu getrieben, möglichst schnell ins Innere des Hauses zu gelangen. Doch jetzt hatte der Regen endlich aufgehört, nur wenige große Pfützen deuteten auf das Gewitter der vergangenen Nacht hin.

Daphne betrachtete das riesige Gebäude. Sie kannte sich nicht mit Architektur aus, meinte aber einen gotischen Baustil zu erkennen. Die helle Steinfassade war an manchen Stellen von Regen und Wetter dunkel verfärbt, die vielen Fenster waren von steinernen Bögen umgeben. Ein mächtiger Turm ragte an der linken Seite des Gebäudes empor, der Rest des Schlosses schien sehr verwinkelt zu sein. Daphne konnte unterschiedliche Baustile erkennen, es wirkte so, als wäre im Laufe der letzten Jahrhunderte immer wieder ein Flügel angebaut und das Haus auf diese Weise erweitert worden. Sie wollte Daffodil Castle einmal umrunden, gab diesen Versuch aber bald auf, als sie feststellte, wie aufgeweicht und matschig die Wiesen und Wege vom Regen waren. Also ging sie nach zwanzig Minuten wieder hinein und setzte ihre Erkundung im Inneren des Gebäudes fort.

Am nächsten Tag nahm Mr Harper sie mit auf einen Ritt über das Anwesen, und Daphne begann allmählich zu begreifen, wie unvorstellbar groß der Besitz war. Nach einer Woche hatte sie noch immer nicht alle Wälder und Wiesen gesehen, war längst nicht in jedem Zimmer des Schlosses gewesen und hatte sich auch noch keinen umfassenden Überblick über die Finanzen des verstorbenen Earls verschaffen können.

An einem Montag, sie war inzwischen seit neun Tagen auf Daffodil Castle, stand sie am Fenster des Salons und sah in den Regen hinaus. Sie machte sich Sorgen, weil sie bisher noch immer keine Nachricht von Frederic erhalten hatte. Was hatte das zu bedeuten? Hatten ihre Briefe und der, den Lady Charlotte noch von der Isle of Wight aus an Mr Fowler geschickt hatte, ihre Adressaten vielleicht gar nicht erreicht? Oder hatte Mr Fowler auf die Verlobung mit Olivia Bennett bestanden und es irgendwie geschafft, Frederic in London festzuhalten? Am Ende, und Daphnes Herz krampfte sich verzweifelt zusammen, wenn sie an diese Möglichkeit dachte, war Frederics Schwindsucht wieder so schlimm geworden, dass sie ihn ans Bett fesselte. Konnte er vielleicht nicht einmal einen Stift halten, um ihr zu schreiben?

Sie hatte keine andere Wahl. Sie musste nach London, um nach Frederic zu sehen. Bei einer solchen Reise konnte sie im Stadthaus des Earls of Nefyn wohnen. Eigentlich hatte sie einen Besuch in London vermeiden wollen, aus Angst, dort auf mögliche Bekannte der Earls zu treffen. Doch ihre Sorgen um Frederic waren zu groß, als dass sie hier in Nordwales untätig abwarten konnte.

Sie schickte nach Harriet und ließ auch Mrs Moryn und

Mr Harper mitteilen, dass sie am nächsten Tag nach London fahren wollte.

Dann ging sie nach oben, um auf die Zofe zu warten.

Doch stattdessen erschienen einige Minuten später die Haushälterin und der Verwalter in Daphnes Schlafzimmer.

Überrascht sah sie die beiden Angestellten an. »Oh, eigentlich hatte ich Harriet hierherbestellt, damit sie mir zur Hand geht. Ich werde ein paar Tage fortbleiben und …«

»Nein«, unterbrach Mrs Moryn sie mit schneidender Stimme.

Daphne zuckte zusammen. Die nette, sympathische Haushälterin wirkte mit einem Mal wie ausgewechselt.

»Sie werden hierbleiben. Wir kennen Ihr Geheimnis.« Mrs Moryn warf ihr einen eisigen Blick zu. »In London nützen Sie uns nichts.«

»Was?«, fragte Daphne verwirrt. »Ich verstehe nicht …«

»Wir wissen Bescheid.« Mr Harper kam auf sie zu und blieb bedrohlich nah vor ihr stehen. »Wer immer Sie sind – Sie sind nicht Lady Charlotte. Wir schlagen Ihnen ein Geschäft vor, und wenn Ihnen Ihr Leben lieb ist, dann willigen Sie ein.«

# ZEHNTES KAPITEL

*Nordwales, Frühsommer, Gegenwart*

Sophia verstummte.

»Das muss erst einmal reichen, Kinder«, sagte sie zu Ethan und Spring. »Mein Mund ist ganz trocken. Lasst uns später weitermachen, ich muss mich ein wenig erholen.«

Sophia stand auf und schlurfte zur Treppe, während die beiden ihr schweigend nachsahen. Dann wandte Spring sich aufgeregt an Ethan. »Das ist es! Das scheint der Grund für die Erpressung zu sein, von der dein Vater gesprochen hat.«

Ethan nickte. »Er hat mir heute Morgen gebeichtet, dass meine Mutter ihn und Grandma unter Druck gesetzt hat, damit er sie anstatt Bernice heiratet. Sie hat wohl einen Brief in einem alten Farmhaus auf der Isle of Wight gefunden, in dem diese Geschichte gestanden haben muss. Die Sache mit seinen Affären mit anderen Frauen war nur inszeniert, um das wahre Geheimnis zu verschleiern.«

Spring stand auf. Ihre Knochen taten ihr vom langen Sitzen weh. »Es muss der Brief gewesen sein, den Daphne ihrer Familie geschickt hat. Den hat deine Mutter damals gefunden.«

Ethan nickte wieder. »Oder ein späterer Brief von ihr, in dem sie vielleicht noch deutlicher geworden ist.«

»Wie schrecklich, dass sie mitansehen musste, wie ihre Freundin sich das Leben genommen hat«, sagte Spring leise. Sie stellte sich hinter Ethan und legte ihre Arme um ihn. Sie brauchte sich kaum zu bücken, um ihm einen Kuss auf die

Wange geben zu können. Nachdenklich sagte sie: »Und auch damals scheint es schon um eine Erpressung gegangen zu sein. Alles wiederholt sich.«

Plötzlich richtete sich Ethan erschrocken auf und drehte sich zu ihr um. »Meine Güte, ich muss dringend los. Ich habe gleich ein Online-Meeting.«

»Wirklich?«, fragte Spring, und Enttäuschung überkam sie.

»Weißt du, was? Komm doch einfach mit. Der Termin dauert sicher nicht lange, und dann können wir noch etwas zusammen unternehmen.« Ethan stand auf. »Ich will mich nicht schon wieder von dir trennen.«

»Das geht mir genauso. Gut, ich komme mit.« Spring lächelte. Sie freute sich, dass er sie bat, ihn zu begleiten. Noch nie in ihrem Leben war es einem Menschen wichtig gewesen, dass sie bei ihm war.

»Das ist alles verrückt«, stellte sie fest, als sie wenig später in Ethans Cabrio saßen. Das Verdeck blieb heute geschlossen, denn am Himmel türmte sich eine dicke Wolkenschicht, immer wieder fielen einzelne Regentropfen auf den Wagen. Die See, die sich rechts neben ihnen erstreckte, war aufgewühlt. Schaumkronen bildeten sich auf den Wellen. Auch jetzt im Juni konnte es in Wales schnell zu einem Unwetter kommen. Spring erinnerte sich an so manchen Sturm im Hochsommer, den sie in ihrer Kindheit hier erlebt hatte.

»Glaubst du, dass das tatsächlich das Geheimnis ist, das meine Eltern so streng hüten? Daphnes vertauschte Identität mit Lady Charlotte?«, fragte Ethan. »Damit wäre Daphne Marcy eindeutig unsere Vorfahrin, und nicht Lady Charlotte – und auch nicht ihr Vater, der Earl of Nefyn, wie in unserer Familie immer behauptet wird.« Ethan schaltete einen Gang höher und legte seine linke Hand auf Springs Oberschenkel. »Wenn Sophia die Wahrheit erzählt hat, ist die Blutlinie der

Nefyns mit Lady Charlotte ausgestorben. Und wir stammen alle von einer Krankenschwester ab.«

»Würde das denn für einen Skandal ausreichen, wenn es bekannt würde?«, fragte Spring und nahm Ethans Hand in ihre.

»Ja, vermutlich«, sagte er nachdenklich. »Schließlich haben sich die Fowlers schon immer durch ihre adlige Abstammung definiert. In der englischen Gesellschaft ist es bis heute absolut wichtig, dass eine Familie aristokratische Wurzeln hat, und unsere wurden bislang nie in Zweifel gezogen. Wahrscheinlich würden wir es deutlich zu spüren bekommen, wir würden bei Festlichkeiten weiter hinten im Saal platziert, zu einigen Feiern gar nicht mehr eingeladen und für bestimmte Wohltätigkeitveranstaltungen sicher nicht mehr angefragt werden. Und da das bis in Sophias Generation noch immer die Hauptbeschäftigung für die Damen des Hauses war, wäre eine Entlarvung auch für sie schon schmerzhaft gewesen.«

Spring nickte. »Und wir kennen das Ende der Geschichte noch nicht. In welcher Form haben Mr Harper und Mrs Moryn die beiden erpresst? Vielleicht gab es ja noch einen weiteren Rollentausch.«

»Was?« Ethan sah sie schmunzelnd an. »Du meinst, Mrs Moryn ist in Lady Charlottes Kleider geschlüpft und Mr Harper in die von Frederic Fowler?«

Spring zuckte mit den Schultern. »Überleg doch mal, Daphne und Frederic wollten das Geld oder das Schloss eigentlich nie haben, es ging ihnen nur darum, in Ruhe zusammenleben zu können. Und sie sind erpresst worden. Vielleicht haben sie sich ja mit den beiden Verbrechern darauf geeinigt, dass sie ungestört im Schloss oder in einem der Nebengebäude des Anwesens leben durften, und haben den beiden Angestellten dafür die Rolle der Hausherren überlassen.«

»Na, ich hoffe nicht.« Ethan zog die Augenbrauen zusammen. »Am Ende stammen wir sogar von Verbrechern ab. Und bislang ist auch vollkommen unklar, ob Frederic je wieder in Daphnes Leben aufgetaucht ist. Immerhin waren Mr Harper und Mrs Moryn ein Paar und hätten Nachkommen haben können. Daphne dagegen war ganz allein in Daffodil Castle. Aber käme das überhaupt hin? In Sophias Erzählung hörte es sich so an, als ob die beiden schon in vorgerücktem Alter gewesen wären. Hätten sie überhaupt noch Kinder bekommen können?«

»Eines hätte ja schon gereicht«, stellte Spring fest. »Kennst du euren Stammbaum? Weißt du zufällig, wie viele Nachkommen die angebliche Lady Charlotte gehabt hat?«

»Auswendig nicht.« Ethan deutete auf die Schlosstürme, die gerade hinter den Bäumen auftauchten. »Aber wir können gleich mal nachsehen. Unser Stammbaum hängt in der Ahnengalerie.«

Spring hatte gar nicht bemerkt, dass sie Daffodil schon fast erreicht hatten. Die Fahrt war wie im Flug vergangen.

Als sie das Anwesen betraten, war alles ruhig. Weder Monica noch Thomas schienen zu Hause zu sein, oder sie ließen sich nicht blicken, weil sie ihnen nicht begegnen wollten.

»Lass uns kurz auf den Stammbaum sehen, mein Meeting beginnt erst in zwanzig Minuten.« Ethan zog Spring an der Treppe vorbei in einen Flur, der von der Eingangshalle abging. Er führte sie in einen abgelegenen Teil von Daffodil Castle, der anscheinend selten benutzt wurde. Hier befanden sich die Repräsentationsräume des Schlosses. An den Wänden hingen goldgefasste Spiegel, die Böden waren aus Marmor, und in den breiten Gängen standen fein gearbeitete Statuen. Wertvolle Kronleuchter hingen an der Decke.

»Hier.« Ethan blieb vor einem großen Pergament stehen, das hinter Glas an der Wand angebracht war. »Das ist unser

Stammbaum, der unsere aristokratische Herkunft belegen soll.«

»Verstehe«, murmelte Spring, während sie das große Bild, auf dem Namen mit Linien verbunden waren, genau betrachtete. Diese Familie war stolz auf ihre Abstammung, die scheinbar bis ins vierzehnte Jahrhundert nachgewiesen war. Wenn plötzlich herauskäme, dass Lady Charlotte gar nicht ihre Ahnin war, sondern eine unbekannte Bauerntochter von der Isle of Wight, wäre dieser Stammbaum und alles, was er für die Familie Fowler bedeutete, nichtig. Das Wappen, das über der Eingangstür hing und das auch in den Räumen des Schlosses überall zu finden war, würde den Fowlers nicht mehr zustehen. Auch wenn es vermutlich keine rechtlichen Konsequenzen nach sich zöge, würde es das Selbstverständnis der Familie von Grund auf ändern.

»Die Personen, die sich Lady Charlotte und Frederic Fowler nannten – wer auch immer die beiden in Wirklichkeit waren –, haben drei Kinder bekommen. Zwei Söhne und eine Tochter.« Ethan deutete auf eine Stelle in der Mitte des reich verzierten Stammbaums.

»Da Mrs Moryn offenbar schon etwas älter war, spricht das eher dafür, dass Daphne Lady Charlottes Rolle behalten hat«, überlegte Spring. »Aber sicher können wir erst sein, wenn wir den Rest von Sophias Geschichte kennen.«

Ethan führte Spring durch die Gänge des Schlosses in die obere Etage. Zum ersten Mal betrat sie seine privaten Zimmer, die überraschend modern eingerichtet waren. Es gab einen großen Empfangsraum, der mit seinen antiken Stühlen und Kommoden noch an den Stil des übrigen Schlosses erinnerte. Aber Ethans Arbeitszimmer mit seinem modernen Schreibtisch, den Computerbildschirmen und dem Beamer mit Leinwand hätte genauso gut zu einem Büro mitten in London gepasst. Nur die umwerfende Aussicht über das Meer war anders als die der Geschäftshäuser in der Hauptstadt.

»Schau dich ruhig in den restlichen Zimmern um, ich bereite inzwischen mein Meeting vor.« Er fasste ihre Hände und zog sie nah an sich. »Ich bin sehr froh, dass du mit mir hergekommen bist.« Dann hob er mit einer Hand ihr Kinn, und im nächsten Moment lagen ihre Lippen aufeinander.

Es fiel Spring schwer, sich von ihm zu lösen, aber sie wollte ihn nicht bei seiner Arbeit stören. Also schlenderte sie zurück in den Vorraum, von dem aus eine doppelflügelige Tür in ein großes Schlafzimmer führte. Sie war in all den Jahren, die sie in ihrer Kindheit mit den beiden Fowler-Söhnen befreundet gewesen war, kein einziges Mal im Inneren des Schlosses gewesen. Ethan und sie hatten sich, nachdem sie sich ineinander verliebt hatten, ausschließlich draußen getroffen, im Schlosspark oder in einem der Sommerhäuschen, die es im Park gab.

Spring blieb für einen Moment in der Schlafzimmertür stehen, überwältigt von dem berauschenden Duft, der im Raum lag und der sie an Ethan erinnerte. Es war eine Kombination aus Bergamotte, Moos und Meer. Ihr Blick fiel auf die breite Fensterfront, die einen atemberaubenden Ausblick auf den Schlosspark bot. Hinter den grünen Rasenflächen breitete sich das Meer aus, das noch immer stürmisch gegen die Felsen schlug. Spring trat an die Scheibe und genoss eine Weile die herrliche Aussicht. Dann wandte sie sich ab und ließ ihren Blick über das breite Boxspringbett an der Wand schweifen. Auf der schwarzen seidenen Bettwäsche war mit silbernem Garn das Wappen der Earls of Nefyn eingestickt. Die Nachttische zu beiden Seiten des Bettes waren mit weißem Schellack überzogen, ebenso die Kommode gegenüber. Eine Tür führte in ein modernes Badezimmer, eine zweite in einen geräumigen begehbaren Kleiderschrank.

Spring verließ den Raum wieder und wandte sich der letzten Tür zu, die zu einem privaten Wohnzimmer führte. Hier standen eine dunkle lederne Couchgarnitur, ein beleuchteter Glastisch, ein riesiger Fernseher und Vitrinen mit modernen Skulpturen.

Als Spring leise ins Arbeitszimmer zurückkam, hatte Ethan seine Konferenz anscheinend gerade beendet. Er zog sie auf seinen Schoß und schlang die Arme um sie.

»Diese Arbeit geht mir wirklich auf die Nerven«, sagte er seufzend. »Am liebsten würde ich alles hinschmeißen, aber das kann ich meinem Vater nicht antun.«

»Wenn du es dir leisten kannst, warum nicht?« Spring legte ihre Arme um seinen Hals und berührte mit ihrer Nasenspitze seine. Leise fragte sie: »Was möchtest du denn stattdessen tun?«

»Ich würde gerne was mit dir zusammen machen«, antwortete er ebenso leise. »Und damit meine ich nicht, dich zu küssen – auch wenn ich das jetzt wahnsinnig gern tun würde –, sondern ich denke tatsächlich darüber nach, ob wir nicht irgendetwas gemeinsam auf die Beine stellen könnten. Du bist doch zurzeit auf der Suche nach etwas Neuem und ich eigentlich auch … Ich weiß, das klingt verrückt, weil wir uns erst vor zwei Tagen wiederbegegnet sind …«

»Keine Ahnung … aber hat unsere Liebe jemals aufgehört?« Spring küsste sanft seinen Mund. »Warum sollte es nicht funktionieren? Du hast recht, ich überlege auch, was ich tun soll. Wir könnten wirklich etwas zusammen aufbauen.« Ein warmes Gefühl breitete sich in ihr aus. Die Idee war tatsächlich nicht schlecht.

»Es ist seltsam, dass wir uns ausgerechnet jetzt wieder begegnet sind, an diesem Punkt in unserem Leben.« Ethan tastete mit seinen Lippen nach ihren und küsste sie mehrmals zärtlich. »Dann findest du es also nicht verrückt?«

»Doch«, murmelte Spring zwischen seinen Küssen. »Es ist definitiv total unvernünftig und übertrieben. Du könntest inzwischen ein Massenmörder geworden sein …«

»Oder du …«, seufzte er und küsste sie weiter.

»Aber das könnten wir ja herausfinden«, flüsterte Spring an seinen Lippen, bevor sie wieder miteinander verschmolzen.

»Ja«, stöhnte Ethan leise. Seine Küsse wurden leidenschaftlicher und immer gieriger, ihre Münder saugten sich aneinander fest, ihre Zungen spielten miteinander. Spring überlief ein warmer Schauer, ihr Körper stand in Flammen, und in ihrem Schoß loderte das Feuer so stark, dass ihr ein erregtes Stöhnen entfuhr. Ethans Hände strichen über ihren Rücken, tasteten sich unter ihr Shirt und fuhren an den Rändern ihres Büstenhalters entlang.

Sie spürte die Verhärtung an seinem Unterleib und drückte sich dagegen. Das wiederum entlockte ihm ein tiefes, kehliges Geräusch, das sie noch mehr entflammte.

Und dann legte Ethan seine Arme um sie, hob sie hoch, als wöge sie nicht mehr als eine Katze, und trug sie, ohne dass sich seine Lippen von ihren lösten, aus dem Arbeitszimmer hinaus.

Spring erkannte an dem feinen Duft, dass er sie ins Schlafzimmer brachte. Sanft legte er sie auf dem breiten Bett ab und beugte sich über sie. Einen Moment lang hielt er inne und betrachtete sie.

»Du bist so wunderschön«, sagte er leise und begann, jeden Zentimeter ihres Gesichts zu küssen.

Spring bekam eine Gänsehaut, sie streckte ihre Arme aus und zog ihn näher zu sich. Sie wollte ihn spüren, ihre Körper sollten miteinander verschmelzen. Er bemerkte wohl ihre Ungeduld und begann vorsichtig, ihr Shirt hochzuziehen. Spring riss es sich über den Kopf und half dann Ethan, sich von seinem Hemd zu befreien. Wenig später lagen sie mit nackten

Oberkörpern nebeneinander, und Ethan fuhr beinahe ehrfurchtsvoll über ihre Brüste. Spring seufzte und genoss die sanften Berührungen. Dann legte sie sich auf ihn und spürte seine Erregung deutlich an ihrem Unterleib, sodass ihr erneut ein erregtes Keuchen entfuhr. Auch Ethan drückte sich nun fest an sie, seine Lippen suchten wieder ihre, während sein Atem lauter und schneller wurde. Er ließ seine Hände über ihre Hüfte wandern und öffnete vorsichtig Springs Jeans, dann seine eigene. Als er seine Hand in ihre Hose schob, stöhnte Spring laut auf. Die Berührung seiner Finger an ihrer intimsten Stelle brachte sie in neue Sphären. Ungeduldig wand sie sich aus ihrer Hose und streifte dann auch Ethans ab. Als ihr Blick auf die Wölbung an seiner Boxershorts fiel, sog sie scharf die Luft ein. Vorsichtig tastete sie darüber, und als Ethan wieder dieses kehlige Stöhnen ausstieß, hörte sie auf zu denken und fühlte nur noch. Sie übergab sich seinen Händen, erkundete seinen Körper mit ihrer Zunge, ihren Fingern, ihrer Haut, und als er endlich in sie eindrang, schrie sie vor Erleichterung laut auf.

Das, was dann folgte, war wohl das Schönste, was sie jemals empfunden hatte. Sie wanden sich und fanden ihren Rhythmus, der sie beinahe zeitgleich zur höchsten Erfüllung brachte. Dann sanken sie atemlos, nassgeschwitzt und erschöpft in die weichen Kissen und umschlangen sich wie zwei Ertrinkende. Ethans Herzschlag hämmerte noch schneller als ihr eigener, und irgendwann wurden sie so sehr eins, dass sie nicht mehr wusste, ob es ihr Herz oder seines war.

»Das war wunderschön, unbeschreiblich«, flüsterte er, noch immer keuchend, in ihr Haar und presste sie ganz fest an sich.

Spring küsste Ethans Brust, sie empfand in diesem Moment so viel Zärtlichkeit, dass sie meinte, zerspringen zu müssen.

Dann hob sie den Kopf und sagte: »Am liebsten würde ich mein Leben lang so bei dir liegen, immer wieder mit dir schlafen oder einfach nur deine Haut spüren.«

Er lächelte. »Das möchte ich auch. Aber Sophia wartet bestimmt schon auf uns, um uns Daphnes Geschichte weiterzuerzählen.«

»Ja«, seufzte Spring. »Und ich möchte unbedingt wissen, ob Daphne es geschafft hat, wieder mit Frederic zusammenzukommen.«

»Versprich mir, dass du heute Nacht nicht auf Summers Couch schläfst, sondern hier bei mir, ja?«, sagte Ethan und strich mit seinem Kinn über ihre Stirn. Die Bartstoppeln, die sich seit seiner morgendlichen Rasur gebildet hatten, kitzelten angenehm.

»Ich denke, das kann ich versprechen«, erwiderte Spring grinsend, und eine ganz neue Wärme breitete sich in ihr aus. Sie vergrub ihre Nase in Ethans Halsbeuge und sog seinen Duft tief in sich ein.

Dann standen sie auf und zogen sich an. Als sie wenig später in Ethans Cabrio saßen, war plötzlich alles ganz anders zwischen ihnen. Eine neue Intimität hatte sich eingestellt, immer wieder suchten sich ihre Blicke, ihre Hände lösten sich nur, wenn Ethan schalten musste.

»Warte«, rief Spring, als er auf die Landstraße nach Bangor abbiegen wollte. »Ich habe Autumn doch versprochen, Kaffee vorbeizubringen. Meinst du, wir können noch bei einem Supermarkt vorbeifahren?«

»Warum nicht, wir haben ja keine feste Zeit mit Sophia ausgemacht. Sie ist vielleicht ganz froh, wenn sie sich noch ein bisschen ausruhen kann.« Er wendete und fuhr Richtung Nefyn.

Der große Supermarkt, der offenbar erst vor Kurzem renoviert worden war, versprach beinahe alle Wünsche zu erfüllen. Da Spring nicht mehr viel Geld übrig hatte, kaufte sie nur ein Päckchen Kaffee, Toastbrot und Margarine, um ihrer Schwester wenigstens eine kleine Freude zu bereiten. Ethan steuerte Kekse bei.

Wenig später fuhren sie die holprige Auffahrt zur Farm hinauf. Die Tür zum Farmshop stand offen, wo Autumn gerade die kümmerlichen Lebensmittel in den Regalen zusammenräumte.

»Hey«, rief Spring und lächelte ihrer kleinen Schwester zu, die bei ihrem Eintritt leicht zusammenzuckte. Sie streckte ihr die Einkaufstüte hin.

»Danke.« Autumn nahm zögernd die Tasche entgegen.

»Wie geht es Mum und Dad heute?«, fragte Spring vorsichtig.

Autumn zuckte mit den Schultern.

Da keine weitere Antwort folgte, sagte Spring zögernd: »Meinst du nicht, dass sie Hilfe brauchen? Es scheint noch schlimmer geworden zu sein, auch wenn ich nie gedacht hätte, das einmal sagen zu müssen.«

Autumn nickte. Dann flüsterte sie, mit einem angsterfüllten Blick in Richtung Wohnhaus: »Ich weiß nicht, was ich noch machen soll.«

»Willst du nicht einfach weggehen?«, schlug Spring vor. Sie erinnerte sich an Ethans Worte. Ihre Eltern würden vermutlich niemals selbstständig werden, solange andere dafür sorgten, dass ihr Leben funktionierte.

»Nein«, rief Autumn und starrte sie erschrocken an. Sie wirkte plötzlich wie ein gehetztes Reh. »Ich … ich … ich kann hier nicht weg. Ich würde sterben. Die Farm ist alles, was ich habe … nein.«

»Okay, schon gut«, beruhigte Spring ihre Schwester. »Aber

so, wie ihr hier lebt, wird das nicht mehr lange gehen. Ihr könnt die Rechnungen nicht mehr bezahlen, und Summer hat sich sogar verschuldet, um einspringen zu können. Das kann sie nicht ewig so weitermachen.« Spring sah sich nach Ethan um, der sich diskret im Hintergrund gehalten hatte. Sie zweifelte jedoch nicht daran, dass er jedes Wort mitgehört hatte.

»Dann lass uns mal einen Blick in die Höhle des Löwen werfen.« Spring nickte Ethan auffordernd zu, und sie gingen gemeinsam ins Wohnhaus hinüber.

Als sie die Küche betraten, lag ihr Vater, nur mit einer Unterhose bekleidet, auf dem Sofa. Im Arm hielt er Rose, eine Freundin ihrer Eltern, die Spring aus ihrer Kindheit kannte. Rose war gealtert, genau wie Springs Vater.

»Spring!« Er lächelte erfreut und versuchte, sich aufzurichten, schien jedoch nicht allzu standfest zu sein.

»Dad!« Spring zog die Augenbrauen zusammen. »Was soll das? Wo ist Mum?«

»Oben, mit Ben«, flötete Rose. »Na, wenn das mal nicht die kleine Spring ist.«

Spring atmete tief durch. Das hatte sie in ihrer Kindheit häufig erlebt. Sie war froh, dass sie ihren Vater und Rose nicht beim Sex überrascht hatten, auch wenn es nicht weit davon entfernt zu sein schien. Wie oft hatte sie ihre Eltern irgendwo im Haus, ekelhaft stöhnend und keuchend, vorgefunden, oder auch vollkommen fremde Menschen. Damals hatte sie jedes Mal erschrocken das Weite gesucht und sich hinterher von ihnen anhören müssen, wie prüde sie doch sei. Jetzt erkannte sie mit einem Mal, dass nicht sie prüde war, sondern ihre Eltern distanzlos, um nicht zu sagen grenzüberschreitend. Es war eine Art Missbrauch gewesen, was ihre Eltern ihr und ihren Schwestern angetan hatten. Auch wenn keiner der Gäste sie jemals berührt hatte, so hatten sie doch vollkommen hemmungslos vor den Augen der Mädchen miteinander geschlafen, oft auch in den Betten der Schwestern, und keinerlei Rücksicht darauf genommen, dass die vier noch Kinder gewesen waren.

»Was soll das?«, fragte Spring jetzt noch einmal mit hoher Stimme. »Du hast wohl vergessen, dass auch Autumn hier wohnt. Es ist rücksichtslos und beschämend, was ihr hier in der Küche treibt, wo deine Tochter doch jederzeit hereinkommen könnte. Schließlich lebt sie hier und arbeitet für euch. Und euer Benehmen ist auch genau der Grund, warum ich die letzten acht Jahre nicht mehr auf der Farm war.«

Spring fasste nach Ethans Hand und zog ihn mit sich aus der Wohnküche. Erst im Hof blieb sie stehen.

Plötzlich waren so viele Erinnerungen wieder da. Sie sah all die Szenen vor sich, die sie in den letzten Jahren mehr oder weniger erfolgreich verdrängt hatte. Ein Schluchzen schüttelte sie, und sie stieß einen wütenden Schrei aus.

Dann spürte sie Ethans Arme, die sie an sich zogen, und sie ließ sich einfach nur halten und trösten.

»Ich muss hier weg«, sagte sie irgendwann und löste sich von ihm, um zum Auto zu gehen.

Als sie im Cabrio saßen und die Auffahrt hinunterfuhren, liefen ihr Tränen der Wut und Verzweiflung über das Gesicht. »Verstehst du jetzt, warum ich nie wieder hierherkommen wollte? Das war mein Alltag, sechzehn Jahre lang.« Spring schüttelte verzweifelt den Kopf. »Wenn ich mich hier länger aufhalte, werde ich verrückt. Ich musste damals gehen, um zu überleben. Aber du hast Autumn gesehen. Sie ist meine Schwester und ihnen hilflos ausgeliefert. Sie schafft es nicht, sich zu lösen, und gleichzeitig geht sie auf der Farm zugrunde. Ich weiß nicht, was ich tun soll. Ich liebe Autumn, ich liebe alle meine Schwestern. Aber ich kann ihnen nicht helfen. Das ist alles so schrecklich.« Spring verbarg ihr Gesicht in den Händen.

Ethan schwieg, streichelte nur die ganze Zeit ihr Bein, während er nachdenklich auf die Straße starrte.

Kurz vor Summers Cottage zog Ethan Spring noch einmal fest an sich. Inzwischen hatte sie sich einigermaßen beruhigt.

»Ich verstehe deine Verzweiflung«, sagte er leise. »Und ich wünschte von Herzen, dass ich dich irgendwie unterstützen kann. Ich zermartere mir schon die ganze Zeit den Kopf. Aber vielleicht gibt es ja doch etwas, das wir tun können …«

Spring lächelte zaghaft. »Danke, dass du bei mir bist.«

»Da seid ihr ja endlich!«, hörten sie in diesem Moment die Stimme von Summer, die in der geöffneten Haustür stand. »Was ist passiert? Hast du geweint?« Summer betrachtete ihre Schwester besorgt.

»Wir waren auf der Farm«, erklärte Spring, und während sie das Cottage betraten und in den großen Wohnraum gingen, erzählte sie ihrer Schwester von der schrecklichen Szene, die sie dort erlebt hatten.

»Das hat alles wieder aufgewühlt«, sagte sie und schüttelte sich angewidert. »Ich hasse diese Erinnerungen, ich hasse es, dass sie sich so benehmen.«

»Alles gut, Kindchen?«, fragte Sophia, die vor einer Tasse Tee am Esstisch saß.

»Ja.« Spring atmete tief durch. »Denn jetzt bin ich hier bei euch, den liebsten Menschen der Welt.« Ihr wurde bewusst, dass das Leben auf der Farm die Vergangenheit war. Sie musste nach vorn schauen. Doch sie würde Autumn nicht allein lassen. Nicht noch einmal. Sie musste eine Lösung finden, mit der auch ihre jüngste Schwester leben konnte.

»Dann sind jetzt alle bereit für den nächsten Teil der Geschichte, oder?«, fragte Ethan in die Runde. Er nahm dicht neben Spring Platz und legte seinen Arm zärtlich und beschützend um ihre Schultern.

Die beiden Schwestern nickten und wandten sich Sophia zu. Spring kuschelte sich in Ethans Umarmung und war froh, dass Sophias Geschichte sie von ihren eigenen Sorgen ablenken würde.

# ELFTES KAPITEL

*Nordwales und London, November 1876*

»Ich wurde schnell stutzig«, erklärte Mr Harper und ließ sich in einen Sessel in Daphnes Schlafzimmer fallen. »Denn ich hatte in all den Jahren sehr engen Kontakt zum Earl of Nefyn und einige Details über seine Tochter Charlotte von ihm erfahren. So wusste ich beispielsweise, dass sie schon immer bei schwacher Gesundheit gewesen war und nicht reiten konnte. Sie hingegen können ausgesprochen gut reiten, wovon ich mich bei unserem gemeinsamen Ritt über das Anwesen überzeugen konnte. Dafür lässt Ihre Rechtschreibung zu wünschen übrig, und Sie wussten einige Dinge über Ihren angeblichen Vater nicht, die Sie hätten wissen müssen.«

»Und der Brief …«, warf Mrs Moryn ein.

Daphne sah fragend zwischen den beiden hin und her. Sie hatte sich auf ihr Bett fallen lassen.

»Der Brief von einem gewissen Mr Frederic Fowler. Darin erwähnte er den Plan von Lady Charlotte und bat Sie, ihm zu schreiben.« Mrs Moryn strich über den Kaminsims.

»Wo ist der Brief?«, fragte Daphne, die unendlich erleichtert war, dass Frederic wohlauf zu sein schien.

»Wir haben ihn verbrannt«, antwortete Mr Harper. »Kurz nach Ihrer Ankunft. Durch ihn wussten wir, dass etwas Betrügerisches geplant war, und beschlossen, erst einmal abzuwarten, um dann unseren Vorteil daraus zu ziehen.«

»Und der sieht folgendermaßen aus«, mischte sich Mrs Moryn wieder in die Unterhaltung ein. »Sie spielen weiterhin Lady Charlotte, aber für unser Schweigen werden Sie uns bezahlen. Ab sofort übernehmen wir das Regiment über Daffodil Castle. Wir werden Ihnen sagen, was Sie zu tun haben, und selbstverständlich verwaltet Hugh das Vermögen der Earls of Nefyn. Ich brauche wohl nicht zu erwähnen, dass er das in unserem Sinne tun wird.«

Daphne zog entsetzt die Augenbrauen zusammen.

»Wir möchten unseren Anteil vom Kuchen haben«, sagte Mr Harper und ging zur Tür. »Kein Wort über unsere Abmachung. Zu niemandem. Und von Mr Fowler halten Sie sich fern. Er passt nicht in unsere Pläne. Sie werden das Schloss nicht verlassen, denn Sie dürfen zu keinem Menschen Kontakt haben.«

»Sie wollen mich hier einsperren?«, fragte Daphne fassungslos und sprang vom Bett auf.

Mr Harper schnalzte mit der Zunge. »Was für ein unschönes Wort. Nein, wir sperren niemanden ein. Wir möchten nur nicht auf Ihre Gesellschaft verzichten. Deshalb werden Sie sich künftig von uns die Erlaubnis holen, wenn Sie einen Spaziergang machen möchten. Ich bin für sämtliche finanzielle Angelegenheiten verantwortlich und treffe auch alle Entscheidungen. Um die Dinge zu vereinfachen und nicht immer Ihre Unterschrift einholen zu müssen, werden Sie und ich die Ehe schließen.«

»Was? Nein! Niemals werde ich Sie heiraten«, rief Daphne verzweifelt. »Wie kommen Sie darauf, dass ich Ihre Frau werden würde?«

»Weil wir Ihr kleines Geheimnis sonst auffliegen lassen.« Mr Harper grinste.

»Das … ich … Niemals werden Sie damit Erfolg haben«, stotterte Daphne.

»Sie selbst haben Ihren Londoner Anwalt von allen Geschäften enthoben. Es gibt also niemanden mehr, dem etwas auffallen wird.« Mr Harper öffnete die Tür und trat auf den Flur hinaus, und Mrs Moryn folgte ihm.

»Ach so, und wenn Sie denken, Ihr Retter in Gestalt von Mr Fowler würde herbeieilen, dann muss ich Sie enttäuschen. Die Briefe, die Sie geschrieben haben, wurden niemals aufgegeben«, sagte die Haushälterin und zog die Tür hinter sich zu.

Daphne stieß einen erstickten Laut aus. Das erklärte alles. Vermutlich hatten sie auch sämtliche Briefe, die Frederic geschrieben hatte, abgefangen.

Daphne sank erschüttert in sich zusammen. Dann schleppte sie sich ans Fenster und starrte in den grauen Himmel hinaus. Sie war zu einer Marionette geworden, die von Mr Harper und Mrs Moryn gelenkt wurde. Dabei hatte sie sich doch nur auf diese Täuschung eingelassen, weil sie ein Leben an Frederics Seite führen wollte. Aber dann hatte sich alles verselbstständigt. Lady Charlotte hatte sich das Leben genommen. Daphne hatte ihr zuliebe, und natürlich auch für ihre Liebe zu Frederic, an der Täuschung festgehalten, obwohl sie gewusst hatte, wie falsch es war, zu lügen. Und nun wurde sie erpresst und mundtot gemacht, damit sich Fremde am Vermögen des Earls bereichern konnten. Sie konnte sich nicht einmal darüber aufregen, weil sie sich ja kaum besser verhalten hatte.

Am schlimmsten aber war die Ungewissheit. Wo war Frederic? Würde er zu ihr nach Wales kommen, obwohl er keinen Brief von ihr erhalten hatte? Wenn er nur hier wäre, an ihrer Seite, dann würde alles gut werden. Oder war er zu schwach, um reisen zu können? Seine Schwindsucht war heimtückisch, sie brach aus, wenn es ihm schlecht ging. Und jetzt, da er keinen Brief und kein Lebenszeichen von Daphne erhielt, würde er bestimmt krank werden.

Daphne schlug erschrocken die Hände vor den Mund. Hoffentlich kamen Frederic nicht Gerüchte zu Ohren, dass sie bei dem Unfall gestorben war. Dann würde auch er zugrunde gehen, so viel stand fest.

Daphne ging unruhig im Zimmer auf und ab. Die Holzdielen knarrten unter ihren Füßen. Schließlich blieb sie am Kamin stehen und starrte in die kalte Feuerstelle. Sie musste mit den beiden Erpressern sprechen und sie davon überzeugen, sie nach London reisen zu lassen. Es ging schließlich um ein Menschenleben! Sie wollte gerade am Klingelseil ziehen, als sie innehielt. Mr Harper und Mrs Moryn waren unerbittlich. Es wäre vermutlich vergebens, sie anzuflehen, Daphne sollte den beiden besser einen Vorteil in Aussicht stellen. Sie stützte sich mit den Händen auf den Kaminsims und legte den Kopf in den Nacken. Sie würde mit Frederics immensem Vermögen argumentieren. Die Fowlers waren sehr reich, aber ohne Titel. Und soweit Daphne wusste, gab es keinen weiteren Nachkommen. Frederic würde also einmal alles erben. Aber wie konnte Daphne Mr Harper und Mrs Moryn glauben machen, dass sie davon profitieren könnten?

Sie wandte sich um und ging zur Tür. Hier im Zimmer würde sie nur verrückt werden. Auf der Treppe blieb sie stehen und lauschte. Alles war ruhig. Für ein so großes Gebäude wie Daffodil Castle waren hier relativ wenige Dienstboten beschäftigt.

»Lady Charlotte?«

Daphne fuhr herum.

Hinter ihr auf der Treppe stand Mrs Moryn, die sich jetzt langsam näherte.

Daphne wich ihr instinktiv aus. Sie stieg die letzten Stufen in die Halle hinunter.

»Suchen Sie mich?«, fragte Mrs Moryn und blieb neben ihr

stehen. Plötzlich wirkte ihr Blick kalt und bedrohlich, ganz anders als damals, als sie sie zum ersten Mal getroffen hatte. Jetzt konnte sich Daphne nicht mehr vorstellen, wie sie die Haushälterin einmal sympathisch finden konnte.

»Ja«, sagte Daphne und versuchte, ihrer Stimme eine Selbstsicherheit zu geben, die sie nicht verspürte. »Ich möchte Ihnen und Mr Harper einen Vorschlag machen.«

»So?« Die Frau hob eine Augenbraue und bedachte Daphne mit einem skeptischen Blick. »Besuchen wir ihn doch am besten in seinem Kontor.« Sie deutete in Richtung des Korridors, der in die Tiefe des Schlosses führte.

Daphne schluckte, und während sie durch die langen dunklen Gänge liefen, überlegte sie krampfhaft, wie sie Frederics Vermögen am besten als Argument vorbringen konnte, um nach London reisen zu dürfen. Doch als sie das Büro des Verwalters erreicht hatten, war sie sicher, dass sie ihr niemals glauben würden.

Mr Harper saß an seinem Schreibtisch und sah von einem Stapel Papiere auf.

»Lady Charlotte möchte mit uns sprechen«, sagte Mrs Moryn, und Daphne wunderte sich, mit welcher Selbstverständlichkeit die Haushälterin an diesem Lügengeflecht festhielt. Schließlich kannte sie ja nun die Wahrheit, sie musste sie nicht mehr mit dem falschen Namen ansprechen. Ob sie dadurch die Täuschung den anderen Dienstboten gegenüber aufrechterhalten wollte?

»Bitte.« Mr Harper deutete auf den Stuhl vor seinem Schreibtisch. Immerhin hielt er sich noch an das Gebot der Höflichkeit. »Worum geht es?«

»Ich möchte Ihnen einen Vorschlag machen«, begann Daphne. »Mr Fowler, für den Lady Charlotte und ich diesen Betrug geplant haben, ist der einzige Erbe eines Mannes, der zwar über keinen Titel, aber über ein großes Vermögen verfügt.«

Sie saß auf der Stuhlkante, den Rücken durchgestreckt, jeder Muskel ihres Körpers war angespannt. Es war wichtig, diese beiden Menschen zu überzeugen, es ging um ihr und Frederics Leben. Da ihr niemand antwortete, fuhr Daphne fort: »Seine Eltern möchten ihn mit einer anderen reichen Erbin, ebenfalls ohne Titel, verheiraten. Lady Charlotte wollte mir durch diesen Tausch ermöglichen, den Vater von Mr Fowler umzustimmen. Wenn ich ihn heirate, würde sein Erbe uns gehören, sobald Mr Fowler senior das Zeitliche segnet. Dieses Vermögen ist noch um einiges größer als der Besitz der Familie von Lady Charlotte.«

Mr Harper lehnte sich in seinem hohen Lehnstuhl hinter dem Schreibtisch zurück und legte die Fingerspitzen aneinander. Nachdem er eine Weile geschwiegen hatte, fragte er: »Und inwieweit sollen meine Frau und ich davon profitieren?«

Das war die knifflige Frage, auf die Daphne auch noch keine gute Antwort hatte. Um Zeit zu schinden, sagte sie: »Ihre Frau? Dann sind Sie also …?«

»Nicht offiziell.« Mrs Moryn trat neben den Verwalter. »Aber unsere Beziehung ist nicht von Bedeutung für diese Angelegenheit.«

»Wie also stellen Sie sich das vor?« Mr Harper schien nicht uninteressiert. Er senkte den Kopf und sah sie von unten her fragend an. »Dann hätten Sie und Ihr Ehemann all das Geld – wie sollten wir an das Vermögen herankommen?«

»Genauso, wie Sie jetzt auch an mein Geld kommen. Frederic und ich wollten nie etwas anderes durch diesen Betrug erreichen, als zusammen zu sein. Wenn wir unser Auskommen haben, sind wir glücklich. Den Rest brauchen wir nicht.« Daphne strich über die Holzkante des Schreibtisches.

Mr Harper schüttelte zweifelnd den Kopf. »Wenn das Vermögen wirklich so groß ist, dann werde selbst ich es nicht schaffen, es unauffällig zur Seite zu schaffen.«

Daphne wurde kalt. Ihr mussten überzeugende Argumente einfallen. Schnell sagte sie: »Sie treten einfach als meine Verwandten auf. Lady Charlotte sagte mir, dass es keine weitere Familie mehr hier in England gibt. Wir müssten uns also nur eine glaubhafte Geschichte überlegen, in welchem Verwandtschaftsverhältnis wir zueinander stehen. Wenn es uns gelingen würde, diese Heirat mit dem Segen von Frederic Fowlers Vater durchzuführen, könnten wir anschließend meinen Ehemann um Unterstützung der verarmten Verwandtschaft bitten …«

»Sie haben da etwas vergessen. Wie wird Ihr Gatte reagieren, wenn er hier im Schloss ist und feststellt, dass das Geld, das eigentlich ihm zusteht, in meine Tasche fließt? Wir haben leider von Jahr zu Jahr immer weniger Erträge zu verzeichnen … Den Bauern laufen die Knechte fort, schuld sind diese verdammten Fabriken in den Städten. Den jungen Burschen wird wer weiß was versprochen, und für die Feldarbeit bleibt kaum noch eine Hand übrig. Die Pachteinnahmen sind nur noch spärlich.« Mr Harper seufzte und schien einen Moment lang nachzudenken. Dann schüttelte er den Kopf. »So verlockend die Aussicht auf das Fowler-Vermögen auch ist, das wir wahrlich gut gebrauchen könnten, es ist einfach zu gefährlich. Wie sagt man so schön? Besser der Spatz in der Hand als die Taube auf dem Dach, nicht wahr?«

Mrs Moryn zögerte. »Allerdings scheint mir der Gedanke, den Lady Charlotte hier äußert, gar nicht so abwegig. Denk doch mal darüber nach, wir könnten richtig reich werden. Wir hätten viel mehr als die kümmerlichen Einnahmen durch die Pachten. Wir könnten das Dach im Ostflügel endlich reparieren lassen, vielleicht überall Gasleitungen verlegen.«

»Frederic Fowler ist an der Schwindsucht erkrankt«, erklärte Daphne, von Mrs Moryns Fürsprache bestärkt. »Wenn ich nicht zu ihm darf, wird er mit großer Wahrscheinlichkeit sterben. Er ist bei schwacher Gesundheit, und bereits auf der Isle of Wight war deutlich zu erkennen, dass seelische Traumata seinen Zustand verschlechtern. Daher bitte ich Sie inständig: Lassen Sie mich zu ihm nach London reisen.«

Mr Harper sah interessiert auf. »So? Er ist bei schlechter Gesundheit?« Sein Blick wanderte zu seiner Komplizin.

Daphne biss sich auf die Unterlippe. Vielleicht war es vorschnell gewesen, dieses Detail zu verraten. Andererseits hatte sie kaum eine andere Chance, als sie mit der Wahrheit zu locken.

»Und er hat keine Geschwister?«, fragte Mrs Moryn mit lauerndem Blick.

Daphne schüttelte den Kopf, obwohl sie gar nicht sicher darüber war. Aber in diesem Moment hätte sie alles behauptet, nur um nach London reisen zu dürfen.

»Ich werde darüber nachdenken«, verkündete Mr Harper schließlich und bedeutete ihnen mit einer Handbewegung, dass er nun allein gelassen werden wollte.

Daphne stand auf und folgte Mrs Moryn zur Tür. Sie hoffte inständig, dass Mr Harper anbiss und sie zu Frederic fahren durfte.

Am nächsten Tag stand Daphne auf, und Harriet half ihr beim Ankleiden. Das Frühstück war wie immer angerichtet, und sämtliche Dienstboten behandelten Daphne wie zuvor. Auch am gestrigen Abend war sie mit demselben Respekt bedient worden wie an ihrem ersten Tag auf Daffodil Castle. Anscheinend kannte niemand außer Mrs Moryn und Mr Harper ihr Geheimnis, was Daphne nicht verwunderte. Schließlich konnte die Erpressung der beiden Angestellten nur funktionieren, wenn alle davon ausgingen, dass sie tatsächlich Lady Charlotte war, und sie weiter offiziell die Pachteinnahmen erheben konnten.

Daphne war gerade mit ihrem Frühstück fertig, als Mr Harper das Esszimmer betrat. »Guten Morgen, Eure Ladyschaft. Ich habe einen Brief an Mr Fowler verfasst, in dem ich ihm unseren Besuch angekündigt habe.«

Daphne, die gerade von ihrem Platz aufgestanden war, ließ sich nun erstaunt wieder auf den Stuhl sinken. »Wirklich? Oh, vielen, vielen Dank.« Am liebsten wäre sie Mr Harper vor Erleichterung um den Hals gefallen.

»Wir brechen morgen auf.« Mr Harper lächelte sie an. Wer es nicht besser wusste, hätte ihn für einen fürsorglichen Verwalter halten können. Sein Bart war perfekt gestutzt, sein Rock saß vorbildlich, und sein Benehmen war tadellos. »Die Einzelheiten besprechen wir auf der Fahrt. In London werden wir unsere alte Kutsche übrigens gegen eine neue eintauschen. Ich habe entsprechende Anweisungen erteilt.«

»Ich werde sofort Harriet Bescheid geben«, sagte Daphne überglücklich. »Oh, sie darf uns doch begleiten, oder?«

»Selbstverständlich, Mylady.« Mr Harper deutete eine Verbeugung an und verließ dann den Raum.

Daphne atmete auf. Ihr Insistieren war also erfolgreich gewesen. In Gedanken versunken ging sie nach oben, um ihren Mantel zu holen. Obwohl das Wetter grau und feucht war, wollte sie einen Spaziergang machen, um in Ruhe zu überlegen, welche Maßnahmen sie als Nächstes ergreifen sollte. Mr Harper wusste, dass sie ohne Pferd sowieso nicht von hier fortkäme, deshalb war auch die Haustür nicht verschlossen. Und doch war Daphne eine Gefangene auf Daffodil Castle.

Wenig später trat sie durch das Schlossportal und schlug

einen der Wege ein, die in den verwilderten Park führten. Mr Harper hatte sich schnell umstimmen lassen. Es war Frederics schlechte Gesundheit gewesen, die ihn zum Einlenken gebracht hatte. Daphne entschied sich für einen Trampelpfad, der zum Meer hinunterführte, und überlegte. Würde Frederic mit ihrem Plan in noch größere Gefahr geraten, als er es durch seine Schwindsucht ohnehin schon war? Würden die beiden Hausangestellten Frederics Tod womöglich herbeiführen, um an sein Vermögen zu kommen?

Daphne beschleunigte ihre Schritte, als könnte sie vor ihren Befürchtungen davonlaufen. Bald hatte sie einen Küstenpfad erreicht. Unter ihr toste die Brandung, hohe Wellen schlugen gegen die Felsen, und Gischt sprühte bis zu ihr herauf. Das Meer war ebenso aufgewühlt wie Daphnes Gedanken. Solange Frederics Vater lebte, war er einigermaßen sicher. Denn Frederic würde nur erben, wenn Mr Fowler senior tot war. Und sollte Frederic ihm ins Grab folgen, war noch lange nicht klar, ob Daphne ihn als seine Ehefrau beerben würde. Sie kannten schließlich nicht die testamentarischen Verfügungen der Fowlers.

Wie auch immer, Daphne musste gut achtgeben. Dass sie endlich zu ihm reisen durfte, war eine gute Entwicklung, aber es bedeutete noch lange nicht, dass er gerettet war. Dabei ging es ihr nicht um das Vermögen der Earls of Nefyn, das Mr Harper sich aneignen wollte, Daphne war alles Geld der Welt egal. Sie wollte nur sorglos mit Frederic zusammenleben. Aber wie sollte das möglich sein, wenn Mr Harper und Mrs Moryn mit ihnen auf Schloss Daffodil lebten und sie unter Druck setzten? Daphne seufzte und starrte einen Moment lang aufs Meer, bevor sie sich umdrehte und langsam zum Schloss zurückging. Es blieb ihr nichts anderes übrig als abzuwarten.

Zwei Tage später, auf der Reise aus dem Norden in Richtung London, übernachteten sie in einem edlen Gasthaus in Birmingham. Harriet war gezwungen, während der Fahrt neben dem Kutscher zu sitzen, ein äußerst unkomfortabler Platz, weil es mehrmals regnete. Die Zofe tat Daphne sehr leid, das Mädchen selbst schien jedoch nicht darüber verärgert zu sein. Sie war ausgesprochen aufgeregt, denn sie hatte ihre Heimat Nordwales noch nie verlassen. Daher war sie dankbar, dass sie überhaupt mitfahren durfte. Daphne musste sich eingestehen, dass es auch im Inneren der Equipage nicht viel bequemer war. Die Polster der Sitze waren durchgesessen, Motten hatten die samtenen Bezüge zerfressen, und es stank nach Moder und Feuchtigkeit. Mehrmals schickte Daphne Stoßgebete zum Himmel, dass keine Achse brechen würde. Der schreckliche Unfall auf der Reise nach Wales war ihr noch allzu deutlich in Erinnerung, und das Holz dieser Kutsche war bestimmt morsch.

Mr Harper instruierte Daphne, dass er als ihr Großcousin namens Alain Dupont mit französischen Wurzeln auftreten würde, der ihr einziger verbliebener Angehöriger sei. Er schien ziemlich sicher zu sein, dass niemand nachforschen würde.

Als sie die ersten Ausläufer der Stadt erreichten, sah Daphne staunend aus dem Fenster. Auf ihrer Reise von der Isle of Wight nach Nordwales hatte sie bereits einige Großstädte gesehen und war erschrocken gewesen über den Gestank des Abfalls in den Straßen, aber auch geblendet von der Schönheit der breiten Promenaden. Alles war so riesig, Ventnor hätte in diese Städte hundertmal hineingepasst. Und London schien von allem die Steigerung zu sein. Die Vororte, durch die sie fuhren, unterschieden sich gar nicht so sehr von den Dörfern auf der Isle of Wight, doch als sie die Innenstadt erreichten, herrschte dort ein derart buntes Treiben, dass Daphne nicht wusste, wo sie als Erstes hinschauen sollte. Da flanierten feine Leute in edlen Gewändern, bunte Seidenstoffe und Hüte mit großen wippenden Federn wurden vorgeführt, und auf den Straßen fuhren die luxuriösesten Equipagen. Es gab kleine, gepflegte Parks und ehrwürdige Häuser. Die interessantesten Geschäfte reihten sich aneinander, daneben Hotels und Restaurants und Schneiderläden, die so groß waren wie eines der Krankenhaus-Cottages auf der Isle of Wight. Schwarze Menschen mischten sich unter rothaarige, Leute mit mandelförmigen Augen unter hellhäutige mit weißblondem Haar.

Das Hotel, das Mr Harper ausgewählt hatte, war sehr vornehm. Rote Markisen empfingen sie, ein kleiner Park lag auf der anderen Straßenseite.

»Habe ich nicht ein eigenes Stadthaus hier in London?«, fragte Daphne überrascht, als sie verstand, dass sie hier übernachten würden.

»Das Haus ist seit zwanzig Jahren nicht bewohnt. Wir brauchen zunächst Personal, und ich weiß nicht, ob es überhaupt noch zu gebrauchen ist. Ich werde mir das Gebäude morgen Nachmittag ansehen und dann entscheiden, was damit geschehen soll.« Mr Harper bedeutete Daphne, aus der Kutsche auszusteigen. Es war später Nachmittag, als Mr Harper, Harriet und Daphne endlich in London angekommen waren. Mr Harper schickte den Fowlers eine Nachricht, dass sie sie am kommenden Vormittag besuchen würden.

Daphnes Zimmer lag gleich neben dem des Verwalters, Harriet wurde eine Kammer unter dem Dach zugewiesen. Auf den Fußböden lagen dicke Teppiche, die Wände waren mit teuren Seidentapeten bespannt, und die Bettdecken waren flauschig und weich.

Beim Abendessen bekam Daphne kaum einen Bissen herunter. Sie war zu aufgeregt. Die Stadt hatte einen immensen

Eindruck auf sie gemacht, aber ihre Gedanken kreisten immer wieder um Frederic. Bald würde sie ihn wiedersehen. Sie stocherte in ihrem Kalbsfleisch herum. Von der Straße drangen die Geräusche vorbeifahrender Kutschen herein, Rufe von Botenjungen und Portiers, die nach Droschken für ihre Herrschaft riefen. In welcher Verfassung würde sie Frederic antreffen? Hatte er seine Schwindsucht inzwischen überwunden, oder war die Krankheit schlimmer geworden?

Nach dem Essen ging sie auf ihr Zimmer, Harriet zog ihr das Reisekleid über den Kopf, und gleich darauf fiel Daphne in einen tiefen Schlaf. Sie wurde wach, als es draußen noch vollkommen finster war. Unruhig wartete sie, bis die ersten Geräusche im Haus zu hören waren. Einige Dienstboten waren schon aufgestanden, und kurz darauf kam auch Harriet leise in Daphnes Zimmer. Sie half ihr beim Ankleiden, und als das Frühstück gebracht wurde, war Daphne bereits ausgehfertig.

Doch bis sie das Hotel verließen, um zur großen Stadtvilla der Fowlers aufzubrechen, musste sich Daphne noch ein wenig gedulden. Mr Harper ließ erst Stunden später, in denen sie unruhig in ihrem Zimmer auf und ab ging, nach ihr schicken.

Sie eilte nach unten. Eine Droschke stand vor der Tür bereit. Mr Harper nannte dem Kutscher die Adresse, und das Pferd trabte gemächlich los. Das bunte Leben der Stadt zog an der Kutsche vorbei, doch dieses Mal hatte Daphne kaum Augen dafür. Ihr ganzer Körper schmerzte vor Anspannung, sie konnte den Moment kaum erwarten, in dem sie Frederic endlich wiedersehen würde.

Das Haus, vor dem sie hielten, lag in einem vornehmen Stadtteil, in dem sich prächtige Anwesen aneinanderreihten. Es lag ein Stück von der Straße zurückversetzt. Ein großer Hof breitete sich davor aus, mit akkurat geschnittenen Buchsbaumhecken und hübsch angelegten Blumenbeeten. Die Villa war aus großen, hellen Steinquadern gebaut und mit gemeißelten Skulpturen verziert, die in Nischen der Fassade standen. Daphne zog unwillkürlich die Schultern hoch. Mit einem Mal kam sie sich seltsam schutzlos und klein vor.

Ein livrierter Diener öffnete ihnen und ließ sie in eine große, finstere Eingangshalle treten. Schwere Möbel standen an den Wänden, der dunkle Marmorboden glänzte.

»Mr Fowler erwartet Lady Charlotte und ihren Cousin Alain Dupont«, sagte Mr Harper zu dem Bediensteten, und Daphne zuckte kurz zusammen, als sie die falschen Namen hörte. Doch schon im nächsten Moment hatte sie sich gefangen. Es war wichtig, dass sie ihre Scharade aufrechterhielt, schließlich musste sie unbedingt zu Frederic vorgelassen werden.

Der Diener führte sie in einen Empfangsraum, der das größtmögliche Gegenteil zu der düsteren Eingangshalle darstellte. Es war ein Zimmer mit zwei gewaltigen Fenstern, durch die die Morgensonne hereinschien. Hier waren die Wände mit teuren Seidentapeten in gelber Farbe bespannt, und über dem hellen Kamin hing ein Spiegel, der das Sonnenlicht reflektierte. Der Diener ließ sie allein zurück, um seiner Herrschaft Bescheid zu geben. Daphne wagte sich kaum zu rühren. Mit klopfendem Herzen stand sie in dem kleinen Raum und starrte auf die grellen Wände. Vor Aufregung war ihr ganz unwohl. Minuten vergingen, in denen Mr Harper mit dem Rücken zu ihr am Fenster stand. Dann näherten sich Schritte, und im nächsten Moment kam der Diener wieder herein. Er öffnete eine zweite Tür im Raum, und sie gelangten in ein grün tapeziertes Zimmer. Der Diener öffnete eine weitere Tür, und endlich schienen sie ihr Ziel erreicht zu haben. Dieser Raum war mit einer roten Seidentapete ausgestattet. Zwei große Sofas standen sich in der Mitte gegenüber, und aus einem davon erhob sich nun ein Mann in mittleren Jahren. Daphne sog scharf die Luft ein, als sie Mr Fowler erkannte. Er hingegen hatte Daphne nur ein einziges Mal als Pflegerin gesehen, und sie betete inständig, dass er sich nicht mehr an sie erinnerte.

Der Mann trat nun auf sie zu. »Eure Ladyschaft.«

Daphne reichte ihm ihre Hand, er deutete einen Kuss an und verbeugte sich. »Mr Fowler.«

Dann begrüßten sich die beiden Herren, und ihr Gastgeber bat sie, auf dem zweiten Sofa ihm gegenüber Platz zu nehmen. Daphne entspannte sich ein wenig. Alles schien gutzugehen, Mr Fowler hatte sie nicht als die Krankenschwester von der Isle of Wight erkannt.

Als der Diener Tee serviert hatte und sie wieder unter sich waren, sagte Mr Harper zu ihrem Gastgeber: »Lady Charlotte ist Ihrem Sohn Frederic auf der Isle of Wight begegnet, wo beide zur Genesung ihrer Krankheit den Sommer verbracht haben.«

Mr Fowler nickte und sah den Verwalter abwartend an.

»Meiner Großcousine, deren Wohlergehen mir sehr am Herzen liegt, geht Ihr werter Sohn nicht mehr aus dem Sinn, und da sie, wie Sie vermutlich schon gehört haben, in der Vergangenheit schlimme Verluste erlitten hat, fühle ich mich verpflichtet, alles dafür zu tun, dass sie wieder glücklich wird. Aus diesem Grund gehen wir den vielleicht ungewöhnlichen Schritt und bieten Ihrem Sohn die Hand meiner lieben Großcousine an.«

Mr Fowler griff nach seiner Tasse und trank einen Schluck Tee, bevor er antwortete. »Ich will ganz ehrlich sein, Mr Dupont. Ihre Cousine schrieb bereits vor einigen Wochen einen Brief an mich, in dem sie mir Ihr Interesse an meinem Sohn mitgeteilt hat. Und meine Gattin und ich waren beide entsetzt ob dieser Unschicklichkeit.«

Mr Harper errötete leicht und hob in einer entschuldigenden Geste die Hände. »Das müssen Sie Lady Charlotte nachsehen, schließlich ist sie in Indien aufgewachsen, fernab der Zivilisation. Sie hatte nicht viele Kontakte in der Gesellschaft. Aber«, er hob den Zeigefinger und lächelte, »sie würde Ihre Familie deutlich näher an den Adel bringen. Denn auch wenn der Titel des Earls of Nefyn mit meinem werten Cousin, Lady Charlottes Vater, leider ausgestorben ist, bleiben meiner Großcousine der Titel einer Lady und die weitläufigen Ländereien und das Vermögen der Nefyns. Die Mitgift dürfte Sie also zufriedenstellen und Ihren Nachfahren eine gute gesellschaftliche Position verschaffen.«

Mr Fowler schlug die Beine übereinander. Ein Sorgenschleier legte sich auf seine Züge. »Glauben Sie mir, ich wäre ja nicht abgeneigt und würde einer Verbindung möglicherweise zustimmen, zumal sich eine andere geplante Heirat zerschlagen hat. Leider sieht es allerdings im Augenblick gar nicht gut aus, die Gesundheit meines Sohnes hat sich in den letzten Wochen, seit er die Klinik auf der Isle of Wight verlassen hat, stark verschlechtert. Ich fürchte, niemand weiß, ob er den Kampf gegen die Schwindsucht gewinnen wird.«

Daphnes Herz krampfte sich zusammen. Ihr wurde kalt. Ihr schlimmster Albtraum schien wahr zu werden.

»Bitte, Mr Fowler«, sagte sie mit trockenem Mund. »Lassen Sie mich zu ihm, ich habe auf der Isle of Wight einige Erfahrungen in der Behandlung von Kranken gemacht …«

»Sie? Aber Sie sind doch selbst an der Schwindsucht erkrankt.« Mr Fowler sah sie kaum an, er wandte sich wieder an Mr Harper. »Ich schlage vor, dass Sie in einigen Wochen noch einmal bei mir vorsprechen, in der Hoffnung, dass es meinem Sohn bis dahin besser geht.«

»Mr Fowler, ich bitte Sie inständig.« Daphne rückte bis zur

Sofakante vor. »Wenn ich ihn sehen dürfte … Ich verspreche Ihnen, ich kann Ihrem Sohn helfen.«

»Lady Charlotte«, Mr Fowler sah sie tadelnd an, »auch wenn Sie in Indien vielleicht nicht die Erziehung genossen haben, die wünschenswert wäre, sollten auch Sie wissen, dass es vollkommen unmöglich ist, Sie in das Zimmer meines Sohnes vorzulassen.«

Verzweiflung stieg in Daphne auf. Sie musste Frederic sehen, es würde ihm guttun, wenn sie zu ihm durfte.

Mr Harper warf Daphne einen strengen Blick zu, den sie jedoch ignorierte.

»Bitte, Mr Fowler, lassen Sie mich …«

Mr Harper stand auf und schnitt Daphne das Wort ab. »Sie haben recht, gnädiger Herr. Wir werden wiederkommen, wenn es besser passt. Einstweilen wünschen wir Ihrem Sohn alles Gute.«

»Aber …«, begann Daphne.

»Charlotte«, zischte Mr Harper mit schneidender Stimme und deutete zur Tür.

Daphne zögerte einen Moment. Sie konnte Frederic nicht einfach so zurücklassen. Sie musste ihn sehen, ihm sagen, dass alles gut werden würde und sie ihn bald zu sich holen wollte.

Doch die beiden Männer waren unerbittlich. Der Diener kam und brachte sie zur Tür. Sie kletterten schweigend in ihre Droschke, und Mr Harper wies den Fahrer an, sie zum Stadthaus des verstorbenen Earls of Nefyn zu bringen.

»Ich muss zu ihm«, sagte Daphne leise und voller Panik, sobald die Kutsche sich in Bewegung gesetzt hatte. »Er wird sterben, ich weiß es. Wenn er wenigstens wüsste, dass ich hier bin. Wieso haben Sie mich nicht unterstützt?«

»Weil das verdächtig gewesen wäre. Haben Sie denn nicht bemerkt, welch schlechten Eindruck der Brief auf ihn gemacht hat, den er von Lady Charlotte erhalten hat?« Mr Harper zog die Augenbrauen zusammen und starrte aus dem Fenster. »Nein, wir müssen einen anderen Weg finden.«

»Aber das muss schnell geschehen. Bevor Frederic so krank ist, dass er gar nicht mehr mitbekommt, dass ich in seiner Nähe bin.« Daphne rang verzweifelt die Hände. Sie wusste, wie schnell die Schwindsucht zum Tod führen konnte. Sie war ihrem Ziel so nahe, und doch schien Frederic unerreichbar geworden. »Wenn ich nur eine Möglichkeit wüsste, in sein Zimmer zu gelangen.«

»Das wäre in der Tat unschicklich«, erwiderte Mr Harper und schüttelte missbilligend den Kopf. »Aber Sie sind doch Krankenschwester, nicht wahr?«

Daphne nickte.

»Ich werde versuchen herauszufinden, welcher Arzt Frederic Fowler behandelt«, sagte Mr Harper nachdenklich.

»Oh, das weiß ich zufällig«, rief Daphne aufgeregt. Anscheinend hatte Mr Harper eine Idee. »Es ist Doktor Bernhard Brown aus der Harley Street. Mr Fowler brauchte ja ein Attest, um im Royal National Hospital aufgenommen zu werden.«

»Dann sprechen Sie bei ihm vor. Nehmen Sie dafür Ihre wahre Identität an. Hier in London wird kaum jemand wissen, dass Sie angeblich verstorben sind.« Er machte eine Pause und überlegte kurz, ehe er fortfuhr. »Ich werde Ihnen ein fabelhaftes Zeugnis schreiben. Wie hieß Ihr Vorgesetzter auf der Isle of Wight?«

»Das waren Schwester Middleton und Doktor Robertson«, sagte Daphne schnell.

Das Stadthaus der Nefyns lag in der Nähe des Hyde Parks. Offenbar hatte der Earl in den letzten Jahren, die er mit seiner

Familie in Indien verbracht hatte, den Garten pflegen lassen, denn das Grundstück war weniger zugewuchert, als Daphne befürchtet hatte. Mr Harper hatte den passenden Schlüssel mitgebracht und öffnete die Tür. Der Geruch von Moder schlug ihnen entgegen. Die Fensterläden waren geschlossen, und Daphne konnte im Dämmerlicht die weißen Tücher erkennen, die auf den Möbeln ausgebreitet waren. Sie öffnete eine der Türen und betrat einen großen Raum mit vielen angelaufenen Spiegeln an den Wänden. Ein Kronleuchter hing in der Mitte von der Decke. Daphne trat an die Fenster, öffnete sie der Reihe nach und stieß die Läden auf. Frische Luft strömte herein und überdeckte den strengen Geruch der letzten zwanzig Jahre. Daphne sah unter die weißen Tücher und fand eine zierliche, mit Seide bezogene Chaiselongue, Sofas, Sessel und Rattanmöbel. Auf dem Kaminsims standen vergilbte Briefe, Einladungs- und Visitenkarten in einem schweren silbernen Briefhalter. Sie blätterte durch die Papiere. Die Earls of Nefyn schienen früher ein reges gesellschaftliches Leben geführt zu haben. Das hier musste der Salon sein, einst schienen hier vornehme Gesellschaften stattgefunden zu haben. Daphne ließ die Fenster offen stehen und ging durch eine weitere Tür in den benachbarten Raum. Auch hier öffnete sie die Fenster. Sie schien in einem Esszimmer gelandet zu sein. In hohen Vitrinen war teures Porzellan ausgestellt. Daphne trat an eine davon und öffnete sie. Beinahe ehrfurchtsvoll griff sie nach einem großen Teller und strich über die Glasur. Plötzlich hatte sie einen Kloß im Hals, als sie daran dachte, dass die Menschen, die einst von diesen Tellern gegessen hatten, nicht mehr am Leben waren. Dieses Haus hatte einer Familie gehört, die davon ausgegangen war, dass sie nach ihrer Zeit in Indien wieder hier einziehen und zwischen dem Stadthaus und Daffodil Castle hin- und herwechseln würde. Doch beide Gebäude waren nun verwaist, in Beschlag genommen von einer Gruppe von Betrügern, die sich gegenseitig erpressten.

Daphne schob die trüben Gedanken beiseite und erinnerte sich daran, dass sie all das nur für Frederic tat. In diesem Moment gelobte sie sich, ihre Tarnung aufzugeben und aller Welt die Wahrheit zu erzählen, falls Frederic nicht ihr Mann werden sollte. Einige Tage nach ihrer Ankunft in Wales hatten sie den Leichnam der wahren Lady Charlotte in der Familiengruft beigesetzt, der Pfarrer aus Nefyn hatte eine Trauerzeremonie für die Krankenschwester Daphne Marcy abgehalten. Zu diesem Zeitpunkt war Daphne noch davon ausgegangen, dass sie die Einzige war, die wusste, dass es in Wahrheit die letzte Ahnin der Familie war, die nun in der Gruft von Daffodil Castle ihre ewige Ruhestätte fand.

»Hier stecken Sie also.« Mr Harper betrat das Zimmer und wedelte mit einem Brief, den er in der Hand hielt. »Ich habe Ihnen ein Empfehlungsschreiben aufgesetzt. Damit gehen wir nun zu Doktor Brown, damit er Sie als Schwester Marcy für die Pflege von Frederic Fowler engagiert. Kommen Sie, lassen Sie uns diesen muffigen Kasten wieder verlassen, ich will keine Sekunde länger hier verbringen. Fürs Erste wissen wir, dass das Haus noch tadellos in Schuss ist, es müsste nur ein bisschen gelüftet werden.«

Daphne schloss die Fenster wieder sorgfältig und folgte Mr Harper dann hinaus in den schönen Herbsttag. Wenig später fuhren sie in ihrer Equipage zu dem Haus des Arztes in der Harley Street.

»Sie warten hier«, befahl Mr Harper und sprang aus der Kutsche.

Daphne sah ihm verwirrt nach. Warum ließ er sie nicht mitkommen? Schließlich ging es doch darum, dass sie die Stellung bei den Fowlers erhielt.

Unruhig sah sie aus dem Fenster der Kutsche und beobachtete, wie Mr Harper hinter der schwarzen Tür des Hauses verschwand. Eine halbe Stunde verging, ehe er wieder hinaus ins Freie trat. Mr Harper gab dem Kutscher Anweisung, sie in die Savile Row zu fahren, und stieg dann zu Daphne in den Wagen.

»Wir müssen Ihnen schnellstmöglich ein Schwesterngewand besorgen«, erklärte er. »Ich konnte Doktor Brown davon überzeugen, dass die Fowlers nach Ihnen geschickt haben – nach Schwester Marcy von der Isle of Wight.«

»Oh«, stieß Daphne überrascht aus. »Aber wie haben Sie das geschafft?«

»Nun, ich habe mich als Sekretär von Doktor Robertson ausgegeben, der Frederic Fowler ja in der Klinik betreut hat. Ich habe Doktor Brown den Brief überreicht und ihm mitgeteilt, dass Mr Fowler sich an meinen Vorgesetzten gewandt und um die Hilfe der betreuenden Schwester gebeten habe. Und voilà, hier ist unsere Schwester Marcy!«

Daphnes Herz schlug schneller. War es tatsächlich möglich, dass dieser Plan funktionierte?

»Und woher bekommen wir die Kleidung?«, fragte Daphne und dachte an ihre Schwesterntracht, die sie im Krankenhaus auf der Isle of Wight zurückgelassen hatte. Das einzige Gewand, das sie mitgenommen hatte, trug jetzt die tote Lady Charlotte.

»Nun, wir sind gerade auf dem Weg zu einem der besten und – was noch wichtiger ist – der schnellsten Schneider Londons. Wir werden ihm eine ordentliche Summe Geld dafür bezahlen, dass das Kleid morgen fertig ist.« Mr Harper lehnte sich zufrieden zurück, verzog aber gleich darauf das Gesicht. »Und dann muss ich unbedingt die bestellte Kutsche abholen.«

Daphne ignorierte seine letzten Worte und fragte stattdessen: »Aber die Fowlers wissen doch gar nichts von Schwester Marcy. Was ist, wenn sie mit Doktor Brown sprechen und er ihnen die Wahrheit erzählt?«

»Nun, das sollten wir verhindern. Es muss jetzt alles sehr schnell gehen. Wir werden Sie morgen zur Hintertür des Fowler-Anwesens bringen. Versuchen Sie nur, dem alten Mr Fowler aus dem Weg zu gehen, denn er weiß ja jetzt, wie Lady Charlotte aussieht. Wir behaupten einfach, dass Sie eine Schwester sind, die Doktor Robertson von der Isle of Wight geschickt hat und sich um Frederic Fowler kümmern soll. Und dann bleibt nur zu hoffen, dass keine Fragen gestellt werden.«

Tatsächlich gelang es Mr Harper, den Schneider dazu zu bringen, ein einfaches Leinengewand mit Haube für Daphne anzufertigen, das sie sogar noch am selben Abend in Empfang nehmen konnten. Und so stand Daphne am nächsten Morgen ganz früh vor der Hintertür der Fowler'schen Stadtvilla. Sie hatten diese frühe Stunde gewählt in der Annahme, dass die Herrschaften dann noch im Bett liegen und die Diener Mr Fowler nicht extra wecken und nachfragen würden. Daphne hatte sich die Haare streng nach hinten gebunden und das Häubchen aufgesetzt. Nun konnte sie nur noch hoffen, dass Frederics Vater ihr nicht zufällig begegnete und Lady Charlotte in ihr wiedererkannte. Allerdings hatte Mr Fowler sie am Tag zuvor ja kaum angesehen und beinahe ausschließlich mit Mr Harper gesprochen.

Daphne hielt ein weiteres angebliches Empfehlungsschreiben von Doktor Robertson in der Hand, als ihr ein Hausmädchen die Tür öffnete.

»Guten Morgen, mein Name ist Schwester Daphne Marcy. Ich wurde von Doktor Robertson von der Isle of Wight geschickt und soll mich um Mr Frederic Fowler kümmern. Er ist in der Klinik dort bereits mein Patient gewesen.« Daphne reichte ihr den Brief.

Das Hausmädchen sah sie einen Moment lang unschlüssig an. Dann trat sie zur Seite. »Lesen kann ich leider nicht, aber ich nehme an, das wird in Ordnung gehen. Bitte folgen Sie mir, ich bringe Sie zu Ihrem Patienten.«

Daphne hätte am liebsten vor Erleichterung laut aufgelacht. Doch noch war sie nicht am Ziel, wie sich wenig später herausstellen sollte. Denn als sie eine schmale Dienstbotentreppe nach oben gestiegen waren und durch eine mit grünem Samt bezogene Tür in einen herrschaftlichen Flur traten, kam ihnen eine Frau entgegen.

»Wer ist das?«, fragte sie mit zusammengezogenen Augenbrauen das Hausmädchen, das Daphne nach oben begleitet hatte.

Daphne erkannte die Frau sofort. Es war Frederics Mutter, die sie oft vor dem Krankenhaus gesehen hatte, wenn sie aus ihrer Kutsche gestiegen war.

»Das ist Schwester Marcy, sie kommt von der Isle of Wight und soll Mr Fowler pflegen.« Das Hausmädchen warf Daphne einen hilfesuchenden Blick zu.

»Krankenschwester Daphne Marcy«, stellte Daphne sich nun ihrerseits vor und knickste. »Ich habe mich in den vergangenen Monaten um Mr Fowler gekümmert, und Doktor Robertson und auch Doktor Brown sind der Meinung, meine Pflege wirke sich positiv auf die Gesundung des Patienten aus.«

»Was könnten Sie schon tun, was die anderen nicht auch können?« Mrs Fowler taxierte sie mit einem abschätzigen Blick.

»Wir haben auf der Isle of Wight ganz besondere Einreibetechniken«, improvisierte Daphne. »Außerdem gibt es spezielle Tinkturen, die ich ebenfalls dabeihabe.« Sie hielt die Arzttasche hoch, die Mr Harper gestern noch in aller Eile besorgt hatte, in der sich jedoch nur eine Flasche mit Limonade, ein Bündel Baumwolltücher und Halspastillen befanden. Aber um Mrs Fowler zu täuschen, reichte es hoffentlich.

»Wieso hat Doktor Brown bei seinem Besuch vor zwei Tagen nichts darüber gesagt, dass er offenbar nach Ihnen geschickt hat?«, fragte Mrs Fowler nun, mit zur Seite geneigtem Kopf.

»Vermutlich wollte er Ihnen keine falschen Hoffnungen machen«, antwortete Daphne. »Es war nicht sicher, ob ich wirklich kommen kann. Wir haben gerade sehr viel zu tun, Doktor Robertson braucht sämtliche Hände. Es war ein großer Gefallen, den er Doktor Brown schuldig war, nur aus diesem Grund bin ich hier.«

»Nun, Sie können jetzt nicht zu meinem Sohn, er ist bereits versorgt worden und muss sich ausruhen. Ich werde mich erst bei Doktor Brown vergewissern, dass alles seine Richtigkeit hat.« Mrs Fowler wandte sich an das Hausmädchen. »Mary, begleiten Sie die Schwester wieder nach unten, und schicken Sie mir dann bitte Goodfellow, damit sie mir beim Umziehen hilft. Ich möchte ausgehen.« Und damit drehte sich Mrs Fowler um und ging den Flur entlang davon.

Daphne wurde eiskalt. Wenn sich Mrs Fowler bei Doktor Brown erkundigen würde, käme ihr Schwindel heraus. Daphne stand wie angewurzelt da. Sie war so nah an Frederic herangekommen, doch dieser letzte Schritt schien unüberwindbar. Hier irgendwo, hinter einer dieser Türen, musste er sich befinden. Wenn sie Mrs Fowler nicht begegnet wären, dann säße sie jetzt vielleicht schon an seinem Bett. Warum war diese Frau schon so früh auf den Beinen? Normalerweise schliefen Damen der Gesellschaft doch länger.

»Es tut mir leid«, sagte Mary und sah sie mitfühlend an. Dann drehte sie sich zu einer unscheinbaren Tür um, die offenbar ins Dienstbotentreppenhaus führte. »Kommen Sie, ich bringe Sie wieder nach unten.«

Daphne sackte in sich zusammen. Es erschien ihr unendlich schwer, sich aufzuraffen. Jeder Schritt brachte sie wieder ein Stück weiter von Frederic weg.

»Warten Sie«, sagte Daphne und ging auf das Hausmädchen zu. »Ich will mich nur schnell vergewissern, dass es ihm gut geht. Denn Doktor Robertson wird sehr ungehalten sein, wenn er erfährt, dass ich nicht einmal zu dem Patienten vorgelassen wurde. Bitte lassen Sie mich nur einmal kurz in sein Zimmer, dann kann ich ruhigen Gewissens sagen, dass ich den Patienten gesehen habe.«

»Oh nein«, erwiderte das Hausmädchen erschrocken. »Ich würde … Wenn Mrs Fowler das erfährt, werde ich auf der Stelle entlassen.«

»Sie braucht es doch nicht zu erfahren.« Daphne lächelte Mary so vertrauenerweckend an, wie es ihr nur möglich war. »Wir stehen alle auf derselben Seite. Wir alle wollen, dass Mr Fowler so schnell wie möglich wieder gesund wird.«

»Trotzdem, Miss, bitte kommen Sie. Mrs Fowler hat nach ihrer Zofe verlangt, ich muss ihr schnellstens Bescheid geben.« Mary deutete zur Tür.

»Zeigen Sie mir nur sein Zimmer, dann gehen Sie nach unten und holen die Kammerzofe. In der Zeit kann ich bei Mr Fowler nach dem Rechten sehen, und anschließend kommen Sie wieder her und bringen mich nach unten. Mrs Fowler wird nie erfahren, dass ich bei unserem Patienten war, um Doktor Robertson beruhigen zu können.«

Das Hausmädchen wirkte unentschlossen. »Ich glaube, es ist besser, wenn Sie …«

»Ich bitte Sie inständig, es geht auch um meine Anstellung. Sie kennen Doktor Robertson nicht. Er kann geradezu cholerisch werden, und im schlimmsten Fall wirft er mich hinaus.« Daphne rang verzweifelt die Hände. Dabei brauchte sie Mary nicht einmal etwas vorzutäuschen, denn sie empfand tiefste Angst. Insgeheim wusste sie, wenn sie jetzt dieses Haus verließ, ohne bei Frederic gewesen zu sein, würde sie ihn nie wiedersehen.

»Also gut«, gab das Hausmädchen nach, und Daphne wäre ihr am liebsten vor Erleichterung um den Hals gefallen. Mary deutete auf die erste Tür links. »Aber wecken Sie ihn nicht, falls er schlafen sollte. Ich bin in wenigen Minuten bei Ihnen und begleite Sie dann nach unten.«

»Danke«, sagte Daphne leise, und plötzlich schlug ihr Herz so laut, dass sie meinte, Mary müsse es hören.

Sie eilte zu der Tür und schlüpfte ins Zimmer. Einen Moment lang hielt sie inne. Der Raum war groß und mit schweren Eichenholzmöbeln eingerichtet, die Daphne jedoch kaum wahrnahm. Ihre ganze Aufmerksamkeit war auf Frederic gerichtet, der in einem hohen Bett lag und entsetzlich blass und ausgezehrt wirkte. Daphnes Herz zog sich zusammen. Sie stürzte zu ihm.

»Frederic!«, rief sie leise und zupfte an seinem Arm. »Mein Liebling, ich bin da.«

Er öffnete die Augen, und einen Moment lang sah er sie verwirrt an. Dann richtete er sich mühsam auf.

»Daphne? Du bist hier? Wie …?«

»Das ist eine lange Geschichte, und ich habe nur wenige Minuten Zeit. Das Hausmädchen holt mich gleich wieder ab, und ich darf deinem Vater nicht begegnen.« Sie beugte sich zu ihm und küsste ihn liebevoll auf beide Wangen. »Er lässt mich nicht zu dir, weil du angeblich zu schwach bist.«

»Ich habe schon so lange nichts von dir gehört, dass ich dachte, du hättest dich von mir abgewandt«, sagte er mit rauer Stimme.

»Ich habe Lady Charlottes Platz eingenommen. Dein Vater weiß, dass ich dich heiraten möchte, aber er will nichts entscheiden, solange du krank bist.« Daphne hielt inne und dachte angestrengt nach. Sie hatte im Vorfeld keinen Plan geschmiedet, weil sie nicht wusste, wie krank Frederic wirklich war. Doch nun war sie bei ihm und musste dringend eine Möglichkeit finden, ihn nach Wales zu bringen. »Ich werde dir noch heute eine Einladung nach Daffodil Castle zukommen lassen, damit du dich besser erholen kannst. Du musst dich nur bei deinem Vater durchsetzen, dass er dich zu mir lässt. Ich hatte das Gefühl, dass er unserer Heirat nicht ganz abgeneigt war, jedoch Zweifel daran hegt, ob du je wieder gesund werden wirst.«

»Die hatte ich selbst«, gab Frederic zu. »Aber jetzt, wo ich weiß, dass du mich nicht vergessen hast …«

»Natürlich nicht, ich liebe dich.« Daphne strich ihm zärtlich über das Gesicht.

Frederic fasste nach ihrer Hand und küsste sie. »Ich werde dafür sorgen, dass ich dich nach Wales begleiten kann. Schreibe du mir noch heute den entsprechenden Brief, dann werde ich alles für meine Abreise vorbereiten.«

»Oh Liebster!« Daphne drückte seine Hand. »Glaubst du, dass du der langen Reise gewachsen bist?«

»Ich kann alles schaffen, wenn du bei mir bist«, sagte Frederic leise, mit Tränen in den Augen.

»Was hat das zu bedeuten?«, ertönte plötzlich eine Stimme hinter Daphne.

Sie fuhr herum und sah in Mrs Fowlers wütendes Gesicht.

# ZWÖLFTES KAPITEL

*Nordwales, Mai, Gegenwart*

Spring, Ethan und Summer hingen an Sophias Lippen. Doch mit einem Mal hielt die alte Frau inne und schwieg.

»Und dann?«, fragte Ethan seine Großmutter. »Ist Daphnes Plan aufgegangen? Konnte Frederic sich gegen seine Eltern durchsetzen?«

Sophia unterdrückte ein Gähnen. Ethan sah, wie müde die alte Frau plötzlich war.

»Ich muss euch noch einmal auf morgen vertrösten.« Sophia lehnte sich zurück und schloss die Augen. »Es ist anstrengend für mich, diese Geschichte zu erzählen. Aber morgen werdet ihr sie bis zum Ende hören, einverstanden?«

»Ihr müsst unbedingt warten, bis ich am Nachmittag aus der Schule zurück bin«, sagte Summer und stand auf. »Ich möchte auf jeden Fall wissen, wie es mit Daphne und Frederic weiterging. Ach nein!« Sie schlug sich die Hand vor den Mund und verzog das Gesicht. »Ich habe morgen ja einen wichtigen Termin bei der Bank.«

Spring sah sie alarmiert an. »Aber du wirst doch nicht schon wieder einen Kredit aufnehmen, oder?«

»Nein, ich glaube, da brauche ich mir keine großen Hoffnungen mehr zu machen«, seufzte ihre Schwester. »Aber irgendwie müssen die Rechnungen der Farm ja bezahlt werden. Ich muss mit der Bank über eine sinnvolle Finanzierung sprechen. Ich gebe zu, dass ich mich übernommen habe.«

Spring wechselte einen schnellen Blick mit Ethan. Er räusperte sich. »Ich habe natürlich nicht das Recht, mich einzumischen. Aber eure Farm kommt mir wie ein Fass ohne Boden vor. Du kannst da unendlich viel Geld reinstecken, auf die Dauer wird es dich nur in den Ruin treiben.«

»Das ist schon längst passiert«, seufzte Summer, die an der Küchenzeile stand. Sie holte ein abgepacktes Stück Fleisch aus der Gefriertruhe.

Ethan schüttelte den Kopf und stand auf. »Du rennst sehenden Auges in dein Unglück. Dabei gehört dir die Farm nicht einmal.«

»Ich tue das für Autumn«, sagte Summer, während sie den gefrorenen Fleischblock in einen großen Kochtopf warf. »Und auch für David und Leah. Bei allem, was sie falsch gemacht haben, sind sie schließlich immer noch unsere Eltern.«

»Aber gibt es keine andere Lösung?«, mischte Spring sich nun ein.

Summer und Ethan sahen sie fragend an. Sophia war auf ihrem Stuhl eingeschlafen und schnarchte leise am Kopf der Tafel.

Spring zuckte mit den Schultern. »Ich meine, wenn man einen Verwalter finden würde, jemanden, der etwas von biologischem Anbau versteht und unsere Landwirtschaft wieder profitabel macht. Natürlich dürften Mum und Dad nicht an das Geld herankommen, das wir damit verdienen, denn das scheint im Augenblick das Problem zu sein. Sie geben alles sinnlos aus, sodass am Ende nichts mehr übrig bleibt. Investieren können sie auf diese Weise wirklich nicht.«

Summer öffnete den Küchenschrank und holte Wassergläser heraus. »Dazu ist die Farm doch viel zu klein. Das würde keinen Landwirt interessieren.«

»Und wenn man etwas ganz anderes daraus machen

würde?«, fragte Ethan. Er war es zwar eher gewohnt, milliardenschwere Geschäfte abzuwickeln, aber einen unbedeutenden, hoch verschuldeten Familienbetrieb wieder in die schwarzen Zahlen zu bringen, kam ihm plötzlich reizvoll vor. »Was meint ihr? So was wie ein B&B vielleicht?«

»Das ist wirklich keine schlechte Idee«, erwiderte Spring. Sie nahm Summer die Gläser ab und trug sie zum Tisch. »Ein B&B wäre eine gute Sache. Dafür ist die Farm groß genug, und die Umgebung ist malerisch, das müsst ihr zugeben. Die Gebäude müssten allerdings umgebaut und restauriert werden.«

Ethan nickte nachdenklich. »Das war einer meiner ersten Gedanken, als ich das verfallene Haus und die Ställe gesehen habe. Da kann man nur kernsanieren – oder alles abreißen. Da die Gebäude aber sicher unter Denkmalschutz stehen, geht das nicht so einfach. Es ist alles in allem ein ziemlich großes Anwesen. Aber wenn man keine Tiere mehr hätte, könnte man die ganzen Nebengebäude einfach umfunktionieren. Ein Hotel oder eben ein B&B wäre da sicher eine gute Lösung.«

»Genau«, bestätigte Summer. »Aber das wäre viel zu teuer für uns.« Sie füllte die Karaffe mit Leitungswasser. »Schon eine normale Renovierung würde unseren finanziellen Rahmen sprengen. Eigentlich müssten unsere Eltern die Farm verkaufen. Das Geld, das sie dafür bekämen, würde gerade ausreichen, um unsere Schulden zu begleichen.«

»Aber was wird dann aus Autumn?«, fragte Spring, und Ethan merkte, dass sie sich wirklich Sorgen machte.

»Und auch Mum und Dad könnten wir das nicht antun«, fügte Summer hinzu. Sie lehnte sich gegen die Küchenzeile und trank einen Schluck Wasser.

»Vielleicht schaffen wir ja beides …« Spring legte den Kopf schief und sah Ethan auffordernd an. »Wenn ein Freund der

Familie die Farm kaufen würde, wenn er sie sanieren und zu einem Hotel umbauen ließe? Ein Freund der Familie, der unvorstellbar viel Geld hat und seinen Job hasst …?«

Ethans Herz schlug plötzlich schneller. Er lächelte und ging zu Spring, die am Küchentisch stand. »Du meinst, dieser Jemand müsste dann jemanden einstellen, der dieses B&B leitet? Jemanden wie dich?« Ethan stupste Spring liebevoll auf die Nasenspitze.

»Wenn er das B&B nicht selber leiten will, dann könnte er mich einstellen. Ja!« Spring lachte.

Ethan küsste sie zärtlich auf den Mund. »Du würdest das tatsächlich machen? Dieses B&B leiten?«

»Warum nicht?« Spring sah ihn nachdenklich an. »Allerdings habe ich absolut keine Ahnung von Finanzen, und ich habe noch nicht einmal in einer solchen Pension übernachtet. Und geleitet habe ich auch noch nie irgendwas. Ich hatte ja bisher nicht einmal einen Job, wenn man mal von meiner Zeit im Starbucks absieht.«

»Das können wir alles nachholen«, sagte Ethan und strich ihr zärtlich über die Wange.

»Wie gut, dass wir wenigstens einen reichen Freund haben, der das B&B kaufen könnte …« Ein Lächeln huschte über ihr Gesicht. »Du wärst also bereit, zu investieren?«

»Das ist mein Job, auch wenn eine Farm oder ein B&B nicht gerade das typische Geschäft für unsere Investmentfirma ist.« Außerdem ging es in der Regel um höhere Geldbeträge, fügte er in Gedanken hinzu. Mit der Investition in die Season-Farm würde er kein besonders hohes Risiko eingehen, selbst wenn er zwei oder drei Millionen für ihre Renovierung und den gesamten Umbau brauchte.

»Danke«, sagte Spring leise und umarmte ihn.

Dann löste sie sich von Ethan und fuhr fort: »Es gibt nur

eine Sache, die wir vorher klären müssen. Ich will definitiv nicht noch einmal mit meinen Eltern im gleichen Haus wohnen. Und ich kann mir nicht vorstellen, dass sie in irgendeine andere Stadt umziehen würden. Könnte man ihnen vielleicht ein kleines Cottage bauen?« Sie blickte kurz in Ethans Richtung. »Auf unserem Grundstück, aber so weit wie möglich entfernt vom Haupthaus?«

»Sicher.« Ethan lächelte.

»Außerdem«, fuhr Spring fort, »weckt die Farm Erinnerungen in mir, die ich eigentlich unbedingt vergessen will.«

»Auch wenn wir alles umbauen?«, fragte Ethan. »Der Charakter der Gebäude bliebe sicher erhalten, aber innen würde sich alles ändern.«

Spring, die noch immer mitten in der Küche stand, nickte. »Ich weiß, dass ich mich meiner Vergangenheit stellen muss. Summer hat all die Jahre dafür gesorgt, dass die Farm weiter betrieben werden kann, auch wenn sie sich selbst dadurch beinahe ruiniert hat.« Sie sah ihre Schwester, die der Unterhaltung von der Küchenzeile aus folgte, dankbar an. »Und ich habe gemerkt, wie viel mir die Gegend hier trotz allem bedeutet. Meiner Vergangenheit konnte ich auch in London nicht entkommen, aber seit ich wieder hier bin, fühle ich mich richtig wohl – von den beiden Besuchen auf der Farm mal abgesehen –, was natürlich auch an dir liegt.« Sie schlang ihre Arme um Ethan und drückte ihn fest an sich.

Eine wohlige Wärme breitete sich in ihm aus. Er strich zärtlich über ihre Stirn und murmelte: »Mir geht es ganz genauso. Du hast diesen Ort hier für mich perfekt gemacht.«

Spring stellte sich auf die Zehenspitzen, um ihn sanft zu küssen. Dann fuhr sie nachdenklich fort: »Und auf diese Weise könnte ich auch Autumn helfen. Ich würde sie einstellen. Ich könnte endlich auch einen Teil der Verantwortung tragen, mit der wir Summer jahrelang alleingelassen haben. Außerdem wärst du ja bei mir und würdest mir helfen, oder?«

»Wenn du willst, weiche ich nie wieder von deiner Seite«, erklärte Ethan, denn er wusste, dass er Spring nicht noch einmal verlieren wollte.

Spring sah ihn liebevoll an. »Oh ja, das will ich. Aber ich kann diese Entscheidung nicht hier und jetzt treffen. Lass mir etwas Zeit, um darüber nachzudenken, ja?«

Unbändige Freude durchströmte Ethan bei dem Gedanken, seine Tage künftig vielleicht an Springs Seite verbringen zu dürfen. Allein die Vorstellung, mit ihr zusammen dieses B&B zu leiten und sein Leben mit Spring zu teilen, machte ihn unsagbar glücklich. Allerdings würde das zwangsläufig bedeuten, dass er aus der Firma seines Vaters aussteigen müsste, und er hatte, obwohl seine Eltern ihn ein Leben lang belogen hatten, ein schlechtes Gewissen seinem Vater gegenüber. Sein Vater hatte bereits einen Sohn für seine Firma verloren, er hatte all seine Hoffnungen in Ethan gesetzt. Aber Ethan hasste diesen Job, und anders als sein Vater war er nicht bereit, sich für die Familie aufzuopfern.

Nach dem Abendessen verabschiedeten sich Spring und Ethan von Sophia und Summer und fuhren nach Daffodil Castle zurück.

Als sie die Eingangshalle betraten, kam Ethans Mutter ihnen entgegen.

»Ethan!« Ihr Blick verhärtete sich, als sie Spring bemerkte. »Was machen Sie denn hier?«

»Sie ist mein Gast.« Ethan legte unwillkürlich seinen Arm um Springs Schulter. »Und sie ist meine Freundin.«

»Was?« Monica starrte ihren Sohn entsetzt an. »Sag mir bitte, dass das nicht wahr ist.«

»Das werde ich nicht, denn wir lieben einander. Immer noch, trotz all deiner Bemühungen, uns für immer auseinanderzubringen.« Ethan führte Spring an seiner wutschnaubenden Mutter vorbei zur Treppe. Innerlich war er bei Weitem nicht so ruhig, wie er sich nach außen gab. Sein Herz hämmerte gegen seine Brust.

»Aber sie ist eine der Season-Schwestern! Bist du denn noch bei Verstand? Das sind Asoziale, Drogenabhängige und Kriminelle. Willst du unseren Ruf vollends ruinieren?« Blitzschnell schoss sie an ihnen vorbei und blockierte ihnen den Weg, indem sie sich mitten auf die Treppe stellte. »Ich lasse das nicht zu. Dein Vater wird dich aus der Firma werfen. Du wirst enterbt und brauchst dich nie wieder hier blicken lassen. Wir nehmen dir alles, das Schloss, das Geld, deine Arbeit ...«

»Kein Problem, dann muss ich wenigstens nicht mehr kündigen. Ich habe diesen Job nie gemocht und nur Dad zuliebe für ihn gearbeitet. Damit kannst du mich nicht erpressen. Ich habe selbst genügend Vermögen erarbeitet. Das reicht uns, um darauf aufzubauen.« Ethans Stimme bebte vor Zorn.

Monica öffnete den Mund, aber ihr schien keine passende Erwiderung einzufallen.

»Würdest du uns jetzt durchlassen, oder müssen wir uns in einem Hotel in Nefyn einquartieren? Dann würde sich unsere Beziehung allerdings sofort herumsprechen.«

Widerwillig trat seine Mutter zur Seite.

Als sie wenig später in Ethans Schlafzimmer standen, wirkte Spring noch ernster als zuvor.

»Es tut mir leid, wie meine Mutter sich benommen hat. Es steht ihr nicht zu, so über dich und deine Familie zu sprechen.«

»Sie hat ja recht«, presste Spring hervor. »Du hast es doch gestern selbst miterlebt.«

Ethan fasste ihre Hand und hielt sie fest. »Du bist anders als deine Eltern, Spring. Und weder du noch eine deiner Schwestern ist für ihre Taten verantwortlich. Ihr habt genug darunter gelitten. Es wird Zeit, dass man euch als erwachsene und vernünftige Menschen wahrnimmt, nicht als die Season-Töchter, die über das Verhalten ihrer Eltern definiert werden.«

Spring lächelte ihn traurig an. »Das sehen du und ich so, aber nicht die Leute in Nefyn und überall in der Gegend. Für sie werden wir wohl immer die Season-Schwestern von der Farm bleiben, wo Drogen konsumiert und wilde Feste gefeiert werden.«

»Ich weiß, dass du mehr bist als das.« Ethan lächelte und küsste sie zärtlich. »Das habe ich schon immer gewusst.«

Erst zögerlich, dann immer leidenschaftlicher erwiderte sie seine Küsse, und bald darauf sanken sie auf sein weiches Bett und ließen die ganze Nacht nicht mehr voneinander ab.

Am nächsten Morgen blieb Spring bei Ethan, während er die wichtigsten Termine erledigte. Gegen Mittag entschuldigte er sich bei seiner Assistentin und schlug Spring vor, bei Doktor Peterman vorbeizufahren.

»Ich möchte wissen, was er über den Tod meines Großvaters zu sagen hat«, erklärte er, als sie in seinem Cabrio saßen. Der alte Arzt praktizierte schon lange nicht mehr, die allgemeinärztliche Praxis hatte vor einigen Jahren sein Sohn übernommen.

Das Wohnhaus von Doktor Peterman befand sich gleich neben der Praxis, und als sie gerade zur Haustür gingen, erkannte Ethan den alten Arzt im hinteren Garten, wo er sich an einem seiner Beete zu schaffen machte.

»Doktor Peterman!«, rief Ethan und winkte dem weißhaarigen Mann zu.

Der Arzt hielt inne, dann legte sich ein Lächeln auf sein Gesicht. »Ethan Fowler! Wie schön. Kommen Sie, wen haben Sie denn da mitgebracht? Darf ich Ihnen einen Eistee anbieten? Ich sage Mary Bescheid.«

Ohne eine Antwort abzuwarten, verschwand der Arzt im Haus. Ethan und Spring sahen sich in dem Blütenmeer um. Hier standen Sommerblumen in sämtlichen Farben, Bienen und Hummeln schwirrten von Knospe zu Knospe, lange Gräser wiegten sich im leichten Wind, und in der Ferne rauschte das Meer. Salz lag in der Luft, wie es hier oben meistens der Fall war. Ethan liebte dieses Land und seine Atmosphäre.

»Bitte, nehmen Sie Platz«, sagte der Arzt, als er zurückkam, und deutete auf eine gemütliche Sitzgarnitur mitten im Garten. »Meine Frau bringt uns gleich die Erfrischungen.«

»Das ist Spring Season«, stellte Ethan seine Begleiterin vor.

»Ah, eine der Season-Schwestern.« Der Arzt zwinkerte ihr zu. »Kennengelernt haben wir uns leider nie.«

»Nein.« Spring errötete. »Wir mussten uns immer selbst helfen, denn wir hatten nie Geld für Arztrechnungen. Ich glaube, meine Eltern haben auch nie in eine Versicherung eingezahlt.«

»Schade.« Der Arzt setzte sich neben sie.

In diesem Moment kam seine Frau in den Garten, eine rundliche, grauhaarige Mittsechzigerin, die ihrem Sohn, dem gegenwärtigen Allgemeinarzt von Nefyn, sehr ähnlich sah. Lächelnd stellte sie Gläser und eine beschlagene Karaffe mit Eistee auf den Tisch. Nachdem sie ihnen eingeschenkt hatte, nahm sie neben ihrem Mann auf der Bank Platz.

Ethan trank einen Schluck Tee und beschloss, gleich zum Thema zu kommen.

»Doktor Peterman«, begann er, »ich brauche eine Information von Ihnen.«

Der alte Mann sah ihn wachsam an. »So? Ich weiß nicht, ob ich Ihnen helfen kann. Sie wissen ja, das Arztgeheimnis verbietet mir …«

»Es geht um den Tod meines Großvaters«, unterbrach Ethan ihn. »Können Sie sich noch daran erinnern?«

Der Arzt zögerte kurz, ehe er nickte. Unruhig rutschte er auf der Bank hin und her.

»Stimmt es, dass er im Ballsaal über die Balustrade gefallen ist?«, fragte Ethan den Mann.

Doktor Peterson zog die Augenbrauen zusammen. »Nein, als ich kam, lag er am Fuß der Treppe in der Eingangshalle. Er muss über den Gürtel seines Morgenmantels gestolpert sein.«

Ethan lehnte sich zurück und zwinkerte in die Sonne. »Könnte es sein, dass man ihn dorthin gebracht hat, nachdem er im Ballsaal von der Galerie gestürzt ist?«

»Nun, möglich wäre das, aber warum sollte ihn jemand in die Eingangshalle geschleppt haben?« Doktor Peterman überlegte einen Moment lang. »Ich hatte damals keinen Grund, an der Sache zu zweifeln. Alles passte zusammen. Die Verletzungen, die von einem Sturz herrührten, die Blutlache unter seinem Kopf. Er war bedauerlicherweise schon tot, als ich eintraf. Nicht einmal fünfzig Jahre alt.« Der Arzt seufzte. »Er war so gesund und hätte noch lange leben können.«

Ethans Herz hämmerte wie wild. Der Arzt hatte also keinen eindeutigen Beweis dafür, dass sein Großvater versehentlich die Treppe hinuntergestürzt war. Es war also durchaus möglich, dass sein Tod kein Unfall gewesen war. »Hat die Polizei das untersucht?«

»Ich glaube nicht, dass der Sache jemals nachgegangen wurde«, räumte der Arzt ein. »Warum auch? Ich habe in meinem Bericht vermerkt, dass es sich um einen Treppensturz, um einen tragischen Unfall, gehandelt hat und dass der Patient an den Folgen verstorben ist. Niemand hatte jemals Grund, daran zu zweifeln.«

»Ich danke Ihnen, Doktor Peterman.« Ethan trank noch einen Schluck des süßen Eistees und stand dann auf.

Auch Spring erhob sich.

»Sie wollen schon gehen?«, fragte der Arzt enttäuscht.

»Leider.« Ethan schenkte dem Mann ein Lächeln. »Meine Großmutter ist zu Besuch.«

»Mrs Fowler?«, sagte Doktor Peterman überrascht. »Mrs Sophia Fowler? Ich habe so lange nichts mehr von ihr gehört. Es hieß, sie sei in London.«

»Ja, da war sie die letzten Jahrzehnte.« Ethan nickte den beiden Petermans zum Abschied zu. »Doch jetzt ist sie überraschend hierhergekommen, und Sie werden sicher verstehen, dass ich keine Sekunde mit ihr verschenken möchte.«

»Natürlich, grüßen Sie sie von mir«, rief der Arzt Ethan und Spring hinterher, während sie den Garten verließen.

»Also«, sagte Spring, als sie wieder im Auto saßen und auf der Landstraße in Richtung Bangor fuhren. »Die Sache ist damals nie untersucht worden. Dein Großvater könnte also tatsächlich von der Galerie gestoßen worden sein.«

»Aber nicht von Sophia«, warf Ethan ein. »Ich habe gestern meinen Vater darauf angesprochen, und er hat angedeutet, dass es jemand anders war.«

»Wirklich?« Spring sog scharf die Luft ein. »Wer denn sonst?«

»Darauf wollte er mir keine Antwort geben.«

Spring fasste nach seiner Hand. »Immerhin wissen wir jetzt, dass deine Großmutter unschuldig ist.«

»Stimmt.« Ethan streichelte ihre Finger. »Aber warum ist sie dann nach London gegangen?«

»Vielleicht wird sie uns ja bald die Wahrheit verraten«, erwiderte Spring.

Während der weiteren Fahrt nach Bangor schwiegen sie. Erst als die ersten Häuser der Stadt in Sicht kamen, wandte sich Ethan wieder an Spring. »Was hältst du davon, wenn wir uns heute mal um das Abendessen kümmern? Deine Schwester hat uns die letzten Tage so gut bekocht, das könnten doch heute wir übernehmen.«

»Aber ich bin echt keine gute Köchin«, warf Spring ein.

»Dann wird es Zeit, dass du es lernst. Für das B&B.« Ethan zwinkerte ihr zu und setzte dann den Blinker, um auf den Parkplatz eines Waitrose-Supermarktes abzubiegen. »Wir könnten einen Shepherd's Pie machen, den kann ich ohne Rezept. Ehrlich gesagt, kann ich auch nicht viel mehr, denn ich musste in meinem Leben nicht oft kochen. Aber es gibt nichts, was man nicht lernen könnte.«

Sie lachten beide, und in diesem Moment waren all ihre Sorgen vergessen. Ethan war sich sicher, dass Spring seine Zukunft war und dass er mit ihr zusammen alles schaffen konnte. Egal, was er heute von seiner Großmutter erfahren würde, er hatte die wundervollste Frau der Welt an seiner Seite.

Nachdem sie die Einkäufe im Kofferraum verstaut hatten, machten sie sich auf den Weg zu Summers Cottage. Dort wartete Sophia schon auf die beiden, und während sie in der Küche das Abendessen vorbereiteten, gab sie ihnen noch einige Tipps.

Pünktlich als Summer aus der Schule kam, stand der Shepherd's Pie auf dem Tisch. Und gleich nach dem Essen nahm Sophia ihre Erzählung wieder auf.

# DREIZEHNTES KAPITEL

*London und Nordwales, Winter 1876 bis Sommer 1877*

Daphne starrte Mrs Fowler entsetzt an. Wie war es möglich, dass sie zurückgekommen war? Wollte sie nicht auf ihre Zofe warten, um dann auszugehen?

»Ich …«, begann Daphne, doch Frederic unterbrach sie.

»Mutter, ich werde nach Nordwales reisen«, sagte er und richtete sich in seinem Bett auf.

Daphne griff instinktiv nach einem Kissen und stopfte es ihm in den Rücken.

»Bist du denn von allen guten Geistern verlassen?«, sagte Mrs Fowler entsetzt. »Wie willst du in deinem Zustand reisen? Das würde deinen Tod bedeuten.«

»Nein, Mutter«, erwiderte Frederic. »Ganz im Gegenteil: Hierzubleiben würde mich umbringen.«

»Meine Herrin, Lady Charlotte, ist ebenfalls an der Schwindsucht erkrankt«, warf Daphne schnell ein, bevor Frederic etwas Falsches sagen konnte. »Ich habe mich bereits auf der Isle of Wight um die beiden Patienten gekümmert.«

»Und zwar ausgezeichnet. Schwester Marcy ist die beste Schwester, die man sich vorstellen kann.« Frederic schenkte Daphne einen zärtlichen Blick.

»Unsinn.« Mrs Fowler kam näher und sah Daphne drohend an. »Wir haben hier in London die besten Ärzte. Und jetzt verschwinden Sie auf der Stelle, bevor ich Sie hinauswerfen lasse.«

»Warte bitte, Mutter!« Frederic reichte Daphne seine Hand

und ließ sich von ihr auf die Bettkante helfen. »Wenn du Schwester Marcy hinauswirfst, dann gehe ich auch.«

»Was?« Mrs Fowler ergriff das Klingelseil und zog daran. »Das lasse ich nicht zu. Du bist krank.«

»Und siebenundzwanzig Jahre alt«, sagte Frederic mit erstaunlich fester Stimme. Plötzlich schien er zu seiner alten Kraft zurückzufinden. »Ich bin ein erwachsener Mann, den du nicht einsperren kannst, und ich werde mit Schwester Marcy gehen. Sie ist die Pflegerin, der ich vertraue.«

»Außerdem hat Mr Fowler eine sehr enge Bindung zu Lady Charlotte«, fügte Daphne rasch hinzu, um die auffallend warmen Worte ihr gegenüber abzumildern. »Es wird beiden in ihrem Heilungsprozess guttun, wenn sie einander nah sind.«

»Nah sind?« Mrs Fowler spuckte die Worte wütend aus. »Können Sie sich auch nur ansatzweise den Skandal vorstellen, den das heraufbeschwören würde?«

»Es bräuchte nicht bekannt werden«, sagte Daphne schnell. »Lady Charlottes Familiensitz Daffodil Castle liegt ganz im Norden von Wales, so einsam, dass sich niemand dorthin verirrt.«

»Ach, Sie verstehen doch nichts von gesellschaftlichen Fragen.« Mrs Fowler machte eine wegwerfende Handbewegung, ehe sie sich wieder an ihren Sohn wandte. »Und du, untersteh dich, von hier wegzugehen. Sonst werde ich dafür sorgen, dass dein Vater dich enterbt.«

»Tu das, Mutter.« Frederic stand vorsichtig von der Bettkante auf. Dabei stützte er sich, wie er es auf der Isle of Wight schon so oft getan hatte, auf Daphnes Schulter. »Ich werde Selworthy instruieren, meinen Koffer zu packen. Wenn es dich beruhigt, kann ich mich vor der Abreise noch offiziell mit Lady Charlotte verloben. Aber von meiner Reise nach Wales kannst du mich nicht abhalten, Mutter.«

In diesem Moment trat das Hausmädchen ins Zimmer, nach dem Mrs Folwer eben geläutet hatte. Doch sie schickte die junge Frau mit einer ungeduldigen Handbewegung wieder fort.

Sie öffnete den Mund, schloss ihn aber, ohne ein weiteres Wort gesagt zu haben. Dann drehte sie sich abrupt um und verließ wütend das Zimmer.

Frederic ließ sich erschöpft auf das Bett sinken. »Würdest du bitte für mich läuten?«

Daphne tat, wie ihr geheißen, und wenig später erschien Frederics Kammerdiener Selworthy. Als Frederic ihm die Anweisung gab, ihm zuerst beim Ankleiden zu helfen und dann seine Koffer zu packen, ließ sich der Mann sein Erstaunen kaum anmerken. Daphne half mit, schließlich hatte sie Frederic in Ventnor auch täglich angekleidet, und weder sie noch ihr Geliebter empfanden irgendeine Scheu dabei. Immer wieder trafen sich ihre Blicke und versanken ineinander. Aber Daphne bemühte sich, sich zusammenzureißen, denn es war wichtig, dass jetzt alles gut ging. Noch waren sie nicht außer Gefahr. Sollte Frederics Vater hereinkommen und sie als Lady Charlotte erkennen, wäre sie erneut in Erklärungsnot. Es war schon schlimm genug, dass Mrs Fowler sie gesehen hatte.

Eine Stunde später waren sie so weit. Eine große Reisetruhe und zwei kleinere Koffer standen in der Halle bereit. Frederic hatte seinen Kammerdiener beauftragt, eine Mietdroschke zu rufen, um nicht die Equipage seines Vaters benutzen zu müssen. Außerdem war es so nicht nachvollziehbar, wohin sie fuhren.

»Willst du dich nicht von deinem Vater verabschieden?«, fragte Daphne, während sie ihn auf dem Weg nach unten stützte.

»Er ist in seinem Club«, erklärte Frederic. »Außerdem halte

ich es für besser, erst auszuziehen und in ein paar Tagen dann ganz in Ruhe noch einmal herzukommen, um mich mit ihm zu unterhalten. Wir haben doch genug Zeit, um noch eine Weile in London zu bleiben, oder?«

Daphne lächelte. »Wenn wir zusammen sind, haben wir alle Zeit dieser Welt.«

Sie presste die Lippen aufeinander und dachte an die schwierige Beziehung zu Mr Harper und der daheim gebliebenen Haushälterin Mrs Moryn. Wie weit würden die beiden in ihrer Erpressung gehen? Und was waren sie bereit zu tun, um an Frederics Vermögen heranzukommen? Bislang war die Hilfe von Mr Harper von Vorteil für sie gewesen, denn dadurch konnte sie Frederic endlich wiedersehen. Aber er würde ständig in Gefahr sein, sobald er das Geld seines Vaters geerbt hatte.

Daphne schob diese Gedanken beiseite. Nun musste sie sich erst einmal darum kümmern, dass es Frederic wieder gut ging. Es war sicher nicht verkehrt, noch eine Weile in der Hauptstadt zu bleiben, damit ihr Geliebter wieder zu Kräften kam. Obwohl sie hier natürlich jederzeit einem Menschen begegnen konnten, der Lady Charlotte schon einmal persönlich getroffen hatte. Dann würde ihr Lügengebilde in sich zusammenfallen. Leider waren sie aber auf Daffodil Castle und das Geld von Lady Charlotte angewiesen, denn es konnte ja sein, dass Mr Fowler seinen Sohn tatsächlich enterbte. Das durfte Daphne Mr Harper dann auf keinen Fall mitteilen, denn nur weil er auf das zusätzliche Erbe spekulierte, hatte er mitgeholfen, Frederic aus den Klauen seiner Eltern zu befreien.

»Mr Fowler?«

Daphne blickte erschrocken auf. Eine streng aussehende Dame mittleren Alters stand in der Eingangshalle.

»Mrs Stoppard!« Frederic blieb auf dem unteren Treppenabsatz stehen. »Ich verreise.«

»Oh.« Die Frau, von der Daphne annahm, dass es die Haushälterin war, hob eine Augenbraue. »Weiß Ihr Vater davon?«

»Nein«, erwiderte Frederic und stieg mühsam die letzten Stufen hinunter. »Ich werde ihm eine Nachricht zukommen lassen, sobald ich angekommen bin.«

»Dann kann ich Sie nicht gehen lassen.« Mrs Stoppard stellte sich vor die Eingangstür. »Ich bestehe darauf, dass Sie auf Mr Fowler warten.«

»Ich bin ein freier Mensch.« Frederic atmete schwer. Der kurze Weg aus seinem Zimmer hierher hatte ihn viel Kraft gekostet. »Bitte, lassen Sie uns jetzt gehen.«

Mrs Stoppard schien mit sich zu ringen, und Daphne tat die Frau beinahe leid. Wenn sie Frederic gehorchte, würde sie später vermutlich Ärger mit ihrem Herrn bekommen. Da Daphne jedoch sehr daran gelegen war, Mr Fowler nicht zu begegnen, trat sie zur Tür und schob Mrs Stoppard entschlossen zur Seite.

»Mich werden Sie ja wohl nicht einsperren wollen«, sagte sie lächelnd, während sie die Eingangstür öffnete und Frederic hinausführte.

Eine Antwort blieb die Haushälterin ihnen schuldig. Sie sah den beiden mit verzweifeltem Blick nach, während sie den Vorplatz überquerten.

An der Straße blieb Frederic stehen, um Atem zu schöpfen. Daphne entdeckte Selworthy, der inzwischen eine Droschke herangewunken und das Gepäck verladen hatte. Schnell half sie Frederic hinein, der sich erschöpft in die Polster sinken ließ. Nach den letzten Tagen, die er ausschließlich im Bett verbracht hatte, war die ungewohnte Anstrengung beinahe zu viel für ihn gewesen. Daphne nannte dem Fahrer die Adresse ihres Hotels, das nur wenige Straßen entfernt lag, und sah ihren Geliebten dann besorgt an. Er hatte die Augen geschlossen. Zehn Minuten später erreichten sie die Herberge in Mayfair, und Daphne rüttelte sanft an Frederics Arm.

»Wir müssen aussteigen«, sagte sie leise zu ihm.

Daphne bemerkte, wie viel Kraft es ihn kostete, sich aufzurichten und aus der Kutsche zu steigen. Der Portier bezahlte den Kutscher, und Daphne bestellte ein weiteres Zimmer. Dann brachte sie Frederic die Treppe hinauf und half ihm ins Bett. Nachdem er in einen tiefen Schlaf gesunken war, setzte sie sich an seine Seite und nahm sich vor, ihr Leben lang nicht mehr von ihm zu weichen.

Zwei Stunden später trat Mr Harper ins Zimmer. Frederic schlief noch immer, und Daphne hatte sich inzwischen von der Aufregung und Angst des Vormittags erholt.

»Warum haben Sie mich nicht gerufen?«, fragte der Verwalter scharf.

»Ich wollte Frederic erst einmal zu Kräften kommen lassen«, flüsterte Daphne, um ihn nicht zu wecken. Sie ging zum Kamin und zog an der Klingelschnur.

»Was ist denn nun?« Mr Harper stemmte die Hände in die Hüften und sah auf den schlafenden Patienten hinab. »Können wir morgen nach Wales zurückfahren?«

»Wir sollten ihm noch ein paar Tage zur Erholung geben«, erwiderte Daphne leise.

In diesem Moment kam ein Zimmermädchen herein, und Daphne bestellte eine heiße Milch mit Cognac.

Als das Mädchen gegangen war, sagte Mr Harper entschieden: »Nein, wir fahren morgen.«

»Aber wir wollen doch seine Gesundheit nicht aufs Spiel setzen.« Daphne vergewisserte sich mit einem schnellen Blick, dass Frederic nichts mitbekam, der noch immer fest zu schlafen schien. »Die Schwindsucht ist eine gefährliche Krankheit, bei der es wichtig ist, dass der Patient sich wohl und geborgen fühlt. Das tut er im Augenblick nicht.«

»Daphne?«, vernahm sie in diesem Moment Frederics leise Stimme.

Sie atmete tief durch, setzte ein Lächeln auf und ging zu ihm ans Bett. »Mein Liebster, geht es dir gut?«

Frederic nickte schwach und sah fragend zu Mr Harper hinüber.

Daphne stellte ihm den Verwalter des Schlosses vor, ohne jedoch zu erwähnen, dass sie von ihm erpresst wurde. Sie wollte Frederic nicht zusätzlich zu belasten.

Als das Zimmermädchen mit der heißen Milch zurückkam, half Daphne ihrem Geliebten dabei, sich aufzurichten und die Milch zu trinken.

Am Nachmittag schrieb Frederic einen Brief an seinen Vater, in dem er ihm mitteilte, dass er sich in die Pflege einer Krankenschwester begeben habe, die bereits auf der Isle of Wight für ihn gesorgt habe. Von seiner Absicht, sich zu verheiraten, schrieb er vorläufig noch nichts. Die Antwort seines Vaters kam postwendend und lag bereits am Abend vor. Mr Fowler hatte anscheinend von Doktor Brown erfahren, dass Doktor Robertson Schwester Marcy wärmstens empfohlen hatte, und schien mit der Behandlung einverstanden zu sein. Dann war der Besuch von Mr Harper in der Harley Street also nicht umsonst gewesen. Dennoch forderte Mr Fowler seinen Sohn auf, sobald wie möglich wieder nach Hause zurückzukehren.

In den nächsten drei Tagen blieben sie im Hotel. Daphne versorgte Frederic mit Milch, Alkohol und fettigen Speisen, außerdem besorgte sie Kräuter und Tinkturen und rieb ihn regelmäßig ein. Auf diese Weise kam Frederic schnell wieder zu Kräften, sodass Mr Harper bald auf eine Abreise drängte.

Und diesmal teilte Daphne seine Meinung, weil sie sich in London zunehmend unsicher fühlte.

Also machten sich Frederic und Mr Harper am nächsten Vormittag auf den Weg zum Stadthaus der Fowlers, um ein klärendes Gespräch mit dem alten Mr Fowler zu führen. Daphne blieb vorsichtshalber im Hotel und wartete unruhig auf die Rückkehr der beiden Männer. Frederic hatte sich sehr gut erholt in den letzten Tagen und fühlte sich schon wieder beinahe gesund. Aber Daphne wusste, dass die Schwindsucht in ihm schlummerte und jederzeit erneut ausbrechen konnte. Sie machte sich Sorgen, weil er nun allein mit Mr Harper unterwegs war, doch die Gefahr, bei den Fowlers Frederics Mutter zu begegnen, die in ihr die Krankenschwester erkennen könnte, wäre zu groß gewesen. Schließlich war es wichtig, dass sie Frederic als Lady Charlotte heiratete. Dass Mr Harper ihm etwas antun würde, schien ihr hingegen eher unwahrscheinlich, denn ihm nützte Frederic vorerst nur, wenn er gesund blieb.

Die Minuten zogen sich dahin. Daphne wartete in Frederics Zimmer, dessen Fenster zur Straße hinausging. Nervös beobachtete sie die vorbeifahrenden Kutschen, und bei jeder Equipage, die vor dem Hotel hielt, schlug ihr Herz vor Aufregung höher, wohingegen sie Enttäuschung überkam, wenn sie feststellen musste, dass es nicht Frederic und Mr Harper waren, die ausstiegen. Inzwischen waren beinahe drei Stunden vergangen. Das dauerte viel zu lange, irgendetwas musste passiert sein. Hatten die Fowlers ihren Sohn gezwungen, bei ihnen zu bleiben? Hatten sie ihn womöglich in seinem Zimmer eingesperrt? Wenn Daphne doch nur mitgefahren wäre! Mrs Fowler hätte sie in ihrem Kleid vielleicht ja gar nicht als Lady Charlotte erkannt.

In diesem Moment hielt wieder eine Kutsche vor dem Hotel,

und Daphne sah den Hut von Mr Harper im Wagenfenster. Erst als auch Frederics Kopf aus der Equipage auftauchte, atmete sie erleichtert auf. Wenig später betraten die beiden Männer das Zimmer, und Frederic lächelte sie müde an.

»Es ist alles geklärt.« Mr Harper strich zufrieden über eine Ledermappe, die er bei sich trug. »Hier haben wir alle Einzelheiten festgehalten. Einer Heirat von Lady Charlotte und Frederic Fowler steht nichts mehr im Wege.«

Frederic streckte seine Hand nach Daphne aus, und als sich ihre Finger berührten, überkam sie eine Welle der Erleichterung.

Am nächsten Tag verließen sie London in einer neuen, luxuriösen Kutsche. Sie roch nach frischem Holz und Leim, die Seidenstoffe ihrer Polsterung strahlten in einem leuchtenden Hellblau. Daphne saß neben Frederic, Mr Harper ihnen gegenüber, und Harriet musste sich wieder mit dem Platz neben dem Kutscher begnügen. Daphne bemerkte den zufriedenen Blick des Verwalters, der ihr ganz und gar nicht gefiel. Solange Frederics Vater noch lebte, war Frederic in Sicherheit, aber sobald Mr Fowler sein Vermögen an ihn vererbt haben würde, schwebte er in höchster Gefahr. Daphne kannte die Vereinbarungen nicht, die Mr Harper gestern mit Mr Fowler getroffen hatte, aber die Verhandlungen mussten für ihn zufriedenstellend verlaufen sein. Offenbar würde Frederic einmal viel Geld erben, auf das sich Mr Harper Hoffnungen machte. Momentan blieb Daphne nichts anderes übrig, als abzuwarten, was der Verwalter von ihr und Frederic fordern würde. Er hatte sie in der Hand.

Daphne seufzte und erntete einen fragenden Blick von Frederic. Sie lächelte ihn beruhigend an, ehe sie beide wieder aus dem Fenster sahen. Die Straßen Londons zogen an ihnen vorbei, dann die Vororte, und schließlich fuhren sie eine breite Landstraße entlang. Die Reise verlief ohne Zwischenfälle, am Abend des ersten Tages erreichten sie Birmingham, wo sie die Nacht in einem Gasthaus verbrachten. Am nächsten Morgen brachen sie früh zum zweiten Teil ihrer Reise auf und kamen bei Einbruch der Dämmerung in Daffodil Castle an.

Daphne stieg aus der Kutsche und wartete, bis Frederic neben ihr stand. Er sah an dem großen Gebäude hinauf, in dem nur hinter wenigen Fenstern Licht brannte.

»Was für ein gewaltiger Kasten!«, murmelte er, und Daphne konnte nicht sagen, ob er von dem Schloss beeindruckt oder eher eingeschüchtert war.

Als sie Daffodil Castle betraten, überlief Daphne ein Schauer. Das Gebäude wirkte noch immer auf eine seltsame Weise unbewohnt, die sie nicht genau beschreiben konnte. Vielleicht war es die Kälte, die in dem Gemäuer steckte, vielleicht auch die Stille, die über den Räumen lag, oder der Hall ihrer Schritte, der sich in der Tiefe verlor.

In der Eingangshalle erwartete Mrs Moryn die Reisegesellschaft.

Dieses Mal ließ sich Daphne nicht von der Herzlichkeit der Haushälterin täuschen, die Frederic mit einem freundlichen Lächeln und warmen Worten willkommen hieß.

»Ich habe Ihnen das Zimmer neben Lady Charlotte vorbereitet«, erklärte sie und wandte sich zur Treppe. »Ich denke, dass das ganz in Ihrem Sinne ist, Mylady?«

»Natürlich«, antwortete Daphne und überlegte, dass vermutlich der Südflügel mit den Familienzimmern der einzige Trakt war, der einigermaßen gepflegt war. Wahrscheinlich hätte es für die Haushälterin einen unnötigen Aufwand bedeutet, wenn Frederic erst in eins der Gästezimmer gezogen wäre, um nach der baldigen Hochzeit dann neben sie zu wechseln. Allerdings war es nicht gerade schicklich, die zukünftigen Eheleute schon vor ihrer Hochzeit so nah beieinander einzuquartieren.

Im Kamin von Frederics Zimmer brannte ein fröhliches Feuer, und Daphne war zufrieden, als sie feststellte, dass ihre und Frederics Räume durch das Bad und die Ankleidezimmer miteinander verbunden waren. Es war inzwischen Zeit für das Dinner, und nachdem sie sich umgezogen und den Reisestaub abgewaschen hatten, nahm Frederic Daphnes Arm, und sie gingen langsam in Richtung Speisezimmer.

»Das also ist Lady Charlottes Familiensitz«, stellte Frederic fest und ließ seinen Blick über die Ölgemälde gleiten, die an den Wänden hingen. »Es erscheint mir so …« Er brach ab.

»Gewaltig?«, fragte Daphne, als sie die Treppe erreicht hatten, die in die Eingangshalle hinunterführte.

»Das auch. Aber ich wollte eigentlich sagen, dass das Gebäude mir eher wie eine Kulisse erscheint. Als wäre all das nicht echt.«

»Interessant«, murmelte Daphne, während sie ihren Geliebten festhielt, der vorsichtig die Stufen betrat. Frederic bemerkte wohl, dass hier etwas nicht stimmte, und zwar mehr als die unechte Lady Charlotte. Dieses Schloss war zu einer Fassade geworden, einer Bühne, auf der eine böse Haushälterin und ein geldgieriger Verwalter die Lady des Hauses erpressten, während eine Krankenschwester, die nicht das war, was sie zu sein vorgab, die Rolle der Schlossherrin spielte.

Wenig später hatten sie den Fuß der Treppe erreicht und hielten einen Moment inne, um sich in der Halle umzusehen.

»Es ist so ruhig und leer hier«, sprach Frederic Daphnes Gedanken aus. Dann lächelte er sie an. »Es wird Zeit, dass wir dieses Schloss mit Leben füllen. Ich will Kinderstimmen und tapsende Füße hören, das Geräusch eines Lederballs, eines springenden Reifens und das helle Lachen unserer Töchter und Söhne.«

Ein zärtliches Gefühl breitete sich in Daphne aus. Es war das erste Mal, dass er so konkret von ihrer Zukunft sprach. Und seit sie London verlassen hatten, wirkte er gelöst und wohlbehalten und hatte auch kaum mehr gehustet. Daphne vergaß beinahe, dass er krank war und dass sie erpresst wurde, und freute sich plötzlich auf ein zurückgezogenes Leben an Frederics Seite.

Im Esszimmer hatte Mrs Moryn den langen Tisch an beiden Enden decken lassen, sodass ein Gespräch zwischen Frederic und Daphne, ohne dass sie schrien, kaum möglich war. Sie aßen also schweigend und frierend, weil das Feuer, das im Kamin loderte, den großen Saal nicht ausreichend beheizen konnte. Besorgt beobachtete Daphne Frederic. Morgen würden sie sich einen kleineren Raum im Schloss suchen, den sie als privates Speisezimmer nutzen konnten. Schließlich war dieser Saal hier für große Familien, Abendveranstaltungen und Dinnerpartys angelegt worden, für Daphne und Frederic allein war er ungeeignet.

Daphne war froh, als sie den letzten Bissen hinuntergeschluckt hatten. Sie bestellte heiße Ziegelsteine, warme Milch mit Cognac und einen Stapel Wolldecken auf ihr und Frederics Zimmer und reichte ihrem Geliebten dann ihren Arm. Als sie sein leichtes Zittern spürte, schalt sie sich selbst, dass sie das Dinner nicht einfach abgebrochen hatte. Es war gefährlich für einen Schwindsüchtigen, sich in kalten und feuchten Räumen aufzuhalten.

Frederic hustete, als sie ihm die Treppe hinaufhalf, und sie beeilte sich, ihn auf sein Zimmer zu bringen. Da er seinen Kammerdiener nicht aus London mitgebracht hatte, erschien einer der Hallboys, die sonst für Botengänge zuständig waren, und half ihm beim Ausziehen. Daphne verließ Frederics Zimmer, um sich vor dem Jungen nicht zu verraten. Erst als der Hallboy gegangen war, wagte sie sich durch die Verbindungstür wieder zu ihrem Geliebten. Die heißen Ziegelsteine waren inzwischen in ihre Betten gelegt worden, und Frederic schlüpfte gerade unter die Decke, auch die Milch mit Cognac stand bereit. Daphne legte sich zu ihm, und er drückte sie fest an sich. Sanft und zärtlich küssten sie sich, liebkosten jeden Zentimeter ihrer Haut und vereinigten sich schließlich in brennender, wärmender Leidenschaft.

Diese körperliche Anstrengung schien Frederic nicht zu schaden, im Gegenteil, als Daphne hinterher atemlos neben ihm lag, sah sie im Schein der Kerze, die auf dem Nachttisch stand und ihr zuckendes Licht im Zimmer verteilte, dass seine Wangen von einem rosigen Hauch überzogen waren, wie sie ihn seit ihrem Wiedersehen in London nicht mehr an ihm gesehen hatte.

Am nächsten Tag fand Daphne ein kleines Zimmer, das vermutlich einmal als Damensalon gedient hatte und in dem ein großer belgischer Kachelofen stand. Auf den weiß-blauen Fliesen waren recht hässliche Bilder, aber der Ofen sonderte eine wohlige Hitze ab. Daphne wies Mrs Moryn an, einen Tisch und Stühle in diesen Salon zu schaffen, sodass sie ihre Mahlzeiten künftig dort einnehmen konnten.

Die Wochen, die nun folgten, waren trotz des grauen Wetters, der ungewohnten Kälte und ihrer ungewissen Situation wundervoll. Mit Mr Harper hatte Daphne vereinbart, dass die Hochzeit nächstes Jahr stattfinden sollte. Durch die Ehe würde das Fowler-Vermögen in die Familie der Earls of Nefyn gelangen. Daphnes Zusicherung schien den beiden Verbrechern zu genügen, denn sie ließen Frederic und Daphne von nun an weitestgehend in Ruhe. Aber Daphne mischte sich auch nicht in die Verwaltung des Schlosses und der Ländereien ein, sodass Mr Harper ungestört seinen Betrügereien nachgehen konnte. Daphne und Frederic verbrachten ihre Tage zusammen, nachts schlich Daphne sich durch die Verbindungsräume zu ihrem Geliebten, und eng aneinandergeschmiegt schliefen sie ein. Frederic erholte sich von der Schwindsucht und kam mehr und mehr zu Kräften. Nur den hartnäckigen Husten wurde er nicht los.

Der November kam und ging allmählich in den Dezember über. Kurz vor Weihnachten fiel der erste Schnee und überzog die Landschaft mit einer weißen Schicht. Auf der Isle of Wight hatte es nur ganz selten geschneit, und Daphne konnte stundenlang am Fenster stehen und in die weißen Flocken hinausschauen, die gegen die Scheiben wirbelten. Am liebsten wäre sie nach draußen gelaufen, aber mit Rücksicht auf Frederic, dem die Kälte sehr zusetzte, verzichtete sie darauf. Im Schloss wurde es bitterkalt, und sie verbrachten nun viele Stunden in dem kleinen Esszimmer am Kachelofen. Nachts wärmten sie sich gegenseitig. Ihre Weihnachtstage waren ruhig und bescheiden, sie wagten sich wegen Frederics angeschlagener Gesundheit kaum aus dem Haus, und doch war es eins der schönsten Weihnachtsfeste, das Daphne jemals gefeiert hatte, weil sie es zum ersten Mal mit ihrem Geliebten zusammen verbrachte. Dennoch musste sie auch viel an ihre Familie denken, die sie sehr vermisste. Ihre Schwester hatte ihr geschrieben und von zu Hause berichtet. Wie abgesprochen, hatte sie den Brief an Lady Charlotte adressiert. Daphne freute sich, dass es allen zu Hause gut ging, und berichtete, so gut sie konnte, von sich und Frederic. Aber sie musste vorsichtig sein, falls dieser Brief einmal in die falschen Hände fiel. Daher unterschrieb sie ihn auch mit Lady Charlottes Namen.

Der Schnee hielt sich lange, erst im April taute das Eis, und die Sonne schaffte es, die dichten Wolken zu durchbrechen. Mr Harper und Mrs Moryn hatten Daphne nicht wieder behelligt, allerdings hatte sie dem Verwalter auch freie Hand gelassen und sich nicht in die Geschäfte des Anwesens eingemischt.

An einem der ersten schönen Frühlingstage rief Mr Harper Daphne und Frederic zu sich in sein Büro. Von draußen drangen Vogelgezwitscher und das Rauschen des Meeres zu ihnen herein. Im Zimmer roch es nach kaltem Zigarrenrauch.

»Es wird Zeit, über die Hochzeit zu sprechen«, begann Mr Harper und lehnte sich in seinem Stuhl hinter dem Schreibtisch zurück. »Ich denke, wir sollten die Zeremonie für Juni planen und nur eine kleine Gesellschaft einladen.«

»Unbedingt«, stimmte Daphne ihm zu und warf Frederic einen raschen Blick zu. Er wusste nach wie vor nicht, dass Mr Harper über ihren Rollentausch mit Lady Charlotte informiert war.

»Meine Eltern werden auf ihre Gästeliste bestehen«, warf Frederic ein. »Sie werden sicherlich auch damit rechnen, hier in Daffodil unterzukommen.«

»Selbstverständlich.« Mr Harper strich sich über sein glatt rasiertes Kinn. »Ich werde mich gleich darum kümmern, dass wir zusätzliches Personal einstellen und die Zimmer im Nord- und Ostflügel vorbereiten.«

»Aber wie viele Gäste werden die Fowlers denn mitbringen?«, fragte Daphne erschrocken. Noch immer lebte sie in der Angst, ihre Identität könnte entdeckt werden, wenn zufällig jemand anwesend wäre, der Lady Charlotte von früher kannte.

»Ich werde ihnen mitteilen, dass wir nur eine ganz kleine Feier ausrichten wollen, aus Rücksicht auf meinen Gesundheitszustand«, beruhigte Frederic sie und stand auf. »Und jetzt würde ich sehr gerne einen Spaziergang machen, heute scheint es endlich warm genug zu sein.«

Der Juni 1877 kam und zum ersten Mal, seit Daphne hier war, herrschte auf Daffodil Castle nicht diese unheimliche Stille, sondern eine emsige Betriebsamkeit. Überall hallten eilige Schritte, klappten Türen und summten die Stimmen der Dienstboten. Teppiche wurden nach draußen getragen und ausgeklopft, Vorhänge gewaschen, Betten bezogen und Böden geschrubbt. Es duftete nach Braten und Kuchen, Blumen wurden in großen Vasen arrangiert. Bereits im Mai war ein Schneider aus Cardiff angereist, der an Daphne Maß genommen und ein wunderschönes Brautkleid aus beigefarbener Seide angefertigt hatte. In diesem Monat war auch ihre Blutung ausgeblieben, ihr war morgens übel, und sie war schnell davon überzeugt, in anderen Umständen zu sein. Da ihr nie erklärt worden war, wie man schwanger wurde, sprach sie das Thema eines Abends, wenige Tage vor der Hochzeit, an, als sie in Frederics Armen lag.

»Ich glaube, ich erwarte ein Kind«, begann sie vorsichtig.

Frederic drehte sich zu ihr und stützte seinen Kopf mit seiner Hand ab. »Wirklich?«

Daphne nickte und erzählte ihm von der ausgebliebenen Blutung. Sie errötete, denn auch wenn sie und Frederic alles miteinander teilten, war ihr das unappetitliche Thema ihm gegenüber unangenehm. »Ich glaube, es muss mit dem … mit deinem … du weißt schon, was ich meine, zu tun haben.«

Frederic lachte. »Ich bin mir sogar sicher, dass es damit zu tun hat.« Er streckte seine Hand aus und streichelte unendlich zärtlich Daphnes Wange. »Ich liebe dich, und ich freue mich über die Maßen auf unser Kind.«

Daphne ließ sich erleichtert in die Kissen sinken. »Ich liebe dich auch und bin froh, dass du nicht erschrocken darüber bist. Immerhin sind wir noch nicht verheiratet.«

»Aber glücklicherweise wird die Hochzeit ja schon nächste Woche stattfinden, sodass es niemandem auffallen wird, dass du ein wenig zu früh schwanger geworden bist.« Frederic zog sie wieder in seine Arme und küsste sie liebevoll.

Das Wetter war jetzt oft schön, aber der Seewind war hier rauer und deutlich kühler als auf der Isle of Wight. Daphne und Frederic verbrachten viele Stunden draußen, und die frische Luft tat dem jungen Bräutigam gut. Und Daphne konnte ihre Übelkeit auf diese Weise gut verbergen. Als endlich der Tag vor der Hochzeit gekommen war, war nichts mehr von Frederics Schwindsucht zu bemerken, wie auch Mr und Mrs Fowler zufrieden feststellten, als sie auf Daffodil Castle eintrafen.

Die Reisegruppe aus London, die sich den Fowlers angeschlossen hatte, bestand aus über dreißig Gästen. Daphne hatte die Gesellschaft begrüßt, als sie angekommen waren, und dabei insgeheim mit einem erschrockenen Ausruf gerechnet, dass sie doch gar nicht Lady Charlotte sei. Aber nichts dergleichen geschah. Niemand schien die Lady zu kennen oder in ihr Schwester Marcy zu erkennen. Auch Mrs Fowler machte keine Bemerkung darüber, dass Lady Charlotte der geheimnisvollen Krankenschwester sehr ähnelte, die sie in ihrem Haus überrascht hatte.

Mrs Moryn brachte alle Gäste in den zahlreichen Räumen des Schlosses unter. Am Abend war eine festliche Tafel im Esszimmer gedeckt worden, und zum ersten Mal, seit Daphne auf Daffodil Castle lebte, war der Raum gut gefüllt. Sämtliche Anwesende, mit Ausnahme der Braut, waren gute Bekannte der Fowlers, sodass von Beginn an eine ausgelassene und vertraute Stimmung herrschte. Es wurde literweise Wein getrunken, und

Daphne hoffte, dass Mrs Moryn die Mengen im Vorfeld richtig eingeschätzt hatte und dass auch für den morgigen Hochzeitstag noch ausreichend Flaschen vorhanden waren.

Daphne ging früh zu Bett, und eine Stunde später schlich sich Frederic in ihr Zimmer. Er berichtete ihr leise, dass die illustre Gesellschaft noch lange nicht gedachte, sich zur Ruhe zu begeben, und dass er sich nur mit Mühe aus den Fängen der angeheiterten Freunde seines Vaters befreien konnte.

Als Daphne und Frederic am nächsten Morgen, es war der Tag ihrer Hochzeit, ins Esszimmer kamen, war noch keiner der Gäste anwesend. Mrs Moryn hatte ein großes Frühstücksbuffet vorbereitet.

Nachdem Daphne und Frederic gegessen hatten, brachen sie zu einem Spaziergang auf. Die Sonne schien, und es war der perfekte Tag zum Heiraten. Als sie von ihrer Wanderung an der Küste zurückkamen, standen drei große Fuhrwerke vor dem Schloss. Kisten mit Champagner und Wein, Blumensträuße und Geschenke wurden von den Wagen geladen und verschwanden im Schloss. Die Trauung sollte am Nachmittag in der Schlosskapelle stattfinden, doch um zwölf Uhr mittags war noch kein einziger Gast zum Frühstück erschienen. Mrs Moryn hatte die Eier, den Speck, die Würstchen und das geröstete Brot wieder abtragen lassen. Sollte sich die Dienerschaft darüber freuen.

Nach dem Lunch begab sich Daphne nach oben und ließ sich von Harriet in ihr Hochzeitskleid helfen. Das seidige helle Spitzenkleid mit den vielen Unterröcken war wunderschön. Harriet flocht ihr Blumen, Perlen und Federn ins Haar. Anschließend wurde der Schleier aus leichtem Tüll, der mit kleinen Diamanten und Perlen besetzt war, in den Haaren festgesteckt. Daphne erkannte sich selbst kaum wieder, als sie sich im Spiegel betrachtete.

Und als sie wenig später den Mittelgang der Kapelle entlangschritt, hörte sie die entzückten Ausrufe der Anwesenden, doch Frederics liebevoller, glücklicher Blick, der auf ihr ruhte, war alles, was sie in diesem Moment brauchte. Während sie sich gegenseitig das Jawort gaben, meinte Daphne, dass ihr Herz vor lauter Glück zerspringen müsse. Sie ertranken in den Augen des jeweils anderen und konnten nur mit Mühe den Blick voneinander lösen, um sich wieder dem Pfarrer zuzuwenden.

Danach fanden sich alle im Ballsaal des Schlosses ein, den Daphne heute zum ersten Mal betrat. Der Saal nahm den kompletten Westflügel ein. Eine lange Tafel war mit Köstlichkeiten beladen, Punsch, Champagner und edle Weine standen bereit. Es duftete nach gebratenem Huhn, Kuchen und Pasteten. Bunte Sommerblumen standen in Vasen verteilt auf kleinen Tischen, und Palmwedel und Farne in großen Bodenvasen sorgten für eine erfrischende Abwechslung. Daphne und Frederic tanzten die Eröffnungsquadrille und nahmen die Glückwünsche der Hochzeitsgäste entgegen.

Als sich das frischgebackene Ehepaar endlich in seine Gemächer zurückziehen konnte, waren die Feierlichkeiten noch in vollem Gange. Zum ersten Mal brauchte Daphne sich nicht heimlich zu ihrem Geliebten schleichen, nachdem die Dienstboten fort waren, sondern Frederic betrat ihr Zimmer ganz offiziell, nachdem Harriet ihr aus dem Kleid geholfen und Daphne ihr Nachtgewand angezogen hatte. In dieser ersten Nacht als Mann und Frau liebten sie sich mit einer solchen Zärtlichkeit und Leidenschaft, dass sie alles um sich herum vergaßen. Erst gegen Morgen schliefen sie ein, und als Daphne die Augen aufschlug, lag sie in Frederics Armen, durch die Vorhänge sickerte das Licht des Sommertages.

Daphne küsste ihren Ehemann sanft wach. Während er sie

verschlafen anblinzelte, legte sich ein Lächeln auf sein Gesicht. Daphne war trunken vor Glück. Dieser Moment war alle Sorgen wert, das schlechte Gewissen über ihre Lügen und Täuschungen war vergessen, und alles kam ihr leicht und richtig vor. Sie hatte diesen wundervollen Mann an ihrer Seite. Das Schloss, der falsche Titel und die Ländereien bedeuteten ihr nicht viel, aber durch Lady Charlottes Großzügigkeit besaßen sie nun ein Vermögen, mit dem sie ein angenehmes Leben führen konnten. Sollten Mr Harper und Mrs Moryn sie ruhig erpressen und sich ebenfalls bereichern, Daphne und Frederic brauchten für ihr Auskommen nicht viel. Während Frederic sich auf sie legte und ihren Körper mit heißen Küssen bedeckte, hatte Daphne zum ersten Mal seit ihrer Ankunft in Wales das Gefühl, alles richtig gemacht zu haben. Lady Charlottes Plan hatte funktioniert, und die falsche Identität schien Daphne und Frederic Glück zu bringen.

Als sie eine Stunde später erschöpft und verschwitzt von ihrer Leidenschaft endlich aufstanden und Daphne in ein entspannendes Lavendelschaumbad eintauchte, stellte sie erstaunt fest, wie hungrig sie war. Während der Hochzeitsfeier hatte sie kaum etwas gegessen, weil sie so beschäftigt gewesen war. Außerdem hatte die Übelkeit ihr in den letzten Tagen zu schaffen gemacht. Aber heute war das Unwohlsein wie fortgeblasen, und ihr Körper sehnte sich nach Nahrung. Im Laufe des Tages würden die Gäste alle abreisen, und Daphne freute sich auf die Ruhe und Einsamkeit, die dann wieder einkehren würden. Harriet kam und rieb sie mit einem dicken, weichen Leinentuch trocken.

Trotz allem war Daphne froh, dass das Fest stattgefunden hatte. Sie erinnerte sich an die unheimliche Stille zuvor, und von nun an würde sie immer wissen, wie es sein konnte, wenn das Haus mit Gästen gefüllt war.

Als sie ins Esszimmer trat, war Frederic bereits mit dem Frühstück fertig und wartete auf sie. Anscheinend hatten einige Besucher ebenfalls schon gegessen und waren nach London aufgebrochen.

Das Hausmädchen hatte Daphne gerade Tee eingeschenkt, als ein gellender Schrei die Stille des Schlosses zerriss. Daphne und Frederic sahen sich erschrocken an und eilten in die Eingangshalle. Auf der Treppe kam ihnen ein Stubenmädchen mit blassem Gesicht und aufgerissenen Augen entgegen. »Tot! Er liegt da und ist einfach tot!«

»Wer?«, fragte Daphne das aufgeregte Mädchen entsetzt.

»Der Vater«, stieß sie aus und deutete auf Frederic. »Der Vater des Bräutigams.«

# VIERZEHNTES KAPITEL

*London und Nordwales, Sommer 1877*

Daphne und Frederic verharrten einen Augenblick lang ungläubig und versuchten, die Worte des Mädchens zu verstehen. Dann eilten sie die Treppe hinauf in den Ostflügel, wo Mr und Mrs Fowler in den besten Gästezimmern untergebracht worden waren. Als sie den breiten, prunkvollen Gang betraten, stürzten Mrs Moryn und Mr Harper gerade aus der Tür des Dienstbotenflures. Gemeinsam hasteten sie in Mr Fowlers Zimmer, dessen Tür weit offen stand.

Ein fürchterlicher Anblick bot sich ihnen. Mrs Fowler stand im Nachtgewand vor dem Bett ihres Mannes und hatte die Hände vors Gesicht geschlagen. Der Oberkörper ihres Gatten hing aus dem Bett, der Hinterkopf lag auf den Holzdielen. Seine Augen waren aufgerissen, Erbrochenes hatte sich in der geöffneten Mundhöhle und auf dem Boden rund um den Schädel gesammelt. Das Gesicht des Mannes war blau angelaufen, die Augen quollen hervor, weshalb nicht der geringste Zweifel daran bestehen konnte, dass Mr Fowler tot war.

Frederic stieß einen erstickten Laut aus. Instinktiv fasste Daphne nach seinem Arm. Er schwankte, und sie führte ihn schnell zu einem Stuhl an der Wand. Auf einem Tisch daneben befand sich ein Tablett mit den Überresten eines Nachtmahls.

»Schicken Sie nach einem Arzt«, hörte Daphne Mr Harpers Stimme. Aus dem Augenwinkel sah sie Mr Fowlers Kammerdiener davoneilen.

Sie beugte sich zu Frederic hinunter, der in eine Art Schockzustand gefallen war. Dabei fiel Daphnes Blick auf das Tablett mit den Essensresten. Da waren halb gegessene Hähnchenkeulen, zerbröselte Pasteten und Pralinen. Daphne stutzte, als sie die weißen Flecken an dem Fleisch und den anderen Überresten sah. Schwester Middleton hatte ihr im Krankenhaus-Cottage Arsen gezeigt, und das Pulver hatte genauso ausgesehen wie dieses hier. Sie griff nach einer Praline, die angebissen auf einem Tellerchen lag. Kurzentschlossen wickelte sie die Süßigkeit in ein Leinentuch und ließ es in ihrer Tasche verschwinden.

Inzwischen atmete Frederic so heftig, dass er kaum noch Luft bekam. Daphne rüttelte ihn und erhob die Stimme. »Beruhige dich!«

Doch ihr Mann rang weiter panisch nach Luft. Sie hielt ihm die Hand vor Mund und Nase, wie sie es in der Schwesternausbildung gelernt hatte, aber Frederic versuchte, sie von sich zu stoßen, sodass Daphne sich mit voller Wucht auf ihn werfen musste, um ihn daran zu hindern. Nach einigen Minuten atmete er wieder ruhiger. Vorsichtig fasste sie seinen Arm und zog ihn hoch. Sie musste ihn aus diesem Zimmer schaffen, es war nicht gut, wenn er in der Nähe seines Vaters blieb, der einen so grausamen Tod gestorben war. Sie führte ihn hinaus und von dem Ostflügel hinüber in den Südflügel, um ihn in seine Gemächer zu bringen. Bei einem Hausmädchen bestellte sie Cognac und half Frederic anschließend in sein Bett. Mit viel Mühe brachte sie ihn dazu, den Cognac zu trinken und dann ein wenig zu schlafen, während sie auf seiner Bettkante sitzen blieb und seine Hand hielt.

Daphne stand erst auf, als sie die ruhigen Atemzüge ihres Mannes vernahm. Leise schlich sie aus dem Zimmer. Sie konnte kaum einen klaren Gedanken fassen. Niemals hatte sie mit einem solch tragischen Ausgang ihrer Hochzeitsfeierlichkeiten gerechnet. Die Gäste hatten gestern und auch schon am Tag davor viel getrunken und gut gegessen. Ob das alles zu viel für Mr Fowler gewesen war? Dabei hatte er weder geschwächt noch krank gewirkt. Doch der Wein und der Whiskey waren in großen Mengen geflossen, und Daphne konnte es sich durchaus vorstellen, dass so mancher Kreislauf darunter versagte. Aber da waren auch diese seltsamen weißen Stellen an den Essensresten gewesen. Alles in ihr sträubte sich dagegen, wieder zu dem Zimmer zurückzukehren, in dem der Leichnam von Frederics Vater lag. Und doch musste sie nach dem Rechten sehen.

Nachdenklich machte sie sich auf den Weg in den Ostflügel, aber als sie die Treppe erreichte, die in die Halle hinunterführte, hörte sie Stimmen. Sie wollte gerade nach unten gehen, um nachzusehen, ob es der Arzt war, der eingetroffen war, als sie Mr Harpers Stimme vernahm.

»Doktor Abraham«, sagte der Verwalter. »Wie gut, dass Sie so schnell kommen konnten.«

Daphne trat an das Geländer der Galerie und sah hinunter. Der Arzt reichte Mr Harper gerade die Hand, in der anderen trug er eine große Arzttasche. »Selbstverständlich. Was genau ist passiert?«

Daphne lauschte, wie Mr Harper dem Mann in groben Zügen von der Hochzeit, dem Trinkgelage der Gäste und dem Auffinden des Leichnams berichtete.

»Wenn Sie mich fragen, hat der gute Mr Fowler deutlich zu viel Alkohol getrunken und sich den Magen so mit Leckereien vollgeschlagen, dass sein Herz stehen geblieben ist«, schloss Mr Harper seinen Bericht.

Der Arzt hatte den Hut abgenommen und nickte jetzt mit seinem kahlen Haupt, das Daphne von oben sehr gut sehen konnte. »Dann bringen Sie mich doch bitte zu dem Verstorbenen, damit ich mir ein Bild machen kann.«

Die beiden Männer gingen zur Treppe, und Daphne sprang schnell zurück, damit sie nicht beim Lauschen erwischt wurde. Sie eilte noch vor den Männern in den Ostflügel. Die Tür zu Mr Fowlers Zimmer war geschlossen, und Daphne blieb zögernd davor stehen. Zu unappetitlich war der Anblick des Verstorbenen in seinem Erbrochenen gewesen. Doch als die Männer sich wenig später ebenfalls vor der Tür einfanden, betrat sie das Zimmer mit ihnen gemeinsam.

Mrs Fowler, die auf einem Stuhl neben dem Bett gesessen hatte, stand auf. Ihre Haare waren zerzaust, die Lippen bleich, die Wangen eingefallen und die Augen rot unterlaufen. Daphnes Herz zog sich zusammen, als sie den Kummer und die Verzweiflung ihrer Schwiegermutter erkannte. Inzwischen hatte man den Leichnam ins Bett zurückgelegt. Der Boden war sauber, es roch nach Seifenlauge. Daphne stellte fest, dass auch das Tablett mit den Speiseresten verschwunden war.

»Mein Beileid, Ma'am«, wandte sich Doktor Abraham an Mrs Fowler, nachdem er den Tod des Mannes bestätigt hatte. »Litt Ihr Gatte unter einer Herzschwäche?«

Mrs Fowler schüttelte den Kopf und presste sich ein Spitzentuch auf den Mund. Einen Moment lang rang sie um Fassung, dann schluchzte sie: »Er war immer sehr gesund, sein Leben lang. Erst vor einigen Wochen hat er unseren Arzt Doktor Brown in der Harley Street konsultiert, der ihm einen einwandfreien Gesundheitszustand bescheinigt hat.«

Doktor Abraham murmelte etwas Unverständliches und trat dann wieder an das Bett heran, um den Toten noch einmal zu untersuchen. »Was hat er vor dem Schlafengehen zu sich genommen?«

Mrs Fowler hob hilflos die Schultern. »Ich bin vor ihm zu

Bett gegangen und weiß ehrlich gesagt nicht genau, was er gestern Abend alles gegessen hat. Es war ein Buffet aufgebaut, jeder konnte sich nach Belieben bedienen, und mein Mann hat sicherlich mehrmals zugegriffen.«

»Gestern wurde den ganzen Abend und die Nacht hindurch gefeiert«, kam Mr Harper ihr zur Hilfe. »Es wurde sehr gut gegessen, aber was jeder Einzelne zu sich genommen hat, kann ich nicht sagen. Allen Gästen scheint es gut zu gehen. Am Essen hat es also bestimmt nicht gelegen.«

Daphne räusperte sich. »Vorhin stand hier ein Tablett mit Resten von Fleisch, Pasteten und Pralinen. Mir ist eine seltsame weiße Substanz daran aufgefallen.« Sie zog das Tuch mit der eingewickelten Praline aus der Tasche und reichte es dem Arzt.

»Was wollen Sie damit sagen?«, fragte Mrs Fowler mit seltsam hoher Stimme.

»Gar nichts«, beeilte sich Daphne, die Frau zu beruhigen, die einem hysterischen Anfall nah zu sein schien. »Es ist mir nur aufgefallen.«

Der Arzt untersuchte die Praline in seiner Hand ganz genau. Schließlich tupfte er mit der Fingerspitze auf den weißen Fleck in der Mitte und berührte ihn dann vorsichtig mit der Zunge.

»Zucker«, stellte er fest und warf die Süßigkeit achtlos auf einen der Tische. »Ich denke, Ihr Gatte ist an Völlerei gestorben, Ma'am. Das passiert leider immer wieder. Wenn man solche Gelage nicht gewöhnt ist und alles in sich hineinstopft, kann es zu einem Herzversagen kommen.« Er wandte sich an Mr Harper. »Ich stelle Ihnen den Totenschein aus. Dann können Sie sich um den Abtransport kümmern.«

Daphne schluckte. Nie und nimmer war die weiße Substanz im Inneren der Praline Zucker. Sie war viel feiner gewesen.

Außerdem hatte sie das Pulver ja auch an dem Brathähnchen und in den Pasteten gesehen – teilweise sogar eine ziemlich große Menge davon. Seltsam, dass die Speisen alle verschwunden waren und es anscheinend keinem anderen aufgefallen war, dass die Nahrungsmittel mit der Substanz versetzt waren. Daphne vermutete immer stärker, dass es sich um Arsen handeln musste.

Sie verließ Mr Fowlers Schlafzimmer wie in Trance. Ihr war plötzlich übel. In diesem Moment war sie sich sicher, dass mit dem plötzlichen Tod von Frederics Vater etwas nicht stimmte. Sie hatte es schon gespürt, als sie ihn gefunden hatten. Diese seltsame Position im Bett, das Essen mit dem weißen Pulver, das verschwundene Tablett. Natürlich waren die letzten Tage anstrengend für Mr Fowler gewesen, doch es war ein seltsamer Zufall, dass er ausgerechnet hier auf Daffodil Castle sterben musste, einen Tag nach der Hochzeit von Daphne und Frederic. Einen Tag nachdem Daphne offiziell die Ehefrau des Mannes geworden war, der Mr Fowlers Vermögen erben würde.

Daphnes Füße führten sie wie von selbst zurück ins Schlafzimmer ihres Mannes. Erleichtert stellte sie fest, dass Frederic noch immer schlief. Seine Atemzüge waren ruhig und gleichmäßig. Sie wandte sich ab und trat ans Fenster. Während sie zum Meer hinuntersah, das in der Sonne glitzerte, überlegte sie krampfhaft, ob es vielleicht sein konnte, dass Mr Harper oder Mrs Moryn hinter Mr Fowlers Tod steckten. Wenn das zuträfe, würde es die allergrößste Gefahr für Frederic bedeuten. Mr Harper war nur allzu bereit gewesen, Daphne zu helfen, in Kontakt mit Frederic zu treten und seine Eltern von ihrer Heirat zu überzeugen. Das hatte der Verwalter sicher nicht aus Uneigennützigkeit getan. Natürlich spekulierte er auf das beeindruckende Erbe der Fowlers, das nun Frederic zukommen würde. Bisher war Daphne davon ausgegangen, dass

Mr Harper abwarten würde, bis Mr Fowler in ferner Zukunft an Altersschwäche dahinsiechen würde, um dann durch irgendeinen Trick an Frederics Vermögen zu gelangen. Nie im Leben hätte sie damit gerechnet, dass Mr Harper es in Betracht ziehen könnte, einen Menschen zu ermorden. Wenn er das allerdings wirklich getan hatte, dann würde er es auch ein zweites Mal tun. Und im Moment sah es so aus, als käme der Verbrecher mit seiner Tat davon.

Daphne ärgerte sich darüber, dass sie die Praline nicht wieder mitgenommen hatte. Frederics Leben zu schützen, konnte nur gelingen, wenn sie den Arzt irgendwie davon überzeugen konnte, dass es sich bei Mr Fowlers Tod um einen Mord handelte. Aber wenn er als Herzanfall durchging, würden Mr Harper und Mrs Moryn – denn Daphne war fest davon überzeugt, dass die Haushälterin ebenfalls daran beteiligt war – sicherlich nicht davor zurückschrecken, noch einen weiteren Menschen zu beseitigen, der zwischen ihnen und dem Geld stand, auf das sie es abgesehen hatten. Daphne musste vorsichtig sein. Noch hatte Mr Harper keinen Vorteil davon, Frederic ebenfalls zu ermorden, aber das würde sich mit Sicherheit bald ändern. Daphne wusste nicht, wie, aber sie war überzeugt davon, dass Mr Harper einen Plan verfolgte. Er und Mrs Moryn waren für Mr Fowlers Tod verantwortlich, und sobald Mr Harper sich Frederics Nachlass gesichert hatte, wäre auch Frederics Leben in größter Gefahr.

Mrs Fowler blieb den ganzen Tag am Bett ihres verstorbenen Mannes. Am Nachmittag wurde Frederic wach und Daphne zwang ihn und auch seine Mutter zu einem Eintopf mit viel Fett und Fleisch, ehe sie beiden noch einen Cognac reichte. Die Gesichtsfarbe der Witwe besserte sich daraufhin ein wenig, eine leichte Röte überzog das bleiche Gesicht.

Am nächsten Morgen wurde der Leichnam von einem Londoner Bestatter abgeholt, und Mrs Fowler sowie die wenigen Gäste, die noch geblieben waren, um die Witwe zu unterstützen, reisten ab. Daphne und Frederic wollten in der nächsten Woche ebenfalls nach London fahren, um der Trauerfeier und der Beisetzung beizuwohnen.

So viele Tote, dachte Daphne, während sie der letzten Kutsche nachsah. Erst Lady Charlotte und jetzt Mr Fowler. Gott bewahre, dass weitere folgten. Es erleichterte sie, dass Frederic bald für eine Weile in Sicherheit war, denn wenn sie beide in London wären, konnte ihnen der Verwalter nichts anhaben.

Doch zwei Tage vor ihrer geplanten Abreise ging es Frederic plötzlich so schlecht, dass sie ihre Fahrt nach London absagen mussten. Es war nicht sein übliches Unwohlsein, das auf der Schwindsucht beruhte, sondern eine Übelkeit, wie Daphne sie nicht von ihm kannte. Sofort fiel ihr das weiße Pulver ein, und sie war sich beinahe sicher, dass Mrs Moryn, die uneingeschränkt Zugang zu den Speisen hatte und sie mühelos manipulieren konnte, kleine Dosen Arsen unter Frederics Essen gemischt hatte. Denn die Übelkeit kam immer nach den Mahlzeiten, und es hatte erst mit dem Tod von Mr Fowler begonnen. Jeder unbeteiligte Beobachter würde seinen schlechten Zustand auf den Verlust des Vaters zurückführen, aber Daphne wusste es besser.

Sie befand sich in einer Zwickmühle. Wenn sie Frederic von der Erpressung erzählte und ihm ihren Verdacht mitteilte, dass Mr Harper und Mrs Moryn hinter dem Tod seines Vaters steckten und es nun auch auf sein Leben abgesehen hatten, wäre er zwar vorsichtiger, würde sich gleichzeitig aber bestimmt darüber aufregen, was seine Schwindsucht nur verstärken würde. Nein, sie musste dieses Problem allein lösen, und zwar noch ehe Frederic Schaden nahm.

Während Frederic in seinem Bett lag und schlief, ging Daphne nach unten und suchte den Weg in die Küche. Sie war noch nie im Dienstbotentrakt des Hauses gewesen, und so dauerte es eine Weile, bis sie endlich dort angekommen war. Die Räume lagen im Keller, nur wenig Licht fiel durch die kleinen Fenster herein. Das Schloss war an einem Hang gebaut, sodass die Wirtschaftsräume in einen Hinterhof hinausgingen.

Als Daphne die Küche betrat, sahen die Köchin und zwei Küchenmädchen erstaunt auf.

Sie lächelte und hob beschwichtigend die Hände. »Ich weiß, dass ich hier unten nichts zu suchen habe, aber ich möchte gern ein traditionelles Gericht kochen, das mir meine Mutter beigebracht hat. In Indien habe ich oft gekocht, und Sie würden mir einen großen Gefallen tun, wenn ich für ein paar Stunden hier unten bleiben dürfte.«

»Selbstverständlich, Mylady.« Die Köchin knickste. »Aber ich kann das Gericht auch gern für Sie zubereiten, wenn Sie mir sagen, worum es sich handelt.«

»Oh nein, es geht mir ja um das Kochvergnügen«, erklärte Daphne schnell und war endlich einmal froh über all die Stunden, in denen sie ihrer Mutter in der Küche helfen musste.

»Kochvergnügen?«, sagte die ältere Frau skeptisch. »Wie Sie meinen, Ma'am. Was benötigen Sie denn an Zutaten?«

Daphne nannte den Küchenmädchen alles, was sie für ihren Eintopf brauchte, und machte sich dann ans Werk. Immer wieder dachte sie an Frederic und hoffte, dass Mr Harper ihn schlafen ließ und niemand ihm weitere vergiftete Speisen brachte. Aber sie durfte den Herd auch nicht verlassen, denn nur so konnte sie garantieren, dass niemand etwas in das Essen streute. Sie war sich zwar ziemlich sicher, dass die drei Frauen, die mit ihr hier in der Küche waren, nichts damit zu tun hatten, aber es war trotz allem möglich, dass eine von ihnen mit Mrs Moryn unter einer Decke steckte.

Als sie zwei Stunden später den Eintopf fertig hatte, füllte sie zwei große Teller randvoll mit dem Gemüse und fettigen Fleisch. Dann ließ sie eines der Küchenmädchen das Tablett nach oben tragen. Daphne folgte der Angestellten und beobachtete jede ihrer Bewegungen. Als sie Frederics Zimmer betraten, war er offenbar gerade aufgewacht. Das Küchenmädchen stellte das Tablett auf den Tisch, und Daphne schickte sie fort.

Behutsam trat sie zu Frederic ans Bett.

»Wie geht es dir?«, fragte Daphne und lächelte ihn liebevoll an.

»Besser.« Frederic richtete sich auf.

»Ich habe dir Eintopf gekocht«, sagte Daphne und half ihm, sich bequem im Bett hinzusetzen.

Frederic verzog das Gesicht. »Ich habe zwar Hunger, aber mir wird doch jedes Mal schlecht, wenn ich etwas esse.«

»Dieses Essen wird dir gut bekommen. Von nun an darfst du nur noch zu dir nehmen, was ich dir gebe, ja? Ich habe gelernt, was gut verträglich ist, und werde künftig deine Speisen zubereiten.« Daphne holte einen der Teller und reichte ihn Frederic.

Zögernd probierte Frederic den Eintopf, der ihm zu schmecken schien. Mit jedem Löffel wurde sein Appetit größer.

Als der Teller leer war, lehnte er sich zufrieden zurück. »Ich danke dir. Aber ist es wirklich nötig, dass du dich selbst um die Zubereitung meiner Mahlzeiten kümmerst? Würde es nicht ausreichen, wenn du die Köchin entsprechend instruierst?«

Daphne schüttelte den Kopf. »Du weißt doch, wie die Köche sind«, sagte sie, obwohl sie selbst ja gar keine Ahnung hatte, wie Köche eigentlich waren. Schließlich hatte sie keinerlei Erfahrung mit Personal. »Sie wollen immer noch etwas Eigenes hinzufügen, irgendein Gewürz, eine Zutat, die dir dann vielleicht nicht bekommt. Nein, ich muss es genau überwachen, wenigstens bis es dir besser geht.«

Frederic rutschte an die Bettkante. »Mir geht es schon wieder sehr gut, die Mahlzeit hat mir gutgetan. Kannst du bitte nach dem Diener läuten?«

Daphne tat, wie ihr geheißen, und als der Junge da war, zog sie sich mit dem zweiten Teller in ihr eigenes Zimmer zurück, nicht ohne Frederic noch einmal einzuschärfen, dass er nichts essen dürfe, was nicht von ihr persönlich stammte.

Nachdem sie ebenfalls etwas Eintopf gegessen hatte, fühlte sie sich satt genug, um den restlichen Tag ohne weitere Mahlzeit zu überstehen. Auch wenn ihr eigenes Essen bislang noch nicht angerührt worden zu sein schien, sollte sie lieber vorsichtig sein.

Als sie wieder Frederics Zimmer betrat, war er fertig angezogen und wartete auf sie. Sie gingen gemeinsam nach unten in die Bibliothek.

»Sollen wir einen Spaziergang zum Meer machen?«, fragte Frederic. »Es ist so ein schöner Tag.«

Daphne reichte ihm ihren Arm, doch als sie die Hintertür erreicht hatten, die in den Kutschenhof führte, sah sie, wie Mr Harper gerade auf einem Schimmel davonritt. Eine solche Gelegenheit durfte sie sich nicht entgehen lassen. Sie musste herausfinden, was der Mann im Schilde führte.

»Warte«, sagte Daphne und überlegte krampfhaft, was sie ihm sagen konnte. »Ich … Ich habe noch etwas vergessen. Würdest du so lange im Billardzimmer warten?«

»Ja, natürlich.« Frederic wirkte erstaunt, zog sich dann jedoch in das dunkle Herrenzimmer mit dem mächtigen Tisch in der Mitte zurück.

Daphne eilte drei Türen weiter, wo sich Mr Harpers Büro befand. Glücklicherweise war der Raum nicht verschlossen, sodass sie hineinschlüpfen konnte. Der Verwalter schien sich recht sicher zu fühlen und nicht davon auszugehen, dass jemand ihn ausspionierte. Umso besser!

Daphne ging zu dem großen Schreibtisch und warf einen Blick auf die Papiere. Sie wusste nicht genau, was sie suchte, aber sie würde es sicher erkennen, wenn sie es gefunden hatte. Also blätterte sie durch die Stapel mit Unterlagen. Da waren Abrechnungen und Briefe, die mit dem Anwesen, den Pächtern und Zahlungen zu tun hatten. Aber nichts deutete auf das Vermögen der Fowlers hin. Daphne zog die Schubladen auf, in denen weitere Papiere steckten. Oben, in der zweiten Lade, lag eine braune Ledermappe. Daphne nahm sie heraus und schlug sie auf. Ihr stockte der Atem, als ihr Blick auf die Überschrift fiel: *Letzter Wille und Testament von Frederic Fowler*. Sie überflog den Text, und mit einem Mal wurde ihr schwindelig. Offenbar sollten ihr selbst eintausend Pfund vermacht werden, und der Rest sollte an Frederics alten Freund Peter Hardy gehen. Peter Hardy? Daphne hatte diesen Namen noch nie gehört. Sie schaute hektisch zur Tür. Dann legte sie die Mappe zurück und schloss die Schublade wieder.

Nachdenklich verließ sie das Büro und kehrte zu Frederic zurück, der sie mit fragendem Gesichtsausdruck erwartete. Daphne ging jedoch nicht darauf ein und plapperte stattdessen über das schöne Wetter und welchen Weg sie einschlagen sollten. Als sie in den Innenhof traten, überlegte sie, ob Peter Hardy vielleicht ein Freund des Verwalters war, der ihm bei seinen Betrügereien behilflich war. Harper und Hardy, die Namen klangen ähnlich. Oder steckte vielleicht ein und derselbe Mann dahinter? Sie erinnerte sich daran, wie gewandt Mr Harper in London den Namen Dupont benutzt hatte. Er schien Übung im Vortäuschen falscher Identitäten zu haben. War Peter Hardy vielleicht sein wahrer Name und Hugh Harper eine Erfindung?

Sie hatten den großen Kutschhof verlassen und schlenderten nun an der Mauer des Küchengartens entlang. Daphne hatte sich einen großen Strohhut aufgesetzt, um ihr Gesicht vor der Sonne zu schützen. Gleichzeitig half er ihr dabei, ihre nachdenkliche Miene vor ihrem Mann zu verbergen. Frederic genoss die Aussicht, er schien sich hier in Nordwales wohlzufühlen. Im Sommer gefiel es auch Daphne, doch der Herbst, der Winter und Frühling waren so viel grauer, kälter und ungemütlicher als in ihrer Heimat. Die Landschaft hier oben war so schön wie auf der Isle of Wight, wenn auch rauer und weniger lieblich. Dafür gab es einsame Gegenden, schroffe Felsen und Landzungen, auf denen man tagelang keinem anderen Menschen begegnete.

Am Ende des Küchengartens schlugen sie den Weg zum Park ein, und immer wenn Frederic ihren Blick unter dem ausladenden Hut suchte, setzte sie ein unbekümmertes Lächeln auf. Aber in ihrem Inneren war alles in Aufruhr. Sämtliche Indizien sprachen dafür, dass Frederics Leben in höchster Gefahr war. Sie wurde sich immer sicherer darüber, dass Mr Harper und Mrs Moryn etwas mit Mr Fowlers plötzlichem Tod zu tun hatten. Frederics Unwohlsein musste durch kleine Dosen Arsen ausgelöst worden sein, die sie in sein Essen gestreut hatten. In den nächsten Tagen würde Mr Harper wahrscheinlich versuchen, Frederic dazu zu bringen, das Testament zu unterschreiben. Wer auch immer dieser Mr Hardy war, das Geld würde bestimmt an den Mann gehen, den sie als Mr Harper kannte.

Lange musste Daphne nicht warten, um zu erfahren, wie Mr Harper an Frederics Unterschrift kommen wollte. Denn als sie von ihrem Spaziergang zurückkamen, ließ er Daphne in sein Büro rufen. Sie bat Frederic, oben auf sie zu warten, denn sie wollte auf keinen Fall, dass er mitbekam, was Mr Harper ihr zu sagen hatte.

»Nehmen Sie Platz«, forderte der Verwalter Daphne auf, sobald sie den Raum betreten hatte.

Daphne setzte sich auf den Stuhl vor dem Schreibtisch. Es war das erste Mal seit Mr Fowlers Tod, dass sie mit dem vermeintlichen Mörder allein in einem Zimmer war. Sie versuchte, sich ihr ungutes Gefühl nicht anmerken zu lassen.

»Ich habe hier einige Dokumente, die Sie beziehungsweise Mr Fowler unterschreiben müssten«, begann er und holte die braune Mappe, die Daphne entdeckt hatte, aus der Schublade. »Sicher erinnern Sie sich an unser kleines Arrangement. Wir werden niemandem Ihre wahre Identität verraten und Sie weiterhin hier in Frieden leben lassen, wenn Sie uns im Gegenzug freie Hand lassen, was die Verwaltung Ihres und Mr Fowlers Besitz betrifft.«

Daphne nickte.

»Gut, dann unterschreiben Sie bitte diese Dokumente.« Er schlug die Mappe auf, nahm das oberste Blatt, Frederics Testament, und legte es zur Seite. Dann griff er nach den Papieren, die darunter lagen, und legte sie vor Daphne auf den Tisch. Er deutete auf die Feder im Federhalter, und Daphne griff zögernd danach.

Das oberste Blatt war eine Bankanweisung über einhundert Pfund zugunsten des Verwalters. Danach kam eine weitere Überweisung an … Daphne sah erstaunt auf. »Wer ist Peter Hardy?«, fragte sie.

»Das braucht Sie nicht zu interessieren«, erwiderte Mr Harper mit einem süffisanten Grinsen. »Aber machen Sie sich keine Sorgen, das Geld bleibt bei mir.«

»Oh.« Daphne unterschrieb die Dokumente und stand dann auf.

»Warten Sie.« Mr Harper erhob sich ebenfalls und streckte ihr nun das Testament entgegen. »Dieses Schriftstück hier muss von Frederic Fowler unterschrieben werden. Es ist mein Lohn dafür, dass ich Ihnen geholfen habe, an ihn heranzukommen. Ohne mein Zutun hätten Sie es niemals geschafft.«

Daphne schüttelte den Kopf. »Sie haben Briefe verschwinden lassen. Wenn das nicht passiert wäre, hätte es keine Probleme mit den Fowlers gegeben«, widersprach sie dem Verwalter.

»Wie auch immer, es ist mir gleich, ob Sie Ihren Gatten in unser kleines Abkommen einweihen oder sich eine andere Ausrede einfallen lassen. Auf jeden Fall muss er das Dokument unterschreiben.« Er steckte das Papier in die Mappe und sah sie beinahe drohend an. »Haben Sie mich verstanden?«

»Natürlich«, murmelte Daphne, während sie krampfhaft nach einer Lösung suchte. Sobald Mr Harper das unterschriebene Testament in der Hand hielt, wäre Frederic in allerhöchster Gefahr.

»Gut.« Der Verwalter wirkte zufrieden. »Kommen Sie heute vor dem Dinner an den Felsen über dem Meer und bringen Sie das Schriftstück mit. Ich muss unter vier Augen mit Ihnen sprechen.«

Daphne schluckte, nahm die Mappe an sich und verließ dann eilig das Büro des Verwalters. Was hatte das alles zu bedeuten? Warum wollte er sie auf dem Felsen treffen, wo sie doch bislang alles Geschäftliche in seinem Arbeitszimmer erledigt hatten?

Während sie nach oben in Frederics Schlafzimmer ging, kreisten ihre Gedanken um dieses seltsame Verhalten. Was sollte sie tun? Keinesfalls durfte Frederic dieses Dokument unterschreiben. Aber wenn sie es nicht an Mr Harper übergab, würde ihre falsche Identität aufgedeckt werden und ein Leben mit Frederic unmöglich.

Vor der Tür zu Frederics Zimmer blieb sie zögernd stehen. Dann drehte sie sich entschlossen um und ging stattdessen in ihr eigenes Zimmer. Sie nahm die Feder, die immer auf ihrem Schminktisch bereitstand, und setzte eine kaum lesbare Unterschrift unter das Testament. Damit würde sie Mr Harper vorerst zufriedenstellen, auch wenn sie umso mehr auf das Essen achtgeben musste, das ihr Mann zu sich nahm. Sollte sie neue Beweise finden, die auf Arsen hindeuteten, dann würde sie Mr Harper überführen, indem sie diese Speisen untersuchen ließ. Und wenn er erst einmal wegen Mordes verurteilt war, würde ihm auch niemand mehr glauben, falls er versuchen sollte, ihre falsche Identität aufzudecken.

Daphne richtete sich auf und legte das von ihr unterschriebene Testament zurück in die Mappe, die sie unter ihrem Kopfkissen vor Frederic versteckte. Vielleicht war ihr Plan nicht ganz ausgefeilt – schließlich war Frederic trotz allem in größter Gefahr –, doch er würde Daphne zumindest Zeit verschaffen, um eine bessere Lösung zu finden.

Sie ging zu Frederic hinüber, der am Fenster saß und in einem Buch blätterte.

»Und? Was wollte Mr Harper denn von dir?«, fragte er und sah sie liebevoll an.

»Unterschriften«, erklärte sie leichthin.

Frederic hob eine Augenbraue und lehnte sich gegen das Fenster. »Und die hast du ihm einfach so gegeben? Hast du die Dokumente denn auch geprüft?«

»Selbstverständlich«, erwiderte Daphne in einem leicht beleidigten Tonfall. »Nur weil ich eine Frau bin, heißt das nicht, dass ich dumm und unbesonnen handle.«

»Entschuldige, ich wollte dich nicht kränken.« Frederic schlug das Buch zu und legte es neben sich auf das Sitzkissen. »Aber müsste nicht eigentlich ich all die Unterschriften jetzt leisten? Schließlich bin ich nun dein Mann, und dein Geld und Besitz gehören somit mir.«

»Was eine vollkommen unsinnige Sache ist«, antwortete Daphne. Sie kannte sich auf diesem Gebiet zwar nicht besonders gut aus, wusste aber, dass Frederic recht hatte. Der *Married Women's Property Act* von 1870, von dem sie immerhin gehört hatte, besagte zwar, dass eine Frau ein Vermögen von bis zu zweihundert Pfund selbst behalten durfte, wenn sie es während ihrer Ehe erbte. Doch Daphne hatte alles Geld in die Ehe eingebracht, weshalb es Eigentum ihres Mannes wurde. Eigentlich hätte sie überhaupt keine Unterschrift leisten dürfen.

Sie seufzte und ließ sich neben Frederic auf die Fensterbank sinken. Das bedeutete, dass sie ihn wohl oder übel in die Erpressung einweihen musste, denn er würde niemals Dokumente für Mr Harper unterzeichnen, ohne sie zu hinterfragen.

»Alles in Ordnung?«, fragte Frederic und sah sie besorgt an. »Ich hoffe, du weißt, dass ich keinesfalls etwas gegen deinen Willen tun werde. Auch wenn ich künftig alle finanziellen Entscheidungen treffen muss.«

»Das ist völlig in Ordnung für mich. Denn eigentlich gehört mir ja nichts von all dem hier.« Daphne machte eine weitgreifende Handbewegung. »Nein, ich habe mich nur grundsätzlich darüber geärgert, dass Frauen ihr gesamtes Hab und Gut dem Mann übertragen müssen, wenn sie sich verheiraten. Das ist ungerecht.«

»Nun, ich finde es äußerst sinnvoll. Schließlich sollen Frauen sich nicht damit belasten. Ihr seid für das Wohl der Familie zuständig, sorgt euch um die Kinder, den Haushalt und diese Dinge. Der Mann kennt sich viel besser in finanziellen Fragen aus. Er versorgt die Familie und schützt sie gegen Feinde. Das ist eine Aufteilung, die seit Anbeginn der Menschheit existiert, von Gott geschaffen und wohldurchdacht.«

»Man merkt, dass Gott ein Mann ist«, erwiderte Daphne und schob den Gedanken an die Ungerechtigkeit, die es zwischen Männern und Frauen gab, beiseite. Schließlich hatte sie gerade dringlichere Probleme. Sie musste eine Lösung finden, wie sie Frederics Leben schützen konnte.

Unter dem Vorwand, heute Mittag beim Spaziergang eine Brosche verloren zu haben, verließ sie Frederic und holte schnell die Ledermappe mit dem Testament aus ihrem Zimmer. Dann machte sie sich auf den Weg zum Felsen über dem Meer.

Sie zitterte am ganzen Körper, was jedoch nicht an der Kälte lag, da es draußen noch immer angenehm warm war, sondern an ihrer Aufregung. Daphne eilte durch den Schlosspark bis zu dem großen Eisentor, das zum Küstenpfad führte. Sie sog die salzige Meeresluft tief ein. Schon von Weitem konnte sie Mr Harper auf der kleinen Landzunge stehen sehen. Sein Gehrock flatterte im Wind. Daphne ging langsam näher. Irgendetwas gefiel ihr ganz und gar nicht. Ihr Griff um die Ledermappe wurde fester. Jetzt hatte er sie gesehen. Er wandte sich ihr zu, beinahe lauernd. Oder bildete sie sich das nur ein?

»Schwester Marcy!«, rief Mr Harper ihr entgegen, sobald sie in Hörweite war. Im Schloss nannte er sie immer Lady Charlotte, auch wenn sie allein in einem Zimmer waren. Wollte er ihr jetzt demonstrieren, dass er sie in der Hand hatte? »Haben Sie das unterschriebene Dokument?«

Daphne reichte ihm die Ledermappe und hielt den Atem an. Würde er bemerken, dass es nicht Frederics Unterschrift war?

Mr Harper schlug die Mappe auf und warf einen zufriedenen Blick auf das Schriftstück. Dann nickte er und öffnete die Tasche, die er bei sich trug. Daphne dachte, dass er die Ledermappe hineinlegen würde, doch stattdessen holte er eine Glasflasche und ein zweites Dokument hervor. »Und jetzt unterschreiben Sie Ihr eigenes Testament, in dem Sie ebenfalls alles mir vererben. Hier!« Er öffnete ein mitgebrachtes Tintenfässchen und reichte ihr die Feder.

»Warum haben Sie mir das Testament vorhin nicht gleich mitgegeben? Ich hätte es …« Sie brach ab, weil ihre Stimme so sehr zitterte.

»Weil Sie dann vermutlich nicht hierhergekommen wären«, antwortete er und packte sie an der Schulter.

Mit bebenden Fingern unterzeichnete sie das Dokument. Mr Harper steckte es zufrieden in die Mappe, in der auch Frederics Testament lag. Dann griff er nach der Glasflasche, die er auf dem Felsen abgestellt hatte.

Daphnes Herzschlag beschleunigte sich. Sie war in eine Falle geraten! Diesen Ort würde sie nicht mehr lebend verlassen. Und Frederic würde als Nächstes sterben, ohne ihren Schutz war er Mr Harper hilflos ausgeliefert.

»Da Sie so freundlich waren und diese Angelegenheit so schnell erledigt haben, möchte ich Ihnen einen ganz besonderen Tropfen anbieten.« Mr Harper öffnete die Flasche und reichte sie ihr.

Daphne starrte auf das braune Glas, hinter dem eine Flüssigkeit schwappte. Gift! Warum sonst hatte er sie hierhergelockt? Es war vollkommen abwegig, in dieser Situation ein Getränk zu sich zu nehmen. Er wollte sie offenbar umbringen.

Daphne nahm die schwere Flasche entgegen und schnupperte daran. »Was ist das?«

»Limonade«, antwortete Mr Harper. »Nun trinken Sie schon.«

»Nach Ihnen.« Sie hielt ihm die Flasche hin.

Mr Harper wich einen Schritt zurück und hob abwehrend die Hände. Seine Tasche hatte er ins Gras fallen lassen, ebenso die Ledermappe mit den beiden Dokumenten. »Nein, das ist für Sie. Sie sollen alles austrinken.«

Daphne schloss die Flasche wieder. »Warum wollen Sie mich töten?«

Mr Harper stieß ein schrilles Lachen aus. »Wie kommen Sie denn darauf, dass ich Sie … Niemals!« Seine Augen waren zu schmalen Schlitzen geworden. »Jetzt trinken Sie endlich.«

Daphne sah sich um. Sie waren ganz allein, weit und breit war kein Mensch zu sehen. Es konnte Tage dauern, bis hier jemand vorbeikam. Zwei Meter neben ihnen fielen die Felsen steil zum Meer ab. Wenn sie fliehen wollte, dann nur in die andere Richtung, doch Mr Harper stand ihr im Weg. Außerdem wäre er viel schneller als sie in ihren langen, schweren Röcken. Sie musste Zeit gewinnen, um nachzudenken und einen Ausweg zu finden.

»Sie selbst sind Peter Hardy, nicht wahr?«, schrie sie gegen den Seewind an, der aufgefrischt hatte.

Ein Grinsen legte sich auf sein Gesicht. »Ja, das ist mein richtiger Name, aber ich bin vor vielen Jahren bei meinem alten Dienstherrn in Ungnade gefallen. Deshalb musste ich mir einen neuen ausdenken, um diese Stelle als Verwalter zu bekommen.«

»In Ungnade? Sie meinen, Sie haben ihn betrogen oder erpresst?«, fragte Daphne, um ihr Gespräch in die Länge zu ziehen.

Und tatsächlich schien Mr Harper gern mit seinen Taten zu prahlen. »Betrug, es war Betrug«, sagte er stolz. »Jahrelang hat er es nicht gemerkt, ich habe fast zweitausend Pfund erschlichen. Aber dann fiel es leider durch eine Kleinigkeit auf, und ich musste über Nacht verschwinden. Da kam es mir gerade recht, dass der Earl of Nefyn schnellstmöglich einen Verwalter brauchte und selbst nach Indien aufbrach. Auf diese Weise konnte er keine Gerüchte über mich in London aufschnappen, und zur Sicherheit änderte ich noch meinen Namen.«

»Und um wie viel Geld haben Sie den Earl betrogen, während er in Indien war?«, fragte Daphne und sah so unauffällig wie möglich über seine Schulter, um einen Fluchtweg zu finden. Aber der Durchgang von der Landzunge in Richtung des Anwesens war schmal, ein falscher Schritt, und man stürzte hinunter ins Meer. Es war aussichtslos.

»Ich habe nur kleine Pachtbeträge unterschlagen. Mehr Geld in meine Tasche fließen zu lassen, wäre riskant gewesen, denn der Earl war ein aufmerksamer Mann. Und warum auch? Er war ja nicht da. Ich hatte sämtliche Freiheiten und konnte ein ruhiges und komfortables Leben mit meiner Frau führen, die Sie als Mrs Moryn kennen. Wenn ich den Earl hintergangen und er es bemerkt hätte, hätte er mich aus dem Schloss geworfen. Erst Ihre Ankunft hat uns alles verdorben – und zugleich ganz neue Möglichkeiten geschaffen.« Der Verwalter deutete auf die Flasche. »Doch jetzt wird es Zeit, dass Sie Ihren Schlummertrunk zu sich nehmen. Wenn ich also bitten darf …«

»Was haben Sie davon? Wenn ich tot bin, kommen Sie doch noch lange nicht an mein Erbe«, sagte Daphne verzweifelt, weil ihr einfach nichts Besseres einfallen wollte. »Wenn Sie Frederic ebenfalls töten, wird man Ihnen den Mord nachweisen.«

»Was einmal funktioniert hat, wird auch ein weiteres Mal

gelingen. Meine Frau wird die Rolle der Lady Charlotte einnehmen«, erklärte er leichthin. »Ihren Leichnam wird man niemals finden, ich werde ihn gleich ins Meer werfen. Und falls er doch irgendwo angespült wird, wird man ihn nicht mit uns in Verbindung bringen, weil wir hier ja niemanden vermissen.«

Daphne stieß einen heiseren Laut aus. Dann krächzte sie: »Aber das ist doch Unsinn, Mrs Moryn ist viel zu alt. Niemand würde das glauben.«

»Machen Sie sich darüber keine Gedanken«, erwiderte er und kam einen Schritt auf sie zu. Daphne wich voller Entsetzen zurück, der Abgrund hinter ihr war gefährlich nah.

»Wir werden ein zurückgezogenes Leben führen«, sprach Mr Harper weiter. »Es wird also niemandem auffallen.«

»Aber das Personal«, stieß Daphne verzweifelt hervor. »Sie werden doch stutzig werden, wenn die Haushälterin plötzlich als Lady Charlotte auftritt und die Frau, die sie bisher als ihre Herrin kannten, von einem Moment auf den anderen verschwunden ist.«

»Ich habe heute sämtliche Angestellten entlassen und ihnen gesagt, dass Sie und Mr Fowler nach Indien zurückkehren werden.« Er lachte hämisch. »Was ja beinahe stimmt. Denn ich werde mich gleich nach Ihnen auch um Ihren Gatten kümmern – und wer weiß, wenn die Strömung stark genug ist, vielleicht kommen Sie ja bis nach Indien.« Wieder lachte er, anscheinend fand er das amüsant.

Daphne stockte der Atem. Wenn sie doch nur mit Frederic gesprochen hätte! Aber so hatte er nicht die geringste Ahnung und konnte sich nicht gegen die beiden wehren. Wenn sie wirklich starb, dann war Frederic den Betrügern hoffnungslos ausgeliefert.

»Wenn Mrs Moryn Lady Charlottes Rolle übernimmt,

wozu brauchen Sie dann noch das von mir unterschriebene Testament?«, fragte Daphne, um Zeit zu gewinnen.

»Das ist nur eine Sicherheitsmaßnahme. Falls unsere Scharade doch nicht funktionieren sollte«, erklärte Mr Harper. »Und es hilft mir auch, meine Frau zu kontrollieren. Schließlich kann ich jederzeit das Testament vorlegen, das mich als Erben ausweist.« Er zwinkerte beinahe schelmisch.

»Das ist doch vollkommen wahnsinnig!«, rief Daphne fassungslos. »Die Hausangestellten kommen alle aus dieser Gegend. Früher oder später wird es jemand herausfinden.« Daphnes Stimme klang erstickt, die Angst schnürte ihr die Kehle zu.

»Dann werden wir mit Mr Fowlers und Lady Charlottes Erbe woanders neu anfangen. Aber zunächst bleiben wir hier, in diesem schönen Anwesen. Ich habe schon nach neuem Personal suchen lassen, das in den nächsten Tagen eintreffen wird«, fuhr er fort. »Und nun sollten wir das Unausweichliche hinter uns bringen.«

»Ist es Arsen?«, machte Daphne einen letzten verzweifelten Versuch, ihr Schicksal aufzuschieben.

»Natürlich«, erwiderte er ungeduldig. »Sie hatten es doch schon bei Mr Fowler bemerkt. Beinahe hätten Sie meinen ganzen Plan durcheinandergebracht. Aber jetzt trinken Sie endlich!«

Daphne starrte auf die Flasche mit der vergifteten Flüssigkeit in ihrer Hand. Langsam, wie in Trance, öffnete sie den Verschluss. So sollte also ihr Leben zu Ende gehen? Hier auf einer Klippe in Wales? Vergiftet und anschließend ins Meer geworfen? Nein! Sie würde kämpfen.

Und mit einer Wut, von der sie nicht gewusst hatte, dass sie sie in sich trug, riss sie die Flasche nach oben und schlug sie auf Mr Harpers Kopf. Die vergiftete Limonade spritzte durch die Luft, und dem Verwalter entfuhr ein verwunderter Aufschrei. Aber das Überraschungsmoment währte nur kurz, im nächsten Augenblick stürzte er sich auf Daphne, die zur Seite sprang. Er erwischte ihren Fuß, sodass sie stolperte. Die Flasche zerbrach, die giftige Flüssigkeit lief heraus. Und plötzlich stand Mr Harper über ihr und sah mit kalten Augen auf Daphne herab. Wie ein schwarzer Berg hob er sich vor dem tiefblauen Himmel ab.

»Du dummes Ding!«, zischte er und legte die Hände um ihre Kehle.

Daphne spürte, wie sein Griff fester wurde. Sie bekam keine Luft mehr. Panik stieg in ihr auf. Sie strampelte und versuchte, ihn von sich zu stoßen, aber Mr Harper war stärker als sie. Daphne musste nachdenken, aber die Angst ließ es kaum zu. Das war ihr Ende, es konnte gar nicht anders sein. In diesem Augenblick spürte sie, dass sie die abgebrochene Flasche noch immer in der Hand hielt. Mit letzter Kraft riss sie den Flaschenhals hoch und stieß ihn, so fest es ging, in Harpers Seite.

Seine Augen weiteten sich. Er japste auf, und der Griff seiner Finger lockerte sich. Diesen Moment nutzte Daphne, um sich von ihm zu befreien. Mit dem Flaschenhals stieß sie immer wieder blind auf den Verwalter ein. Er machte ein seltsames, zischendes Geräusch. Alles wurde rot. Blut tropfte und spritzte. Eine Lache bildete sich auf dem felsigen Boden. Harper strauchelte und verlor den Halt. Das Letzte, was sie von ihm sah, waren die ungläubig aufgerissenen Augen, während er rückwärts über die Felskante stürzte und verschwand.

Daphne keuchte entsetzt auf. Lange blieb sie reglos am Boden hocken, um sie herum war alles voller Blut. Erst nach Minuten wagte sie sich vor und spähte vorsichtig über die Kante. Etwa dreißig Meter unter ihr schlugen die Wellen gegen die Felsen. Von Mr Harper war nichts mehr zu sehen, das Meer hatte ihn längst verschluckt. Mit weichen Knien wich sie wieder zurück. Die Ledermappe lag noch immer im Gras. Mit blutverschmierten Fingern zog sie die beiden Schriftstücke hervor und zerriss sie in tausend Teile. Dann warf sie die Papierfetzen, die Mappe und die Tasche, die er mitgebracht hatte, über die Klippen und ging zurück zum Schloss.

Am Brunnen im Rosengarten wusch sie sich das Blut ab, so gut es ging. An der Hintertür stieß sie mit der Köchin und den Zimmermädchen zusammen, die gerade mit finsteren Mienen das Haus verließen.

»Verzeihen Sie«, sagte Daphne, »aber da liegt ein Missverständnis vor. Ich werde nun doch nicht nach Indien reisen und mein Mann auch nicht. Daher würden Sie mir einen großen Gefallen tun, wenn Sie bei uns blieben.«

Die Angestellten ließen sich nicht lange bitten und schienen ebenso erleichtert wie Daphne zu sein, dass sie ihre Koffer wieder auspacken konnten. Daphne bat die drei Dienerinnen, es auch allen anderen Haus-, Küchen- und Stubenmädchen mitzuteilen und Mrs Moryn und Harriet zu ihr hinaufzuschicken. Außerdem solle sich die Köchin um ein Abendessen kümmern.

Dann eilte sie nach oben in ihr Zimmer. Fünf Minuten später tauchte Mrs Moryn bei ihr auf.

Sie starrte Daphne ebenso ungläubig an, wie es ihr Mann vor wenigen Minuten getan hatte, bevor er über die Felskante gestürzt war. »Wie … wo ist …?«

»Ihr Komplize?«, fragte Daphne barsch. »Er ist nicht mehr da. Und jetzt hören Sie mir ganz genau zu. Ich weiß genauso viel über Sie wie Sie über mich. Ich überlasse Ihnen mein Londoner Stadthaus und eine großzügige Summe, mit der Sie das Haus in Ordnung bringen und ein gutes Leben dort führen können. Aber ich möchte nie wieder etwas von Ihnen hören. Wenn Sie mein Geheimnis verraten, verlieren Sie das Stadthaus, genauso wie ich alles verlieren würde. Also rate ich Ihnen zu schweigen, so wie ich schweigen werde.«

Mrs Moryn sah Daphne verbissen an, ohne ein Wort zu sagen. Eine Weile lang schien sie zu versuchen zu verstehen, was das alles zu bedeuten hatte. Schließlich fragte sie: »Wo ist Mr Harper?«

»Tot«, erklärte Daphne mit trockener Stimme. Dann deutete sie auf die rostbraunen Flecken auf ihrer Kleidung. »Das hier ist sein Blut.«

Mrs Moryn schlug entsetzt die Hand vor den Mund. Ein Schluchzen entwich ihr. Dann stammelte sie: »Ich habe es gewusst. Ich habe es ihm gesagt, irgendwann wird es so enden.«

Plötzlich bekam Daphne Mitleid mit der Frau. In etwas weicherem Ton sagte sie: »Ich wollte nicht, dass es so kommt. Aber ich musste mich verteidigen, und wenn ich könnte, würde ich ihn wieder lebendig machen. Er ist ins Meer gestürzt, es besteht keine Hoffnung mehr.«

Die Haushälterin verbarg ihr Gesicht in den Händen und weinte.

Als Harriet kam, bat Daphne sie, sich um die Frau zu kümmern. »Sie wird uns morgen verlassen. Bitte helfen Sie ihr beim Packen.«

Dann schickte sie nach einem der Stubenmädchen, damit sie ihr ausnahmsweise beim Umkleiden half, da Harriet nicht von Mrs Moryns Seite weichen sollte. Das tat Daphne nicht nur, um die trauernde Frau zu unterstützen, sondern weil sie ihr trotz allem nicht traute.

Erst als die Mietdroschke Mrs Moryn am nächsten Morgen abgeholt hatte, atmete Daphne erleichtert auf.

»Ich verstehe das nicht.« Frederic trat neben ihr ans Fenster, von wo aus sie die Abfahrt beobachtet hatte. »Warum ist Mrs Moryn so plötzlich abgereist, und wo ist Mr Harper?«

»Sie hat wohl geerbt«, seufzte Daphne. »Und sie hatte es eilig, nach London zu kommen, um das Erbe anzutreten. Wo Mr Harper so plötzlich geblieben ist, weiß ich auch nicht.« Daphne tat es weh, ihren Mann anlügen zu müssen, aber sie wusste, dass die Wahrheit Frederic krank machen würde.

In den nächsten Tagen trafen die Dienstboten ein, von denen Mr Harper vor seinem Tod gesprochen hatte. Daphne gelang es, Frederic davon zu überzeugen, dass diese Personalaufstockung nichts Sonderbares an sich hatte, sondern einzig der besseren Haushaltsführung diente. Sie waren nun gut aufgestellt, was Haus-, Stuben- und Küchenmädchen anging, und hatten genug Diener, zwei Butler und einen Koch, dazu ja auch noch die alte Köchin. Daphne und Frederic hatten Angst, einen neuen Verwalter einzustellen, weil sie befürchteten, er könne auf Aufzeichnungen stoßen, die Lady Charlottes falsche Identität aufdecken könnten. Daher arbeitete Frederic sich selbst in das Thema ein und hatte bald einen guten Überblick über das Anwesen, die Pächter und die ausstehenden Zahlungen. Natürlich fielen ihm die Unregelmäßigkeiten auf, die während Mr Harpers Anwesenheit aufgetreten waren. Diese Betrügereien waren für Frederic die Erklärung dafür, dass der Verwalter so plötzlich verschwunden war. Er ging davon aus, dass Mr Harper noch lebte und irgendwo mit dem ergaunerten Geld ein zufriedenes Dasein führte.

Daphne kümmerte sich währenddessen um den Haushalt, den sie gemeinsam mit der neuen Haushälterin führte. Frederics Schwindsucht brach nie wieder aus, obwohl er ein Leben lang kränklich blieb. Sieben Monate nach ihrer Hochzeit wurde Daphnes und Frederics erster Sohn geboren, dem noch zwei weitere Kinder folgen sollten. Daphnes Herz war von

Liebe erfüllt, aber sie trug die Erinnerungen an den Tod von Lady Charlotte und Mr Harper ein Leben lang bei sich. Ihren Mann ließ sie immer in dem Glauben, dass er als Hausherr für die Sicherheit der Familie zuständig war, obwohl sie es besser wusste. Wenn sie an jenem Tag auf der Landzunge nicht wie eine Löwin um ihr und Frederics Leben sowie das ihres ungeborenen Kindes gekämpft hätte, würde es sie beide und auch ihre drei zauberhaften Nachkommen heute nicht geben.

Frederic starb in seinem sechzigsten Lebensjahr, Daphne verbrachte danach noch fast zwanzig Jahre allein. Als sie spürte, dass auch ihre Zeit bald gekommen war, hatte sie den Wunsch, ihr Gewissen zu erleichtern. Sie rief ihre beiden Kinder zusammen – ihre Tochter Francesca war mit neunzehn Jahren an einer Lungenentzündung gestorben – und erzählte ihnen die ganze Geschichte. Sie ließ weder den Betrug um ihre falsche Identität noch den Selbstmord ihrer Freundin Lady Charlotte aus und auch nicht die Erpressung durch Mr Harper und Mrs Moryn, die mit dem Tod des Verwalters und der Schenkung ihres Stadthauses in London an Mrs Moryn endete. Tatsächlich hatte Daphne nie wieder etwas von Mrs Moryn gehört, und es hatte auch kein Mensch je Zweifel an ihrer Identität als Lady Charlotte gehegt.

»Ich überlasse es euch, wie ihr mit der Wahrheit umgeht«, schloss sie ihren Bericht und warnte ihre Kinder, die beide ebenfalls schon in vorgerücktem Alter, verheiratet und Eltern waren: »Aber vergesst nie, dass es ein Teil von euch ist. In euch allen steckt der Kern der Wahrheit. Schreibt sie niemals auf, denn wenn diese Aufzeichnungen in die falschen Hände gerieten, könntet ihr selbst Opfer von Erpressung und Habgier werden. Erzählt diese Geschichte deshalb auch niemandem außerhalb der Familie, sondern gebt sie immer erst auf eurem Sterbebett an eure Kinder weiter. Sie sollen wissen, wer sie ursprünglich sind, sich jedoch nicht angreifbar machen und ihr Leben bis zum Tag der Wahrheit, an dem sie die Geschichte über Daphne und Lady Charlotte erfahren, unbeschwert genießen.«

# FÜNFZEHNTES KAPITEL

*Nordwales, Mai, Gegenwart*

Sophia hatte die Hände im Schoß gefaltet und sah nun alle am Tisch mit gesenktem Kopf an. »Und das ist das Geheimnis unserer Familie. Wir sind keine Nachkommen des Earls of Nefyn, wir haben diese Rolle nur angenommen. Und um das unbehelligt tun zu können, sind wir sogar über Leichen gegangen.«

Eine Weile schwiegen sie. Dann räusperte sich Spring und sagte: »Aber Daphne hat Mr Harper nicht getötet. Es war Notwehr. Er hat sie in eine Falle gelockt und sie wäre fast gestorben.«

»Spring hat recht.« Ethan drückte ihre Hand, die er die ganze Zeit, während Sophia erzählt hatte, gehalten hatte. »Ich fände es bei Weitem schlimmer, wenn wir von Mr Harper und dieser Mrs Moryn abstammen würden. Ehrlich gesagt, habe ich das zwischendurch sogar mal befürchtet.«

»Daphne hätte aber auch mit offenen Karten spielen und Mr Harper offiziell für tot erklären können«, gab Summer zu bedenken. Sie drehte ihr Wasserglas, das vor ihr auf dem Tisch stand, hin und her.

»Aber wem hätte das etwas gebracht?« Spring lehnte sich zurück. »Und letztlich ist es auch egal. Er war ein Verbrecher, und ich bin froh, dass Daphne und Frederic in Ruhe leben konnten.«

Summer nickte. »Und doch haben sie sich eine Abstammung angeeignet, die nicht ihre war. Daphne hat ihre Kinder zwar an ihrem Sterbebett eingeweiht, aber sie haben dieses

Versteckspiel ja bis heute weitergeführt. Die Familie Fowler hat über Jahrhunderte einen adligen Stammbaum vorgetäuscht, durch den sie gesellschaftliche und vielleicht sogar finanzielle Vorteile hatte.« Summer wandte sich direkt an Ethan. »Du hast doch selbst gesagt, dass ihr es auch heute noch zu spüren bekämt, wenn plötzlich bekannt würde, dass das Blut der Earls of Nefyn nicht durch eure Adern fließt – ihr würdet von bestimmten gesellschaftlichen Ereignissen möglicherweise ausgeschlossen werden.«

»Richtig. Diese Vorteile haben meine Vorfahren bewusst genutzt«, sagte Ethan. »Aber es ist höchste Zeit, dass die Wahrheit endlich bekannt wird. Ich will keine adlige Abstammung und auch keinen Besitz erben, der mir nicht zusteht. Ich finde, wir müssen allen sagen, wer wir wirklich sind.«

»Warte!« Sophia hob die Hand. »Ich hoffe, euch ist klar, dass ihr euch dadurch in Gefahr begebt.«

Einen Moment lang sahen alle Sophia fragend an. Doch dann begriff Spring, was ihre Freundin ihnen mitteilen wollte.

»Sie meinen, wegen Monica«, murmelte sie. »Sie war es, die Ihren Mann getötet hat, nicht wahr, Sophia? Wollte John das Geheimnis damals verraten?«

Sophia schüttelte den Kopf. »Um Himmels willen, nein! John hätte alles dafür gegeben, dass es für immer gewahrt blieb. Er wollte sogar mit der Tradition brechen und Thomas die Ereignisse der Vergangenheit verheimlichen. Wenn Monica diesen Brief nicht gefunden hätte, dann hätte nach uns wohl nie jemand mehr davon erfahren.«

»Was ist damals geschehen?«, fragte Ethan seine Großmutter.

»Ich weiß es nicht.« Sophia sackte in sich zusammen. »Ich habe in dieser unglückseligen Nacht geschlafen und bin von einem Geräusch wach geworden. Johns Bett war leer, und ich hatte sofort ein ungutes Gefühl. Als ich nach unten kam, um nachzusehen, ob alles in Ordnung war, brachten Thomas und Monica seinen leblosen Körper gerade in die Eingangshalle und legten ihn an den Fuß der Treppe. Thomas sagte immer wieder: *Das habe ich nicht gewollt.* Erst später erfuhr ich von Monica, dass John angeblich im Ballsaal von der Galerie gestürzt war. Doktor Peterman traf kurz darauf ein, und die beiden machten ihm weis, dass es ein Unfall gewesen war.« Sophias Augen füllten sich mit Tränen. »Monica hat mich wenig später gezwungen, nach London zu gehen, damit sie die alleinige Herrin von Daffodil Castle werden konnte. Wenn ich mich widersetzt hätte, wäre sie zur Polizei gegangen. Dann wäre alles bekannt geworden, unser Familiengeheimnis und wer wir in Wirklichkeit sind. Aber auch, dass Thomas seinen eigenen Vater umgebracht hat. Er ist mein Sohn, natürlich habe ich sein Leben geschützt.« Sophias Stimme war immer leiser geworden. Tränen liefen über ihre Wangen und sammelten sich in dicken Tropfen an ihrem Kinn.

»Dann hat Dad ihn tatsächlich umgebracht?«, fragte Ethan mit tonloser Stimme.

Sophia nickte zögernd. »Ich gehe davon aus.«

»Oh Sophia!« Spring schlug die Hand vor den Mund und legte einen Arm um die Schultern ihrer Freundin. »Wie furchtbar. Am Ende waren Sie in Ihrer Trauer um Ihren Mann ganz allein, wurden aus Ihrem Haus verbannt und mussten Ihren Sohn verlassen. Und das bis heute. Es tut mir wahnsinnig leid.«

Ethan ließ Springs Hand los, stand wortlos auf und stürzte hinaus in den Garten. Spring konnte nur erahnen, wie erschüttert er war. Wenig später folgte sie ihm.

Er saß auf einem zierlichen Gartenstuhl aus weißem, verschnörkeltem Metall und starrte auf die Kieselsteine zu seinen Füßen.

Spring setzte sich stumm neben ihn.

Irgendwann sah er auf. In seinen Augen lag ein gequälter, zutiefst verzweifelter Ausdruck. »Es ist einfach unfassbar, wie schrecklich das alles ist. Diese Frau hat meinen Vater und Sophia erpresst, um in unsere Familie einzuheiraten. Aber was immer in dieser Nacht im Ballsaal geschehen ist, es muss ein Unfall gewesen sein. Mein Vater würde niemals einen Menschen töten, und erst recht nicht seinen eigenen Vater.«

»Was hast du jetzt vor?«, fragte Spring. »Wirst du ihn zur Rede stellen?«

Ethan seufzte und stand auf. »Ja, das werde ich. Ich muss wissen, was damals passiert ist. Ich bin nicht sicher, ob ich die Kraft hätte, ihn anzuzeigen, aber ich will die Wahrheit wissen. In dieser Familie gibt es viel zu viele Lügen – sie scheinen eine jahrhundertealte Tradition zu sein. Höchste Zeit, dass endlich damit Schluss ist.«

Spring zog ihn an sich und hielt ihn einen Moment lang fest. »Wir müssen beide lernen, unseren Eltern zu verzeihen. Ob wir das jemals schaffen, weiß ich nicht.«

Ethan schmiegte sich in Springs Umarmung. »Wenn ich Klarheit darüber hätte, was in dieser Nacht geschehen ist, wäre ich schon ein gutes Stück weiter.«

Wenig später kehrten die beiden in Summers Cottage zurück. Als sie wieder im Wohnraum standen, saß Sophia noch immer mit tränennassen Wangen am Tisch. Summer stellte gerade eine Tasse Tee vor sie hin. Unwillkürlich tat Spring die alte Dame unendlich leid. Was hatte sie nur angerichtet, indem sie Sophia dazu überredet hatte, mit ihr nach Nordwales zu fahren! Wäre es nicht besser gewesen, wenn all das für immer im Verborgenen geblieben wäre? All der Schmerz, der jetzt wieder hochgekommen war, die Erinnerungen – hätte sie ihrer Freundin das nicht besser erspart?

Ethan nahm neben seiner Großmutter Platz und griff nach

ihrer Hand. »Grandma, ich danke dir für deine Ehrlichkeit. Du bist die Erste in dieser Familie, die sich getraut hat, die Wahrheit zu sagen. Es ist unfassbar, was meine Eltern dir angetan haben. Ich verspreche dir, ich werde einen besseren Weg finden, mit diesem Betrug umzugehen, als nur weiter zu schweigen.«

»In dieser Sache haben wir uns alle schuldig gemacht«, warf Sophia ein. »Jeder von uns hätte die Wahrheit sagen können.« Sie atmete tief durch und trank dann einen Schluck Tee.

»Was würde passieren, wenn du die ganze Sache öffentlich machen würdest?«, wandte sich Spring nun an Ethan. »Müsstet ihr dann das Schloss aufgeben?«

»Vermutlich nicht.« Ethan zuckte mit den Schultern. »Denn es gibt ja keinen schriftlichen Nachweis für den Betrug. Außer vielleicht diesen alten Brief, und ob der ausreicht, um solche Prozesse in Gang zu setzen, ist fraglich. Aber soweit ich das verstanden habe, ist auch der längst vernichtet.«

Spring nickte nachdenklich. »Dann geht es also hauptsächlich darum, dass euer Ruf geschädigt werden könnte. Es geht um euer gesellschaftliches Ansehen und … den Mord.«

»Oder den Unfall. Ich kann einfach nicht glauben, dass Dad seinen Vater umgebracht hat.« Ethan wandte sich wieder an Sophia. »Deshalb bist du nach London gegangen. Und Dad hat sich nicht einmal darum gekümmert, dass du angemessen versorgt bist.« Er stieß ein bitteres Lachen aus und stand auf, um ans Fenster zu gehen. Draußen hatte es zu dämmern begonnen.

»Da muss ich Ethan recht geben«, sagte Spring. »Er hätte doch wenigstens mehr Geld schicken können.«

»Ich denke, dass Monica das verhindert hat.« Sophia seufzte. »Außerdem habe ich ihn nie darum gebeten, schließlich hatte ich auch meinen Stolz. Und am Ende war es für ihn wohl einfacher, mich zu vergessen und das alles zu verdrängen. Vielleicht hat das sein schlechtes Gewissen beruhigt.«

»Was für ein Skandal.« Ethan drehte sich vom Fenster wieder zu ihnen um. »Es ist … unmenschlich und grausam. Morgen werde ich meine Eltern zur Rede stellen. Es wird Zeit, dass wir endlich die Wahrheit über den Tod unseres Großvaters erfahren.«

Wenig später verabschiedeten sich Spring und Ethan von Summer und Sophia und machten sich auf den Weg nach Daffodil Castle. Spring hatte Ethan angeboten, in Bangor zu bleiben, damit er in Ruhe mit seinen Eltern sprechen konnte, aber er hatte sie gebeten, ihn zu begleiten. Spring spürte, wie wichtig ihm ihr Beistand war, und es war selbstverständlich, dass sie ihm half.

Als sie das Schloss erreichten, war es mitten in der Nacht. Die Umrisse des Anwesens erhoben sich wie eine Felswand über ihnen. Zum ersten Mal kam Spring das Gebäude bedrohlich vor, jetzt, da sie die tragische Geschichte von Daphne und Frederic kannte und von Mr Fowlers brutalem Tod und den skrupellosen Betrügern Mr Harper und Mrs Moryn erfahren hatte. Sie dachte an den Tod von Sophias Mann vor dreißig Jahren. Was wohl in jener Nacht hier geschehen war, als John ums Leben kam?

Als sie in die Eingangshalle traten, war alles still. Niemand schien sie zu bemerken. Ihre Schritte hallten durch die Flure, und sie stiegen müde die Treppe hinauf. Oben blieben sie erschrocken stehen, denn Monica stand mit unbeweglicher Miene am Treppenabsatz, die Haare wie immer zu einem strengen Haarknoten gesteckt, das Gesicht perfekt geschminkt. Sie trug ein elegantes pinkes Kostüm mit dazu passender Handtasche.

»Mom!«, sagte Ethan verwirrt. »Was tust du hier? Es ist spät.«

»Man wird sich in seinem eigenen Haus doch frei bewegen

dürfen.« Sie hob eine Augenbraue. »Und? Kennt ihr jetzt die ganze Geschichte?«

»Ja.« Ethan seufzte. »Allerdings.«

Monica stieß einen abfälligen Laut aus.

»Aber lass uns morgen darüber sprechen, wir sind müde.« Ethan versuchte, sich an seiner Mutter vorbeizudrängen, doch sie stellte sich ihm in den Weg. In genervtem Ton fuhr er fort: »Würdest du uns bitte zu Bett gehen lassen?«

»Erst wenn ich weiß, was du vorhast.« Monica wirkte unerbittlich.

Spring überlief eine Gänsehaut, als sie ihre eiskalte Miene sah.

Ethan stöhnte wütend auf. »Ich werde genau das tun, was schon vor einhundertfünfzig Jahren nötig gewesen wäre: die Wahrheit sagen.«

»Nein!« Monica riss die Augen weit auf. Dann schloss sie sie für einen Moment. »Also gut. Ich verstehe. Das hatte ich schon befürchtet. Kommt bitte mit.« Sie ging an ihnen vorbei die Treppe hinunter.

Ethan und Spring wechselten einen irritierten Blick.

»Nein«, sagte er mit fester Stimme. »Es wird Zeit, dass dich endlich jemand aufhält. Für Dad und Grandma mag dieses Familiengeheimnis schützenswert gewesen sein, aber für mich zählt ein Menschenleben mehr als das Ansehen und der gesellschaftliche Stand unserer Familie.«

Spring lächelte ihn an.

»Dann lasst ihr mir keine andere Wahl«, sagte Monica, während sie einen länglichen Gegenstand von einer Truhe nahm, die in dem dunklen Korridor stand.

Im ersten Moment dachte Spring, es handle sich um einen Golfschläger, doch dann sog sie erschrocken die Luft ein, als sie ein Jagdgewehr auf sich gerichtet sah.

»Mum!«, rief Ethan entsetzt. »Das kann unmöglich dein Ernst sein? Du willst uns erschießen?«

»Nicht, wenn es sich vermeiden lässt«, erwiderte sie mit kalter Stimme. »Ich fände es weitaus eleganter, wenn wir uns auf andere Weise einigen könnten. Aber das kommt ganz auf eure Bereitschaft zur Zusammenarbeit an.«

»Was? Ich verstehe dich nicht …« Ethan sah seine Mutter fassungslos an.

Springs Herz raste, ihre Gedanken überschlugen sich. Natürlich wollte Monica sie nicht erschießen. Ihr Tod sollte nach einem Unfall aussehen, und ein Schuss aus Monicas Waffe passte nicht in diese Inszenierung.

»Ihr kennt nun Daphnes Geschichte«, sagte Monica und trieb sie mit dem Gewehr die Treppe hinunter in die Eingangshalle.

Spring warf Ethan einen hilflosen Seitenblick zu.

»Aber dieses Mal werden wir es richtig zu Ende bringen«, erklärte Ethans Mutter. »Na los, raus mit euch. Wir machen einen Spaziergang zum Meer.«

»Sie wollen uns über die Felsen stoßen?«, fragte Spring mit trockenem Mund. »So wie Mr Harper es mit Daphne vorhatte?«

»Nicht euch beide.« Monica lachte. Dann verzog sich ihr Gesicht vor Hass, während sie Spring mit schmalen Augen fixierte. »Ich lasse nicht zu, dass du unsere Familie in Verruf bringst. Aber ich will meinen Sohn nicht opfern. Ethan selbst soll dich die Klippen hinunterstürzen, denn nur so kann ich sicher sein, dass er nie zur Polizei gehen wird.«

»Ich werde Spring nicht töten!«, rief Ethan entsetzt.

»Dann werde ich wohl auch dich umbringen müssen«, sagte seine Mutter mit kalter Stimme.

Spring erkannte die Verzweiflung in Ethans Blick. Sie wusste, dass es nicht allein die Angst um ihr Leben war, die ihn in diesem Moment beunruhigte, sondern die Erkenntnis, dass seine Mutter nicht mehr zurechnungsfähig war. Sie hatte sich in etwas hineingesteigert, das sie selbst nicht beherrschen konnte. Sie handelte in einem krankhaften Wahn.

In diesem Moment spürte Spring Monicas Schlag im Rücken und konnte sich gerade noch am Geländer festhalten.

»Los!«, sagte Monica mit schneidender Stimme.

Spring setzte zitternd einen Fuß vor den anderen, während sie sich am Geländer festklammerte. Ethan war dicht hinter ihr. Als sie endlich unten in der Halle angekommen waren, deutete Monica auf die Eingangstür.

Spring und Ethan gingen zögerlich darauf zu. Plötzlich hielt Spring inne und drehte sich zu Monica um. Diese Frau war buchstäblich über Leichen gegangen. Sie hatte Sophia erpresst und ihr damit gedroht, Sophias Sohn an die Polizei auszuliefern. Aber niemand außer Thomas und Monica waren damals dabei gewesen, als John Fowler starb. Könnte nicht auch Monica dafür verantwortlich gewesen sein?

»Sie waren es, nicht wahr?«, sagte Spring. »Sie haben Ethans Großvater über die Balustrade im Ballsaal gestoßen, oder?«

»Das geht dich, verdammt noch mal, nichts an!«, schnauzte Monica und holte aus.

Der Schlag traf Spring hart auf die Wange. Sie strauchelte und stieß gegen die Tür.

»Warum?«, fragte Spring, sobald sie sich wieder gefangen hatte, und ihre Stimme hörte sich seltsam schrill an. »Warum haben Sie ihn umgebracht? Und wie viele wollen Sie noch ermorden? Nicht Thomas hat seinen Vater von der Galerie gestoßen, Sie waren es!«

»So ein Unsinn!« Mrs Fowler sah Spring mit wutverzerrtem Gesicht an. »Woher weißt du kleines Miststück davon?«

»Das tut nichts zur Sache«, erwiderte Spring. Das Herz

schlug ihr bis zum Hals. Diese Frau war offensichtlich wahnsinnig. Sie hatte vor dreißig Jahren damit begonnen, diese Familie zu erpressen, und wenn Spring ihr heute in die Quere käme, würde sie ebenfalls skrupellos handeln.

»Natürlich.« Ethans Mutter klang eiskalt. Sie stand in der Eingangshalle neben der Haustür und richtete das Gewehr auf Spring.

»Mum!«, rief Ethan entsetzt. »Was hast du vor?«

»Ich werde unsere Familie retten«, erklärte seine Mutter nüchtern. Sie deutete mit der Waffe in Richtung Tür. »Na los, raus mit euch.«

»Mum, bitte!«, rief Ethan verzweifelt. »Sei vernünftig und lass uns gehen.«

»Misch dich nicht ein.« Mit dem Gewehr in der Hand kam sie auf Spring zu. Ihr Gesicht war eine hässliche wütende Fratze. »Ich muss dafür sorgen, dass unser Geheimnis gewahrt bleibt. Aber es muss wie ein Unfall aussehen …« Sie holte noch einmal aus und zog Spring mit voller Wucht das Gewehr über den Kopf.

Spring strauchelte erneut. Lichter explodierten in ihrem Kopf, in der Ferne hörte sie Ethan brüllen.

Ein ohrenbetäubender Knall zerriss die Luft. Glas splitterte. Spring fuhr zusammen. Kampfgeräusche und ein unterdrücktes Stöhnen waren zu hören.

Spring sah sich panisch um. In ihren Ohren ertönte ein helles Piepen. »Ethan?«

In der nächsten Sekunde sah sie ihn und seine Mutter auf dem Boden der Eingangshalle miteinander ringen. Er musste sich auf sie geworfen haben, genau in dem Moment, in dem Monica abgedrückt hatte. Der Schuss war statt in Springs Herz durch eine der alten Fensterscheiben gegangen, und das Gewehr war Monica aus der Hand gefallen. Sie streckte sich danach, während Ethan versuchte, seine Mutter festzuhalten. Mit einem gewaltigen Satz stürzte Spring sich auf die Waffe und hechtete dann zurück, möglichst weit von Monica entfernt.

»Aufhören, alle beide!«, schallte die Stimme von Thomas Fowler durch den Raum.

Spring sah erschrocken zur Treppe, während Monica und Ethan innehielten. Auf den Stufen stand Thomas, in der Hand einen Revolver, vermutlich aus einer der vielen Waffensammlungen des Schlosses.

»Oh, Gott sei Dank!«, schrie Monica hysterisch und wand sich aus Ethans Umklammerung. Sie rappelte sich auf und deutete auf Spring. »Erschieß sie. Sie weiß alles und wird uns vernichten. Ich wollte sie eigentlich ins Meer werfen …«

»Nein, Monica«, sagte Thomas in diesem Moment mit ruhiger Stimme. »Jetzt ist es genug. Du hast mich viel zu lange erpresst. Ich werde nicht dabei zusehen, wie du auch noch das Leben meines Sohnes zerstörst.«

Erleichterung durchflutete Spring. Und Ethan, der noch immer am Boden kauerte, sackte wie befreit in sich zusammen.

»Ich werde mich der Polizei stellen und genau erzählen, was in der Nacht, in der mein Vater gestorben ist, geschehen ist.« Thomas ging langsam die Treppe hinunter auf Ethan zu. »Es tut mir alles so wahnsinnig leid. Ich hätte dir schon viel früher die Wahrheit sagen sollen.«

Ethan stand mühsam auf. Plötzlich schien ihn alle Kraft verlassen zu haben. Er schleppte sich zu Spring und drückte sie an sich. Mechanisch streichelte er immer wieder über ihren Rücken.

»Ihr müsst euch irgendwo hinsetzen. Ihr zwei zittert ja fürchterlich. Lasst uns in die Bibliothek gehen.« Thomas bedeutete seiner Frau mitzukommen.

Als sie wenig später dort auf einem alten Ledersofa saßen – Spring und Ethan dicht beieinander, Thomas, den Revolver auf Monica gerichtet, und Monica in einem Sessel etwas abseits –, kam es Spring so vor, als sei alles nur ein böser Traum gewesen. Der Geruch der alten Bücher lag in der Luft, die Wandlampen verbreiteten einen sanften Schimmer, und Ethans Wärme ließ sie endlich mit dem Zittern aufhören.

»Also, was ist damals geschehen, als mein Großvater starb?«, fragte Ethan und sah seinen Vater mit zusammengezogenen Augenbrauen an.

»Es war ein Unfall.« Thomas warf Monica einen kurzen Blick zu. »An jenem Abend habe ich meinem Vater von unseren Hochzeitsplänen erzählt. Er wusste bis dahin nichts von der Erpressung, ich wollte ihn nicht beunruhigen. Als er jedoch Zweifel an unserer Heirat äußerte, hat Monica ihn mit dem Brief konfrontiert und damit gedroht, das Familiengeheimnis öffentlich zu machen. Durch dieses Schreiben wusste sie, dass wir nicht vom Earl of Nefyn abstammen, sondern von einer einfachen Krankenpflegerin. Daraufhin hat mein Vater versucht, ihr den Brief aus der Hand zu reißen, und Monica ist damit weggelaufen. Wir sind ihr beide gefolgt und irgendwie im Ballsaal auf der Galerie gelandet. Es kam zu einer Rangelei, und mein Vater ist über die Balustrade gestürzt.«

Thomas schloss eine Sekunde lang die Augen, als wollte er die schrecklichen Erinnerungen vertreiben. »Es war ein Unfall, aber deine Mutter hat ihn benutzt, um uns ein weiteres Mal unter Druck zu setzen. Sie drohte damit, vor der Polizei auszusagen, dass ich meinen Vater hinuntergestoßen hätte, um schneller an mein Erbe zu gelangen.«

»Dann hast du deinen Vater also wirklich nicht ermordet?«, fragte Ethan, und Spring konnte die Erleichterung in seiner Stimme hören.

»Nur, wie hätte ich das beweisen können? Niemand wusste, wie ein Prozess ausgehen würde. Aus diesem Grund haben deine Großmutter und ich beschlossen, bei Monicas Spiel mitzuspielen, um den Ruf unserer Familie zu schützen.« Thomas hatte sich auf dem Sofa zurückgelehnt, die Waffe hielt er im Schoß in seinen Händen. Er schüttelte den Kopf, während er mit leiser Stimme weitersprach. »Aber jetzt nimmt das Ganze Ausmaße an, die ich nicht mehr kontrollieren kann. Als deine Großmutter am Samstagmorgen plötzlich in der Halle vor mir stand, ahnte ich, dass das der Anfang vom Ende sein würde.«

Ethan holte tief Luft. Sein Blick wanderte von seinem Vater zu seiner Mutter.

»Du hast mich belogen und Vater erpresst«, sagte Ethan verächtlich zu seiner Mutter. »Wie konntest du all die Jahre so leben?«

Monica sah ihn mit einem geradezu liebevollen Ausdruck an. »Ich hätte schon als junges Mädchen alles dafür gegeben, in die einflussreichen Kreise der Gesellschaft aufgenommen zu werden. Damals zog ich die Blicke der Männer auf mich, ich hatte Affären und auch den ein oder anderen reichen Freund, aber wenn es ums Heiraten ging, haben sie andere Frauen vorgezogen. Mädchen, die aus besseren Familien stammten, die eine bessere Ausbildung hatten. Ich war nur eine Waise, die von der Güte anderer lebte. Aber dann habe ich diesen Brief gefunden. Ich bin nach Wales gefahren und habe mich nach den Fowlers erkundigt. Und bald wurde mir klar, dass sie seit dem neunzehnten Jahrhundert mit diesem unfassbaren Geheimnis lebten.«

»Ich verstehe.« Ethan fuhr sich mit der Hand übers Gesicht. »Und du bist nicht davor zurückgeschreckt, diese Familie zu erpressen.«

Seine Mutter zuckte mit den Schultern. »Ich war euch immer eine gute Mutter und habe mich für euch aufgeopfert. Und ich war auch für Thomas die perfekte Frau.«

Ethans Vater schüttelte resigniert den Kopf. »Ich hätte damals schon den Mut haben sollen, zu unserer Vergangenheit zu stehen. Aber ja, du hast mich anfangs mit deiner Schönheit betört. Ich muss gestehen, dass ich auch ohne deine Erpressung bereit gewesen wäre, dich zu heiraten – obwohl ich eigentlich in Bernice verliebt war. Doch dann, als du mich mit dem Unfall meines Vaters unter Druck gesetzt hast, fing ich an, dich zu hassen. Aber zu diesem Zeitpunkt hattest du mich schon in der Hand. Ich hatte Angst, ich war immer schon ein Feigling gewesen.«

Monica schwieg.

»Hast du auch dafür gesorgt, dass das Bild meiner Großmutter aus der Ahnengalerie entfernt wurde?«, fragte Ethan seine Mutter.

»Nein, das war ich«, sagte Thomas mit leiser Stimme. »Ich konnte es nicht ertragen, sie anzusehen. Meinetwegen war sie nach London verbannt worden, ich konnte nicht an sie denken, ohne vor Schuldgefühlen zu vergehen. Es tut mir unendlich leid.«

»Aus diesem Grund haben Sie Sophia auch nie mehr Geld überwiesen?«, fragte Spring, die allmählich begriff, wie kompliziert das Geflecht aus Erpressung, Schuldgefühlen und Reue gewesen sein musste.

Thomas nickte. »Ich wollte meine Mutter vergessen. Ich habe mir eingeredet, sie käme ganz wunderbar in London zurecht. Die monatlichen Überweisungen waren schon fast mehr, als ich ertragen konnte.«

»Haben Sie eigentlich eine Vorstellung davon, unter welchen Bedingungen Ihre Mutter die ganze Zeit gelebt hat? Sie hatte kaum Geld, lebte von Sonderangeboten und musste ihre

Wäsche im Waschsalon waschen, während Sie Millionen auf dem Konto haben und in einem verdammten Schloss leben«, sagte Spring wütend und rückte auf die Sofakante vor. »Sie sind wirklich ein jämmerliches Würstchen.« Erschrocken über ihre eigenen Worte, hielt sie die Luft an. Es war vermutlich nicht gerade schlau, einen Mann zu beleidigen, der eine geladene Pistole in der Hand hielt.

»Es tut mir so leid«, flüsterte Thomas. »Ich werde versuchen, alles wiedergutzumachen. Das Haus hier soll künftig wieder ihr gehören.«

Spring hörte, wie Monica scharf die Luft einsog.

»Und was hast du mit … Mum vor?«, fragte Ethan.

Thomas sah seine Frau einen Moment lang an. »Ich muss mich meinen Fehlern stellen. In den letzten Jahren habe ich mich in meine Arbeit geflüchtet und dich hier auf Daffodil machen lassen, was du wolltest. Ich habe geglaubt, mich für den Ruf meiner Familie opfern zu müssen, aber jetzt begreife ich, wie falsch das war. Ja, es war von Anfang an falsch, mich erpressen zu lassen, und es wird Zeit, das falsche Spiel zu beenden.« Er stand auf und ging zum Telefon hinüber. Während er eine Nummer eintippte, erhob sich Monica alarmiert.

Thomas warf ihr einen Blick zu, der sie versteinern ließ.

»Hallo?«, sagte er, ohne seine Frau aus den Augen zu lassen. »Polizei? Ich muss einen Mordversuch melden. Ja, bitte kommen Sie her. Daffodil Castle.«

»Nein«, flüsterte Monica entsetzt und fasste sich mit der Hand an die Kehle. »Denk an den Skandal!«

Es wurde spät in dieser Nacht, während sie alle zum Polizeirevier gebracht wurden und getrennt voneinander die Geschehnisse des Abends schildern mussten. Als Thomas, Spring und Ethan endlich wieder nach Hause fuhren, zeigte sich bereits ein heller Streifen am Horizont. Müde und aufgewühlt zugleich legten sie sich eng umschlungen in Ethans Bett. Irgendwann hörte Spring Ethans gleichmäßige Atemzüge, und bald darauf schlummerte auch sie ein.

Als Spring erwachte, war das Bett neben ihr leer. Langsam kehrten die Erinnerungen zurück. Sie fühlte sich vollkommen ausgelaugt und kraftlos. Mühsam tastete sie sich in den Vorraum und rief nach Ethan. Kurz darauf tauchte sein Kopf in der Tür zum Arbeitszimmer auf.

»Ich habe meine Termine heute alle abgesagt«, erklärte er und zog sie in seine Arme. »Es tut mir so leid, was du gestern durchmachen musstest. Wie geht es dir?«

»Mir? Die Frage müsste doch eher an dich gehen. Schließlich hast du deine Mutter gestern auf eine neue und schreckliche Weise kennengelernt.« Spring löste sich von ihm, um ihn anzusehen. »Glaubst du, wir werden das jemals überwinden? Ich meine, die Dinge, die unsere Eltern uns angetan haben?«

Ethan zuckte mit den Schultern. »Wir müssen lernen, ihnen irgendwie zu verzeihen, auch wenn uns das im Moment unvorstellbar erscheint.«

»Ich weiß nicht, wie das gehen soll. Du hast meine Eltern ja erlebt …« Spring seufzte. Dann fiel ihr wieder der gestrige Abend ein. »Auch wenn mir das alles läppisch erscheint im Vergleich zu den Intrigen, die deine Mutter über Jahre hinweg betrieben hat.«

Ethan seufzte. »Es wird eine Weile dauern, bis wir das alles verarbeitet haben. Aber wir müssen nach vorn schauen. Lass uns überlegen, wie unsere Zukunft aussehen soll. Denn bei allem, was in den letzten Tagen geschehen ist, ist mir eins bewusst geworden: Wir können uns unsere Herkunft und unser Schicksal zwar nicht aussuchen, aber wir können beeinflussen, wie wir unser Leben gestalten. Und vor allem – mit wem wir es verbringen wollen.«

Spring dachte über Ethans Worte nach. Die Geschichte von Daphne und Frederic hatte sie gelehrt, dass man sein Glück selbst in die Hand nehmen musste, aber auch dass jedes Glück seinen Preis hatte. Spring und Ethan hatten die Möglichkeit, ohne die Lügen der Vergangenheit neu anzufangen. Plötzlich erschien ihr die Vorstellung, wieder auf die Farm zurückzukehren, um sie zu einer Frühstückspension umzubauen, verheißungsvoll. Sie konnte die Erinnerungen an ihre Kindheit durch neue, schönere ersetzen. Und all das wollte sie gemeinsam mit Ethan tun, ihrer ersten großen Liebe.

Wenig später gingen sie in den Frühstücksraum nach unten. Von Ethans Vater war nichts zu sehen. Spring hatte kaum Appetit, trank aber einen starken Kaffee und zwang sich zu einem Stück Toast. Die meiste Zeit schwiegen sie, auch wenn sich ihre Blicke immer wieder suchten, als wollten sie sich vergewissern, dass es dem anderen gut ging.

»Lass uns zu deiner Schwester fahren«, schlug Ethan nach dem Frühstück vor. »Hier auf Daffodil Castle werde ich verrückt.«

Spring war einverstanden, und als sie das Schloss verließen, fragte sie ihn: »Wirst du dir eine Wohnung suchen und ausziehen?«

Ethan nahm vorsichtig ihre Hand und drehte sich noch einmal zu dem imposanten Gebäude in ihrem Rücken um. »Ich denke schon. Ich werde die schrecklichen Ereignisse hier nie vergessen können.«

Sie stiegen in Ethans Cabriolet und fuhren langsam die Auffahrt hinunter.

»Willst du hier in Wales bleiben?«, fragte Spring. »Oder gehst du wieder nach London?«

Ethan bremste mitten auf der schmalen Straße. Dann drehte er sich zu Spring. »Ich habe jedes Wort ernst gemeint, das ich gesagt habe. Ich möchte dort leben, wo du bist. Es ist so viel passiert in den letzten Tagen, was uns beide verbindet. Mein Leben ist zusammengebrochen, ich werde ganz neu anfangen müssen. Und das möchte ich mit dir gemeinsam tun. Spring Season, willst du meine Frau werden?«

Spring starrte Ethan erschrocken an. Dann musste sie unwillkürlich lachen. »Wir kennen uns doch kaum noch. Du weißt gar nicht, wer ich bin.«

»Meine Mutter habe ich mein ganzes Leben lang gekannt, aber ich wusste bis heute nicht, wer sie ist. Können wir einen Menschen jemals wirklich kennen?« Er blickte ihr tief in die Augen.

Spring spürte ein Kribbeln im Bauch. »Nein, du hast recht. Wir können nur lernen, einander zu vertrauen – obwohl wir beide auf übelste Weise enttäuscht worden sind. Aber ich bin bereit, mich auf dieses Wagnis einzulassen. Ja, lass uns heiraten.«

»Wirklich?« Er sah sie ungläubig an. Dann legte sich ein Lächeln auf seine Lippen. Hinter ihnen tauchte ein Auto auf, das ungeduldig hupte. »Ich liebe dich.«

Und dann beugten sie sich zueinander und küssten sich. Das laute Hupen hinter ihnen klang in Springs Ohren wie ein festliches Trompetenkonzert, das ihnen eine wunderschöne Zukunft versprach.

# EPILOG

*Nordwales, Weihnachten, Gegenwart*

Spring stand neben Ethan und ihren Schwestern in der Kirche und ließ sich von dem feierlichen Gefühl von *O Come, All Ye Faithfull* anstecken, das sie alle aus vollstem Herzen sangen. Beinahe hätte ihr erstes Wiedersehen nach so vielen Jahren nicht stattfinden können, weil heftige Schneefälle die Straßen blockiert hatten und zahlreiche Flüge annulliert worden waren. Umso erleichterter waren Summer und Spring gewesen, als Autumn und Winter sie in der Kirche erwartet hatten. Autumn war heute von einer geheimnisvollen Reise nach Deutschland und Winter von einem ebenso rätselhaften Aufenthalt im Exmoor zurückgekehrt. Dabei war Spring immer davon ausgegangen, Winter wäre in New York, wo sie mit ihrer steilen Karriere als Anwältin beschäftigt war. Sie hatten sich wirklich eine Menge zu erzählen.

Da der Weihnachtsgottesdienst unmittelbar nach ihrer Ankunft begonnen hatte, war keine Zeit für eine Begrüßung gewesen. Aber die Geschwister wechselten immer wieder fragende, neugierige Blicke, und Spring ging das Herz auf, als sie auf den Gesichtern ihrer drei Schwestern das gleiche Glück zu erkennen glaubte, das sie tief in sich verspürte. Alle drei waren in Begleitung von Männern gekommen, die Spring nicht kannte, die ihnen aber zugeneigt schienen.

Spring konnte manchmal kaum begreifen, wie sich ihr Leben derart zum Guten hatte wenden können. Liebevoll lächelte sie ihre Freundin Sophia an, die vor ihr in der Bank neben Thomas saß. Monica war inzwischen in Untersuchungshaft, der Prozess gegen sie hatte noch nicht begonnen. Aber wie auch immer er ausgehen würde, Thomas hatte schon deutlich gemacht, dass er die Scheidung einreichen und Monica nicht mehr länger auf Daffodil Castle dulden würde. Neben ihm saß eine Frau, die Spring noch nie gesehen hatte und der Thomas immer wieder zärtliche Blicke zuwarf. Sophia war bei ihm eingezogen und hatte sich unglaublich schnell wieder in ihrem alten Zuhause eingelebt. Sie war überglücklich, ihre Enkel nun täglich zu sehen, und freute sich besonders auf die Hochzeit von Spring und Ethan im Mai.

Die Farm war noch eine riesige Baustelle. Bis das B&B fertig war, würden noch einige Monate verstreichen. Spring und Ethan wohnten vorübergehend auf Daffodil Castle, doch sie sahen sich gerade nach einem eigenen Haus in der Nähe der Farm um. Das Schloss würde im Besitz der Fowlers bleiben, daran hatte es, auch nachdem die Wahrheit ans Licht gekommen war, keinen Zweifel gegeben. Doch Ethan hatte beschlossen, Daffodil Castle an den National Trust zu überschreiben, sollte er das Gebäude eines Tages erben.

Das Lied war verklungen, und der Pfarrer, die Messdiener und der Chor zogen durch den Mittelgang aus der Kirche hinaus.

»Ich freue mich so, euch wiederzusehen«, sagte Winter und umarmte ihre Schwester Spring, während die Besucher des Gottesdienstes an ihnen vorbei zum Ausgang strömten. »Und wer ist dein gutaussehender Freund?« Sie warf einen neugierigen Blick auf Ethan.

»Mein Verlobter«, korrigierte Spring sie lächelnd und deutete auf den Mann, der neben Winter saß. »Aber du hast ja auch einen sympathischen Begleiter mitgebracht.«

»Oh ja.« Winter zwinkerte ihr zu. »Ich muss euch so viel erzählen. Du glaubst gar nicht, was ich alles herausgefunden habe. Über Dad und seine …«

»Wirklich?« Autumn schob sich zwischen Spring und Winter. Auch sie hielt einen jungen Mann an der Hand, der sie zärtlich ansah. »Du hast etwas über Dad herausgefunden?«

Winter nickte. »Ich glaube, ich weiß jetzt, warum er so ist, wie er ist.«

Autumn starrte Winter mit aufgerissenen Augen an. Spring stellte zufrieden fest, dass sie deutlich selbstbewusster wirkte als damals im Mai, als sie sie zum ersten Mal wiedergesehen hatte.

Ihre jüngste Schwester sagte: »Und ich muss euch etwas sehr Wichtiges über Mum erzählen. Ich weiß jetzt, woher sie stammt und wer ihre Familie war. Das erklärt einiges.«

»Dann lasst uns schnell zum Schloss laufen.« Spring hakte sich bei Ethan ein und trat in die Kälte hinaus. »Ich kann es kaum erwarten, eure Geschichten zu hören. Und danach erzähle ich euch die Geschichte von Daffodil Castle und …« Sie hielt erschrocken inne.

Vor ihnen standen Leah und David. Sie lächelten ihre Töchter zaghaft an.

Vor einigen Monaten waren die Season-Eltern in ihr neues Haus in der Nähe der Farm gezogen. Es war klein, aber komfortabel. Ethan hatte ein wunderschönes Cottage für sie gefunden und es renovieren lassen. Leah und David hatten eine Therapie begonnen und das Leben ohne Drogen und Alkohol schien ihnen gut zu bekommen. Aber Spring wusste um die Gefahr eines Rückfalls, weshalb sie immer ein Auge auf ihre Eltern hatte.

»Wir dachten … Also«, begann David unsicher. »Es wäre … Vielleicht können wir …«

»Zusammen Weihnachten feiern?«, fragte Spring.

Ihre Eltern nickten verlegen.

Die vier Schwestern tauschten Blicke. Dann trat Winter vor.

»Ja, das sollten wir tun«, sagte sie energisch. »Ich bin so froh, euch nach all den Jahren wiederzusehen.«

Schließlich umarmten die drei Schwestern der Reihe nach ihre Eltern.

»Könnt ihr uns denn verzeihen?«, fragte David seine Kinder. »Wir wollten doch nur, dass alle glücklich sind.«

»Ich weiß«, seufzte Spring und stellte sich zwischen die beiden. Dann legte sie den linken Arm um ihren Vater und den rechten um ihre Mutter. »Wir verzeihen euch. Und jetzt fahren wir alle nach Daffodil Castle und feiern Weihnachten.«

# DANKSAGUNG

Liebe Ulrike, dieses Buch ist dir gewidmet. Von meinem ersten Roman an begleitest du mich als Lektorin. Ich habe sehr viel von dir gelernt, und du hast immer das Beste aus meinen Texten herausgeholt. Seit ein paar Jahren bist du nun auch meine Agentin, und ich bin dir sehr dankbar für deine großartige Unterstützung.

Die zweite Frau, der ich immer dankbar sein werde, bist du, liebe Hanne Hartmann, die mein Debüt damals entdeckt und mir mit dieser Veröffentlichung die Chance gegeben hat, meinen Traum wahr werden zu lassen.

Außerdem danke ich meinem Mann Dario Weberg. Du unterstützt mich immer, und ich kann mich jederzeit auf dich verlassen. Sonst würde ich niemals so ungestört schreiben können.

Danke auch an meine Freundinnen Marlene Averbeck, Marlies Ferber und Birgit Ebbert, mit denen ich die typischen Autorinnengespräche führen und mich über neue Ideen, Figuren und Themen austauschen kann.

Und vor allem danke ich euch, liebe Lesende, dass mein Buch den Weg zu euch gefunden hat. Ohne euch ginge gar nichts!

Wie immer geht mein größter Dank jedoch an die Geschöpfe, die mein Leben jeden Tag auf so vielfältige Weise bereichern: meine geliebten Vierbeiner Poirot, Hastings, Barnaby, Miss Marple, Humphrey, Reena und Frau Suhrbier.

**LESEPROBE AUS:**

Anna Helford

# SEASON SISTERS

SOMMERSTÜRME

# PROLOG

*Derbyshire, Flitton Court, 23. Januar 1901*

»Sir!«

Arthur Otterburn, der dritte Duke of Butterwood, schrak aus tiefstem Schlaf hoch und blickte in das blasse Gesicht seines Butlers.

»Sir, wir sind ausgeraubt worden!«

»Wie … ausgeraubt?« Arthur richtete sich verschlafen auf und versuchte, die Worte zu verstehen, die nur undeutlich durch seine Müdigkeit drangen. »Sie meinen …?«

»Ja, Eure Lordschaft! Es ist ganz schrecklich, die alten Meister fehlen. Ich weiß nicht, wie das geschehen konnte. Wir sind doch alle im Haus gewesen …« Der Butler rang die Hände. »Erst die Küchenmädchen haben es bemerkt, auf ihrem Weg durchs Haus, als sie die Feuer entzündeten. Aber so ein Diebstahl macht doch Krach! Und die Bilder sind sperrig. Wie haben die Einbrecher sie von hier fortbekommen? Niemand hat Pferde gehört oder …«

»Penny?« Arthur richtete sich auf. Endlich hatten die Worte sein Gehirn erreicht und der Schreck fuhr ihm wie ein Schneesturm durch alle Glieder. »Ist meine Tochter noch in ihrem Bett?«

»Ich … keine Ahnung, Sir.« Der Butler sah ihn verwirrt an.

»Verdammt, Sie Hornochse!« Arthur sprang aus dem Bett, fasste den Diener an den Oberarmen und rüttelte ihn. »Wir müssen nachsehen, ob Penny noch da ist und ob es ihr gut geht.«

»Sir! Sie meinen doch nicht ... Sprechen Sie etwa ... von ...?«, stammelte der Butler.

Arthur ließ den vollkommen eingeschüchterten Mann los und griff nach seinem Morgenmantel. »Wurde bereits nach der Polizei geschickt? Scotland Yard muss gerufen werden, aber zunächst muss ich nach Penny sehen.«

Vor der Tür seines Schlafzimmers hatte sich eine ganze Traube blasser, verschreckter Dienstboten versammelt. Während Arthur in Richtung des Hausflügels lief, in dem die Zimmer seiner Kinder untergebracht waren, folgten ihm die Angestellten in einigem Abstand. Panik stieg in ihm auf. Seit einigen Jahren war eine äußerst gefährliche und gewiefte Einbrecherbande in ganz England aktiv, die es schaffte, auch in sichere und vermeintlich uneinnehmbare Anwesen einzusteigen. Sie schienen sich genaustens auszukennen, wussten, welche Gemälde in diesen Häusern von besonderem Wert waren, und bedienten sich an den kostbarsten Kunstschätzen. Darunter waren auch große und sperrige Werke, schwere Skulpturen oder besonders gesicherte Schmuckstücke. Manchmal wurden Tresore geöffnet, ohne dass die Verbrecher auch nur eine einzige Spur dabei hinterließen. Immer kamen sie vollkommen überraschend und verschwanden ungesehen. Keine Straßensperre hielt sie auf, kein Schutzmann trat ihnen in den Weg. Es war, als lösten sich die Räuber mitsamt ihrem Diebesgut in Luft auf, sobald sie die Anwesen verlassen hatten, die sie ausgeraubt hatten. Der größte Schrecken jedoch, der ihnen den Namen *Thieves of Virgins*, »Jungfrauen-Diebe«, eingebracht hatte, war der jeweils damit einhergehende Raub einer Frau des Hauses. Es waren nicht immer die Töchter oder Hausherrinnen, die entführt wurden, manchmal auch eine Dienerin oder Gouvernante, aber von all diesen Damen wurde nie wieder ein Lebenszeichen vernommen. Anfangs hatte man noch auf ein Erpresserschreiben gewartet, doch inzwischen wusste ganz England: Wer von den *Thieves of Virgins* entführt worden war, wurde nie mehr gesehen. Weder tot noch lebendig.

Die Angst nahm Arthur beinahe den Atem. Er würde sterben, wenn sein Mädchen gestohlen worden war. Seine wunderschöne, elegante, einnehmende und fröhliche Penny – die er in Kürze gut zu verheiraten hoffte.

Kalter Schweiß stand ihm auf der Stirn, als er endlich die Räume seiner Tochter im Westflügel erreicht hatte. Ohne anzuklopfen, riss er die Tür auf und stürmte ins Zimmer. Er war beinahe darauf gefasst, das Bett leer und verwaist vorzufinden.

Doch ein erschrockener Schrei ertönte, und seine Tochter setzte sich darin auf. Im zuckenden Schein der Lampe, die der Butler trug, studierte Arthur Pennys Gesicht. »Oh, mein Liebling! Gott sei Dank! Geht es dir gut?«

»Ja«, erwiderte Penny und hielt sich angesichts der Schar von Dienstboten, die ebenfalls neugierig ins Zimmer äugten, die Decke vor die Brust, um ihr Nachtgewand zu verdecken. »Was ist denn los?«

»Ich hatte solche Angst.« Arthurs Anspannung ließ nach. »Ein Einbruch – und ich hatte schon befürchtet …« Er verstummte.

»Es wären die *Thieves of Virgins* gewesen?« Penny starrte ihn entsetzt an. »Oh Vater! Wie schrecklich! Wenn ich nur daran denke, dass ich hier vollkommen ahnungslos geschlafen habe, ungeschützt! Ich könnte jetzt schon tot sein.« Tränen traten in ihre Augen und im nächsten Moment begann sie zu schluchzen.

Arthur legte seiner Tochter tröstend die Hand auf die Schulter und sah sich dann hilfesuchend nach der Zofe um, die sich sofort aus der Gruppe der Angestellten löste und zu ihrer verzweifelten Herrin eilte.

Arthur richtete sich auf. Jetzt, da er seinen wertvollsten Besitz in Sicherheit wusste, wandte er sich wieder an die Diener und befahl: »Holen Sie die Polizei. Sie sollen herkommen, so schnell es geht, und auch gleich Scotland Yard informieren. Es muss sich jemand aus London um den Fall kümmern.«

Einige Diener entschwanden, um das Gewünschte auszuführen.

»Und Sie, Stevens«, sagte er zu dem Butler, »kommen mit mir. Wir werden uns den Schaden genau ansehen. Ich nehme an, es geht um die Gemäldegalerie?«

»Jawohl, Sir«, bestätigte der Mann.

Sie wollten gerade die breite Eichentreppe hinuntersteigen, die in die Galerie führte, als ein hysterischer Schrei durch das Haus schallte.

»Was um …?«, begann Arthur, doch im nächsten Moment wurde er von einer kreischenden Frau unterbrochen, die aus dem Südflügel auf sie zu stolperte.

Erst als sie näherkam, erkannte Arthur, dass es Rosenberg war, die Zofe seiner Frau.

»Mylady! Mylady!«, rief sie mit aufgerissenen Augen und blassem Gesicht. »Es ist Ihre Ladyschaft, Sir! Ihre Ladyschaft …«

»Was denn?« Arthur stieg die Treppenstufe wieder hoch, die er bereits genommen hatte. »Was ist mit meiner Frau?«

»Verschwunden!«, stieß Rosenberg aus. »Sie ist verschwunden.«

Arthur zog die Augenbrauen zusammen und überlegte einen Moment lang, ob er zuerst nach den gestohlenen Bildern oder nach seiner Gattin sehen sollte. Der größere Verlust waren sicherlich die Kunstwerke, die viele Tausende, wenn nicht sogar mehr als einhunderttausend Pfund wert waren. Das kam ganz darauf an, welche Gemälde von den Dieben entwendet worden waren. Aber er sollte sich wohl erst um seine Gattin kümmern, die Dienstboten waren in solchen Dingen recht empfindlich. Und er galt sowieso schon als kaltherzig und empathielos. Nicht, dass ihn das störte, aber er musste auf seinen Ruf achten, und der Klatsch blühte geradezu unter seinem Personal. Schlimmer als in den Zeitungen! Also unterdrückte er einen Seufzer und eilte in den Südflügel, vorbei an seinen eigenen Zimmern, zu den Gemächern seiner Frau.

Ihr Bett war zerwühlt, sie musste also auf jeden Fall schlafen gegangen sein. Er betrat das Ankleidezimmer und stellte fest, dass auch Geraldines Kleidung noch vollständig schien. Überhaupt war alles noch exakt so, wie er es in Erinnerung hatte.

»Sir!« Die Zofe deutete schluchzend auf das zerrissene Nachthemd auf dem Bett. »Sie müssen … sie müssen … ihr Gewalt angetan haben.«

»Suchen Sie das ganze Haus nach ihr ab!«, befahl Arthur, obwohl er wusste, dass es zu spät war. Von seiner Frau würde er nie wieder etwas hören oder sehen. Er unterdrückte ein Grinsen und sagte mit möglichst ernster Stimme: »Stevens und ich sind in der Gemäldegalerie, ich erwarte Ihren Bericht dort in zehn Minuten.«

Das Personal machte sich sofort auf die Suche und strömte in sämtliche Richtungen aus, während Arthur mit dem Butler nach unten eilte.

»Mein Gott«, er fasste sich an die Brust, als er die leeren Wände sah, »der Bruegel und der Spitzweg! Und die Evangelistentafeln! Nein! Nein!« Fassungslos riss er die Hände hoch.

Ihm wurde übel. Er würgte, doch da sein Magen leer war, blieb es dabei. Dann sackte er in sich zusammen. Das war das Schlimmste, was ihm jemals passiert war! Diese jahrhundertealten Kunstwerke, teils mit wertvollem Blattgold belegt, waren sein ganzer Stolz gewesen. Manche von ihnen waren seit vielen Generationen im Besitz seiner Familie, Könige und Prinzen aus der ganzen Welt hatten Flitton Court besucht, nur um einen Blick auf die Meisterwerke zu werfen. Diese Kostbarkeiten waren für seine Familie existenziell, ohne sie war er nichts mehr, ohne sie war das ganze Geschlecht der Dukes of Butterwood hinfällig! Und dann stieg Wut in ihm auf. Unfassbare Wut. Wer auch immer das getan hatte, er würde dafür büßen. Arthur selbst würde nicht ruhen, bis der Dieb am Strick baumelte, die ganze Bande sollte gehängt werden.

»Sir!« Schritte hallten von den Wänden wider. Der Duke stand mühsam auf, jeder Knochen im Leib tat ihm weh. An diesem frühen Morgen war er um Jahrzehnte gealtert. Er sah sich um und erkannte die Haushälterin, Mrs Stone, die auf ihn zukam.

»Eure Lordschaft, ich bedaure sehr, Ihnen die Nachricht überbringen zu müssen, dass Ihre Gattin leider nicht auffindbar ist.« Die ältere Frau sah ihn ängstlich an. »Ich hoffe, dass sie nicht den *Thieves of Virgins* in die Hände gefallen ist.«

»Sollen sie sie doch behalten!« Arthur machte eine ungeduldige Geste. »Aber meine Meister! Ich will meine Meister wiederhaben!«

»Was das betrifft, Sir«, sagte die Haushälterin, die seinem Blick auswich, »habe ich leider keine guten Nachrichten.«

»Was denn noch?«, fragte Arthur gequält. Seine Schultern hingen kraftlos herab.

»Wir haben die Polizei gerufen, und die wird auch kommen.« Die Frau hielt kurz inne, ehe sie weitersprach. »Aber erst heute Nachmittag, denn jetzt gehen alle in die Kirche – zu Ehren der Königin.«

»Was?« Arthur sah sie verständnislos an.

»Nun, Sir. Es wird sich wohl alles etwas verzögern. Auch aus London kann vorerst niemand hierherkommen«, erklärte die Haushälterin. »Die Königin ist tot.«

# ERSTES KAPITEL

*Nordwales, Bangor, April, Gegenwart*

Die Königin war tot. Zum ersten Mal nach vierundsechzig Jahren würde ein neuer Prince of Wales auf seiner traditionellen Wales-Reise nach Bangor kommen. Summer lächelte, als sie an die Aufregung dachte, die in den nächsten Tagen an der Nordküste herrschen würde. Und das nur, weil Prinz William und seine Frau Catherine – die zwei Jahre lang sogar ganz in Summers Nähe, auf der Insel Anglesey, gelebt hatten – für wenige Stunden durch die Orte hier oben fahren und sich mit den Menschen unterhalten würden. Summer selbst war vor fünf Jahren dem heutigen König Charles III. auf seiner damaligen Wales-Reise begegnet und hatte seine Hand geschüttelt. Damals hatte er auch die Primary School von Bangor besucht, wo Summer gerade neu angefangen hatte. Sie war ihm vorgestellt worden und noch heute stolz darauf, ein paar Worte mit dem König gewechselt zu haben.

Jetzt freute sie sich auf den Unterricht, als sie die Schule vor sich auftauchen sah, und steuerte ihren Renault auf den Lehrerparkplatz. Die Osterferien waren ihr endlos vorgekommen. Über dem Eingang flatterten bereits die Fähnchen, die für den Besuch des Thronfolgerpaares aufgehängt worden waren. Eilig griff sie nach ihrer Aktentasche und stieg aus. Die Vögel zwitscherten, als ginge es um einen neuen Weltrekord. Es war kühl, aber am Himmel war keine Wolke zu sehen. Wenn die Sonne erst höher stand, würde es ein wunderschöner Frühlingstag werden. Summer konnte das Rauschen des Meeres und die Rufe der Möwen in der Ferne hören.

Sie schloss die Tür auf, die vom Lehrerparkplatz aus ins Gebäude führte. Wie üblich war sie die Erste am Morgen. Summer liebte die Stille der Primary School, wenn noch niemand außer ihr da war. Die Leuchtstoffröhren an der Decke klackten, als sie das Licht anschaltete. Um diese Zeit war es noch immer etwas dämmrig im Gebäude. Sie sog den vertrauten Duft nach Klebstoff, Kreide und Keksen ein. Auf dem Fußboden lag ein mit Wasserfarben gemaltes Bild, das von der Wand gefallen war, wo verschiedene Gemälde der Schüler ausgestellt waren. Summer bückte sich und hob es auf. Vorsichtig schob sie es unter die Ecke eines anderen Bildes und drückte den Klebestreifen wieder fest, in der Hoffnung, dass es nun halten würde.

Im Lehrerzimmer setzte sie als erstes Wasser auf und füllte die Stempelkanne mit dem Pulver, das sie selbst mitgebracht hatte und jetzt in die Kaffeedose füllte. Morgens vor dem Unterricht gönnte sie sich immer den einzigen Kaffee des Tages, später trank sie dann nur noch Tee. Während sie auf das kochende Wasser wartete, schlenderte sie zu ihrem Postfach hinüber und nahm die Blätter und Briefe heraus, die sich während der Ferien dort für sie angesammelt hatten. Sie lächelte, als sie die Postkarte einer ehemaligen Schülerin fand, die ihr frohe Ostern wünschte.

Dann stutzte sie. Die Direktorin, Karen Smith, hatte ihr offenbar eine neue Schülerin zugeteilt. Ein Mädchen namens Phoebe Chapman. Summer legte die Mappe mit den Informationen über das Kind auf einen der Tische und ging zum Wasserkocher, um die Kanne aufzufüllen. Sie hatte im letzten Herbst eine neue Junior-Klasse übernommen, deren Lehrerin sie für die nächsten vier Jahre bleiben würde. Natürlich kam es vor, dass neue Kinder hinzukamen, das passierte jedoch eher nach den Sommerferien, zu Beginn des Autumn Terms im September. Während sie den Kaffee einen Moment in der Kanne ziehen ließ, sah sie sich die Mappe von Phoebe Chapman genauer an. Anscheinend war das Mädchen bis vor Kurzem in Brighton zur Schule gegangen.

»Guten Morgen!«, rief in diesem Moment eine Stimme und Summer blickte auf.

Ihre Kollegin Mary Vaughn betrat mit einem großen Karton das Lehrerzimmer.

»Morgen!« Summer eilte ihr entgegen, um ihr die Kiste abzunehmen. »Wie waren deine Ferien?«

»Zu kurz«, seufzte Mary. »Wie immer, oder?«

Summer nickte zustimmend, obwohl sie ganz anderer Meinung war. Sie hatte schon früh gelernt, ihre Ansichten für sich zu behalten, um nicht aufzufallen.

»Guten Morgen!« Ein junges schwarzhaariges, etwa achtzehnjähriges Mädchen steckte den Kopf zur Tür herein. »Ich bin Antonella Ferrero und habe heute meinen ersten Tag hier als Teaching Assistant.«

Summer betrachtete die junge Frau lächelnd. Ihre schwarzen Haare trug sie locker im Nacken zusammengebunden, sie war leicht geschminkt und klein. Ihre Figur war leicht rundlich, was ihr eine attraktive weibliche Note verlieh, wie Summer fand.

Sie ging der jungen Frau entgegen und reichte ihr die Hand. »Hi, schön dich kennenzulernen. Ich bin Summer.«

»Woher kommst du?«, fragte Mary, die die neue Lehrkraft nun ebenfalls begrüßte. »Du hast einen leichten Akzent.«

Das war stark untertrieben, dachte Summer. Das Mädchen sprach sehr gutes Englisch, aber ihr Akzent war so extrem, dass man genau hinhören musste, um sie zu verstehen.

Antonella strich sich die dunklen, dicken Haarsträhnen hinters Ohr, die sich aus ihrem Zopf gelöst hatten. »Ich stamme aus Italien. Neapel. Und ich mache hier ein Praktikum, im Rahmen meines Englischstudiums.«

»Kaffee?«, fragte Summer und eilte zu ihrer Kanne, die sie ganz vergessen hatte. »Ich habe ihn auf italienische Art gekocht, sehr stark.« Sie zwinkerte dem Mädchen zu und drückte den Stempel hinunter.

Mary hatte bereits einen ganzen Schwung bunter Kaffeebecher aus dem Schrank geholt und füllte nun drei davon.

»Neapel«, sagte Summer, während sie der Italienerin einen dampfenden Becher reichte. »Das liegt etwa in der Mitte des Stiefels, nicht wahr?«

Antonella nickte. »Eine Großstadt, nicht wirklich attraktiv, aber gleich davor sind die Inseln Capri und Ischia. Und auch Neapel zieht Touristen an, es gibt ein paar echt schöne Ecken da …«

»Hallo, Leute!« Karen Smith, die Direktorin der Schule, betrat das Lehrerzimmer in ihrem wie immer perfekt sitzenden Businesskostüm, mit dem sie wohl besser in eine Bankfiliale oder eine Anwaltskanzlei gepasst hätte als in eine Grundschule. »Na, haben alle schöne Ferien gehabt?«

»Klar«, murmelte Mary und warf Summer einen fragenden Blick zu. Karen Smith tauchte nur im Lehrerzimmer auf, wenn es etwas zu besprechen gab – was nach den Ferien nicht ungewöhnlich war. Aber da einige Lehrer morgens immer knapp dran waren, wurden die meisten Dinge in der großen Pause besprochen oder bei der wöchentlichen Konferenz, die jeden Donnerstagnachmittag nach Unterrichtsschluss stattfand.

Summer ahnte schon, dass der Besuch der Direktorin mit ihrer neuen Schülerin zu tun haben musste. Denn auch neue

Teaching Assistants riefen die Direktorin nicht unbedingt auf den Plan.

»Ich sehe, ihr habt Antonella schon kennengelernt. Sie wird uns im gesamten Summer Term unterstützen«, Karen nickte der Italienerin kurz zu, »und in den ersten Tagen wird sie Summer begleiten.«

»Mich?« Summer sah überrascht auf. Sie hatte in ihrer Klasse keine schwierigen Kinder, und die wenigen Assistenten wurden in den unteren Klassen gebraucht oder bei älteren Kindern, wenn Auffälligkeiten wie Lernschwächen oder soziale Probleme bestanden. Summers Klasse war bislang unkompliziert und leicht zu unterrichten gewesen.

»Du bekommst eine neue Schülerin, Summer«, sagte Karen. Sie stützte sich mit den Händen auf dem großen Tisch ab, der in der Mitte des Zimmers stand, und lehnte sich nach vorn. »Ich weiß nicht, wie weit sie ist, und außerdem könnte es bei ihrem familiären Hintergrund durchaus Probleme geben.«

»So?« Summer sah die Direktorin fragend an, während sie einen der Kaffeebecher nahm und den Duft tief einsaugte.

»Das steht alles in der Mappe, die ich dir ins Fach gelegt habe.« Karen drehte sich um und war schon fast an der Tür, als sie noch einmal innehielt und sich an Antonella wandte. »Guten Start!«

Summer nahm die Mappe, die sie gerade auf den Tisch geworfen hatte, und schlug sie auf. Dann setzte sie sich mit ihrem Kaffee davor und winkte Antonella zu sich. »Na, dann lass uns mal einen Blick auf die Unterlagen werfen.«

Sie schob die Kladde in die Mitte, sodass sie beide die Aufzeichnungen studieren konnten.

»Oh, das ist ungewöhnlich«, sagte sie wenig später. »Der Vater ist alleinerziehend. In Nordwales haben wir eher alleinerziehende Mütter, die Emanzipation scheint hier nur langsam anzukommen.«

Sie las die weiteren Informationen, die jedoch nicht viel mehr Aufschluss gaben. Anscheinend waren Vater und Tochter erst vor wenigen Tagen nach Wales gekommen. Vermutlich hatten sich die Eltern getrennt, überlegte Summer, und sofort tat ihr das Mädchen leid, das sie noch nicht einmal kennengelernt hatte. Ob die Mutter wohl in Brighton geblieben war?

Nach und nach trafen auch die anderen Kolleginnen und Kollegen ein, und Summer war damit beschäftigt, Antonella mit allen bekannt zu machen, sich die Urlaubsgeschichten anzuhören und die Frage nach ihrem eigenen Urlaub immer mit »es war ganz wunderbar« zu beantworten. Dass sie eigentlich jede Stunde gezählt hatte, bis sie wieder arbeiten durfte, verschwieg sie. Natürlich hatte sie in ihrem neu erstandenen Haus etwas herumgewerkelt, den Garten in Ordnung gebracht und das Gästezimmer renoviert, aber der Schulalltag hatte ihr gefehlt. Ihr hatten die Gespräche mit den Kollegen gefehlt und die Kinder mit ihren fröhlichen Stimmchen.

Im Nu war die Zeit bis zum Unterrichtsbeginn verflogen. Als Summer auf die Uhr sah, stellte sie erschrocken fest, dass die erste Stunde in fünf Minuten beginnen würde. Eigentlich war sie immer gern ein wenig eher in der Klasse, weil es oft Kinder gab, die ihr wichtige Dinge erzählen oder sie einfach ausführlich begrüßen wollten. Manchmal gab es Fragen zu den Hausaufgaben, oder es musste getröstet oder Streit geschlichtet werden. Doch heute war sie im Lehrerzimmer beschäftigt gewesen und hatte die Unterhaltungen genossen, sodass sie die Zeit ganz vergessen hatte.

»Wir sollten uns sputen«, sagte sie zu Antonella und steckte

Phoebe Chapmans Akte in ihre Tasche. »Wir müssen hinüber ins andere Gebäude.«

Während sie durch die Flure liefen, aufgeregt hin und her wuselnden Kindern auswichen und den hohen Stimmen lauschten, die aus den Klassenräumen drangen, breitete sich Wärme in Summer aus. Sie liebte ihren Beruf und sie liebte ihre Schüler. Jedes einzelne Kind lag ihr am Herzen, manche waren leichter zu unterrichten, andere etwas schwerer, aber in jedem von ihnen schlummerte ein Talent, das es zu entdecken galt.

»Wir werden heute die meiste Zeit damit verbringen, dass sie uns ihre Ferienerlebnisse erzählen«, erklärte sie ihrer Assistentin. »Und dann müssen wir natürlich schauen, wie sich die kleine Phoebe in die Gemeinschaft einfügt.«

»Ist bestimmt ein spannender Tag für das Mädchen«, sagte Antonella nachdenklich.

Summer nickte lächelnd. »Wir müssen einfühlsam vorgehen, wenn wir herausfinden wollen, ob die Kleine das Lernniveau der Klasse besitzt. Es soll auf keinen Fall wie eine Prüfung für sie sein. Vielleicht stellen wir ihnen heute ein paar Spaßaufgaben und schauen uns Phoebes Lösungsansätze an.«

»Okay«, erwiderte Antonella, während sie Summer in den Gang folgte, der die beiden Schulgebäude miteinander verband.

Summer fröstelte, in diesem Flur war es immer etwas kühl, außer in den Sommermonaten, wenn hier die Hitze stand.

Vor ihnen tauchte der Klassenraum auf.

»Miss Season!«, rief in diesem Moment ein kleines dunkelhäutiges Mädchen mit einem gewaltigen Lockenkopf und rannte mit ausgebreiteten Armen auf Summer zu.

Lachend schloss sie das Kind in ihre Arme. »Laura! Sag mal, kann es sein, dass du schon wieder gewachsen bist?«

»Ja«, kreischte Laura und ihr Mund offenbarte eine Zahnlücke. »Daddy sagt, seit Weihnachten bin ich drei Zentimeter gewachsen.«

»Ahhhh!«, rief ein anderes Mädchen mit roten Haaren und Sommersprossen, die Summer immer an Pipi Langstrumpf erinnerte. »Da bist du ja endlich!«

»Betty!« Summer nahm auch die kleine Betty in die Arme.

Durch die Stimmen im Flur angelockt, erschienen immer mehr Kinder in der Tür, die aus dem Klassenzimmer drängten. Summer begrüßte jedes Mädchen und jeden Jungen einzeln, viele mit einer herzlichen Umarmung, andere mit coolem Handschlag. Alle plapperten durcheinander, auf den kleinen Gesichtern lag Wiedersehensfreude.

Als Summer endlich ihr Klassenzimmer betreten konnte, saß das neue Mädchen als Einzige an einem der Tische. Es beobachtete mit wachsamem Blick seine Mitschüler. Summer trat lächelnd auf das kleine, braunhaarige Mädchen zu, das sein langes Haar zu zwei Zöpfen geflochten hatte. Sie trug die gleiche blaue Schuluniform wie die anderen Kinder.

»Hallo, du bist bestimmt Phoebe, nicht wahr?« Summer ging etwas in die Knie, um mit Phoebe auf Augenhöhe zu sein, und reichte ihr die Hand.

Phoebe nickte und schlug vorsichtig ein.

»Ich bin Miss Season«, stellte sich Summer vor. »Ich möchte dir helfen, dass du dich schnell einlebst. Wenn du irgendwelche Fragen hast, sag mir Bescheid, okay?«

Phoebe nickte.

Summer ahnte, wie schwer dieser erste Schultag für das Mädchen war, aber es war erst ein Term vergangen, und auch wenn sich manche Schüler schon seit den ersten beiden Schuljahren kannten, waren die Klassen für die Junior School noch einmal neu zusammengestellt worden. Summer war sicher, dass sich die kleine Phoebe schnell integrieren würde, denn es hatten sich noch keine festen Gruppen gebildet, in die neue Schüler nur schwer hineinkommen konnten.

»Celina!« Summer richtete sich auf und sah sich nach der kleinen Celina um, die immer ein bisschen stiller war als die anderen Kinder. »Ich möchte, dass du dich neben Phoebe setzt.«

Celina strahlte. »Das mache ich!«

Stolz, von Summer ausgewählt worden zu sein, räumte Celina ihre Schulsachen ein, die sie schon auf einem der anderen Tische ausgebreitet hatte, und ging zu Phoebe.

Nachdem alle Kinder Platz genommen und sich die lauten Stimmchen endlich beruhigt hatten, deutete Summer auf Antonella, die neben ihr stand. »Das hier ist Miss …?«, Summer hielt inne, denn sie hatte ihren Nachnamen schon wieder vergessen.

»Ferrero«, sagte die Italienerin.

Summer nickte ihr dankbar zu. »Sie wird uns beim Lernen unterstützen.«

In der nächsten Stunde ließ Summer die neunundzwanzig Kinder ihrer Klasse von den Ferien berichten. Nur wenige von ihnen waren in den Urlaub gefahren, einige hatten Verwandte besucht, und die meisten waren zu Hause geblieben. Fast alle hatten einen Easter Egg Trail mit ihren Familien unternommen, um in öffentlichen Parks versteckte Ostereier zu finden, viele in Penrhyn Castle, wo der National Trust jedes Jahr eine solche Ostereiersuche anbot.

»Und du, Phoebe? Magst du uns auch von deinen Osterferien erzählen? Oder wart ihr die ganze Zeit mit eurem Umzug beschäftigt?«, wandte sich Summer schließlich an das neue Mädchen in der Klasse, das sich bislang noch nicht zu Wort gemeldet hatte.

Jetzt zuckte Phoebe verlegen mit den Schultern.

»Habt ihr Ostereier gesucht?«, fragte Summer vorsichtig nach. Sie stand von ihrem Platz auf und ging um den Tisch herum.

Jetzt nickte die Kleine. »Ja, in Edinburgh beim Festival.«

»Bei einem Osterfestival? Erzähl uns mehr davon.« Summer lächelte dem Kind auffordernd zu.

Wieder zuckte Phoebe mit den Schultern. »Daddys Freunde haben Eier für mich versteckt und ich habe Geschenke unter den Wohnwagen gefunden.«

»Unter den ... Habt ihr da übernachtet?«, fragte Summer weiter. »War das ein Kindermusikfest?«

Phoebe schüttelte den Kopf. »Daddy hat dort gearbeitet. Er hat Musik gemacht, und weil Ostern war, durfte ich ihm bis zur Pause zusehen. Dann bin ich in unserem Wohnmobil schlafen gegangen, und als ich morgens aufgewacht bin, waren die Eier und die Geschenke schon versteckt.«

Summer schluckte. Erinnerungen an ihre Kindheit stiegen in ihr auf. Laute, wummernde Bässe, Musik, Zigarettenrauch und Gras, Wein- und Sektflaschen, die von Mund zu Mund gingen. Blumenwiesen und tanzende nackte Menschen. Schnell schüttelte sie den Gedanken ab und bemühte sich, ihr Entsetzen zu verbergen. Sie sollte keine voreiligen Schlüsse ziehen, vermutlich war in Phoebes Osterferien alles ganz harmlos gewesen.

»Gut, schön ...« Summer warf einen Blick auf die Uhr, und zeitgleich erlöste sie der Gong.

Im Klassenzimmer wurde es laut. Summer stand auf und war froh, dass in der kommenden Stunde Kunst angesagt war. Dabei musste sie sich nicht so stark konzentrieren und konnte ungestört ihre düsteren Erinnerungen abschütteln.

»Holt jetzt bitte eure Malsachen aus euren Regalfächern«,

sagte sie mit lauter Stimme über das Geplapper der Kinder hinweg. »Phoebe, ich zeige dir dein Fach, komm mit.« Summer streckte ihre Hand nach dem kleinen Mädchen aus, das sofort aufstand und sich seiner Lehrerin anschloss. Der Klassenraum hatte einen Anbau, eine Art Veranda mit hohen Fensterscheiben, die in den Schulgarten blickten. In diesem Zimmer befanden sich die Regale mit den Stauräumen für die Kinder, sodass sie große, sperrige Sachen nicht jeden Tag in die Schule schleppen mussten. Während Summer wartete, bis sich das Gewusel in dem kleineren Zimmer lichtete, betrachtete sie Phoebe unauffällig. So ängstlich und ungelenk hatte sie damals auch in der Schule gestanden. Summer erinnerte sich an den entsetzlichen Tag, sie war nicht viel älter gewesen als das Mädchen neben ihr, als sie von ihrer Lehrerin die Aufgabe erhielt, ein Bild ihres Weihnachtsfests zu malen. Unbedarft, wie Summer damals war, hatte sie angenommen, dass all das, was sie zu Hause auf der Farm erlebt hatte, so ähnlich auch in den Familien ihrer Mitschüler stattfand. Dass sich ihre Eltern vollkommen normal verhielten. Also hatte sie damals nackte Menschen gemalt, die unter dem Weihnachtsbaum miteinander kuschelten. Auf das Sofa daneben hatte sie ihre Mutter gemalt, in den Armen eines Mannes und mit einem rauchenden Stäbchen im Mund – heute war Summer klar, dass es ein Joint gewesen war –, der Mann hielt eine Weinflasche in der Hand.

Als ihre Grundschullehrerin, Mrs Table, Summers Bild sah, schickte sie das Jugendamt zu ihr nach Hause auf die Farm. Doch wie so oft war ausgerechnet an dem Tag, als die zwei jungen Frauen dorthin kamen, keine Party im Gange. Die Frauen sprachen mit Summers Eltern und konnten nichts Auffälliges feststellen. Vielleicht war das aber auch nur das, was sie sehen wollten, denn die Seasons waren damals schon seit Jahren berüchtigt für die Orgien, die sie regelmäßig auf der Farm veranstalteten. Danach hatte sich nie wieder eine Lehrerin in das Leben der vier Season-Schwestern eingemischt. Später hatte sich Summer geschworen, niemals wegzuschauen, wenn sie einen ähnlichen Verdacht bei einem ihrer Schüler hegte. Sie fragte sich oft, was passiert wäre, wenn das Jugendamt damals strenger nachgeforscht hätte.

Wären ihre Schwestern Spring und Winter dann vielleicht heute noch in Summers Leben? Oder hätte man die vier damals schon getrennt? Wäre Autumn vielleicht etwas selbstständiger geworden, hätte sie das Elternhaus verlassen und sich in ein eigenes Leben getraut? Und Summer selbst, hätte sie sich dann auf einen Mann einlassen können, ohne jeglicher Intimität gleich auszuweichen? Bei den wenigen Beziehungen, die sie bisher angefangen hatte, war sie immer zurückgeschreckt, wenn sie den Körper eines Mannes berühren sollte, da sofort die Bilder ihrer Kindheit vor ihr aufstiegen. Sie sah Dinge vor sich, die Kinder niemals sehen sollten. Und dann war es mit sämtlicher Nähe vorbei.

»Miss Season?«, hörte sie plötzlich Phoebes Stimme.

Inzwischen waren Summer und Phoebe die Einzigen, die sich noch im Schulanbau befanden.

»Oh, entschuldige, ich war in Gedanken«, sagte Summer schnell und zwang sich zu einem unbeschwerten Lächeln. Doch die Kleine sah sie nachdenklich an, und in diesem Moment kamen ihr die Augen des Kindes erschreckend erwachsen und wissend vor.

Summer legte den Arm um Phoebe und schob sie sanft zu einem der freien Regale. »Schau, das hier ist ab heute dein Fach. Hier kannst du deine Malsachen deponieren, später deinen Taschenrechner und die schweren Bücher.«

Phoebe nickte.

»Hast du deine Farben und deinen Malblock mitgebracht,

wie es in dem Brief stand, den dein Vater bekommen hat?«, fragte Summer nach.

Die Kleine errötete und schüttelte den Kopf.

»Na, macht nichts«, erwiderte Summer mit fröhlicher Stimme, obwohl sich in ihr ein leichtes Misstrauen gegen Phoebes Vater regte. »Wir werden Celina bitten, dir ein Blatt zu geben und ihre Farben mit dir zu teilen.«

Ursprünglich hatte sie vorgehabt, die Kinder ein Bild ihres schönsten Ferientages malen zu lassen, aber jetzt hatte Summer plötzlich Angst vor Phoebes Bild. Was, wenn sie eine ähnliche Szene zeichnen würde wie Summer damals?

Sie wollte die Kinder gerade stattdessen auffordern, ein Bild ihres Haustieres zu malen oder eines Tieres, das sie sich als Haustier wünschten, als sie innehielt. Nein, sie hatte sich geschworen, nicht wegzuschauen, wenn ein Kind Hilfe brauchte, und aus diesem Grund würde sie die Aufgabe genau so stellen, wie sie es geplant hatte.

Sie erklärte den Kindern also, was sie tun sollten, und sofort senkten sich die Köpfe, und Stifte und Pinsel fuhren über die Blätter.

Summer zwang sich, zunächst bei allen anderen Schülerinnen und Schülern vorbeizugehen, Antonella stand sowieso die meiste Zeit bei Phoebe, um das Mädchen gegebenenfalls zu unterstützen. Erst als Summer sich sämtliche Bilder angeschaut hatte, die da gerade entstanden, Tipps gegeben und Fragen gestellt hatte, wagte sie sich langsam in Phoebes Richtung. Vorsichtig warf sie einen Blick auf das Bild der neuen Schülerin, und sämtliche Anspannung fiel von ihr ab, als sie statt nackten Menschen einen Sandstrand mit blauem Meer vor sich sah.

»Oh, das ist wunderschön geworden«, sagte sie und betrachtete das Gemälde genauer. »Bist du das hier?«

Phoebe nickte. »Und das ist mein Daddy.«

Summer musterte den Mann, den Phoebe vielleicht etwas zu groß gezeichnet hatte, der jedoch gut als Vater zu erkennen war. »Und was hältst du da in der Hand?«

»Das ist meine Abschiedspost für Mummy«, antwortete Phoebe. »Als wir weggefahren sind, haben wir uns von ihr verabschiedet. Am Brighton Beach, das war nämlich ihre Lieblingsstelle. Dort haben sie und Daddy sich kennengelernt.«

»Oh«, sagte Summer und begann zu begreifen, was das Mädchen ihr damit sagen wollte. War Phoebes Mutter etwa tot? Oder hatte Summer das falsch interpretiert? Sie wollte nicht weiter nachfragen und nahm sich vor, das gleich in Phoebes Akte zu überprüfen. Dabei hatte sie sich die Informationen vorhin eigentlich gründlich durchgelesen, und wenn die Mutter verstorben wäre, dann wäre das Summer doch aufgefallen, oder nicht?

Als sie in der Mittagspause, während die Kinder im großen Speisesaal aßen, noch einmal die Mappe durchsah, konnte sie keinen Hinweis auf Phoebes Mutter finden.

In den nächsten Tagen beobachtete Summer die kleine Phoebe aufmerksam. Sie kam bei den Lernaufgaben sehr gut mit, hatte teilweise sogar große Wissensvorsprünge vor ihren Mitschülern. Innerhalb von zwei Tagen hatte sich das Kind in die Klassengemeinschaft integriert und in Celina eine gute Freundin gefunden. Die beiden Mädchen verbrachten sämtliche Pausen gemeinsam und waren auch im selben Hausaufgabenclub.

Zwei Wochen nach Beginn des Summer Terms kam Phoebe eines Donnerstags unentschuldigt nicht in die Schule. Summer fragte Celina, ob sie etwas von ihrer Freundin gehört habe, doch die schüttelte nur den Kopf.

Besorgt wählte Summer in der Lunchpause die Nummer von Phoebes Vater, doch niemand ging ans Telefon. Ärgerlich steckte sie ihr Handy wieder ein. Die Eltern sollten immer erreichbar sein, schließlich konnte es jederzeit passieren, dass ein Kind krank wurde oder sich verletzte. Dann musste sofort jemand zur Schule kommen und es abholen. Warum ging Phoebes Dad nicht an sein Handy? Erst eine halbe Stunde später, als Summer gerade im Lehrerzimmer ihre mitgebrachten Nudeln in der Mikrowelle aufwärmte, erhielt sie einen Rückruf.

»Hallo?«, meldete sie sich. »Mr Chapman?«

»Ja, Sie hatten versucht, mich zu erreichen?«, rief die Stimme eines Mannes über undefinierbaren Hintergrundlärm hinweg.

Summer stellte sich als Phoebes Lehrerin vor. »Ich mache mir Sorgen, weil Ihre Tochter heute nicht zum Unterricht erschienen ist und mir keine Entschuldigung vorliegt.«

»Oh, sorry! Ich wollte noch Bescheid geben, aber Phoebe kann auch morgen nicht in die Schule kommen, weil wir in Newcastle beim Festival sind«, schrie Mr Chapman ins Telefon.

Summer hielt das Handy ein Stück vom Ohr weg. Wut und Beklemmung stiegen in ihr auf. Sie atmete tief durch. »Mr Chapman, Sie können Ihre Tochter nicht ohne triftigen Grund für zwei Tage aus der Schule nehmen.«

»Natürlich kann ich das, ich tue es doch gerade«, lachte die Stimme am anderen Ende.

Summer biss sich auf die Unterlippe und versuchte, sich zu beruhigen. »Aber es besteht Schulpflicht, das müssen Sie doch wissen. Phoebe geht schließlich schon seit zwei Jahren zur Schule. In Brighton müssen Ihnen die Lehrer doch auch gesagt haben, dass es nicht möglich ist, ein Kind einfach nicht zum Unterricht zu bringen.«

»Aber ich habe doch einen triftigen Grund«, erwiderte Mr Chapman. »Ich muss arbeiten, und da ich niemanden habe, der auf meine Tochter aufpasst, muss ich sie natürlich mitnehmen. Es wäre unverantwortlich, sie allein zurückzulassen.«

Summer stieß die Luft laut aus und presste Daumen und Zeigefinger gegen die Nasenwurzel. Wieder sah sie die Bilder ihrer Kindheit vor sich. Schnell schüttelte sie den Kopf, um sie zu vertreiben. »Ich muss mich an die Behörden wenden, wenn das öfter vorkommt, Mr Chapman.«

»An die Behörden?« Der Mann stieß ein bitteres Lachen aus. »Ich habe meine Frau verloren, Phoebe ihre Mutter. Ich versuche, dem Kind ein möglichst gutes Heim zu bieten. Aber ich muss nun einmal Geld verdienen, denn die Behörden geben mir keins. Also wenden Sie sich, wenn es Sie glücklich macht, an Ihre verdammten Behörden, aber es handelt sich um meine Tochter, und ich werde immer das tun, was in meinen Augen für sie das Beste ist, und nicht, was irgendeine gottverdammte Lehrerin für das Beste hält.« Es klickte und dann war die Leitung tot.

Summer starrte fassungslos auf ihr Handy.

»Ist was passiert?«, fragte Mary, die gerade neuen Kaffee aufgoss.

»Das ist unglaublich.« Summer ließ sich auf ihren Stuhl fallen. Die Nudeln standen unangetastet vor ihr. Der Appetit war ihr vergangen. »Der Vater der neuen Schülerin in meiner Klasse hat das Kind heute einfach nicht zur Schule gebracht und wird es wohl auch morgen nicht tun.«

Mary verzog ungläubig den Mund, während sie den Wasserkocher zurückstellte. »Vielleicht hat er noch viel mit dem Umzug zu organisieren?«

»Pff«, machte Summer verächtlich. »Er ist auf einem Festival. Auf einem Konzert für Erwachsene, dahin nimmt er seine

Tochter mit – was allein ja schon unverantwortlich ist –, und er nimmt in Kauf, dass seine Tochter zwei Unterrichtstage versäumt.«

»Echt?« Mary lehnte sich gegen die Küchenzeile des Lehrerzimmers.

»Ich werde das Jugendamt informieren.« Summer nahm ihr Handy, um nach dem Kontakt zu suchen.

»Warte!« Mary kam zu ihr und setzte sich neben sie. »Meinst du nicht, dass du ein bisschen überreagierst? Willst du nicht erst einmal in Ruhe mit dem Mann sprechen? Oder mit Karen?«

»Warum?« Summer wollte nicht zögern, wenn sie bei einem Kind den Verdacht hatte, dass es zu Hause vernachlässigt wurde.

»Weil der Vater ein Recht darauf hat, sich zu erklären«, erwiderte Mary und legte ihre Hand auf Summers Finger auf dem Smartphone. »Du weißt, dass ich immer dafür bin, wachsam zu sein. Das Glück unserer Schüler liegt auch mir am Herzen. Wir sollten aber einen klaren Blick behalten und nicht Menschen zu Unrecht verurteilen, nur weil wir nicht gründlich recherchiert haben.«

»Aber wir dürfen auf keinen Fall zulassen, dass Phoebe während dieser Nachforschungen leidet. Ich meine, der Vater nimmt seine Tochter mit zu einem Festival! Die Kleine kann dort doch gar nicht schlafen, und wer weiß, was der Typ vor Phoebes Augen konsumiert. Und die anderen Festivalbesucher, die wie verrückt feiern, Alkohol, Drogen, Sex … Das grenzt an Missbrauch, wenn es nicht sogar zu Übergriffen kommt …« Summer sah all das vor sich, sie hatte es oft genug selbst erlebt. Wie sehr hätte sie sich damals gewünscht, dass irgendjemand eingegriffen hätte, stattdessen war sie es gewesen, die versucht hatte, ihre Schwestern vor alldem zu schützen, so gut es ging. Natürlich war ihr das nicht gelungen. Wie auch? Sie war ja selbst noch ein Kind gewesen.

»Das ist jetzt aber alles ein bisschen arg fantasiert, oder?«, unterbrach Mary ihre Gedanken. »Es gibt doch keinerlei Anhaltspunkte dafür, dass Phoebe einer solchen Gefahr ausgesetzt ist. Oder hattest du das Gefühl, dass sie etwas bedrückt?« Mary stand auf und ging zur Stempelkanne, um den Filter nach unten zu schieben.

Summer dachte einen Moment nach. Dann sagte sie mit fester Stimme: »Doch, sie wirkt etwas bedrückt. Irgendwie auch ein bisschen erwachsener als die anderen Kinder, was ich auf das Schicksal ihrer Mutter zurückgeführt habe. Sie ist anscheinend gestorben, ich weiß allerdings nichts Genaueres darüber. Aber Mr Chapman hat gerade bestätigt, dass er seine Frau verloren hat …«

»Warte ab, bevor du dich ans Jugendamt wendest«, sagte Mary, während sie sich und Summer Kaffee einschenkte. »Du hast den Mann ja noch nicht einmal kennengelernt. Am besten, du triffst dich nächste Woche mit ihm und klärst die Sache persönlich. Wenn du danach immer noch ein schlechtes Gefühl hast, solltest du die Sache melden.«

Summer atmete tief durch. Vermutlich hatte Mary recht und sie war etwas zu heftig in ihrer Reaktion. Sie wusste, dass sie aufgrund ihrer Vorbelastung sehr sensibel auf derartige Verdachtsmomente reagierte. Aber konnte man hier überhaupt überreagieren? Es gab keine Entschuldigung für Menschen, die wegsahen, wenn sie von Missständen erfuhren, und damals hatte ganz Nefyn von den Zuständen auf ihrer Farm gewusst und doch hatte nie jemand eingegriffen. Die vier Mädchen waren sich selbst überlassen gewesen.

»Na gut«, brummte Summer. »Ich hoffe, es ist die richtige Entscheidung, noch abzuwarten.«

Mary nickte mit einem leichten Lächeln. »Es ist immer gut, sich die andere Seite anzuhören.«

Summer schrieb Phoebes Vater eine Nachricht, in der sie ihn dringend um ein Treffen in der Schule bat. Aber es kam keine Antwort. Erst am nächsten Tag schlug er vor, in der folgenden Woche vorbeizukommen, wenn er Phoebe aus dem Hausaufgabenclub abholen werde. Sie verabredeten sich für den Dienstagnachmittag.

Als ihre Schwester Autumn am Freitagnachmittag anrief, schob Summer den Gedanken an die kleine Phoebe beiseite. Sie war gerade im Gartencenter, wo sie Blumenerde, Torf und ein paar Pflanzen für ihren Garten kaufte. Als sie die Nummer ihrer Schwester auf dem Display sah, überkam sie ein ungutes Gefühl. Autumn rief nur an, wenn etwas nicht in Ordnung war.

Summer schob den schweren Einkaufswagen in einen Seitengang und nahm den Anruf an. »Hallo Autumn, wie geht es dir?«

»Gut.« Bei ihrer Schwester klang jeder Satz wie eine Frage. »Ich habe gerade einen Brief bei uns gefunden, kannst du den mal lesen? Da steht drin, dass uns der Strom abgeschaltet wird.«

»Was? Von wann ist der Brief?« Summer atmete tief durch. Es war nicht das erste Mal, dass sie ein solcher Hilferuf von der Farm erreichte.

»Von letzter Woche.«

Summer presste kurz die Lippen zusammen und schluckte gegen die Wut an, die in ihr aufgestiegen war. Ihre Eltern lasen ihre Post nur selten und legten sie irgendwo in eine Ecke, wo sie vielleicht zufällig von Autumn gefunden wurde, die immer Summer um Hilfe bat.

Summer bemühte sich um einen ruhigen Ton. »Dann wird es höchste Zeit, dass die Rechnung bezahlt wird. Mach mir bitte ein Foto von dem Brief und schick es mir, ich kümmere mich sofort darum.«

»Mache ich«, flüsterte ihre Schwester und legte auf.

Summer starrte auf ihr Smartphone. Plötzlich war ihr übel. Das Gefühl der Ohnmacht und Hilflosigkeit war wieder da, das sie regelmäßig befiel, wenn sie auf der Farm war. Im Alltag schaffte sie es meist, die Gedanken an ihre Familie zu verdrängen, aber ihre Eltern hatten ihr Leben nicht im Griff, und Summer musste sie ständig aus irgendwelchen Notlagen befreien. Das Schlimmste daran war, dass es nie ihre Eltern waren, die sie um Hilfe baten, sondern immer Summers kleine Schwester Autumn. Würde Summer ihren Eltern, David und Leah, auch helfen, wenn Autumn nicht mehr bei ihnen lebte? Sie zuckte die Schultern, während sie auf den schwarzen Bildschirm ihres Handys starrte. Wann würde Autumn endlich die Rechnung schicken? Wie hoch war sie dieses Mal? Summer dachte an ihren Kontostand und beschloss, die Pflanzen lieber zurückzubringen. Der April war noch lang, und ihr Gehalt würde erst in eineinhalb Wochen ausbezahlt werden.

Das Smartphone vibrierte, Autumn hatte das Foto gesendet. Mit zitternden Fingern klickte Summer es an und starrte darauf. Entsetzt schlug sie die Hand vor den Mund. Die Gesamtforderung des Stromanbieters belief sich auf 5300 Pfund. Wie hatten ihre Eltern eine so hohe Summe anhäufen können? Sie schluckte und rief sofort wieder ihre Schwester an.

»Wieso ist die Rechnung so hoch?«, fragte sie Autumn, sobald sie abgenommen hatte.

»Ich … anscheinend hat Mum die Rechnungen das ganze letzte Jahr über nicht bezahlt«, sagte ihre Schwester leise.

Summer schloss die Augen. Sie überlegte, was sie jetzt tun

sollte. Das Geld konnte sie nicht einmal annähernd aufbringen. Warum hatte der Stromanbieter nicht schon längst Bescheid gegeben? Ja, die Farm verbrauchte eine Menge Strom, die Geräte, die Melkmaschine, das Licht, die Lüftung. Und ihre Eltern brachten es nicht fertig, sich um einen günstigeren Stromlieferanten zu kümmern.

»Ich sehe mal, was ich machen kann«, seufzte Summer und legte auf. Die Waren brachte sie zurück in die Regale, an Einkäufe war nicht mehr zu denken. Nicht, solange sie nicht geklärt hatte, wie die Rechnung für die Farm bezahlt werden konnte.

Als sie aus dem Gartencenter trat, blieb sie einen Moment lang stehen. Sie musste zu ihrer Bank und die Mitarbeiter irgendwie dazu bringen, ihren Dispokredit zu erhöhen. Summer blinzelte in die Frühlingssonne und ließ die Schultern hängen. Kurz dachte sie daran, nach Hause zu fahren und sich ins Bett zu legen. Sie würde sich die Decke über den Kopf ziehen, um weder das Telefon noch die Haustürklingel hören zu können. Sie wollte nicht mehr alles ausbügeln, was ihre Eltern nicht regeln konnten.

Doch sie schüttelte diesen Gedanken gleich wieder ärgerlich ab. Niemandem war damit geholfen, wenn sie jetzt schwach würde. Summer war immer schon die Season-Schwester gewesen, auf die alle anderen sich verlassen konnten. Die ihren betrunkenen Vater ins Bett brachte, wenn er den Weg dorthin nicht mehr fand, die ihre Mutter von ihrem eigenen Erbrochenen befreite und ihren Schwestern die Haare kämmte.

Als sie wenige Minuten später die Bankfiliale betrat, strich sie sich über ihren Blazer und setzte ein freundliches Lächeln auf, auch wenn ihr der Sinn überhaupt nicht danach stand. Sie betrachtete prüfend ihr Spiegelbild in der Glastür. Die dunkelblonden Haare hatte sie zu einem Knoten gebunden, das dezente Make-up fiel kaum auf und betonte ihre grünen Augen auf natürliche Weise. Sie hatte eine sportliche Figur, was von der häufigen Gartenarbeit und ihrer körperlichen Auslastung während der Renovierung des Cottage herrührte.

»Guten Tag!« Eine junge Bankangestellte kam auf sie zu. »Kann ich Ihnen helfen?«

»Ich möchte meinen Dispokredit erhöhen«, sagte Summer und sah sich verstohlen um. Außer ihr war nur noch ein älterer Herr in der Bank, der mit einem anderen Mitarbeiter sprach.

»Natürlich.« Die junge Frau deutete auf eine Tür, die in einen winzigen, durch eine große Glasscheibe abgetrennten Nebenraum führte. »Bitte nehmen Sie Platz.«

Summer setzte sich auf einen der beiden Besucherstühle, die vor einem schmucklosen Schreibtisch standen, während die Frau, die ungefähr in Summers Alter sein musste, ihr gegenüber Platz nahm.

Nachdem Summer der Angestellten ihre Bankkarte gereicht hatte, hämmerte die junge Frau auf den Computer ein.

Schließlich zog sie die Augenbrauen zusammen und blickte auf. »An was für eine Summe hatten Sie denn gedacht?«

Summer wurde es mit einem Mal ganz heiß. »Ich brauche fünftausend Pfund.«

Jetzt sah die Frau sie überrascht an. »Sie sind bereits mit eintausendfünfhundert im Minus. Die Zinsen auf dem Dispokredit sind hoch, möchten Sie nicht lieber über ein Darlehen nachdenken?«

»Die Zeit habe ich nicht«, gestand Summer. »Ich brauche das Geld möglichst schnell.«

»Ich sehe, es existieren schon einige Darlehensverträge.« Die Angestellte warf ihr einen skeptischen Blick zu, bevor sie sich wieder zum Bildschirm drehte und durch Summers Datensatz scrollte. »Ihre monatliche Ratenbelastung ist bereits enorm. Es gab zwar bislang keine Probleme mit der Tilgung bei Ihnen, aber ich weiß nicht, ob ich Ihnen ein weiteres Darlehen gewähren kann.«

»Das brauchen Sie auch nicht, eine kurzfristige Erweiterung meines Disporahmens würde mir schon reichen.« Dieses Gespräch war erniedrigend und beschämend, und nicht zum ersten Mal hasste Summer ihre Eltern dafür, dass sie sie in eine solche Lage brachten.

Die Bankangestellte lehnte sich zurück und faltete die Hände im Schoß. »Und wie wollen Sie das zurückzahlen? Wenn ich mir Ihre Kontoeingänge anschaue und die Belastungen dagegenhalte …«

»Ich schaffe das schon«, sagte Summer und blickte die Frau flehend an. »Kann ich vielleicht eine Hypothek auf mein Haus aufnehmen?« Summer biss sich auf die Unterlippe. Ihr Cottage war ihr ganzer Stolz, sie hatte nicht nur viel Geld, sondern auch Arbeit hineingesteckt. Das Haus jetzt als Sicherheit anzubieten, fiel ihr nicht leicht.

Die junge Frau tippte wieder auf ihren Computer ein und schüttelte schließlich den Kopf. »So wie ich das sehe, ist das Haus zum größten Teil noch Eigentum unseres Kreditinstituts.«

Summer wurde schwindelig. Sie musste das Problem lösen, ihre Eltern, vor allem aber ihre Schwester, verließen sich auf sie. Summer musste es regeln.

»Ich verspreche Ihnen, dass ich dafür aufkommen kann, bitte erhöhen Sie meinen Dispokredit, ich muss heute noch eine wichtige Rechnung bezahlen«, sagte sie und hörte selbst das Flehen in ihrer Stimme.

Die junge Frau sah sie einen Moment lang an. Dann seufzte sie. »Na schön, ich genehmige Ihnen sechstausendfünfhundert Pfund. Sie sind eine gute Kundin und haben Ihre Raten bisher immer bezahlt. Aber seien Sie vorsichtig. Sie scheinen da ein gefährliches Kartenhaus errichtet zu haben, und beim nächsten Windstoß bricht es zusammen. Der Dispokredit kostet hohe Zinsen, versuchen Sie, so schnell wie möglich wieder in die schwarzen Zahlen zu kommen.«

Summer atmete auf. »Danke, danke! Ja, ich werde alles schnellstmöglich ausgleichen und zurückzahlen, ich verspreche es.«

Die Frau tippte auf ihrem Computer herum und Summer füllte die Überweisung aus. Als sie eine halbe Stunde später die Bank verließ, war sie um 5300 Pfund und ein Stück ihrer Würde ärmer.

Vor ihrem Wagen blieb sie stehen. Es war ein nagelneuer Renault Capture, natürlich finanziert, schließlich hatte Summer in den letzten Jahren jeden Penny für den Hauskauf zurückgelegt. Jetzt, mit dreißig Jahren, hatte sie alles erreicht, was sie sich vorgenommen hatte: Sie hatte einen guten Job, ein geregeltes Leben, ein eigenes Haus und ein schönes Auto. Aber an Tagen wie diesem hatte sie den Eindruck, dass ihr das eigentlich gar nicht zustand. Während ihrer Familie auf der Farm beinahe der Strom abgedreht wurde, hatte sie ein luxuriöses Cottage und andere Annehmlichkeiten. Angst stieg in ihr auf, als sie daran dachte, dass sie sich tatsächlich übernommen haben könnte, wie die Frau in der Bank es angedeutet hatte.

Verdammt! Summer war eine Season! Eine der Schwestern, die eben nicht für ein Leben wie dieses geboren worden waren. Eine Decke der Schwermut legte sich auf sie, und wieder war der Wunsch, nach Hause zu fahren und sich in ihrem Bett zu verkriechen, übermächtig. Doch sie durfte nicht so egoistisch sein, sie musste zur Farm fahren und nachsehen, was dort los war. Sie war seit einigen Wochen nicht mehr da gewesen. Wenn sie ganz ehrlich zu sich selbst war, kostete es sie einfach zu viel Kraft. Jedes Mal fragte sie sich, was sie dort erwartete, immer musste sie alles aufräumen und sich um Dinge kümmern, die ihre Eltern nicht geschafft hatten. Und zwischen den unbezahlten Rechnungen, dem ärmlichen Essen, ihren ungepflegten Eltern, dem stinkenden Dung ihres Viehs war irgendwo Summers kleine Schwester Autumn. Autumn war die Jüngste von ihnen, insgesamt waren sie zu viert. Summer war die Älteste und ihre Schwester Winter die Zweitgeborene, die auch als Zweite die Farm verlassen hatte, gleich nach Spring, die mit sechzehn einfach verschwunden war.

Wo Winter und Spring heute waren, wusste Summer nicht genau. Sie hatte vor Jahren zum letzten Mal von ihnen gehört. Da war Spring irgendwo in London gewesen und Winter hatte vorgehabt, nach Amerika auszuwandern. Beide Schwestern hatten sich jedoch nie wieder bei Summer gemeldet, sie konnten also noch immer in London sein oder sonst irgendwo auf der Welt.

Summer schüttelte die Gedanken ab und stieg in ihren Capture. Sie liebte normalerweise den Neuwagengeruch, doch jetzt verstärkte er nur ihr schlechtes Gewissen. Während ihre Schwester auf der Farm in Armut leben musste, gönnte sie selbst sich diese Dekadenz. Hätte es nicht auch ein gebrauchter Wagen getan?

Summer presste die Lippen zusammen, während sie vom Parkplatz des Gartencenters losfuhr. Leichte Übelkeit überfiel sie, als sie an die Farm dachte. Sie musste hinfahren, auch wenn sie es nicht gerne tat.

Summer dachte an ihre drei Schwestern, die Menschen, die sie am meisten auf der Welt liebte. Sie vermisste Winter und Spring so sehr, dass ihr manchmal buchstäblich die Luft wegblieb. Auch jetzt spürte sie wieder, wie sich ihre Atemzüge beschleunigten, wie sie flacher wurden und hektischer. Sie war auf dem besten Weg in eine Panikattacke.

Summer hielt an und atmete einen Moment in ihre hohle Hand, langsam und bewusst, bis sie sich wieder beruhigt hatte. Dann fuhr sie weiter, bog auf die Landstraße Richtung Nefyn ein. Die Farm lag eine gute halbe Stunde von Bangor entfernt, Summer hatte die dreißig Meilen Strecke zwischen ihrem neuen Wohnort und dem Ort ihrer Kindheit gebraucht, sie wollte Abstand schaffen zwischen sich und ihrer alten Heimat.

Ja, es waren ambivalente Gefühle, die sie ihren Eltern gegenüber empfand. Einerseits liebte sie Leah und David, einfach weil sie ihre Eltern waren und es sich so gehörte. Andererseits hasste Summer die beiden, weil sie sie dafür verantwortlich machte, dass sie zwei ihrer Schwestern vertrieben hatten. Und für alles, was sie ihr und den anderen dreien in jungen Jahren zugemutet hatten. Aber Summer wusste auch, dass Leah und David nur bedingt etwas dafürkonnten. Sie trugen Schatten mit sich herum, Summer hatte sich nie getraut, genauer nachzufragen. Hin und wieder hatte sich die Miene ihrer Mutter verfinstert, sie war abgetaucht in eine andere Welt. Summer wusste, dass es Dämonen waren, sie musste etwas Schlimmes erlebt haben. Weder ihre Mutter noch ihr Vater sprachen über ihre Kindheit, über ihre Elternhäuser, ihre Familien. So gern Summer auch mehr darüber erfahren hätte, sie hatte sich damit abfinden müssen, dass es keine Großeltern, keine Tanten, keine Cousinen, keine Familiengeschichten gab. Früher war Summer manchmal wach geworden, weil ihr Vater im Schlaf laut geschrien hatte. Er wurde von schrecklichen Albträumen geplagt, aber wenn Summer ihn danach gefragt hatte, hatte er es immer abgetan.

Summer setzte den Blinker und fuhr auf die Küstenstraße, die am Meer entlang in Richtung Nefyn führte.

Manchmal suchte sie die Schuld für das Verschwinden von Winter und Spring auch bei sich selbst. Von klein auf hatte sie die Mutterrolle bei ihren Schwestern übernommen, weil Leah nicht dazu in der Lage gewesen war. Weder Leah noch David hätten jemals Kinder bekommen dürfen, das war Summer schon früh klar geworden. Beide waren psychisch krank und flohen vor ihren Erinnerungen, indem sie sich mit Drogen betäubten. Summer wünschte sich mit jeder Faser ihres Körpers, dass sie den beiden helfen könnte, dass sie die Dämonen, die sie quälten, endlich zum Schweigen bringen könnte, aber der Gedanke daran, dass sich ihre Eltern einer Therapie unterzogen, war genauso lächerlich wie die Vorstellung, dass es Luftballons regnen könnte. Dabei schienen die beiden tatsächlich täglich auf Letzteres zu warten. Summer erinnerte sich an das Hippieleben auf der Farm, ein Leben, das zwar nicht aus bunten Luftballons, dafür aber aus bunten oder gar keinen Kleidern, Drogen, viel Alkohol und Sexorgien bestanden hatte.

Sie zwang sich, aufs Meer hinauszusehen, das in der Frühlingssonne glitzerte, um die Bilder zu vertreiben, die sich vor ihr inneres Auge geschoben hatten.

Aber war es nicht eigentlich Summer gewesen, die versagt hatte? Ihre Eltern waren nicht zurechnungsfähig, sie waren es nie gewesen. Summer jedoch hatte studiert, sie war Lehrerin geworden. Sie hatte schon dem König die Hand geschüttelt! Fremde Menschen vertrauten ihr ihre Kinder an. Und sie selbst war nicht einmal in der Lage, ihre Familie zusammenzuhalten, auf sie zu achten, sie vor bösen Briefen zu schützen, in denen ihnen angedroht wurde, den Strom abzustellen. War es nicht ihre eigene Schuld, dass sie Winter und Spring verloren hatte? Dass sich keine von beiden dazu verpflichtet fühlte,

Kontakt zu ihr zu halten, sich danach sehnte, sie zu sehen und mit ihr zu sprechen?

Summer musste diese Gedanken stoppen, sie waren nicht gut für sie. Sie führten zu nichts, höchstens zu einem Wochenende voller Depressionen, Tränen und Trägheit, an dem sie kaum das Bett verlassen konnte und sich nach dem Montag sehnte, wenn sie bei der Arbeit von ihren eigenen Dämonen abgelenkt werden wurde.

Je näher sie der Farm kam, umso schlechter wurde ihr. Sie musste es für Autumn tun, sie musste hin und wieder nach dem Rechten sehen, um ihre Schwester zu schützen. Die Einzige, die ihr noch geblieben war. Wenn sie Autumn nur dazu überreden könnte, die Farm zu verlassen und zu ihr ins Cottage zu ziehen. Aber Autumn erstarrte, sobald Summer diese Möglichkeit auch nur ansprach. Nein, die jüngste Season-Schwester war ein schreckhaftes, unsicheres Mädchen von gerade zweiundzwanzig Jahren, die noch nie einen einzigen Tag woanders als auf der Farm verbracht hatte. Ihre Welt endete mit den Grenzen des Weidelands ihrer Eltern, sie erlaubte sich nur regelmäßige Ausflüge auf die Ländereien von Daffodil Castle, wo sie die Pferde besuchte. Pferde waren Autumns beste Freunde. Sie liebte sie und die Pferde liebten offensichtlich Autumn. Schon als kleines Kind hatte sie die großen Tiere im Griff gehabt, sie hatte furchtlos inmitten der Herde gestanden, um sie alle zu streicheln und am Halfter zu führen.

Autumn brauchte die Farm, die Farm war die Luft zum Atmen für sie, und aus diesem Grund musste Summer auch alles daransetzen, um den Betrieb dort irgendwie aufrechtzuerhalten. Wenn es nur um ihre Eltern gegangen wäre …

Sie lenkte den Wagen von der Straße auf die Auffahrt. Die Schlaglöcher wurden immer tiefer. Hier musste dringend etwas getan werden, sonst würde bald kein einziger Kunde mehr zu ihnen hinaufkommen – nicht dass der Farmshop noch viele Kunden hatte. Während sie an den kümmerlichen, halb vertrockneten Hecken entlangfuhr, wanderten ihre Gedanken wieder zu ihren Eltern zurück. Irgendetwas musste sie unternehmen, denn die Bankangestellte würde ihr beim nächsten Mal bestimmt nicht noch einmal helfen. Die Dame hatte ja jetzt schon große Zweifel gehegt, zu Recht, wenn Spring ehrlich war. Ihre monatlichen Belastungen waren inzwischen so hoch, dass ihr nur noch wenig Geld zum Leben blieb. Ob sie sich einen Nebenjob besorgen sollte? Vielleicht Nachhilfe anbieten, für Schüler, die im Unterricht nicht mitkamen? Denn Summers Eltern würden sicher auch in nächster Zeit nicht besser wirtschaften. Die Farm hatte vermutlich noch nie Geld eingebracht, aber Leah und David mussten ursprünglich ein wenig Kapital besessen haben, von dem sie die ersten Jahre hatten leben können. Inzwischen waren jedoch sämtliche Konten leer, während die Rechnungen weiterhin ins Haus flatterten. Und niemand kümmerte sich darum, außer Summer. Doch lange würde das nicht mehr funktionieren, entweder musste sie ihre Eltern und ihre Schwester ihrem Schicksal überlassen, oder sie würde selbst untergehen. Versinken in einem Berg aus Schulden.

Summer hatte den Hof erreicht. Links befand sich das jahrhundertealte heruntergekommene zweistöckige Wohnhaus. Eine Fensterscheibe fehlte seit einer Prügelei vor zwei Jahren zwischen zwei betrunkenen Freunden ihrer Eltern, die in ebenjener Scheibe geendet hatte. Bis heute war sie nicht ersetzt worden, weil weder die Freunde noch ihre Eltern das Geld dazu hatten. Holzbretter verschlossen das Loch und sorgten dafür, dass es jetzt immer dunkel in der Wohnküche war, was zusätzlichen Strom verbrauchte, denn dort musste jetzt Tag und Nacht Licht brennen. Geradeaus, durch einen

Flur mit dem Wohnhaus verbunden, befand sich der Farmshop im ehemaligen Kuhstall. Und der neue Stall lag rechts von Summer.

Als sie aus dem Wagen ausstieg, empfing sie der strenge Geruch ihrer Kindheit. Es roch nach Kühen, Mist, Heu, Blumenwiesen und nach Meer. Normalerweise liebte sie diese Mischung, doch heute war sie zu angespannt, um sie zu genießen. Eigentlich war sie seit Jahren angespannt, sobald sie die Farm betrat, denn jedes Mal erwartete sie eine Katastrophe im Inneren des Hauses.

»Hallo?«, rief sie, als sie die Haustür geöffnet hatte und der Gestank von Katzenpisse und Moder ihr entgegenschlug. Die Katzen waren ein weiteres Problem, dessen sich dringend einmal jemand annehmen musste. Summer hatte eigentlich vor, sie alle zum Tierarzt zu bringen, um sie kastrieren zu lassen, damit sie sich nicht mehr unkontrolliert vermehren konnten, aber sie hatte nicht annähernd das Geld dafür, um dieser Armee von Katzen Herr zu werden. Sie sollte sich unbedingt an eine Tierschutzorganisation wenden, aber bislang hatte sie das immer wieder vor sich hergeschoben.

»Summer?« Ihre Schwester trat aus dem Verbindungsflur, der zum Farmshop führte. Sie sah sie fragend und beinahe ängstlich an.

»Hallo, meine Süße!« Summer breitete die Arme aus und zog Autumn an sich. Sie war schon wieder ein wenig schlanker geworden. Autumn war dünn und zart und wirkte beinahe zerbrechlich. Und die schlechte Ernährung hier auf der Farm trug sicher nicht dazu bei, dass sie mehr auf die Rippen bekam. »Ich habe alles erledigt, die Stromrechnung ist bezahlt.«

Summer spürte, wie Autumn erleichtert aufatmete. Sie löste sich aus ihrer Umarmung und murmelte: »Danke.«

Summer sah ihre Schwester eindringlich an. »Aber ich werde

das nicht mehr lange tun können, auch mein Geld ist begrenzt. Fünftausend Pfund sind eine Menge.«

Autumn nickte und sah schuldbewusst zu Boden. »Tut mir leid.«

»Nein, mein Schatz«, Summer streichelte ihrer Schwester beruhigend über den Oberarm, »du bist nicht dafür verantwortlich. Mum und Dad müssen sich eigentlich darum kümmern.«

Autumn schüttelte den Kopf und blickte sie erschrocken an. »Nein, das können sie nicht.«

»Ich weiß«, seufzte Summer. »Wie sieht es denn da drin aus?« Sie machte eine Kopfbewegung in Richtung der Wohnküche.

Autumn verzog das Gesicht. »Ich habe es nicht geschafft – die Kühe … der Shop. Ich bin den ganzen Tag im Stall und im Laden, oder ich bringe die Kühe raus und hole sie wieder rein.«

Summer nickte und wappnete sich innerlich für das Chaos, das sie erwartete. Als sie die Tür zu der großen Wohnküche öffnete, schlug ihr sofort der Gestank verdorbener Lebensmittel entgegen. Die Arbeitsflächen quollen über von schmutzigem Geschirr, verschüttetem Reis, Cornflakes, Zucker und Krümeln. Allein den Katzen war es zu verdanken, dass hier nicht eine ganze Ratten- oder Mäusekolonie lebte. Schmutziges, mit grünem Schimmel überzogenes Geschirr stapelte sich auf dem Tisch und in der Spüle. Ähnlich hatte es bei Summers letztem Besuch hier ausgesehen. Und so würde es auch beim nächsten Mal wieder sein. Es brachte nichts, ihren Eltern, die vermutlich von Drogen und Alkohol betäubt im Bett lagen, ins Gewissen zu reden. Und Autumn war mit alldem überfordert. Sie kümmerte sich um die Tiere und den Laden, mehr schaffte sie nicht. Summer sparte sich also eine strenge Ansprache, griff stattdessen schweigend zu den Handschuhen, die sie auf einem der Schränke in einer leeren Dose verwahrte, und begann sich durch den Schmutz und das Chaos zu arbeiten. Sie musste einfach öfter herkommen. Sie musste besser aufpassen, früher eingreifen, mehr putzen und aufräumen. Wenn es sie nur nicht jedes Mal so viel Kraft kosten würde!